纳兰词典评

苏缨 著

陕西师范大学出版社

我们喜欢一个人、一幅画、一本书、一首诗
真正喜欢的往往不是那人、画、书、诗本身
而是从中看到的我们自己
人是一种自恋的动物
总在其他人身上寻找着适合自己的镜子
容若就是这样的一面镜子
一面适合许多人的镜子

·目录·

序

1.

历代文学，大家都说唐诗、宋词，至于清代词人，在当今能够名世的也只有一个纳兰性德了。纳兰性德的词风，可以称为南唐后主李煜的传人，直抒胸臆，独发性灵。以王国维这样的大家，也推崇纳兰性德为北宋之后的词坛第一人。

这个人却不是汉人。

纳兰性德，他的姓是纳兰，这两个漂亮的字可不是汉人的复姓，而是满语的汉译，旧时译作纳兰，后来改译那拉。——如果叫那拉性德，似乎有损于这位浊世佳公子的形象了，就像林黛玉不能叫林翠花一样。但纳兰和那拉确实是一家人，这个姓的最著名的人物还不能算是纳兰性德，而是慈禧太后。

如果作一次寻根之旅，纳兰或那拉也不是满姓，而是蒙古姓，原本是蒙古的土默特姓。土默特消灭了一支满人，占领了他们的地盘，却不知为什么改称了这些被征服者的姓氏——纳兰（那拉）。后来，他们又举族迁徙到了今属辽宁省的叶赫河岸，建立叶赫国。叶赫，是蒙语“伟大”的意思。我们在清史里边经常遇到的一个词“叶赫那拉”，源头便在这里。

同在东北，那拉氏和爱新觉罗氏之间既有姻亲，也有血仇——前者，皇太极的皇后就是纳兰性德的高祖姑；后者，叶赫兵曾在萨尔浒战役中策应明军，并随着明军一起被努尔哈赤击败，随后，努尔哈赤消灭了叶赫，纳兰性德的曾祖父便被努尔哈赤的军队所杀。祖先的仇恨与亲情，纠缠不清。

2. 清朝定鼎之后，大学士明珠成为一个权倾朝野的人物，正是他，给了纳兰性德这个家中长男以人见人羡的贵公子的出身和精英级的满、汉两种传统的教育。出身始终是决定一个人命运的最强有力的因素，这是命定的，也是很难摆脱的。这种天生的富贵造就了纳兰性德一副贵公子的气质与风骨，正如普希金论诗的时候所说的：“诗歌要有贵族气”，所以，纳兰性德的诗词便天然带有了这种“贵族气”。诗歌，就其精神意义来讲，是高贵的，它需要高贵的声音和高贵的情怀，而不仅是高贵的出身——在这层意义上，纳兰性德更加符合贵族的标准。

王国维曾说，纳兰词之所以高妙绝伦，正因为“未染汉人习气”。其实王国维的话应该这样理解：纳兰性德兼具了汉文化的深厚修养和满人的质朴天真，正是质胜文则史，文胜质则野，文质彬彬，然后君子。

3. 纳兰性德原名成得，后来为避东宫太子之讳，改名性德。字容若，号楞伽山人，满洲正黄旗人，自幼生活在北京。我们以后便以容若来称呼他了。

容若文武兼资，他和康熙皇帝同龄，后来做了康熙皇帝身边的三等侍卫，又升迁为一等侍卫。这个身份，约略就是武侠小说里常见的“大内高手”。——这个以词名世的贵公子居然是宫中的一等侍卫，货真价实的大内高手。

容若几乎拥有了世间的一切，但他很少快乐，他也是个情深不寿的典型，仅仅活到三十一岁。一个多情而深情的男人，一个风流自赏的公子，他的死亡就像钱塘苏小小给人的感觉一样，说不清的惆怅。

4. 我们喜欢一个人、一幅画、一本书、一首诗，真正喜欢的往往不是那人、画、书、诗本身，而是从中看到的我们自己。人是一种自恋的动物，总在其他人身上寻找着适合自己的镜子。

容若就是这样的一面镜子，一面适合许多人的镜子。

5. 诗该如何解？

弗罗斯特说："所谓诗，就是翻译之后失去的东西。"这话说得一点不错，但是，这是在美感意义上而言的，而不是在表意的层面。

我们看到一首诗词，觉得很美，却说不清这诗词写的究竟是什么内容。觉得很美，这属于审美层面；看不懂意思，这属于表意层面。意思真的也是无解的吗？当然不是，成熟的诗词作品，其表意都是很流畅的，我们之所以看不懂，只是因为诗歌的年代太久远，我们的水平又很有限而已。

比如，李商隐的诗向来以难于索解著称，但其实真正难于索解的往往只是诗歌背后的故事，至于字面上的表意，并不难解。

以李商隐最著名的《锦瑟》为例：

锦瑟无端五十弦，一弦一柱思华年。

庄生晓梦迷蝴蝶，望帝春心托杜鹃。

沧海月明珠有泪，蓝田日暖玉生烟。

此情可待成追忆，只是当时已惘然。

这首诗，虽然没有什么生僻的用典，可如果逐字逐句来读，确实不易理解。但是，只要你知道律诗的章法，就可以一目了然。

律诗，五律和七律，每两句话构成一组，一共是八句四组，这四组分别是：起、承、转、合，也就是说：前两句是开头，接下来的两句要承接上文，再接下来的两句要转折，最后两句作总结。比如：

今天下雨了，我不由得想起了老朋友容若。（起，开头）

容若是我相处三年的老朋友了，我们相处一直很愉快。（承，承接上文）

但容若最近不大爱理我了，也不知道是为了什么。（转，转折）

不管为什么，我还是把他当朋友的，我这就去找他。（合，总结）

了解了这个律诗的章法，再读《锦瑟》就不再困难了：

锦瑟无端五十弦，一弦一柱思华年。（开头：锦瑟有五十弦，每根弦都让我想起逝去的华年。）

庄生晓梦迷蝴蝶，望帝春心托杜鹃。（承接上文：逝去的华年如梦似幻，而且春心泣血，有几多感情的悲欢。——这两句只要知道是“承接上文”的，意思便很好理解。）

沧海月明珠有泪，蓝田日暖玉生烟。（转折：以意象来写情绪：我很难过，我很迷茫。）

此情可待成追忆，只是当时已惘然。（总结：等以后回忆这些感情，“只是当时已惘然”——这话可以有两解，这里就不细论了。）

到这里，诗的意思是非常清晰的，我们所不解的只是：这首诗的背后有什么具体的故事，像“沧海月明珠有泪”这样的意象有什么具体的所指？——这些事情只能有待历史考证，但是，就诗言诗，就文本言文本，这首诗的意思已经很清楚了。

这便是解诗的方法之一，因为诗歌有许多非常固定的章法和意象符号，古人运用起来圆融无碍，今人看上去却隔膜了许多。

容若的词虽然向来以明白如话著称，不像李商隐这样隐讳，其实容若学养丰富，胸中锦绣太多，有些词只是看似明白如话，实则用典精深、含义幽微、婉转曲折，手法比之李商隐只在其上，不在其下，属于文人诗词，而不是诗人诗词。这些，都需要慢慢解读。

对于纳兰词，前人释读很多，大体已足以解惑，但仍有一些误释、漏释与不合理处，遇到这种地方，本文也会略谈浅见，以就教于方家。

剥皮拆骨，把一首词的意思解释清楚，把其中的背景、字句、用典、化用、章法、修辞等解释清楚，这也许就足够了，至于审美感受的方面，一千个读者有一千个哈姆雷特，解说者也许没必要代人嚼馍吧？

苏缨

2007 年 8 月于苏州小红楼

一

·减字木兰花·

相逢不语，一朵芙蓉著秋雨。
小晕红潮，斜溜鬟心只凤翘。
诗将低唤，直为凝情恐人见。
欲诉幽怀，转过回阑叩玉钗。

《减字木兰花》，一个温柔婉转的词牌，每句一短一长，回环往复，流连不歇。词家多以这个词牌来写一些生活中的细碎柔情、温柔好梦。容若却特别，以长于抒情的词牌来作写人的白描，笔端轻柔勾勒，竟是一幅活生生的仕女图，娇羞宛然，冰雪轻盈。

但这不是随便的一幅图画，不是凭空而来的臆想，也不是诗人们常作的那样以美人香草寄托君子之情。这是一幅实实在在的写真，画中的女子当时就真实地站在容若的面前，风容尽现，咫尺天涯。

是的，咫尺天涯。

那是一张美丽的脸，也是一张熟悉的脸，熟悉得足足度过了两个年轻人的半生，熟悉得惊醒过容若多少辗转反侧的梦寐。但是，仅仅是咫尺间隔，却只有“相逢不语”，而这一相逢，更无情地成为他们的最后一见。不知道此时此刻的容若若是预知了这个结局，还会不会不顾一切地冲开人群，冲开禁忌，冲开漫无边际的风险与藩篱，冲上前去，仅仅和她说上一句话呢？

可是，以容若的显赫家世，世间又能有几多禁忌、几处天涯？

没有，算来算去也只有一处，那就是当时的世界上几乎唯一高过他们的东西——皇权。

皇权，就是他们的天涯。

为了这次见面，容若已经冒上了天大的风险，他偷偷地换过了装束，裹挟在人群之中，近近地望了她一眼，但在这最后关头，却终于只是“相逢不语”，让刻骨的爱恋在皇权下无可奈何地枯萎下去。那一刻，那偷偷的一望，便如一朵秋叶从树梢落下，在坠入泥土之前的那片刻悬空时候的小小的凄婉的挣扎。

相逢不语，双方都看见了对方，那女子在容若的眼中宛如秋雨飘摇中的一株芙蓉，艳丽、哀戚、泪泫，那脸庞泛起的无法遮掩的红晕正是对痴情容若的最最直白的倾诉——倾诉了一颗心、多少事、怎般情。那云发间的凤钗也只顾着回应着阴晴不定的光线，明明暗暗，迷离如当年的往事。

当年，明珠府的花园，文静的小容若永远都有一个最好最好的玩伴，两个孩子一起，花花草草秋千架，蜻蜓蝴蝶小风筝，对于容若和他的表妹来说，这都是一段无比快乐的童年。

快乐，只因为在一起。

容若从小就是一个落落寡合的孩子，同龄的玩伴中只有表妹一人适合他那文静孤单的性格和吟诗填词的癖好。他们是童年的玩伴，也是少年的诗友。“郎骑竹马来，绕床弄青梅，”既有两小无猜的天真，也有蒙眬难言的情愫。他们不知道为什么会这样喜欢拴在一起，只知道只要他们不在一起，日子总会变得漫长难挨。

韶光流转，当表妹已经弹得一手好琴的时候，容若也已经能够写出第一流的词章了，而那些美丽无伦的词句本来就是要跟着琴声而入乐歌唱的。

上天从不会为一个天才制造幸福，如果有时候真的赐给了幸福，其目的也往往是为了毁坏。

容若没有成为例外。当他深深地陷入这种莫名幸福而无法自拔的时候，表妹却按着旗人的规矩被选为了秀女。一入深宫，旋成陌路。都道侯门深似海，皇宫的大门又岂是侯门能比！

这位显赫的公子也许第一次感到了刻骨的无助，他无法留下表妹，无法夺回她，更无法向夺走她的那个男人复仇。他知道自己最心爱的人就在那红墙璧瓦之内，却一步也迈不进那个禁忌森严的院落。

这样的一道深深阴影也许正是容若此后怠惰于仕宦生涯的真正原因——当他随着满朝文武三跪九叩的时候，当他追随皇帝出入宫廷院落的时候，他怎能忘记，就在这宫闱深处、最深处，正无声地藏着他那个童年的玩伴、少年的诗友、毕生的爱侣！

要见一见表妹，一定要见一见表妹！

机会终于来了。适逢国丧，皇宫要大办道场。容若灵机一动，买通了进宫诵经的喇嘛，裹挟在袈裟大袖的僧人行列中偷偷地混进了皇宫。

混入皇宫，偷见内眷，容若怎会不知这是何等的罪名。但他还是去了，不是在一时的冲动之下，而是在周详的计划之后，这一节，尤为感人。

皇天辜负过这对有情人，这一次也终于给了他们一个机会。容若见到了表妹，她也在人群之中，偷偷地发现了容若。这是容若的初恋，惨痛而刻骨铭心的初恋，曾经不知不觉地开始，终于天人悬隔地结束。

想要开口低唤，又怕被人听见；想要一诉离愁，却只能拔下玉钗在回阑轻叩。回廊九曲，心思九曲；玉钗恩重，你我心知。就这样，千言万语，只化作颊上红潮、钗头脆响、眉眼无声。这便是他们最后的相见，最后的别离。

容若这首小令，写得似明似暗、欲说还休，总有些隐衷心曲难与人言。反复读来，既像是容若自己的心间私语，又像是模拟表妹的口吻来摹写她对自己的相思。字里行间似有本事，而才要落实便转眼无迹，只有那段刻骨铭心的苦楚定是真实地发生在当时，直到三百五十年后的今天也没有一丝一毫的消褪。

二

·画堂春·

一生一代一双人，争教两处销魂。
相思相望不相亲，天为谁春。
浆向蓝桥易乞，药成碧海难奔。
若容相访饮牛津，相对忘贫。

焰火为什么美丽，因为那是多样的粉末交汇在一起，燃烧、困顿，而终于爆发于一刹那；词章为什么绚烂，因为那是词人的万千心事纠结于眉、郁结于心，而终于脱口而出于一瞬间。

我手写我心，便是此番道理。

由暗火而郁结，由郁结而困顿，由困顿而渴望解脱，由渴望解脱而终于爆发，这样的流露往往最是真切感人。这样的词，正是眼前的这一首《画堂春》。

劈头便是“一生一代一双人，争教两处销魂”，明白如话，更无丝毫的妆点；素面朝天，为有天姿的底蕴。这样的句子，并不曾经过眉间心上的构思、语为惊人的推敲、诗囊行吟的揣摩，不过是脱口而出，再无其他道理。

明明天造地设一双人，偏要分离两处，各自销魂神伤、相思相望。他们在常人的一日里度过百年，他们在常人的十分钟里年华老去。纵使冀北莺飞、江南草长、蓬山陆沉、瀚海扬波，都只是平白变故着的世界，而不是真实发生过的人生。万千锦绣，无非身外物外，关乎万千世人，唯独非关你我。

容若何堪，借他人杯酒浇自己胸中块垒。——上片实为化用骆宾王《代女道士王灵非赠道士李荣》诗中成句："相怜相念倍相亲，一生一代一双人。"诗词之化用，有稍加点染者，有原文照录者，此为文人成法，非自容若始。诗词史上，大有名句原版藉藉无闻，而一经他人化用，反为世人千古传诵的佳话——林和靖"疏影横斜水清浅，暗香浮动月黄昏"便是承袭有自；近年发掘曹雪芹的诗作，"白傅诗灵应喜甚，定教蛮素鬼排场"亦有所本。而眼前这首《画堂春》，骆宾王的原句不知还有几人记得，容若的词章却遍传于有井水处。

下片转折，接连用典。小令一般以频繁用典为大忌，此为通例，而才子手笔所向，再多的禁忌也要退避三舍。这，就是容若。

"浆向蓝桥易乞"，这是裴航的一段故事：裴航在回京途中与樊夫人同舟，赠诗以致情意，樊夫人却答以一首离奇的小诗："一饮琼浆百感生，玄霜捣尽见云英。蓝桥便是神仙窟，何必崎岖上玉清。"

裴航见了此诗，不知何意，后来行到蓝桥驿，因口渴求水，偶遇一位名叫云英的女子，一见倾心。此时此刻，裴航念及樊夫人的小诗，恍惚之间若有所悟，便以重金向云英的母亲求聘云英。云英的母亲给裴航出了一个难题："想娶我的女儿也可以，但你得给我找来一件叫做玉杵臼的宝贝。我这里有一些神仙灵药，非要玉杵臼才能捣得。"

裴航得言而去，终于找来了玉杵臼，又以玉杵臼捣药百日，这才得到云英母亲的应允。——这不仅仅是一个爱情故事，在裴航娶得云英之后还有一个情节：裴航与云英双双仙去，非复人间平凡夫妻。

“浆向蓝桥易乞”句为倒装，实为“向蓝桥乞浆易”，容若这里分明是说：像裴航那样的际遇于我而言并非什么难事。言下之意，似在暗示自己曾经的一些因缘往事。到底是些什么往事，只有词人冷暖自知。

那么，蓝桥乞浆既属易事，难事又是什么？

是为“药成碧海难奔”。这是嫦娥奔月的典故，颇为易解，而容若借用此典，以纵有不死之灵药也难上青天，暗喻纵有海枯石烂之深情也难与情人相见。这一叹息，油然又让人想起那“相逢不语”的深宫似海、咫尺天涯。

“若容相访饮牛津”仍是用典。——古老传说，大海尽处即是天河，海边曾经有人年年八月都会乘槎往返于天河与人间，从不失期。天河世界难免令人好奇，古老的传说也许会是真的？于是，那一日，槎上搭起了飞阁，阁中储满了粮食，一位海上冒险家踏上了寻奇之路，随大海漂流，远远向东而去。

也不知漂了多少天，这一日，豁然见到城郭和屋舍，举目遥望，见女人们都在织布机前忙碌，却有一名男子在水滨饮牛，煞是显眼。问那男子这里是什么地方，男子回答：“你回到蜀郡一问严君平便知道了。”

严君平是当时著名的神算，上通天文，下晓地理，可是，难道他的名气竟然远播海外了吗！这位冒险家带着许多的疑惑，调转航向，返回来时路。一路无话，后来，他当真到了蜀郡，也当真找到了严君平，严君平道：“某年某月，有客星犯牵牛宿。”掐指一算，这个“某年某月”

正是这位海上冒险家到达天河的日子。那么，那位在水滨饮牛的男子不就是在天河之滨的牛郎么？那城郭、屋舍，不就是牛郎、织女这一对金风玉露一相逢的恋人一年一期一会的地方么？

“若容相访饮牛津，相对忘贫”，容若用典至此，明知心中恋人可遇而不可求、可望而不可亲，只得幻想终有一日宁可抛弃繁华家世，放弃世间名利，纵令贫寒到骨，也要在天河之滨相依相偎、相亲相爱、相濡以沫。

这样的誓言，若放在《花间集》里，或许只是文人的戏仿；若放在《纳兰词》中，却不由得令人不信。

三

·浣溪沙·

谁念西风独自凉。萧萧黄叶闭疏窗。沉思往事细思量。被酒莫惊春睡重，赌书消得泼茶香。当时只道是寻常。

西风乍起，人间天上，

除却我心而外，芸芸谁会秋凉？

不忍见萧萧黄叶，匆忙忙闭锁疏窗。

闭锁疏窗。几多旧事，几度思量。

当年，春光窄窄，春睡足足，春意芳芳。

与你诗词对垒，酒浓茶醉，胜如为你梳妆。

而今只影空怀远，不解香魂何处，

却晓得当时笑语、当时乐事，非是寻常。

容若词章，题为《饮水集》，其义取自“如鱼饮水，冷暖自知”。

正是，词以抒怀，以摹写心头那一点欲说还休的情愫，寓于词章字里、箫管声中，纵然传唱于世间，获誉于海内，而词中低徊不去的款款心曲其实也只有词人“冷暖自知”而已。

这样的词是不可解的，因为一旦词句离开了那位深情的作者，便如同花儿陨落枝头，如同叶子飘零尘土。一花一叶，其美丽之处正在于绚烂的生机，而谁能从一朵离开了枝头的夏花那里捕捉到那棵花树的全部秘密呢——这也许正是花儿那短暂一生的全部意义。

那么，我们所传唱的、所着迷的，究竟又是什么?

——那正是我们自己的心事，自己的心曲，是缠绕于自己心头那郁郁而不得发散的情愫。别人的华美词章不过是一根神仙的手指，使得词人自己的“冷暖自知”共鸣出我们自己心头同样的事件、同样的思念、同样的爱恨、同样的沉迷……在这个芸芸众生的纷繁世界上，没有谁是超然孤立的，每个人都是大陆的一块岩石、一粒尘埃，而被风雨侵蚀掉的那些岩石与尘埃既是一个个独立的身影，也是我们所有人的一部分。于是，这一首“冷暖自知”的小词，其感动人心之处既来自于容若那独一无二的才华与身世，也来自于我们每个人和容若、每个人和每个人的心心相通。容若所沉吟怅惘的，是他自己的故事；而我们所传唱的，既是对这位情深不寿的浊世佳公子的无限追怀，也是对我们自己、对每一个血肉之躯所必然经历的人生体验的深刻感动。

容若此词，上片是此时此地的沉思，下片是对往时往事的回忆；上片是容若此时此地的孤独，下片是容若和妻子在曾经的短短三年之中那一些短暂而无边的欢乐。

“谁念西风独自凉”。西风送凉意，对每个人都是一样，也吹进皇宫大内，也吹进民间草舍。而在容若词中，这凉意却似乎仅仅是为他自己而来，也仅仅是他自己才体会得出。——不合常理的叙述构成了突兀料峭的修辞，那是一番难以言传的清决与萧壮，似乎世人尽知，其实只有容若独会。

西风冷冷，黄叶萧萧，疏窗闭合，几多萧瑟。由景及人，由物及我，容若，一个才华横溢的词人，一个天真忧郁的孩子，韶华未逝，便已经往事萦怀。有多少"成熟"的大人直到临终还来不及回忆，而一个敏感的孩子却总是早早地就有了心事。

容若是一个孩子，天真烂漫，敏感多情，词章即心事的流露、天性的抒发，故而毫无做作之态。正是因此，容若才被眼高于顶的王国维誉为五代之后的词坛第一人。是论绝非过誉。容若有显赫的家世，又早早地成名，在他以睥睨天下的俊彦之姿指点词坛的时候，又有几人能够洞悉他那颗孩童一般纯真的心？——也许，只有他的妻子，伴了他三年便匆匆离去的妻子，在这秋风乍起的刹那勾起容若无限怀想的妻子。（容若是：内心酷似小孩，外表却是大人；名侦探柯南是：外表酷似小孩，内心却是大人。大家别搞混了。）

这世上还有什么比美更美？

有，那就是把美当着你的面摔得粉碎。

三年短暂的快乐也许只是为了让容若日后的回忆更为沉痛悲苦，人生的悲剧也许只是上天残忍地安排在天才生活中的艺术素材。我们读着这首小令，由上片的苍凉突然转入下片的欢乐，由上片的孤独突然转入下片的合欢，但我们一点也感受不到欢乐，只觉得欢乐之情写得越深，背后的孤独之情也就越重。容若那甜美的夫妻生活，醉酒而春睡不起，赌书而对笑喷茶，以李清照与赵明诚千古第一的夫妻佳话来比拟自己的二人世界，水乳之得，情意之切，以乐事写愁心，以合欢写孤独，令人但觉天地之大，纵然可以包容万物，却容不下一个人内心的愁苦。

使天地逼仄到极至的还是末句。“当时只道是寻常”，这样平淡如家常的句子轻易道出了人生真谛，而这样的忧思慨叹又岂是容若所独有?

宗教家说：世间本没有恶，我们所谓的恶，其实只是善的失去；世间本没有丑，我们所谓的丑，其实只是美的失去。

有人问道：造物主为什么会允许善和美的失去?

宗教家回答说：是为了让人们更好地认识善、珍惜善，认识美、珍惜美。

每一个平平凡凡的快乐都是弥足珍重、来之不易的，你若当它只是寻常，失去时便只有悔不珍惜。亲人、爱侣、晚风、秋月，这一切一切的寻常，又有几人能够承受失去之痛呢?

骨中之骨，血中之血，岂是寻常?

四

·梦江南·

昏鸦尽，小立恨因谁。
急雪乍翻香阁絮，
轻风吹到胆瓶梅。
心字已成灰。

寒鸦的音色最是伤人。

是谁家女子清冽冽地立于香雪的闺阁，蹙眉含颦，无限恨，几多情！

容若的这首小令是描摹一位因爱情而伤心的女子，这位女子是谁，或者，是不是真有其人，我们都无从知晓。甚至，这首小令也像很多很多的同类作品一样，字面上写尽一位不知名的女子的相思，实际上却表达着作者自己对在水一方的某位女子的深深思念。设身处地地摹拟出你对我的思念，那也同样就是我对你的思念。说你，就是说我；说你，就是在说我们。词家传统，由来有自。

但是，到底是庄生梦蝶，还是蝶梦庄生？如鱼饮水，冷暖自知。也许，真的有那一只蝴蝶，一只翩翩在江南水光山色里的美丽的蝴蝶。

黄昏正在窃走着一天里最后的一抹阳光，阳光也因为流连不去而分外地绚烂迷离，最后的一群乌鸦也向着黑暗中飞去了，那清厉刺耳的鸣叫昭示着寒冷、寂寞、刺骨、惊心，还有无边的黑暗。冬天的闺房，没有春意。

感物，总是难免伤怀。宋人小令里“窗外忽惊春草绿，镜中忙画黛山青”，这才是女儿家本应有的天真烂漫的情愫，而秋去冬来、夕阳西下、寒鸦空掠，这般意象，又怎么属于一位芳华初放的江南女子?

也许真的是一位江南女子，仅有的线索便是这《梦江南》的词牌，孱弱似无凭。

那一年，无数的伤心往事似乎都已渐渐地消褪了颜色，或者，终于被封锁在了记忆的最深处。秋风时节，容若的莫逆至交顾贞观重返京华，随行的有一位江南女子，名叫沈宛。

这是容若和沈宛的第一次相识，却远非他们的第一次相知。在以往的三年里，在顾贞观和容若从未间断的通信中，容若早已经知晓了沈宛这位吴兴才女的芳名，而沈宛也早已由风传天下的纳兰词里深深地懂得了这位浊世佳公子的心。这一次，当真由天涯久慕到对面相逢，两个人一下子便听懂了上天的隐语：他们，是属于彼此的。（小注：这就像现在的网友见面，只要不是两只恐龙，很容易就干柴烈火噌噌的。）

容若为沈宛安排了临时的住处，一段悱恻的故事就这样不期而然地发生了。这是一个必然的结局，毫无转圜。

和以往的生涯一样，幸福的短暂出现只是为了以后的失去作好铺垫。很快，容若作为康熙皇帝的一等侍卫护驾巡视江南——这是何等地荒诞，沈宛从江南千里迢迢地到了北京，容若却要从北京赶赴千里迢迢之外的江南。

这是皇命，难违。

他们所能做的，只有约誓。他们约定，等容若回返京师，两人便即刻完婚。

容若出发了，这是一次漫长的旅途，也和以往的公务一样是一次辛苦的旅途。金丝雀也许天性便喜爱金笼中的生活，但海鸥的天性却是热爱自由。容若，这样一个热爱自由的孩子，这样一位只属于林中风、篱边菊的旷世才子，他，又是怎样挨得那份一等侍卫的差使呢！

这一伤别的远行，便遥遥行到了江南。那里，是多少知心旧交的家乡，也是爱人生长的地方。侍卫生涯，江南水色；皇朝大任，辞赋清谈。多少事，倚阑干！

这是一次不得已的远行，也终于成为一次快乐的远行。容若，虽是地道的北国才子，却真心地归属于南国，阳羡赌茶，西泠醉酒，秦淮听橹，梁溪赏画，这样的生活天然就是属于容若的，而容若也天然就属于这样的生活。

就是在这沈宛的生地长地，容若况味着相思的爱情：我爱你，也许爱的不是你之为你，而是爱的和你在一起时的那个我。是的，和你在一起的时候，和你的水土在一起的时候，那个我，才是飞出牢笼、脱出羁縻的真正的我！

于是，就是在这次不得已的别离、不得已的征途上，容若写下了一组著名的组诗《梦江南》：

其一

江南好，建业旧长安。紫盖忽临双鹢渡，翠华争拥六龙看。雄丽却高寒。

这首小令，少温婉而多奇崛，这位一等侍卫随龙伴驾，写尽康熙皇帝巡视南京的盛况，给六朝金粉的靡靡带来了一番雄丽高寒之气。“紫盖”“六龙”象征帝王车驾，这是帝王的尘世之气魄，也是容若的艺术之气魄。

其二

江南好，城阙尚嵯峨。故物陵前惟石马，遗踪陌上有铜驼。玉树夜深歌。

这一首，仍是书写金陵所见，苍凉兴废之情溢于言表。词中之陵，是明太祖朱元璋的陵墓孝陵，在明清易代之际，孝陵毁于兵火，陵中苑囿里放养的梅花鹿也遭到世人肆意的捕杀，断壁残垣，一派萧瑟，只有陵前石马空空伫立，无言无泪黯然神伤。

词中所谓铜驼，本是洛阳之物。当初，汉皇铸造铜驼一对，精工巧细，堪为极品，因此铜驼伫立之处便被称为铜驼街，慢慢地成为洛阳城中最为繁华的街道。“金马门前集群贤，铜驼陌上集少年”，是为太平盛世的绚丽典范。但时移事易，风光变幻，索靖在一个飘摇风雨之夕隐隐然预感到天下将乱、繁华将逝，手抚铜驼长太息：“将来再见到你的时候，你该已经被嚣张的荆棘深深埋没了吧？”

铜驼以喻兴亡，当初汉家繁华地，遗踪只有旧铜驼。容若虽是满清新贵，但汉化日深，浸淫日久，对此纵无家山黍离之悲，亦当有几分弹指兴亡之叹。

“玉树”依然用典，是为南朝陈后主亲手谱制之《玉树后庭花》，淫靡哀婉，世称亡国第一音。不多时，门外楼头，悲恨相续，王国陨落，红颜委顿。那六朝金粉之往事，历历如在目前，历历又重现在不久之前。这，便是兴亡。

其三

江南好，怀故意谁传？燕子矶头红蓼月，乌衣巷口绿杨烟。风景忆当年。

燕子矶，是南京首屈一指的胜地，位于南京郊外，长江之滨，三面孤绝临江，双翼如燕，可登临、可观兵。乌衣巷，在南京城内，为旧时王谢之大宅故居。都是过去了，只如今，燕子矶头，红蓼花轻盈地开放在月光底下，乌衣巷口，垂杨柳清冷地编织出一层层迷离的清烟。古人不见今时月，今月曾经照古人。此时此地，亦真亦幻，亦今亦古，书里事成当下事，眼中人似梦中人。当年风景，皆在目前。

其四

江南好，虎阜晚秋天。山水总归诗格秀，笙箫恰称语音圆。谁在木兰船？

虎阜即虎丘，苏州名胜，传说当年“春秋五霸”之一的吴王阖闾葬在此地，葬后三日有猛虎盘踞其上，故名虎丘。容若随銮驾到访苏州，在这虎丘名胜地，领略那一向只在传闻里令人动心的江南锦绣，领略那近日只在沈宛身上呼吸触摸到的江南烟水。虎丘之上，晚秋天气，山水如诗，吴侬语软。笙箫起处，是谁在木兰舟上渐行渐远？是姑苏女儿的娇媚，是远在北地的爱人的娇媚。

其五

江南好，真个到梁溪。一幅云林高士画，数行泉石故人题。还似梦游非。

“竟然真的到了梁溪”——为什么容若会生出这样的感慨呢?

梁溪是无锡以西的一道河水，原本河道狭窄，梁朝时得到疏浚，故称梁溪。梁溪既在无锡以西，有时也被用作无锡的代称。而无锡，正是容若的至交好友顾贞观的家乡——顾贞观当初就是从这里出发，带着明媚多才的沈宛，北上千里万里，与容若相会的。此刻，容若到了无锡，故人故乡即我乡，这是一种什么样的深情呢!

词中云林，是元代无锡的书画大家倪瓒，字云林，世以书画自况，隐居避世，素有高士之誉；词中故人，当指容若所交往的江浙一带的汉人文士，顾贞观自是其一，而另一位好友严绳孙尤工书画，无锡人每以倪瓒目之。无锡山水，恍如倪瓒的画作，高傲隐逸，妙处自非俗人能会；行走之间所见一泉一石，题铭处每每都是故交好友的名字，容若身在他乡，却以这样一种形式频遇故知，此番感受，当真要问一声“还似梦游非”。

其六

江南好，水是二泉清。味永出山那得浊，名高有锡更谁争。何必让中泠。

二泉，是无锡惠山泉，茶圣陆羽评之为“天下第二泉”，故此也称“二泉”。

二泉，是个熟悉的名字吗？瞎子阿炳就是无锡人，他的《二泉映月》说的就是这个无锡惠山泉，阿炳当年就是在惠山泉边一天天地拉着他的那把举世无双的二胡。

那么，天下第一泉又是哪里呢?

天下第一泉，即是词中末尾“何必让中泠”的“中泠”。中泠泉也在江南，就在镇江金山之下，只是已被流沙埋没，给世人留下了永久的遗憾。

容若对中泠泉是不服气的，所以才说“名高有锡更谁争。何必让中泠”。是说二泉之美，已是天下无双，何必要让中泠一头。

这里的有锡即是无锡。这是一个有趣也有历史的地名。无锡近处有一座山峰，在周秦时代盛产铅锡，故此得名锡山；及至汉代，锡山之锡渐被采尽，所以山边之县便得名为无锡；待到新莽时代，锡山锡矿复出，传为奇迹，故此县名改为有锡；时间到了东汉，光武年间锡矿再次枯竭，顺帝时便改有锡县为无锡县。无锡地名的来历，便是这么复杂而有趣。

容若写泉，也是写人。“味永出山那得浊”一句，暗用杜诗“在山泉水清，出山泉水浊”，反用其意，以为惠山泉水质清绝，无论在山还是出山，都不会有一丝一毫的改变。这里边，实则是容若的自况，我们可以读出两层意思：一是容若自谓虽然身浮宦海，但赤子之情操永远不会受到一丁点的污染；二是此时此地对沈宛的思念，无论在家还是离家，无论江南还是塞北，真情缱绻，金石可鉴。——这就是诗词语言的歧义之美，围绕着字面里一个主要的意象，可以作出多个层面的解读，而这些解读往往互不矛盾、深浅各异、所指有差。所谓“诗无达诂”，这便是一个例子。

那么，我们到底应该接受哪一种解释呢？——哪一种都可以，都接受也可以。这便是诗词，不是论文。

其七

江南好，佳丽数维扬。自是琼花偏得月，那应金粉不兼香。谁与话清凉。

维扬，这也是一个来历有趣的地名。《尚书·禹贡》划分天下九州，其中有“淮海惟扬州”，“惟”是动词，是说淮河与黄河一带是九州中的扬州。后来儒家的另一部经典《毛诗》把“惟”字写作了“维”，后人便也因错就错，摘取“维扬”二字作为扬州的别称。当然，这个扬州和九州中的扬州并不一样。

这里的佳丽不是指美女，而是美景。容若是说，江南风景处处美，美中之美数扬州。而扬州名闻天下的风景，一是琼花，二是月色。

琼花，扬州后土祠琼花天下只此一株，所谓“维扬一枝花，四海无同类”；月色，扬州月色之美得益于徐凝诗中名句的流传：“天下三分明月夜，二分无赖是扬州”，月色天下共三分，扬州得其二，后人诗词增益，愈见其美，愈见其名，“二十四桥明月夜，玉人何处教吹箫”更传为千古绝唱。

词中金粉，亦有二说，一说是琼花花粉，二说是指黄菊。所谓兼香，是说香气之馥郁倍于群芳。而最后结语，在扬州这般琼花得月、金粉兼香的佳丽之地，又有谁和我一同欣赏、一同分享、一同快乐呢？

如果快乐仅仅属于自己，那只是不完满的快乐；只有可以和心爱的人分享的快乐才是真正的快乐。

其八

江南好，铁瓮古南徐。立马江山千里目，射蛟风雨百灵趋。北顾更踌躇。

铁瓮，即铁瓮城，是镇江北固山（又名北顾山）前的一座古城，三国时孙权所建。南徐，镇江旧称。

北固山，这是辛稼轩词中经常出现的一个地名，多少国仇家恨，多少英雄血泪，都在这北固山前后，铁瓮城周遭。一个看似平凡的地点，在普通人看来无非是街谈巷议、柴米油盐，而在容若看来，却是历史的沉积岩、兴亡的诸世纪。

射蛟的典故用得巧妙，既是用典，又是写实。这原本是汉武帝南巡时候在江心射蛟的往事，如今物是人非，两汉魏晋、唐宋元明，朝代换了多少，皇帝做过几人，康熙南巡，仍是江南旧地，仍是射蛟盛况，遥想汉武当年，难免踌躇万千。

其九

江南好，一片妙高云。砚北峰峦米外史，屏间楼阁李将军。金碧矗斜曛。

妙高云，是妙高山上之云。妙高山是镇江金山最高峰，峰上的妙高台为宋代僧人了元所建。此地孤峰登览，景致奇绝，最有名的就是终年缭绕的祥云，经久不去，盘旋不歇，似乎仙家宫阙隐然可见，天上白玉京，五楼十二城，缥缥缈缈，非复人间。容若在这妙高台上登峰极目，但见峰峦叠嶂，楼阁阴晴，夕阳西下，斜晖漫天。江南胜景，此最奇观。

“砚北峰峦”之“砚北”，是说砚山园之北，米外史是说宋代大书画家米芾。这又是一个富有文化情趣的掌故。早先，南唐后主李煜得到了一方名砚，砚台四周雕刻有三十六座峰峦，都有手指般大，故称砚山。南唐灭于北宋，覆巢之下无完卵，国宝飘零，最后落到了米芾手上。米芾是宋代书画巨匠，这也算物得其主了。但米芾对房地产的兴趣似乎更高，拿这块砚台在镇江甘露寺下临江之处换得了一块地皮，建宅于其上。及至南宋绍兴年间，米芾的这座砚台换来的宅子归了岳飞的孙子岳珂，岳珂在这片地上建筑了一所园林，想到此地几番易主之传奇经历，便以李后主那方名砚为园林命名，是为砚山园。

李将军，是说唐代宗室李思训、李昭道父子。李思训官拜左武卫大将军，是唐代绘画大家，喜用金碧重色，画称金碧山水，气象富贵无极。李昭道人称小李将军，而且还继承了父亲的画风，宋琬词中有“金碧楼台青黛树，小李将军”。

容若这里用米外史和李将军二典，当真是以风景如画来描绘镇江：峰峦如同米芾笔下的超然山水，山水之间乍隐乍现的亭台楼阁恍如出自二位李将军的金碧重色。这般美丽依然不够，最后夕阳以斜曛点染，仙境无极。

其十

江南好，何处异京华。香散翠帘多在水，绿残红叶胜于花。无事避风沙。

这是一种“忘记他乡是故乡”式的喜悦，是一番“游人只合江南老”式的流连。这里，重帷帘幕荡漾水中的倒影，清清婉婉，了无北国的风沙。斯人独立，一抒才子之心；爱侣心头，怎揾英雄之泪。全篇清新婉转，悠扬喜悦。因为这是江南，因为这是多少知交好友的家乡，更因为这是沈宛的生长之地。

限于篇幅，小令总是无法铺陈，但若干小令合为一组，成为一个完整的组诗，这便超越了小令的体裁限制。这一写法，从唐代无名氏的《九张机》直到宋代欧阳修的《采桑子》系列，创为词家的一种独到的修辞。容若以《梦江南》的词牌来抒写这唯一的一次江南行旅，在爱侣的故乡做着组诗一般的梦。

这次江南之行，容若不仅留下了这一组《梦江南》，还去拜访了一位重要的朋友，种下了一颗以后将会枝繁叶茂、光耀万世的文学种子。

这个朋友，就是曹寅。

曹寅小容若四岁，早年曾经做过康熙的侍读，后来又做过御前侍纳兰容若为武英殿大学士明珠长子，年少聪颖过人，文武全才。一方面，秉承满族“以骑射为本”“文事不妨武备”的民族特色，纳兰很小就开始学习骑射武功，另一方面，纳兰性德好学上进，“日则校猎，夜必读书，书声与他人鼾声相和”。所以纳兰性德很快就在众多贵族子弟中脱颖而出。康熙十五年（1676年）纳兰二十二岁时参加了殿试，得二甲第七名。并受到康熙的赏识留在身边伴驾，授三等侍卫，后循进一等，武官正三品。

卫，青年俊彦，文采斐然，和容若在北京早有惺惺相惜的交往。而此刻的曹寅已经离开了北京，在南京任江宁织造，豪俊一方。

曹家在南京是一个显赫的家族，而他们的显赫却来自于他们的卑微。曹家世代为包衣之族，所谓包衣，是满语包衣阿哈的简称，意思是家奴。曹家从多尔衮时代起就做了皇室的家奴，后来渐渐受到宠信，曹寅的母亲便做过康熙皇帝幼年时的乳母，而曹寅的父亲曹玺则被派往南京做了江宁织造，从此，曹家便成为了南京大族。

康熙二年，曹玺来南京任江宁织造后不久，即移来燕子矶边的一株黄楝树，栽种在江宁织造署的庭院之中，久而久之，树渐长大，荫蔽喜人，曹玺便在树荫之下建了一座休憩的小亭，以树名亭，名之为楝亭。日后，曹玺便常常在楝亭之中督促自己的两个儿子曹寅和曹宣的学习。

一座楝亭，就这样伴随了两个孩子的童年。等曹寅长大以后，还把“楝亭”作为自己的号，著作也名之以《楝亭集》。此时，容若拜访曹寅，两人抵掌谈笑话说当年，就是在这座楝亭之内。

这次会面之后，曹寅携当世名家手笔的《楝亭图》前往北京，请容若及顾贞观等文学名士为之题咏，是为《楝亭图卷》，计图十幅，题咏者四十五家，堪称稀世之珍，现藏于北京图书馆，有幸者仍然能得一览。容若所题咏的，就是这首《满江红 · 为曹子清题其先人所构楝亭，亭在金陵署中》:

籍甚平阳，羡奕叶，流传芳誉。君不见，山龙补衮，昔时兰署。饮罢石头城下水，移来燕子矶边树。倩一茎、黄楝作三槐，趋庭处。

延夕月，承朝露。看手泽，深余慕。更凤毛才思，登高能赋。入梦凭将图绘写，留题合遣纱笼护。正绿阴，子青盼乌衣，来非暮。

这大约要算容若长调的绝笔了。从图画追想江南，天涯曾经咫尺，咫尺却已天涯。

多年之后的一个秋天，曹寅的楝亭又有客人来访了：一个是庐江郡守张纯修（传世的许多容若手扎便都是写给张纯修的），一个是江宁知府施世纶（他就是《施公案》里的主人公施不全）。三人在楝亭秉烛夜话，张纯修即兴作了《楝亭夜话图》，然后三人分别题咏。这真好像是往事再现啊，而这个时候，距离容若去世已经整整十年了。

往事再现，往日难再。题咏的主题便自然而然地落到了三人共同的好友纳兰容若身上。

曹寅《题楝亭夜话图》，其中叹息“家家争唱饮水词，纳兰心事几曾知？”——容若词名早已经遍及天下，《饮水词》几乎无人不知、无人不诵，但是，容若那“如鱼饮水，冷暖自知”的心事究竟又有几人懂得？容若，这位相国府中衔着金汤匙出生的贵公子，词中那斑斑驳驳刻骨铭心的愁苦却连自己的父亲也无法理解。

容若享尽了别人眼中的快乐，而他的内心深处，却很少有过几回真正的快乐。

又多少年过去，乾隆晚年，和珅呈上了一部《红楼梦》，乾隆皇帝看过许久，掩卷而叹：“这书里写的，不就是明珠的家事么！”

曹雪芹就是曹寅的孙子，虽然在他出生的时候容若已经谢世，但家族的传说很可能嵌给了他许许多多往事故人的影子。红楼在哪里？梦又在何方？“今宵便有随风梦，知在红楼第几层”，“因听紫塞三更雨，却忆红楼半夜灯”，这些这些，都是容若的句子。他所思念的，到底是一个真实的红楼，还是一处虚拟的红楼？

对容若来说，那也许只是一处精神世界里的红楼。当初，江南逆旅，容若写信给京城的顾贞观，信末说道：

夫苏轼忘归思买田于阳羡，舜钦沦放得筑室于沧浪。人各有情，不能相强，使得为清时之贺监放浪江湖；何必学汉室之东方浮沉金马乎？傥异日者，脱屣宦途，拂衣委巷，渔庄蟹舍，足我生涯。药臼茶铛，销兹岁月，皋桥作客，石屋称农。恒抱影于林泉，遂忘情于轩冕，是吾愿也。然而不敢必也。悠悠此心，惟子知之。故为子言之。……

容若是个天生的隐士、天生的词人，这一次江南之旅，被江南的水光山色所浸染，更加激发了他胸中那赤子的天性。遥想苏轼当年，买田于阳羡，被这里的风光所迷恋而忘记了归家的路；苏舜钦宦海失意，沦落苏杭，却悠然寄情于山水，筑沧浪亭以悠游。沧浪之水清兮，可以濯我缨；沧浪之水浊兮，可以濯我足。只是，容若的仕途之上哪有一丝一毫的艰难险阻呢？他一直受到皇帝的宠爱，他的父亲又是权倾天下的大学士明珠，他的俊彦性格更从无在官场树敌之事，就连宫中的奴婢们也都喜欢他、热爱他，开他的玩笑。

但是，他还是倦了，累了，渴望退下来了。

就像天空虽然广阔绝美，但不会被鱼儿所羡；就像大海虽然广袤深邃，但不会被飞鸟所喜。尤其是容若这等的天才，总要是生活在一片真正属于自己的天地里的。如果得不到，那就用诗词的神笔来虚拟出一片美丽新世界吧。

但虚拟，到底又要虚拟到何时？容若说：我要辞官而去，我要在渔庄蟹舍里烹茶煮酒，我要在皋桥石屋里耕读一生。我属于林泉，不属于人间。容若，仅仅在而立之年的容若，便已经像一个饱经宦海沉浮的沧桑老者，清隽的眼睛仿佛看破了一切。

是呀，仔细想想，生活其实需要不了很多，两间房，一片月，半壶酒，满床书，一个心爱的、知心的女子，舍此而外，夫复何求？（小注：以容若的家底，这样的日子应该不会被猪肉涨价之类的事情困扰。）

幸福不是 GDP，而是每个人自己的主观感受。

容若在江南就这样坚定地打算着：等回到京城，就退出官场，好好在林泉之下读书填词，好好地享受和沈宛在一起的生活。

回家了。终于从江南返回了京城，终于回到了沈宛的温柔乡，终于可以把自己这段日子以来的反复构想付诸实现了。可是，刚刚踏进家门，等着他的却是一场伤心的变故。

吴兆骞死了。

当初，容若应顾贞观之请托，历尽磨难，终于救出了蒙冤流放于宁古塔的江南才子吴兆骞。后来，这位素昧平生的吴兆骞便留在了明珠府上，做了容若弟弟揆叙的西席。吴兆骞，这位江南才子，历经了足足二十年的边塞流放，费尽了顾贞观和容若多少心血的搭救，在归来的仅仅两年之后便一病而逝了。

才进家门，容若便面对了好友之死，然后又马不停蹄地安排着他的丧事……然后是生日，然后是新年。等这一切终于尘埃落定了，容若才算喘息了一下，他默默地打算着：现在，就在这一刻，该是我为自己的人生作出决定的时候了！

第一件要做的事情就是：迎娶沈宛。

这绝对不是一件容易的事情。容若是父亲的骄傲，更是家中的长男，所以，这世上有许许多多别人做不到的事情他都可以轻松做到，但也有一些就连草民百姓都可以轻易做到的事情他却始终难以逾越。

沈宛，就算她貌再美，人再淑，才再高，也只不过是一个汉人民间女，这等门第悬殊的婚姻又怎能够获得家人的首肯和社会的接受？

但容若这一回铁心决绝，这，不仅仅是争取自己的爱情，也是从世界手里夺回自我的第一步，所以，只许成功，不许失败。

于是，和许多俗套的电视剧情节一样，矛盾、争执、哭泣、咒骂……

巨大的压力，这需要有最强健的精神才能够支撑得住，需要有最坚毅的决心才可以看到希望。

最为难处是无言。挨到了最后，终于挨出了希望，但容若和沈宛的爱情早已经遍体鳞伤。两个人静静地对坐着，连互相拉一拉手的气力都没有了。容若就这样娶了沈宛，但是，容若有了一个续弦妻子官氏，所以沈宛的身份只能是妾，而且，她不能住在相府之内，容若单独为她安排了一个相府之外的小院。对于有些人来说，快乐从来不会凭空而来，快乐是有代价的，一分的快乐就要付出一百分的代价，为了笑颜绽开的一点涟漪就要迎接多少日夜的雷鸣电闪、狂风暴雨。

容若争取到了这一点底线的爱情，或许作为让步、作为对家庭的回报，他暂时放下了归隐林泉的打算，继续在朝廷里做着那些他从始至终都心怀抵触的事情。每天下了班，他先要回到相府给父母请安，然后照顾妻儿，最后仅剩的一丁点的空闲才能奢侈地拿出来去和沈宛相会。容若和沈宛，不像是相府里的一双公子贵妇，倒像是闾左穷巷里的一对贫贱夫妻。他们就这样双双憔悴，双双在痛苦的幸福中痛苦而幸福地衰老。

沈宛眼睁睁地看着丈夫的日渐憔悴，看着丈夫艰难地纠结于与相府的裂痕的两侧。这幸福来得太难，这代价来得太大。

若这地方必须将爱伤害，抹杀内心色彩，让我就此消逝在这晚风雨内，可再生在某梦幻年代。沈宛暗暗地下了决心，不错，她渴望容若，她渴望的是一个健康快乐的容若。那是一个无眠的夜晚，沈宛提出要暂时离京，回江南老家休养一段日子。

沈宛又何尝真想离开！如果可能，她愿意做丈夫的诗笔，做丈夫的侧帽，只要是可以和丈夫形影不离的东西，她什么都愿意去做。

但她还是执意离开，她不想因为自己而加剧丈夫和他的父母之间的裂痕——这是一个贤淑的妻子所应该做到的，也是一个深爱丈夫的妻子所应该做到的。

容若又何尝舍得沈宛的离开！不，一分一秒也不！但他眼睁睁地看着妻子形容渐瘦、笑颜渐少、眉峰常结、心锁难开，又怎能拒绝妻子的要求？

就这样，沈宛离开了京城，返回了江南。容若该是怎样的心情呢？当沈宛赶来京城的时候，自己却匆忙南下；当自己在沈宛的家乡沉醉吟诗的时候，沈宛正在自己的家乡定定相思；当自己回返家乡的时候，沈宛却又不得不再下江南。

沈宛走了，车子渐行渐远，春草渐稀，春光渐瘦，那千里的长亭短亭啊，下一站会停在哪里？下一站可会停在天国？

如下一站不会到天国，来沾湿我的眼睛做个记认，然后各自梦游余下生命，然后彼此都要更高兴……

如果下一站真是天国？

沈宛的一路，念着丈夫《梦江南》的组诗度过一山又一山的寂寞；容若的一天天，念着《梦江南》的组诗挨着一世又一世的哀愁。

京城空空的小院，失去了女主人的空空的小院，容若在这里呆呆地看着江南的昏鸦、暴雪、伊人……又是一首《梦江南》，只是，这首《梦江南》却并不属于那一组江南组诗，而是，在那浩大而婀娜的组诗之外，孤零零地唱着同样的旋律。同样的旋律，不同的心事，仿佛是一个形销骨立的幻影，伤心人别有怀抱。这，便是我们开头的那一首：

昏鸦尽，小立恨因谁。急雪乍翻香阁絮，轻风吹到胆瓶梅。心字已成灰。

秋去冬来，夕阳西下，寒鸦空掠。江南似乎不再是一个琼花与明月的佳丽之地，却变成了一座冻云与飞雪的伤心城堡。这是容若和沈宛的另一个江南，仿佛是一个影子世界，与真实的江南重重叠叠、斑斑驳驳，却永远无法交织在一起、融汇在一起。

时间过得漫长，他越发记得她玫瑰花盛开的发香，她也越发记得他那洒脱不定如烈火纷飞的率性，只是，何时才是柔软绕心间的笑声，何时才能迎上那归家的温馨眼光?

就是在这样的一幅布景里，那个江南女子弱弱地站着，一心把思绪抛却似虚如真，一心把生关死结与酒同饮。待昏鸦飞尽，人，依旧冷冷地站着，不知那美丽的眉间心上正在爱着谁，恨着谁?

雪花疾掠的黄昏，闺阁里看雪花如柳絮飘飞。容若以柳絮比喻飞雪，看似轻盈剔透，实则暗藏深意。这是一个若有若无、欲说还休的用典手法：当初的谢家，有一天大家在庭院赏雪，谢安忽然问道："这雪花像个什么呢？"谢安哥哥的儿子谢朗抢先回答道："就像往天上撒盐。"众人大笑，这个时候，侄女谢道韫答道："不如比作'柳絮因风起'更佳。"——仅仅因为这一句"柳絮因风起"，谢道韫便在古今才女榜上雄踞千年。后来谢道韫嫁给了王凝之，这便是"旧时王谢"的王、谢两家的一次强强联姻。而今，在这个江南，正是王谢故地；大雪飘飞，也正如当时谢家子女群集庭园的样子。只是，若再问起一句"何所拟也"，还会有谢道韫那样的江南才女给出一个惊艳千年的答案吗?

"一定会的，"容若当然这样想，"但是，她现在走到哪里了呢?可到了她的江南了吗？"

暴雪飘飞，黄昏的风吹进了女儿的闺阁，吹到了闺阁里那一枝插在瓶中的梅花，梅花似雪，雪似梅花，都称奇绝，却在伊人的眼中视而不见。

闺阁里的薰香已经燃烧尽了，那本是珍贵的心字沉香啊。在江南更南的岭南，有一种特殊的沉香木，有氤氲的香气，有入水即沉的性格。当地人把沉香木切割成薄薄的木板，在茉莉花盛开的季节里趁花儿含苞未放的时候把花儿采下，均匀地铺在沉香木的薄片上，一层一层，装在瓮里密封起来，一天一夜。这时候，待放的花儿已经静静地在瓮中开放了，人们把瓮打开，拿掉那些花儿，换上全新的含苞未放的茉莉花，然后再次密封。如是者不知多少次，有时候甚至会熬过整个茉莉花开的季节，这才算把茉莉花的香气和沉香木本身的香气完美地融合在了一起。然后，再把沉香木的薄片镂刻成心形，再经过多次的精心打磨，这才做成了一瓣“心香”。这样的香气，恍如历尽艰辛、历尽岁月而悄悄沉淀下来的爱情。

但是，香，总是会烧完的。只留得冷冷的灰，散落在地上，仍旧是心的形状。只是，成灰的心，稍稍一阵风就可以吹散，稍稍一场雨就可以打得泥泞。

江南，沈宛的心时时纠缠着容若，纠缠着两人那刻骨缠绵的过去。当初的书信往还，当初的似真似幻，而今不再。心事无人可说，只对着旧衣裳偷偷泪湿。沈宛的忆旧伤情，也借诗词浅浅抒发，让那小小的薛涛红笺随着自己的丈夫一起传世：

雁书蝶梦皆成杳，云窗月户人声悄。记得画楼东，归骢系月中。

醒来灯未灭，心事和谁说。只有旧罗裳，偷沾泪两行。

京城，明珠府。容若已经躺了整整七天七夜，他终于没有能够做回自己，也终于没有能够拥有他的宛儿。天黑了，花谢了，天才陨落了，他所失去的，终于再也不会有机会重新获得。

江南，那个天才词人的小小骨肉从沈宛的腹中凄凉地降生。他的哭声被昏鸦的声音掩住了，他的眼睛被翻飞的急雪迷住了，沉香木的灰尘跟随着江南湿冷的空气轻轻地浮起，浮过了胆瓶中的那枝带雪的梅花，弱弱地飘到了他的额上。

那一刻，他听到了妈妈的哭声……

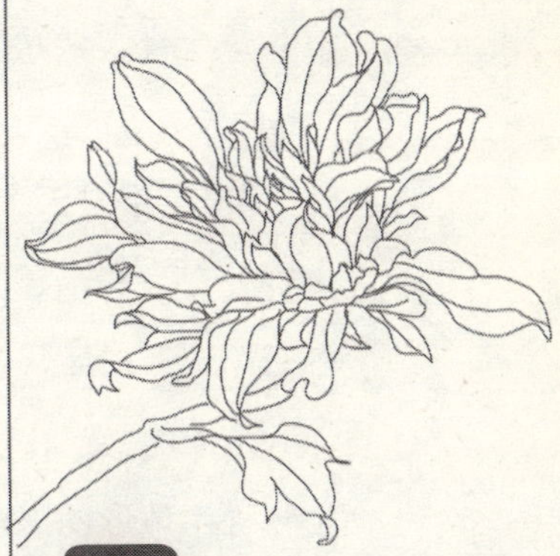

五

·蝶恋花·

辛苦最怜天上月。一昔如环，
昔昔都成玦。若似月轮终皎洁，
不辞冰雪为卿热。
无那尘缘容易绝。燕子依然，
软踏帘钩说。唱罢秋坟愁未歇，
春丛认取双栖蝶。

这首《蝶恋花》，是纳兰词名篇中的名篇，但要开讲，还请恕我不得不介绍一些音律的小知识，因为这对体会这首词的情感力量是非常要紧的。

如果用普通话来读，只会觉得这首词悠扬婉转，悦耳动听，但是，这是一首沉痛的悼亡词，容若情感的深沉凝聚便不可能容忍这样的音色。

在古音里，这首词押的是入声韵，这种音调在普通话里已经消失不见了，大略来说，入声字的发音接近于普通话的第四声，但尤其短促逼仄，一发即收，苍凉抑郁。岳飞的《满江红 · 怒发冲冠》就是用的入声韵脚，抒发的是一种沉郁顿挫的家国之痛。容若这首词，声音也是一样，读起来如泣如诉，又仿佛泣不成声、哽咽逼仄。

“辛苦最怜天上月”，这是一个倒装句，顺过来说就是：最怜惜天上那轮月亮的辛苦。为什么要怜惜呢？又为什么月亮是辛苦的呢？因为它“一昔如环，昔昔都成玦”。

这里的“昔”，就是夕阳的夕。“环”，是一种圆形的玉器；“玦”(jué)，是一种半环形的玉器，这里分别比作满月和缺月。这句是说：在一个月中，月亮圆缺变幻，周而复始，只有一天里才是浑圆无缺的，而其余的日子或是缺得多些，或是缺得少些，总归不是圆满的。一月三十日，只有一日见团圆，这等恨事，让人如何销得！如果月亮能够一直长圆不缺，那该多好！

容若在说月，实则在说人，说的是如果“我们”能够长久地在一起，日日夜夜都不分离，那该多好！如果上天真能安排月亮夜夜圆满无缺，如果上天能赐给我们永不分离的幸福，那么，我，甘愿用最火热的心来爱你，甘愿耗尽我的生命来照顾你、珍惜你，“不辞冰雪为卿热”。

“不辞冰雪为卿热”，这是《世说新语》里的一个典故，是说荀奉倩和妻子的感情极笃。有一次妻子患病，身体发热，体温总是降不下来，当时正是十冬腊月，荀奉倩情急之下，脱掉衣服，赤身跑到庭院里，让风雪冻冷自己的身体，再回来贴到妻子的身上给她降温。如是者不知多少次，但深情并没有感动上天，妻子还是死了，荀奉倩也被折磨得病重不起，很快也随妻子而去了。

这个故事，在《世说新语》里被当做一个反面教材，认为荀奉倩惑溺于儿女之情，不足为世人所取。但容若却喜欢这个故事，因为世人虽然把荀奉倩斥为惑溺，容若却深深地理解他，只因为他们是一样的人，是一样的不那么“理性”的深情的人。

“无那尘缘容易绝”，“无那”就是无奈，无奈就是有所求而终不可得，是为“人生长恨水长东”，任你如何英雄了得，任你如何权倾天下，任世界如何桑田沧海，只有无奈是人间的永恒，是永远也逃不掉的感觉。

尘缘容易绝,是为无奈,因为“尘缘容易绝”也是“人生长恨水长东”之一种形态，与无奈同属永恒，只不过，它常常会放过那些芸芸众生的迟钝的心，只猎取一两个绝世多情的生命。

“无那”与“尘缘容易绝”，从亘古的世间与世界来看都是再平常不过的常态，就如同秋月春花、潮升潮落，但具体到每个人的身上，却忽然从亘古变成了刹那，从永恒变成了一瞬，从历史的片段变成了个人的一生，从世界的一角变成了个人的全部。

“年年岁岁花相似，岁岁年年人不同”，这话自然是站在人的角度来说的，如果我们可以化身成一朵花儿，也可以同样感慨地说“年年岁岁人相似，岁岁年年花不同”。每一个个体对于他（它）自己来讲都是全部，而在旁观者的眼里却只和所有的同类一起获得了一个无情无感的统称。所以，在容若看来，无奈与尘缘都是自己的全部，是世界当中一个短暂的插曲，一个无足轻重的片段，而世界在这个时候呈现给自己的又是什么呢？——是相对于短暂的永恒，是相对于自己这深切悲怀的无边冷漠。这就是下一句的“燕子依然，软踏帘钩说”。

燕子还是那样的燕子，和一万年前的燕子没有什么两样。一万年前的燕子会轻盈地踏上枝头，呢喃细语，今天的这些燕子仍然轻盈地踏上帘钩，一样地呢喃细语。对于这些燕子来讲，外间的世界，哪怕是近在眼前的容若的刻骨忧伤都是不存在的，不会一丝一毫地影响到它们呢喃的喜悦。于是，“无那尘缘容易绝”是“我”，“燕子依然，软踏帘钩说”是“物”，以“我”之短暂相对于“物”之永恒，以“我”

之全部的伤悲相对于“物”之亘古的无情，对照之下，悲情更浓，无奈益甚。（小注：这种手法很好理解，不妨参照一下一些工厂里的质检口号：百分之一的不合格率落到顾客身上就是百分之百。）

“唱罢秋坟愁未歇”，这句词来自李贺诗“秋坟鬼唱鲍家诗，恨血千年土中碧”，李诗已是愁愤之极，而容若却谓纵然挽歌唱遍，纵然血凝于土，心中的愁愤也不会消歇。

“唱罢秋坟愁未歇”，这是“我”，接下来的末一句“春丛认取双栖蝶”，再一次由我及物，由“我”的愁愤转到“物”的明媚，由“我”的孤单转到“物”的合欢，与“无那尘缘容易绝。燕子依然，软踏帘钩说”一样，构成了第二组的物我对观。

“春丛认取双栖蝶”，单独来看这一句，并无任何悲喜之情在内，甚至还偏于喜悦。设想一下，如果把这句词放进一首花间词，完全可以表达出一种少女怀春的羞赧的欢乐，而用在这里，在前边所有的烘托之下，却是另一样的情怀。花丛之中，蝴蝶双栖，孤坟之畔，词人吊影。正是这种物我对观的绝望，才使结句的明媚之语反而起到了强化悲情的效果。以喜语写悲怀，益见其悲。

这是一首悼亡词，悼念的是容若的第一任结发妻子卢氏。卢氏十八岁嫁给容若，鱼水相欢情无极，却无奈尘缘容易绝，仅仅共同生活了三年，便死于难产，留给了容若一个骨肉和无穷的悲伤。

悼亡，是诗词的一类，著名者如苏轼“十年生死两茫茫。不思量，自难忘”，如元稹“诚知此恨人人有，贫贱夫妻百事哀”。本来都只是抒怀于具体的个人，却写尽了一种普世的悲情。

容若，一个用天真和孤独雕成的孩子，在这个不属于他的世界上，永远地失去了他唯一的玩伴。

六

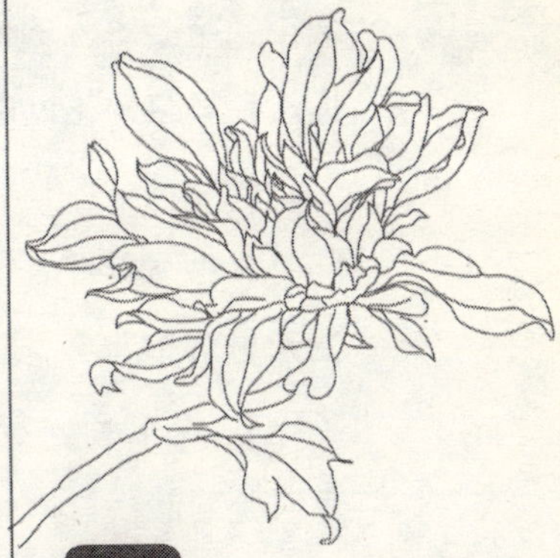

·采桑子·

谁翻乐府凄凉曲，风也萧萧。
雨也萧萧，瘦尽灯花又一宵。
不知何事萦怀抱，醒也无聊。
醉也无聊，梦也何曾到谢桥。

这一首也是纳兰词名篇中的名篇，似乎平白易晓，只有几处小地方值得稍稍解释一下。

一是“谁翻乐府凄凉曲”中的“翻”字，是演奏、演唱的意思；二是“乐府”这里是泛指一切入乐的诗歌；三是“瘦尽灯花又一宵”，是说烛火一点点地烧尽，好像一个人渐渐消瘦的样子——古时的蜡烛一般是用羊油做成，烛芯烧着烧着有时就会小小地爆裂一下，如同微型焰火，烛芯烧剩得太长时也要剪的，所以有“何当共剪西窗烛”的“剪烛”之语；四是末尾处的“谢桥”，古人用“谢娘”来指代心仪的女子，谢桥和谢家便都是由谢娘衍生出来的美丽词汇，指代“谢娘”所在的地方——也有人说六朝时代真有一座桥叫做谢娘桥，无论如何，总之是指代与心上人的相会之地或是轻薄冶游之所，晏小山“梦魂惯得无拘检，又踏杨花过谢桥”便是此中名句。

上片写凄凉，下片写无聊。凄凉，便凄凉到彻夜都无眠；无聊，便无聊醉梦都无奈。但是，这到底是怎样的一种无眠与无聊，是为了什么，又如何才能解决，却模模糊糊道不真切，只在最后的一句“梦也何曾到谢桥”里悄悄透露了这是对一位不知名的女子的相思。

这相思却有几分怪异，不但丝毫没有山盟海誓的决绝，反倒透着一分慵懒，透着一种聚散无妨、醉梦由他的消沉。容若似乎在说：我自己也说不清横在自己胸口的到底是些什么，反正醉了就会想你，也会不想你，反正醒了也会想你，也会不想你，做梦的时候本该去找你，却一次也不曾梦到过你。

这似乎是一种说不清、道不明的情愫，是一种矛盾的心理，也许带着几分自责，也许带着几分自嘲。容若也许是因为冷落了一个不该冷落的人而自我开解，也许是因为陷入了和另一个谢娘的故事而忽然间想起了从前……一切都是可能，一切也都未必是可能的。

也许，是的，我已经不期然地踏上了另一座谢桥，却每每在酒的最醉处、梦的最深处，无法逃避地看到了你。这便是 W.B.Yeats 在《A Deep-Sworn Vow》诗中不期然地为容若作出的解读：

Others because you did not keep
That deep-sworn vow have been friends of mine;
Yet always when I look death in the face,
When I clamber to the heights of sleep,
Or when I grow excited with wine,
Suddenly I meet your face.

当我们已经在新的生活轨道里渐渐生出了习惯，有时候，也难免在不经意间在镜子里照见了从前的影子。

那一刻，我们会是怎样的心情呢?

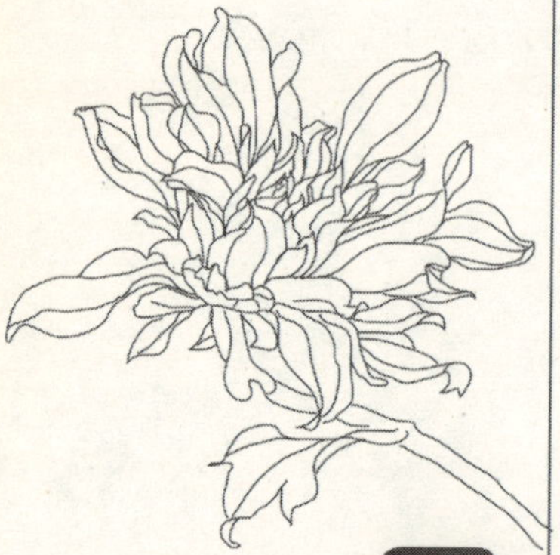

七

·采桑子·

彤霞久绝飞琼字，人在谁边。
人在谁边，今夜玉清眠不眠。
香消被冷残灯灭，静数秋天。
静数秋天，又误心期到下弦。

这首《采桑子》，上片写仙境，下片写人间。天上人间，凡人仙女，音书隔绝，唯有心期。

首一句“彤霞久绝飞琼字”，便点出仙家况味。道家传说，仙人居住的地方有彤霞环绕，于是彤霞便做了仙家天府的代称。飞琼是一位名叫许飞琼的仙女，住在瑶台，做西王母的侍女。据说瑶台住着仙女三百多人，许飞琼只是其中之一，她在某个人神相通的梦境中不小心向凡间泄漏了自己的名字，为此而懊恼不已——按照古代的传统，女孩家的名字是绝对不可以轻易示人的。最后“飞琼字”的“字”是指书信，这一来，整句话的意思就是在说：很久很久没有收到仙女许飞琼从仙家天府寄来的书信了。

那么，既无书信可通，不知道仙女现在正在哪里呢？她为什么还不寄信给我呢？她到底心里在想着什么呢？——叠唱“人在谁边”，叹息反侧。

“今夜玉清眠不眠”，“玉清”也是仙家语。道家诸天界，最高是大罗，民间传说里还一直都有“大罗真仙”的说法，而玉清正是从大罗而来——大罗生三气，化为三清天，也就是说，大罗天生出了玄、元、始三气，分别化为玉清、上清、太清三般天界，是为三清天。现在我们还经常可以在一些名山道观里看到大罗宫、玉清宫、上清宫这样的名字，这都是从道家的诸天传说而来的。

玉清同时也是一位仙女的名字，在人间也留下了几多美丽的故事。据唐人笔记，玉清姓梁，我们该称她为梁玉清，她是织女星的侍女，在秦始皇的时代里，太白星携着梁玉清偷偷出奔，逃到了一个小仙洞里，一连十六天也没有出来。天帝大怒，便不让梁玉清再做织女星的侍女，把她贬谪到了北斗之下。

但是，无论是玉清天，还是玉清仙女，在容若的词里并不会构成矛盾的解释，它们都可以并存于容若这同一个用典手法之中。那么，“今夜玉清眠不眠”，也就是容若在惦记着那位仙女：今夜你在玉清天上可也和我一般地失眠了吗？——容若自己的无眠是这句词里隐含的意思：正因为我无眠，才惦记着你是否和我一样无眠。

容若是在思念着一位仙女吗？这世间哪来的仙女？这，就是文人传统中的仙家意象了。仙女可以指代道观中的女子，也可以作为女性的泛指。

写爱情诗，毕竟无法直呼所爱女子的名姓，所以总要有一些指代性的称谓，比如前文讲过的谢娘就是一例。更多的例子是用古代的美女名字或者传说中的仙女名字。早从宋玉的《神女赋》，以至曹植的《洛神赋》，神女（仙女）的传统便创建而绵延，而仙家又和道教关系密切，在唐代，皇室贵族女子出家而入道观，在原本就以开放著称的大唐盛世之下，道观便往往成为了才女们的文化沙龙，使得文人名士们趋之若鹜，衍生出一段段风流俊雅的爱情故事。

所以，仙女的意象早已经渐渐地固化成了一种文化符号，许许多多复杂的意思尽被凝练在这一个小小的符号之内，使诗词的语句越发简短，而所蕴涵的意义越发无穷。随着传统的不断积淀，诗词也越发显得像是一种符号体系，我们只有具有了悠游于与诗人们同样的符号体系之内的能力，才能够领略出诗词那凝练的语句中浅层与深层的多项歧义。这也正是诗词作品的魅力所在。

词的下片，由天上回落人间，由想象仙女的情态转入对自我状态的描写。“香消被冷残灯灭”，房间是清冷的，所以房间的主人一定也是清冷的，那么，房间的主人为什么不把灭掉的香继续点燃，为什么不盖上被子去暖暖地睡觉，就算是夜深独坐，又为什么不把灭掉的灯烛重新点起?

因为，房间的主人想不到这些，他只是静静地坐在漆黑的房间里“静数秋天”，静静地计算着日子。也许仙女该来信了吧？也许该定一下相约的时间了吧？也许再过几天就可以收到仙女的音讯了吧？等待的日子总是过分地难挨，等待中的时间总是过分地漫长。待到忽然惊觉的时候，才发现“又误心期到下弦”。

心期，即心意、心愿。就在这一天天的苦挨当中，不知不觉地晃过了多少时光。

这末一句，语义蒙眬，难于确解，但意思又是再明朗不过的。若“着相”来解，可以认为容若与仙女有约于月圆之日，却一直苦等不来，挨着挨着，便已是下弦月的时光了；若“着空”来解，可以认为容若以满月象征团圆，以下弦月象征缺损，人生总是等不来与爱侣团圆的日子，一天一天便总是在缺损之中苦闷地度过。

求之不得，寤寐思服；优哉游哉，辗转反侧。

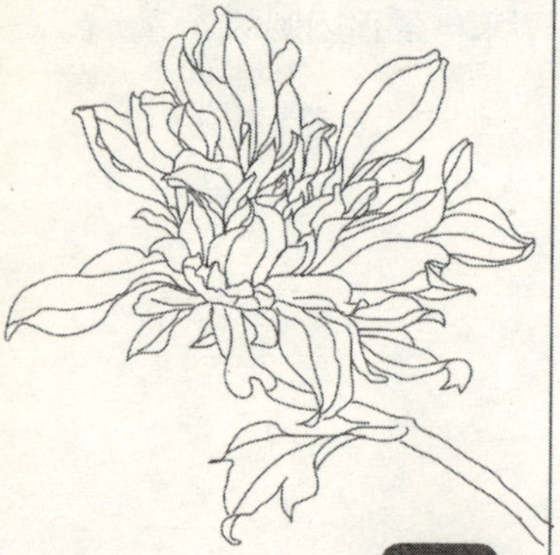

八

·采桑子·

桃花羞作无情死，感激东风。
吹落娇红，飞入窗间伴懊侬。
谁怜辛苦东阳瘦，也为春慵。
不及芙蓉，一片幽情冷处浓。

这首《采桑子》，看上去只是一首泛泛的伤春自怜的小令，其实另有本事。

“桃花羞作无情死”，桃花，是个艳丽娇柔、多情婉转的意象，花开总要花落，而桃花的落地却是不甘心的，因为它是多情的花，无法接受无情的死。和人一样，多情的花总要有某种多情的死法。

“桃花羞作无情死”是从桃花而言，接下来的“感激东风”是从观花的容若而来的。感激东风，把娇红的桃花吹落，没有任它委于尘土泥泞，而是吹它飞进了容若的小窗，让它来陪伴容若这个正陷于烦恼郁闷的才子。——“懊侬”，就是烦恼、懊恼的意思，这里是指称烦恼中的容若。

下片开始，“谁怜辛苦东阳瘦”，是容若的自况。

东阳瘦是南朝沈约的典故，沈约也是和容若一样的美男子，也一样的才调高绝，我们现在得以欣赏四声分明、抑扬顿挫的诗词音律，还得要感谢沈约这位音律研究的开山鼻祖。沈约曾做东阳守，人们便称他为东阳，这是古人一种习惯的称谓方式。沈约在一次书信中谈到自己日渐清减，腰围瘦损，此事便成为了一个典故，习见的用法是“沈腰”或“沈郎腰”——前者如李后主的名句“沈腰潘鬓消磨”，后者如许庭“东君特地，付与沈郎腰”。有趣的是，沈约的腰肢消瘦本来是愁病所损，但一来因为六朝时代特殊的审美品位，二来因为沈约素来有美男子之称，故而沈腰一瘦，时人却许之为风流姿容。

容若用沈约之典也最是风流自况得得体，因为容若和沈约有太多相似的地方，除了才情与姿容之外，他们都有一副孱弱易病的身体，也都是各自时代里为人欣赏、为人仰慕、为人效法的模特。——容若二十四岁那年刊刻的第一部词集题为《侧帽词》，用的是北朝独孤信的典故：独孤信姿容绝代，大为时人所慕，一天他出城打猎，回来的时候帽子不小心被风吹歪了，独孤信要急忙赶在宵禁之前回城，并没有留心到这个小小的细节。等到第二天，城里却突然出来一件怪事：满城的男子们尽是歪戴帽子的造型，流行就是这样，比风吹得还快。

容若词集用独孤信侧帽的掌故，正是贵公子风流自赏的姿态，和消瘦的沈约正有一拼。所以，容若以东阳瘦的掌故自况，自是贴切得很，同时也交代了自己正在病患愁闷之中，无力出门，故而需要那窗外飞来的多情桃花的陪伴。

“春慵”，是说自己之所以身心如此慵懒，非关他事，只因为春天将尽。

——但是，事情真的是这样吗？

"不及芙蓉，一片幽情冷处浓"，脱自王次回的"个人真与梅花似，一片幽香冷处浓"。王诗有个主语"个人"，容若化来的句子却没有主语，凭空生出了几多歧义。如果主语是桃花，这就似是在说，桃花虽艳，却不及芙蓉的清幽，纵然在寒冷的地方也散发着浓浓的芬芳。——这里又可有两解，一是桃花不及芙蓉可以在冷处有浓香，二是桃花不及芙蓉，桃花落到了房间里寒冷的角落，偏偏幽香更甚。这两个解释，在文法和意思上都是通畅的。

但是，如果浓的是"幽香"，那么"冷处浓"显然不是在说芙蓉，因为芙蓉和桃花一样，也是属于春夏季节的，所以，只有王次回原句中的梅花才真正堪当此喻。而容若把王诗原句中的"幽香"换作了"幽情"，这一字之差，含义迥异。"幽情"应当是人的情愫，是容若自己的情愫，是容若自比为"不及芙蓉"。

但是，新的歧义又出现了：芙蓉在这里是个凭空而来的意象，上无所承，让人很难搞清楚用在这里是什么意思，而且芙蓉和"冷处"恐怕也很难搭上关系。

芙蓉是什么？一般而言是指荷花。荷花在诗词里有很多名字，比如菡萏，李璟的名句有"菡萏香销翠叶残"；比如芙蕖，苏曼殊诗有"笑指芙蕖寂寞红"，总之这个意象是与容若的词中场景难以合拍的。

问题到底在哪里呢？这还要从容若这首《采桑子》的写作背景说起。

这时候的容若虽然年纪还轻，但早已经拜了名师，熟读了各种儒家经籍，在十八岁那年通过了乡试，中了举人，次年春闱，容若再一次考取了很好的成绩，接下来的三月就是科举考试的最后一关——由皇帝亲自在保和殿主持的殿试。对这次殿试，容若志在必得，而以他的才学而论，也确有必得的把握。但上天总是不遂人愿，就在临考的当口，容若的寒疾突然发作，无情地把他困在了院墙之内、病榻之上。

上天是无情的，所以容若幻想着桃花的有情，如果春天就这样过去，下一次的殿试就要等到三年之后了。而他的这一病，也真的病过了一整个春天。所以，容若这首词里的伤春、“懊侬”与“春慵”就是为了这件事情。

“不及芙蓉”，自然也是在这个背景之下的。所以，芙蓉便不是指芙蓉花，而是指“芙蓉镜”的典故。

芙蓉镜，字面意思就是形似芙蓉的镜子。传说唐代李固在考试落第之后游览蜀地，遇到一位老妇，预言他第二年会在芙蓉镜下科举及第，再过二十年还有拜相之命。李固第二年再次参加考试，果然如言及第，而榜上恰有“人镜芙蓉”一语，正应了那老妇的“芙蓉镜下及第”的预言。二十年过去，李固也果然如言拜相。这一典故，在蒙学读本《龙文鞭影》里被写为“李固芙蓉”，所以，容若这句“不及芙蓉”的芙蓉并不是芙蓉花，却是这一朵事关科举的“李固芙蓉”。于是，下启“一片幽情冷处浓”，正是抒写自家在殿试希望落空之后的懊恼之“幽情”——尤其，是在友人高中、一派欢天喜地的时候，自己却病榻独卧，倦看春归，只有一朵偶然被东风送入窗口的桃花为伴……

读书人一生中最重要的一个关卡就这样被无可奈何地错过了，但上天这一次也许真的怜惜了他的苦闷：病愈之后，他结了婚，得到了他生命中第二个重要的女人——卢氏。

九

·采桑子·

非关癖爱轻模样，冷处偏佳。
别有根芽，不是人间富贵花。
谢娘别后谁能惜，飘泊天涯。
寒月悲笳，万里西风瀚海沙。

这首《采桑子》原有小题："塞上咏雪花"，是容若在陪同康熙皇帝出巡塞外的途中写成的。和他的京华词作、江南词作不同，容若的塞外作品自有一番别种风情，正是一方水土造就了一类词风。

从标题来看，"塞上咏雪花"，按照传统的分类，这是一篇"咏物"的令词，但容若的独特之处在于：他打乱了传统咏物诗词的一个内部分野，造出了一种"错位"的手法。——传统咏物的诗词里，咏雪早有名篇，譬如祖咏《望终南余雪》：

终南阴岭秀，积雪浮云端。
林表明霁色，城中增暮寒。

再如韩愈的《春雪》:

新年都未有芳华，二月初惊见草芽。
白雪却嫌春色晚，故穿庭树作飞花。

咏花的名篇也有很多，比如薛涛的《牡丹》:

去春零落暮春时，泪湿红笺怨别离。
常恐便同巫峡散，因何重有武陵期?
传情每向馨香得，不语还应彼此知。
只欲栏边安枕席，夜深闲共说相思。

这些咏物名篇之中一般又可以分为两类，一类是祖咏《望终南余雪》那样的写生图，但见物态而不见我心，一类是薛涛《牡丹》那样的比兴式的借题发挥体，由物而及我，明言是物而实言是我。从这层意义上说，容若的这首咏雪小令即属于后者。但我们会惊奇地发现:前人有咏雪、有咏花，容若咏的却是“雪花”——他完全抛开了咏雪的成规，把雪花当做和牡丹、菊花一样的花儿来作歌咏，以咏花的传统来咏雪，给读者的审美观感造成了一种新奇的错位，这正是容若才调高绝而天马行空、自由挥洒而独出机杼的一例。

“非关癖爱轻模样”，这一句化自孙道绚的咏雪词“悠悠飏飏，做尽轻模样”。“轻模样”这个词，略显轻浮、轻薄之气，似是在说:这种轻浮的模样不是一个君子所应该喜欢的。是呀，雪花无根，轻轻薄薄，一个劲儿地乱飘而没有一点点稳重的样子，哪像牡丹的稳重，哪像梅花的孤高，简直就是一种再轻浮不过的花儿了么!——看，如果是以咏雪的角度来咏雪，自然不会出现这种问题，而一旦把雪花也当做是群芳之一种，以花儿的标准来评判它、衡量它，就会发现它竟然如此地不合格！这就是错位手法在凭空地制造矛盾，制造出一种前所未有的新矛盾，然后，再以一种新奇的手法来解决这个矛盾。

“非关癖爱轻模样，冷处偏佳。”容若像是在用一副自我辩解的口气：我也知道雪花是一种轻浮的花儿，而我也并不是一个特别喜欢这种轻浮之美的人，我之所以喜欢雪花，只是因为它在群芳尽绝的寒冷地带里如此惊人地显示了它那与众不同的美。它的美是孤独的，只属于“冷处”，在其他地方全然不见，而相反地，在它自己的寒冷世界里也一样看不见其他的花儿。

那么，它为什么是这样地孤独、这样地与群芳难以和谐共处呢？不为别的，只因为它“别有根芽，不是人间富贵花”。——这一句是全词当中的点睛之笔，表面上在解答上一句里留下来的关于雪花的疑问，实则却是容若的自况：雪花的根芽不是来自泥土，而是来自天外，它和我一样，不属于这个绚烂富贵的金粉世界，它虽然美丽，但绝不会与牡丹、芍药为伍。这里，便呈现出了全词当中的第二次错位：如果雪花没有生在寒冷孤绝的天外，而是生在人见人羡的牡丹和芍药们的富贵世界里，这对它而言算得上一种幸福吗？而我，一个本属于山水林泉的诗人词客，生长在富贵之家，奔波于仪銮之侧，这种人见人羡的生活对我而言算得上一种幸福吗？——这便是本性与环境的错位，就如同林妹妹嫁给了薛蟠，就如同妙玉被方丈指派去给寺庙里“请”佛像的游人们开光收费。（小注：就如同让好熊哥哥模仿安意如的风格去讲解纳兰词。^_^）

这种天性与环境的错位便造成了这样一种感受：生活是一场早经注定的悲剧，是以一己之力极难摆脱的悲剧，而生活又不得不在这个错位的悲剧中继续下去。这便是一种凄凉到骨的无奈，明知生活在别处，脚力却走不到那里，就算你仅仅是讲给人听，也没人信你。

“谢娘别后谁能惜”，“谢娘”前文已经讲过，一般是对心爱的女子的代称，但这里的谢娘却实有所指，就是前文也已经介绍过的那位晋代才女谢道韫。当初，谢道韫比拟雪花，以一句“柳絮因风起”得享大名，可谓是雪花的红颜知己，而如今，谢才女早已红粉成灰，你这生长于孤独、生长于天外的雪花还能够寻找到第二位知己吗？

读到这里，我们才明白容若这“谢娘”一词看似实指，其实一语双关，它并没有舍弃这个美丽词汇里“对心爱的女子的代称”的意象。这个谢娘到底是谁呢？一定就是容若的发妻卢氏。他们在一起仅仅生活了三年，三年的知心、三年的快乐换来了一生的悼亡与思念。

“谢娘别后谁能惜，飘泊天涯”，在谢道韫之后，没有人再对雪花报以真切的怜惜了，雪花孤零零地在天涯飘泊，和人间的世界交集和不融合；在卢氏之后，又还有哪位红粉、哪双红袖，对容若报以同样的相知呢？只任容若孤零零地在富贵的人间飘泊不息，和嚣嚣攘攘的人群交集而不融合。他虽然生活在他的社会里，对于他的社会，他却仅仅是一个冷冰冰的旁观者。锦衣玉食的生活是那么稳固、那么牢靠，但对容若而言，这却不是稳固，而是飘泊；不是家乡，而是天涯。

“寒月悲笳，万里西风瀚海沙”，和雪花做伴的，有寒月，有悲笳，有张狂的西风，有大漠的流沙。这一切苍凉的符号密集地堆积出了一个苍凉的意境，之后，戛然而止。

戛然而止的背后到底是些什么呢？雪花可在思念着千年之前的那位谢娘？容若可在思念着三生三世之前的那另一位谢娘？雪花可曾在北方的极寒之地找到了自己的天堂？容若可曾在注定的那个金粉世家里觅到了自己的渔村蟹舍？

在真正的那片北方的极寒之地，多年之后，阿赫玛托娃也写过一首咏雪的名篇，她悠扬的哀歌弥漫在雪花的飞舞之中，在某一段已经被雪花遮盖而看不清方向的道路上，“在某个不可考的远古的世纪，我和你曾在这路上并肩而行”。——你，既是你，也是我；既是相知于我的你，也是天性中的那个我。我虽然刻骨地绝望于在今生今世里与今生今世的疏离，却不妨幻想在某一个不可考的远古的世纪，我，和我天性中那个真正的我在一条真正地属于自己的道路上，并肩前行。

十

·采桑子·

谢家庭院残更立，燕宿雕梁。
月度银墙，不辨花丛那辨香。
此情已自成追忆，零落鸳鸯。
雨歇微凉，十一年前梦一场。

在纳兰词中，这首《采桑子》是颇为难解的一首，像是追忆，像是悼亡，扑朔迷离，踪迹莫辨。

大约来看，“谢家庭院残更立，燕宿雕梁”，这像是在写当下的实景，也像是在写一番追忆；“月度银墙，不辨花丛那辨香”，这就应该是怀念当初的一段情缘了；下片开始“此情已自成追忆”，话锋转折，明证上片的情境属于“追忆”；“雨歇微凉，十一年前梦一场”，是在说从被“追忆”的那段日子直到现在，已经过了十一年了，回想起来，恍如一场大梦。

“谢家庭院残更立，燕宿雕梁”，谢家、谢娘、谢桥，这都是容若词中常用的意象，甚至因此而有人推断容若的某位恋人必定是个姓谢的女子。真相是否如此，却让人无从琢磨了，毕竟，谢家、谢娘这般词句早已有其特定的指向含义，纵然巧合为写实并非绝无可能之事，但若为凿实之论，毕竟还是需要一些证据的。

从词句的字面来看，在华丽的雕梁上，燕子还在轻轻地睡着，这正是夜阑人静的时候，却有人独立中庭，一夜无眠。——这两句词，十一个字，短短地便勾勒出了这样的一幅完整的画面，但是，我们却无法根据词意把这个画面用画笔真正地勾勒在纸上，因为我们分辨不出这个无眠而独立中庭的人究竟是谁——是容若自己，还是那个被他思念着、爱慕着的谢娘?

这便是诗与画的区别之一。从王维始，人们便有“诗中有画，画中有诗”的说法，但诗句对一个具体情境的描摹却未必都是可以用画笔表现出来的，因为诗句有时候会被刻意或无意地留“空”，或者说，留下一些歧义，而这歧义因为可东可西、可此可彼，而无法被具体落实为一个确定的意象。现在我们遇到的便是这样的一个问题：这个人，这个在谢家庭院里无眠而独立的人，究竟是谁?

无论是谁，无论是他还是她，在语意和情节上都是讲得通的。第一种解释是：这个院子既然是“谢家庭院”，不眠而独立的自然应该是那位被容若爱着的女子吧？容若在思念情人，却反过来说是情人在思念着自己，这种表达是诗词里的一个传统手法，为唐宋以来所习见。情人在思念着自己，心焦地看着月亮在慢慢地移动着，慢慢地照进了银光铺满的院墙……

第二种解释是：容若在十一年后站在情人当初住过的院落里，一夜无眠，沉思十一年前的往事，那时候，也是这样一个月光明媚的夜晚，月亮偷偷地照进了院墙，自己也跟着月光偷偷地溜进了院子，偷偷地和恋人相会。——这可不是过度阐释，“月度银墙”之所以可以产生出这样的一个暗示，就是因为下面这句“不辨花丛那辨香”。

“那”，就是现代汉语中的“哪”，这一句脱胎自元稹的《杂忆》，容若只是换掉了一个字而已，元稹的诗是：

寒轻夜浅绕回廊，不辨花丛暗辨香。
忆得双文胧月下，小楼前后捉迷藏。

元稹这首诗的来历，有人说是悼亡之作，也有人说就是《西厢记》的本事。现在看来，后者似乎更加可取。元稹就是《西厢记》中张生的原型，“忆得双文胧月下”的双文就是崔莺莺的原型。元稹在婚前曾和双文有过一段始乱终弃的热恋，这首《杂忆》就是元稹回忆当初那跳墙约会的心动场景：那时候，天气略微有些凉意，夜色浅淡（也正是容若词中“残更”的时候），回廊曲折，朦胧难辨，“不辨花丛暗辨香”语涉双关，表面是说在夜色当中难以辨认花丛的位置，故而只能靠花丛的香气来判断方向，暗示的意思则是：在花丛的芬芳之中暗中辨认恋人身上的香气，偷偷地摸索着她的位置，然后，就是说双文姑娘在朦胧的月色底下欲迎还却，和自己玩着捉迷藏的游戏，不让自己轻易找到。

元稹其人，悼亡诗写得真切感人，写成了历代悼亡诗中顶峰上的顶峰，而这首《杂忆》（这是一套组诗，一共五首）却可以说是在悼亡之后的另外一番悼亡，是雕像的影子，是月亮的背面。是呀，最难知的，始终都是人心。

“不辨花丛暗辨香”，明末王彦泓《和孝仪看灯》也袭用过这个句子，也是改了一个字。王诗是：

欲换明妆自忖量，莫教难认暗衣裳。

忽然省得钟情句，不辨花丛却辨香。

王诗是写女子和情人在灯会相约，怕情人在人群中找不出自己，便打算换上明艳的妆饰，这时候却忽然想起了一句爱情格言，“不辨花丛却辨香”，那还是原样打扮好了，就让情人来个“闻香识女人”吧。

——以上就是容若词中“不辨花丛那辨香”一句的所本。这样看来，似乎倒和前文讲过的那个容若的小表妹能够搭上一些关系，难道这就是在暗示着容若趁着国丧混在喇嘛的队伍里偷偷入宫，在无数的宫中女子当中和表妹的那次无言的一晤？如此说来，“月度银墙”的“月”不正是容若的自比么？

容若的挚友顾贞观的词集里也有一篇《采桑子》，和容若此篇无论在用韵和词句上都大大相像，很像是一篇和作：

分明抹丽开时候，琴静东厢。天样红墙，只隔花枝不隔香。

檀痕约枕双心字，睡损鸳鸯。辜负新凉，淡月疏棂梦一场。

抹丽就是茉莉，在茉莉花开的时节，本该也是诗酒琴棋的日子，但斯人却毫无意绪，静默无言。困扰他的正是浓浓的相思，而这相思，隔着一堵“天样红墙”，她在墙里边，他在墙外边。高高的红墙隔断了两个人，却隔不断两颗心，此即“只隔花枝不隔香”。但世间最苦之事莫过于心相连而人相隔，于是“檀痕约枕双心字，睡损鸳鸯”。

檀痕，是沾染着胭脂香气的泪痕；约，是覆盖的意思；双心字，是枕头上织就的双心图案。这一句想象红墙那边的女子，泪痕沾湿了枕头，彻夜难眠，日渐消瘦憔悴。那相恋的日子，那大好的青春，就位于北京什刹海北沿44号的醇亲王府。初为清康熙朝大学士明珠的宅第，纳兰容若生于此，逝于此，他的许多作品也写成于此。后为乾隆朝重臣和砷的别墅，嘉庆年间为成亲王永瑆的府邸。清光绪十五年，为中国末代皇帝爱新觉罗・溥仪的父亲醇亲王载沣的府邸。现为国家宗教事务局使用。国家机构外人不得入内，但王府也有部分是开放的，就是它的西花园。在经历了太多的王公贵族和和历史名人之后，这座园子现在的名称是宋庆龄故居。

激东风
吹落娇红
飞入窗间伴懊侬

这样徒然错过，只剩下淡月照窗棂，迷迷茫茫，恍如一梦。

顾词或许可以作为解读纳兰词的一个参照。这样看来，传统的认为这是一首悼亡词的说法恐怕站不住脚，容若和他十一年前的爱情并不曾人鬼殊途,只是隔着一堵“只隔花枝不隔香”的“天样红墙”罢了。

“此情已自成追忆，零落鸳鸯”化自李商隐的名句“此情可待成追忆”——下片语气一转，当初那“月度银墙，不辨花丛那辨香”的往事早已经成了空空的追忆，鸳鸯零落，各自东西。容若沉吟至此，忽然惊觉“雨歇微凉，十一年前梦一场”，雨停了，空气中有了浅浅的凉意，仿佛往事过去了，心头便是浅浅的凄凉。十一年了，过去的，也许只是一个梦吧?

也许只是一个梦吧？——这是容若的自我开解吗？十一年的间隔也难以忘怀的爱情，也终于会从寒战到麻木，再到松手吗？是呀，是会像 Emily Dickinson 那样如挨过冻的人记起了雪吗?

This is the Hour of Lead

Remembered,if outlived,

As Freezing persons,recollect the Snow

First—Chill—then Stupor—then the Letting go—

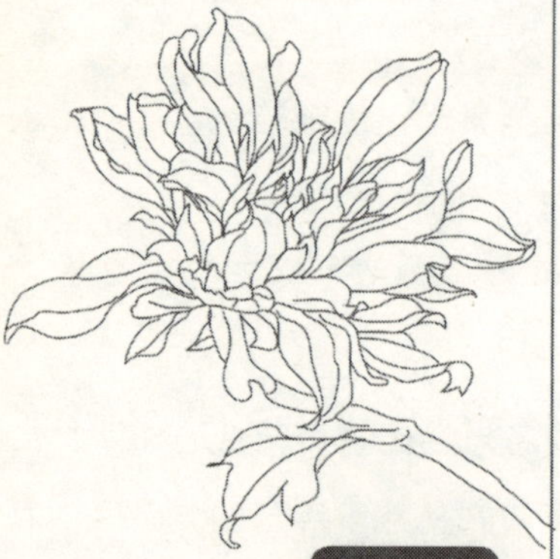

十一

·采桑子·

而今才道当时错，心绪凄迷。
红泪偷垂，满眼春风百事非。
情知此后来无计，强说欢期。
一别如斯，落尽梨花月又西。

历代诗词被传唱出无数名句，各有各的性格。李商隐“沧海月明珠有泪，蓝田日暖玉生烟”，这是一类，你说不清它到底要表达什么，说不清诗人到底在想些什么，句子里的每个字、每个词、每个典故，你都能说上明确的意思来，而当它们凑成了完整的一句话，你却迷惑了、茫然了；李白“明月下天山，苍茫云海间。长风几万里，不度玉门关”，这也是一类，意思明确，用语朴实无华，却自有一番磅礴大气，沛莫能御；岳飞“壮志饥餐胡虏肉，笑谈渴饮匈奴血”，也是一类，家国兴亡之悲，匹夫有责之志，无不溢于言表；马致远“枯藤老树昏鸦，小桥流水人家”，也是一类，只是几个名词的铺陈，看上去客观冷静，如同一幅风景画小品，却以精选出来的一些意象的堆砌表达了画中人的悲凉与忧伤……

容若的名句却是另外一种风格，直抒胸臆、脱口而出、不加雕琢、平淡如话，譬如“人生若只如初见”，譬如“情到多时情转薄”，譬如“当时只道是寻常”，都只是男女世界里最平常不过的感情，容若有过，你我也或多或少地都曾有过，这般感情以最平淡的语言表达出来，却在第一眼就把人打动。

是的，有些句子的好需要用岁月来体会，譬如“冠盖满京华，斯人独憔悴”；有些句子的好需要反复吟哦才能体会，譬如“共眠一舸听秋雨，小簟轻衾各自寒”；有些句子的好是在读不明白的困惑中体会到的，譬如“一春梦雨常飘瓦，尽日灵风不满旗”；而容若的好，却在于明明白白、直指人心，弹指间便道破了世间每一个情中男女的心事，只一个照面便会使人落泪。

若以佛事喻诗词，李杜当属大乘般若一脉，胸怀兼济之情，词多绚烂之笔；李商隐如同三论宗，词章一出，美到极至，也模棱到极至，待要说，却说不出，正是不生亦不灭，不常亦不断，不一亦不异，不来亦不出；姜夔一身兼天台与律宗二门，先是一个圆字，圆融三谛，有大包容之相，兼之法度森严，绵密细致，钻之弥深；辛弃疾如同唯识宗，义理深邃、论说谨严，理常在情之侧，情不在理之上；至于容若，却如禅宗，他的词句每有直指人心、见性成佛的力量，让人在第一眼相识处，便骤生顿悟之心。

这首《采桑子》便是一例。“而今才道当时错”，劈头道来，恍如禅师的当头一棒。但细想想看，这一句又有什么特别的呢？如果翻译成白话，无非就是“现在才知道当时错了”；或如“人生若只如初见”，也不过是“人和人之间要是都能保持最初见面时的感觉就好了”；“当时只道是寻常”，就是“当初拥有的时候不觉得有什么特别，直到失去了以后才知道珍贵”，这样的句子如果拿到现在，恐怕就连《读者》和《青年文摘》这样的杂志都不会刊登，要登大雅之堂就更别想了。

不过，从词的正根来说，本来就是登不了大雅之堂的东西，当初的知识分子去填词，就好比现在的部长、局长和大学教授们去写流行歌曲的歌词，作为闲情逸趣倒也无妨，但毕竟不是个正经东西。但是，词的魅力其实也正在这里，正因为“不是个正经东西”，才更能够直抒胸臆，不必遮遮掩掩，才可以放下“文以载道”的黄金帽子，才可以扯开“诗以言志”的西服硬领，自由自在，无拘无束。于是，最普遍不过的情感，最平常不过的言语，经过容若那浸淫着绝世之天资与学养的喉咙，不经意地流露出来，遂成千古的名句。这，就像莫迪里阿尼在酒醉之中、在狂欢之后，匆匆几笔散淡的勾勒，便可以在拍卖会上赢得一个天价。

“而今才道当时错，心绪凄迷”，另一种美，就在于语言的歧义。“当时错”，现在才明白了、才后悔了，可是，当时“错”的究竟是什么呢?是我当初不应该与你相识，还是当初我与你不该从相识而走得更近，还是当时我应该牢牢地抱住你、不放你离去?——“错”，可以是此，可以是彼，词中并没有交代清楚，也不需要交代清楚，那个宽敞的空间是留给读者的想象力的，作者不应该去侵占、去剥夺，也不能够去侵占、去剥夺。

“红泪偷垂，满眼春风百事非”，这句是设想那个女子，她在偷偷地垂泪，她是在为我伤心，还是在为自己伤心?是在为失去的伤心，还是在为得到的伤心?

红泪，形容女子的眼泪。当初，魏文帝曹丕迎娶美女薛灵芸，薛姑娘不忍远离父母，伤心欲绝，等到登车启程以后，薛灵芸仍然止不住哭泣，眼泪流在玉唾壶里，染得那晶莹剔透的玉唾壶渐渐变成了红色。待车队到了京城，壶中已经泪凝如血。

红泪，形容女子的伤心，一般用来作为泛指，但容若用这个典故，不知道有没有更切合一些的含义呢？——有情人无奈离别，女子踏入禁宫，从此红墙即银河，天上人间远相隔。这，是否又是表妹的故事？说不清。

“满眼春风百事非”，这似乎是一个错位的修辞，要说“百事非”，顺理成章的搭配应该是“满眼秋风”而不是“满眼春风”，但春风满眼、春愁宛转，由生之美丽感受死之凄凉，在繁花似锦的喜景里独会百事皆非的悲怀，尤为痛楚。此刻的春风和多年前的春风没什么两样，但此刻的心绪却早已经步入了秋天。

“情知此后来无计，强说欢期”，回想当时的分别，明明知道再也不会有见面的机会了，但还是强自编织着谎言，约定将来的会面。那一别真成永诀，此时此刻，欲哭无泪，欲诉无言，唯有“落尽梨花月又西”——情语写到尽处，以景语来作结；以景语的“客观风月”来昭示情语的“主观风月”；这既是词人的修辞，也是情人的无奈。正是：无限愁怀说不得，却道天凉好个秋。

十二

·临江仙·谢饷樱桃·

绿叶成阴春尽也，守宫偏护星星。
留将颜色慰多情。分明千点泪，
贮作玉壶冰。
独卧文园方病渴，强拈红豆酬卿。
感卿珍重报流莺。惜花须自爱，
休只为花疼。

我们来侦破一个案件吧。一个诗案，从博尔赫斯的一座花园说起。博尔赫斯的《短歌》里有一首是这样的：

暮色隐藏下，一只小鸟的独鸣已归于沉默，
你徘徊在花园里，想必缺少什么。

你“想必”缺少什么，这是我的推断，这是你的必然，但是，你，到底缺少的是什么呢？我只看到了你在暮色中沉默的花园里徘徊，我知道你的心中定有所缺，但我不知道你缺少的到底是什么。即便你用最动人的歌喉把你的缺失唱了出来，唱给我听，唱给所有的人听，我们却未必听得出来。

诗，往往就是这样的。

容若的这首《临江仙》，我们听得出那深沉的缺失的声音，却捕捉不到那迷离的缺失的轮廓。

从词题来看，“谢饷樱桃”，是有人送了樱桃给容若，容若写词作答，表示感谢，但词中那若隐若现的典故，那“绿叶成阴”“千点泪”“红豆”“惜花”的意象，却似隐藏着千般情事，绝不仅仅是一声感谢那么简单。

“绿叶成阴春尽也”，这是杜牧的一则故事。当初，杜牧在湖州偶遇了一个女孩，姿容绝代，让杜牧一见倾心。但当时女孩年纪还太小，杜牧也只是沉沦下僚，于是，诗人与女孩的母亲约以十年为期，届时自己定当高车驷马迎娶这位将来的新娘。

十年弹指匆匆过，杜牧却没有如约归来。又过了四年，一共是十四年了，终于天可怜见，杜牧做上了湖州刺史，高车驷马地来寻回十四年前的约定，才发现当初的少女早已为人妇、为人母了。杜牧感时伤事，写下了一首《叹花》诗：

自恨寻芳到已迟，往年曾见未开时。

如今风摆花狼藉，绿叶成阴子满枝。

诗中以花为喻，说自己寻芳而来，却来得迟了，徒然回想当年看花而花儿未开时候的美色，如今，风波几度，花儿早已开过、早已谢过，只见绿叶成阴，果实挂满了枝头。——诗中明为叹花，实为惜人，以今天那女子嫁人生子的“绿叶成阴子满枝”对照十四年前“往年曾见未开时”，悲惜之情溢于言表。这一句“绿叶成阴子满枝”便是容若开头那句“绿叶成阴春尽也”的文辞所本。那么，容若到底是用典呢，还是白描而已?

下一句紧承上文，“守宫偏护星星”，似乎也是男女情事的意象。但难题是，“守宫”至少有两种解释，风马牛不相及，哪个才是正确的呢?

第一种解释是：守宫，是蜥蜴的一种，人们把这种守宫蜥蜴放到器皿里养着，除了正常的喂食之外还要喂它朱砂。守宫蜥蜴天天吃着朱砂，到吃够七斤朱砂的时候，全身的皮肤便都转成了朱红的颜色。这个时候就要残忍一下了，用杵臼把它捣碎，这便做成了守宫砂，如果点在女子身上，就会成为一个终生不褪的红点，只有在经历房事之后，守宫砂才会褪去。

这自然是一个男女情事的意象，至于“星星”，也有两解，一是形容某人送来的这些樱桃星星点点，可爱诱人；二是通于“猩猩”，是形容樱桃的猩红的颜色——前人咏花曾经用过这样的比喻，如皮日休《重题蔷薇》就曾说过蔷薇花的颜色“浓似猩猩初染就”。

那么，“守宫偏护星星”，应当是在形容樱桃的颜色和形态（颜色是守宫砂的朱红色，或者说是猩红色，体态是星星点点，娇小可人），但是，“星星”的两般解释虽然都可以并列而无碍，“守宫”的另外一解却会导向一个截然不同的答案。

守宫之名，既是蜥蜴之一种，也是树之一种。这种树名叫守宫槐，树叶很是奇特：白天全都聚合起来，到了晚上才舒展打开。若取此解，“绿叶成阴春尽也，守宫偏护星星”的意思便是：春天已尽，花儿谢了果实结，绿叶成阴，浓密的枝叶护住了星星点点的樱桃。这样一来，便全无了男女情事的意象，只不过是从眼前的樱桃直接铺陈而已。

哪种解释才对呢？还要往后慢慢看来。

“留将颜色慰多情”，字面似是在说：感谢某人送来这些朱红艳丽的樱桃，以樱桃的喜人的颜色抚慰我这个多情的人、这颗多情的心。

而下一句“分明千点泪，贮作玉壶冰”又是用典。“分明千点泪”，是说这颗颗的红色樱桃哪里是樱桃呢，分明就是千点万点的眼泪——这便暗用了前文提到过的“红泪”的典故：当初，魏文帝曹丕迎娶美女薛灵芸，薛姑娘不忍远离父母，伤心欲绝，等到登车启程以后，薛灵芸仍然止不住哭泣，眼泪流在玉唾壶里，染得那晶莹剔透的玉唾壶渐渐变成了红色。待车队到了京城，壶中已经泪凝如血。

眼泪确是眼泪，玉壶也确是玉壶，典故运用中拍中节，但是，玉壶当中明明是泪凝如血，又何来“玉壶冰”这个意象呢？

——“玉壶冰”其实用到了另外的典故，而且恼人的是，和“守宫”的典故一样，“玉壶冰”也有两解。其一，“玉壶冰”最早的出处应是鲍照的《代白头吟》，诗中有“直如朱丝绳，清如玉壶冰”，分明是气节风骨之象征。后来，玉壶冰便成为了诗词中常见的一个意象，每每为诗人所吟咏，譬如，唐代京兆府试，时年十九岁的王维便以“清如玉壶冰”为题写下了一首名篇：

玉壶何用好，偏许素冰居。
未共销丹日，还同照绮疏。
抱明中不隐，含净外疑虚。
气似庭霜积，光言砌月余。
晓凌飞鹊镜，宵映聚萤书。
若向夫君比，清心尚不如。

王维以玉壶盛冰作比，玉和冰，一个高贵，一个纯洁，两者相融，便构成了千古难出其右的高洁品质。王维铺陈多多、比赋连连，而到了结句处，忽然话锋一转，“若向夫君比，清心尚不如”，一下子从状物而及于写人，从冰之性情转入人之品格。当然，最有名的句子还得数王昌龄的“洛阳亲友如相问，一片冰心在玉壶”，也同样是在以“冰清玉洁”状出个人的心志。而且，这还是分处两地的友人在通信时的表白，又如骆宾王“离心何以赠，自有玉壶冰”，倒也切合容若此番以词作答的背景。

那么，容若的“分明千点泪，贮作玉壶冰”，可是取意于此么？毕竟，这是玉壶冰最最常见的一个意象。

——如果只取“红泪”的原典，这两句词至少从字面上倒也容易解释：樱桃被盛在玉制的器皿之中，仿佛美人的红泪滴落玉壶。但“冰”的意象却融不进来，玉壶泪红可解，却哪能玉壶冰清呢？

这就要看看玉壶冰的第二种解释了。

吴梅村有诗“四壁萧条酒数升，锦江新酿玉壶冰”，这里的玉壶冰便是一种酒名。如此说来，“分明千点泪，贮作玉壶冰”，取意便是：这点点樱桃分明是某人的点点泪水，这泪水积聚，情深义重，如同醇醪。

那么，哪一解才是正解呢？

“独卧文园方病渴”，下片起头是容若自况，又是用典。

文园，司马相如曾任孝文园令，后人便以文园称之；病渴，司马相如患有消渴症，也就是现在所谓的糖尿病。所以，“文园多病”“文园独卧”这些意象便常被用来形容文士落魄、病里闲居。容若这是在以司马相如为喻，说自己正在病中，闲居不出。

下一句“强拈红豆酬卿”，红豆，是一个相思的意象，“红豆生南国，春来发几枝。愿君多采撷，此物最相思”。这里当是以红豆代指樱桃，说自己病中孱弱，但对你送来的樱桃，无论如何也要强撑病体吃上几颗的，并以樱桃借为红豆，表达对对方的思念之情。

下一句“感卿珍重报流莺，惜花须自爱，休只为花疼”，凭空出了一个流莺，这又是什么意思呢？花，又是什么意思呢？

也许，流莺仅仅是一个春天的意象，容若是说：在这个流莺宛转的季节，感谢你珍重情谊，这般关照于我。我知道你怜爱花儿，但你也不要只顾得怜爱花儿才好，你自己也要多多珍重呀！——这样，“花”便是一个双关的字眼，表面上是说春日将尽，你不要只顾惜花，实则以花儿暗喻自己，是说：感谢你这般关照于我，但你也不要把心思都用在我的身上，你自己也要多多保重才好呀！

到此，全词构成了一个完满的意义，我们虽然无法确知词中所表达的到底是男人间的友情还是情侣间的相思，但毕竟可知这是在你我之间，在容若和送来樱桃的那人之间，那一种互相珍重的情愫。——但是，实情当真如此吗？

好，现在，让我们重新来过，先从词题入手。

词题为“谢饷樱桃”，不要小看这四个字呀，这里的“饷”字可是大有深意的。

“饷”字也有个和樱桃有关的出处。——唐太宗要赐樱桃给隽公，但这种赏赐可不能只送了樱桃就算完的，多少也要写两句话才是。这“两句话”可把唐太宗给难为住了。

按说这无论如何也不能算是一件难事；退一步说，就算难住了普通人，也不该难住唐太宗呀。唐太宗的难题是：送樱桃的这个“送”的意思不知道该怎么表达才好——说“奉”吧，把对方抬得太高；说“赐”吧，又显得自己过于高高在上，这到底该怎么说呢？这时候，有人在旁边出主意：“当初梁帝给齐巴陵王送东西，用的是一个‘饷’字。”

饷，嗯，这个字眼比较合适，不高不低，那，就把樱桃“饷”给隽公好了。

从这个故事里看，“饷”字意味着尊长馈赠东西给晚辈，双方的关系是亲切的，而非尊卑分明的。——这样一来，送樱桃的那个人应该就不会是平辈朋友或情中女子了。那么，那到底又会是谁呢？

有人推测，符合这个身份的只有一个人，那就是容若的老师徐乾学。

那么，从徐乾学来解，“感卿珍重报流莺”的流莺意象便不再是简单的直指了，而是又牵出了一个和樱桃有关的典故。

先问一个问题：樱桃为什么叫樱桃？

樱桃原本还有个名称，叫“含桃”，因为人们发现这种小果实常常被黄莺含在嘴里，故而称之为含桃，久而久之，也许黄莺之莺便讹作了樱字，黄莺所含之桃也就成了樱桃。

李商隐有一首诗，叫《百果嘲樱桃》：

珠实虽先熟，琼莩纵早开。
流莺犹故在，争得讳含来。

看上去是在咏物，实则这是一首讽刺时事的诗。时值宦官仇士良权势熏天的时候，高锴主持科举考试，这一天，忽然有人拿着仇士良的书信过来，要高锴一定录取一个叫裴思谦的人。高锴不干，在大庭广众之下狠狠谴责了来人。那人却也硬气，放话道：“来年裴思谦一定会取状元！”

第二年，新一轮科举又开始了，还是高锴的主考。就在考场上，当年那人又找来了，拿着仇士良的书信，定要高锴取裴思谦为状元。高锴这回有点儿软了，退而求其次，说：“状元已经定了，其他名额一定听从仇大人的吩咐。”来人却死活不肯，说：“仇大人当面对我说过，如果您不取裴思谦为状元，这个榜就不要放了！”高锴愣了半晌，又软下来说:“那,好歹让我见见这个裴思谦吧?”来人倒也痛快,扬声道:“我就是。”高锴定睛一看,见面前这个裴思谦相貌堂堂、气宇轩昂,当下便一软到底了,答应了他的要求。结果,这一年的状元,果真就是裴思谦。

这等明目张胆地索要状元,世所罕有,大家难免不平。李商隐这首诗便是讥讽仇士良和裴思谦的,以“流莺”喻仇士良,以“含来”暗示裴思谦中状元完全不是凭自己的本事,而是靠着仇士良的关节。

流莺和樱桃既有这样一个典故,容若用来又有何意呢?

容若这是反用其意,以仇士良对裴思谦的关照比拟老师徐乾学对自己的关照,是为“感卿珍重报流莺”。用典而反用其意,也是诗家一种独到的修辞。这种用法,大约可以追溯到春秋时代的《诗经》传统——当时的诗歌是重要的外交武器,每到几国峰会的时候,首脑和大臣们往往会摘引诗句来作为表达心意的外交辞令,他们这种摘引手法的一个重要特征就是断章取义,不管诗句原本的意思是什么,只要单独摘出来可以为我所用就行。于是,后人的摘引、化用、用典等,在很大程度上沿袭了这一手法,这便为原句与原典增加了不少歧义色彩,也使诗词的语言变得更加灵活多变、玲珑曲折。容若这里的“感卿珍重报流莺”,便是这样的一番手法。

解释至此,渐渐柳暗花明,但这首词的意思仍然不是十分明朗。若再往下走,便又牵出了下一个问题,一个看似“过度阐释”的问题,即:徐乾学为什么要给容若送樱桃,而不是送别的东西?

——因为,樱桃是有特殊含义的,这个含义,仍与科举有关。

唐朝起,新科进士发榜的时候也正是樱桃成熟的季节,新科进士们便形成了一种以樱桃宴客的风俗,是为樱桃宴。直到明清,风俗犹存。明白了这个风俗,便能体会到徐乾学以老师的身份送樱桃给容若是有着怎样一种含义了。

前文介绍《采桑子》（桃花羞作无情死）的时候，谈到过容若的科举经历：这时候的容若虽然年纪还轻，但早已经拜了名师（即徐乾学），熟读了各种儒家经籍，在十八岁那年通过了乡试，中了举人，次年春闱，容若再一次考取了很好的成绩，接下来的三月就是科举考试的最后一关——由皇帝亲自在保和殿主持的殿试。对这次殿试，容若志在必得，而以他的才学而论，也确有必得的把握。但上天总是不遂人愿，就在临考的当口，容若的寒疾突然发作，无情地把他困在了院墙之内、病榻之上。

容若的这一病，便是词中的“独卧文园方病渴”。于是，老师惋惜容若的因病失期，赠他樱桃以示慰藉，这便是顺理成章的事情了。容若的考试，已经通过了乡试和会试（春闱），考中会试者成为贡士，贡士的第一名叫做会元，这还够不上进士。等到殿试，录取分为三甲（三个等级），一甲一共三名，赐“进士及第”的称号，第一名称状元，第二名称榜眼，第三名称探花（李寻欢被称为李探花，考中的就是一甲第三名），二甲和三甲人数较多，二甲赐“进士出身”，三甲赐“同进士出身”。这殿试三甲就是科举路途的终点，此后便当由学入仕了。而以容若当时的儒学水平，考中进士是手到擒来的事情，但没想到卧病失期，功亏一篑，徒唤奈何。

在这个时候，容若既病且恨，老师徐乾学关心弟子，以樱桃相赠，取新科进士樱桃宴的风俗，有慰藉，也有勉励。容若想到师恩之拳拳，自是感动，又怕自己的事情太让老师牵挂，便也宽慰老师一番。“感卿珍重报流莺。惜花须自爱，休只为花疼”，说到这里，句中含义便一目了然了。并且，以珍重之语作结，也应了题目中的“谢饷樱桃”的意思——这首词是对老师送樱桃之举的答谢，答谢之词便沾了些书信之体。

至此，总算解完了这首词中的曲折意义。

纳兰词向来以明白如话著称，但其中也有这样用典精深、曲折巧妙的作品。这首词，如果不深究个中原委，很容易就会把它当做一首男女之间的相思之作。

诗词，有些是看似复杂，实则简单；有些是看似简单，实则复杂。容若用典，处处围绕着主题“樱桃”，把典故运用得千回百转，明暗莫测。——这，才是最难解的用典手法，给你一个“流莺”，谁能想到如此平凡的两个字里居然还藏着一个典故呢？

那些一目了然便知道必是典故的典故，无论多偏僻，都不难解。比如“问廉颇老矣，尚能饭否”，即便我们不知道廉颇是谁，但也能看出这里是在用典，古狗一下廉颇也是了。以平常字眼构成了极难察觉的用典才是要命的，因为你根本看不出这里是在用典，而且，还以“流莺”为例，如果只把“流莺”作字面解释，意思依然是讲得通的。这种时候，谁又会多想一想个中是否还有深意呢？

这首《临江仙》，是纳兰词中用典手法的一个典范，也是清代诗词名家中用典手法的一个典范。清词号称中兴，盛况远超两宋，创作理念与艺术手法也较两宋有了长足的发展，只是宋词的马太效应太大，现代人便往往只知宋词而不知清词，即便读一些清词，也只知道容若一人而已，殊不知清词大家各有锋芒、各擅胜场，济济为一大观。

诗词，从唐宋以降，一直是在发展着的。单以用典手法论，唐诗之中，李商隐算是用典的大家，但比之宋词里的辛弃疾，李商隐的诗句基本就算是白话了；辛弃疾是宋词中的用典大家，但比之明代吴伟业的歌行，辛弃疾的词也该算是白话了。个中缘由，除了艺术的自然发展而外，诗词作者从艺术家变为了学者，这也是一个非常主要的原因。大略来说，宋诗之于唐诗，就是学者诗之于诗人诗；清词之于宋词，就是学者词之于文人词。学养被带进了艺境，向下便流于说教，向上便丰富了技法、拓宽了境界。但遗憾的是，这等佳作，因其曲高，便注定和寡，总不如“床前明月光”和“人生若只如初见”这类句子那样易于流传。

我们常说时间是一面筛子，但这面筛子并不总是汰沙存金，却往往淘汰掉阳春白雪，保留得下里巴人。对于歌者而言，“若有知音见赏，不辞遍唱阳春”，这不是孤高，而是寂寞。曲高则注定和寡，这是千古铁律，概莫能外，雅俗共赏的例子毕竟凤毛麟角。

是呀，说不定几百年后，人们研究我们这个时代的“古典文学”，名篇佳作也都是从流行歌曲和畅销书的排行榜里出来的呢。

十三

·临江仙·寒柳·

飞絮飞花何处是，层冰积雪摧残。
疏疏一树五更寒。爱他明月好，
憔悴也相关。
最是繁丝摇落后，转教人忆春山。
湔裙梦断续应难。西风多少恨，
吹不散眉弯。

这是一首咏物词，咏的是寒柳。

柳树实在是诗词吟咏中一个永恒的主题了，几乎和爱情主题一样古老而泛滥，所以，要能写出新意确实是有很大难度的。但，这会难住容若吗?

会不会的问题先放在一边，我们首先需要面对的是一个前提性的问题：老调一定要写出新意吗?

是呀，诗词作品为什么一定要写出新意呢?

我们不妨想象一个场景：容若正在写着悼亡词，正在怀念着逝去多年的发妻卢氏。容若写了一稿，摇摇头，撕掉，说："和元稹的悼亡诗差不多呀，不行，推倒重来！"——如果真是这样，词，便真的只是一种“创作”了。

容若填词，是要独抒性灵的，情之所至即词之所出——即便落进窠臼，那又何妨，不过是不被流传而已；即便新意迭出，那又何妨，不过是不期然的彩票而已。词，就是我的灵，它天真无邪、不通世故，只知道在我的笔墨之间恣意狂欢，它只是一个孩子，仅此而已。什么这个派、那个派，什么这主张、那主张，都只是旁观者的分析罢了，就像，在音律学出现之前人们便会唱歌，在诗歌理论出现之前人们便会写诗，一个在海边尽情享受着深呼吸的人不一定需要了解有关氧气的科学知识。

所以，对容若来说，无论是老生常谈的话题，还是前人未及的话题，只要有所感，就会有所发。词，独抒性灵，而性灵是拒绝机心的。

“飞絮飞花何处是”，咏柳咏柳，开门见山：柳絮呀，随风飘到哪里去了呢？花儿呀，随风飘到哪里去了呢？——咦，说柳絮自然应该，毕竟是咏柳，可这个“花儿”是从哪里出来的呢？谁见过柳树开花呢？

是呀，柳树难道也会开花吗？——嗯，从科学角度说，柳树确实是开花的，但我们很难说容若这是把科学带入了诗词，因为，他说的花，并不是柳树的花，而是杨花。

可是，杨花，好像也不大通哦。明明是咏柳，怎么突然出来个杨花呢？

正确的答案是：杨花和柳絮其实都是一回事，都是柳树上飘飞的那种一团一团的白色绒毛，现在还是很常见的。

柳絮为什么又叫杨花呢？这是子从父姓，因为柳树有个别名叫“杨柳”。

如果你还要没完没了地刨根问底，问我柳树为什么别名杨柳，那我就只好……那我就只好告诉你吧，从古代到现在，人们普遍都有一种重视谐音的传统，手机选号就是最常见的例子，而在古代，“柳”因为谐音为“留”，人们便往往在送别亲友的时候折柳相赠，以此表达挽留不舍之情,于是,柳树也就成了一种很有人情味的植物了。后来，隋炀帝开凿大运河，号召老百姓在运河两岸种植柳树，每种活一棵者，赏细绢一匹。不但如此，隋炀帝还亲临一线，搞了一次以身作则的植柳仪式，并且给了柳树一个极高的政治荣誉——赐姓。

赐姓，这在历史上倒是很常见的，最有名的被赐姓的人物该算是郑成功了，大家称他为国姓爷，因为他被明朝皇帝赐姓为朱，是为国姓，这是莫大的殊荣。隋炀帝的赐姓却与众不同，他充分表现出对绿色环保问题的重视，让柳树随自己的姓，姓杨，改名为“杨柳”。

所以，“飞絮飞花何处是”，其实就是“飞絮何处是”，但这里特别用了“飞花”的意象，除了造成叠音的声音效果之外，还因为杨花作为诗词当中的一个意象符号，独有一些复杂的含义。

杨花是一个飘零无助的意象。传说，杨花如果飘落到水中，就会化为浮萍。这个传说细想一下是非常凄凉的，因为杨花本身就是飘零无根之物，好容易在水里落了脚，却又化为浮萍，依然是个飘零无根之物。“飘零无根”至此便有了一种宿命的悲剧感。

杨花的这个意象，因为苏轼的一首《水龙吟》更加得到了强化，苏词结句是“细看来，不是杨花，点点是离人泪”。

柳和杨花放在一起，折柳的意象是欲留而留不住，杨花的意象是欲住而住不得。

那么，难道杨花（柳絮）就真的没有住而不飘的可能了吗？——有的。有一次，吴地的道潜和尚和苏轼同在一个宴席上，苏轼很坏，故意让歌伎舞女们挑逗道潜，说谁能挑逗成功，就有重赏。道潜才学很高，歌伎们便腻着他让他作诗，道潜还真就临场作了一首：

多谢樽前窈窕娘，好将魂梦恼襄王。
禅心已作沾泥絮，不逐东风上下狂。

道潜前两句的意思是：美女们呀，你们的好意我心领了，可你们招惹我是没用的，还是多把精神去招惹那个风流成性的苏东坡好了。道潜的后两句，说自己为什么不会为美色所动呢，因为自己的心已是“禅心”，禅心就像那沾了泥的柳絮（杨花），任凭东风怎么撩拨，它也在泥泞地里纹丝不动。

看，柳絮（杨花），其命运即便终于能摆脱飘泊无根，也只是沦落泥泞而已，益发可悲。——当然，这都只是附着在柳絮（杨花）之上的文学意象，如果从科学角度说，柳絮其实是柳树的种子，被绒毛包裹着随风飘飞，找地方去生根发芽、孕育新生去了。^_^

“飞絮飞花何处是，层冰积雪摧残”，容若发问柳絮飘飞生涯的命运归属，自问自答说“层冰积雪摧残”，意思是和“已作沾泥絮”差不多的，只是，“层冰积雪”也是个由来有自的文学符号，在字面意思之外还有其特定的所指。

“层冰积雪”，语出《楚辞·招魂》：“层冰峨峨，积雪千里”，如果联系一下《招魂》的上下文，意义就更加明确了：

魂兮归来，北方不可以止些。
层冰峨峨，积雪千里些。
归来归来，不可以久兮。
魂兮归来，君无上天些。

那么，如果把“飞絮飞花何处是”与“层冰积雪摧残”在《招魂》

上下文的背景里联系起来，就会读出新的一层意思：柳絮离开了柳树的怀抱，如同魂魄一般散漫地飞向极北极北的天堂，可那里太寒太冷了呀，为什么你不回来呢？——这时候再来联系一下词题的“寒柳”，咏的是“柳”，为的是“留”。这首词的主题至此而明朗，两个字：悼亡。

这样解读，算不算过度阐释呢？

当然要算，如果仅仅读完这两句就定性为悼亡，当然是过度阐释了，但如果继续往下看的话，会发现后文的悼亡意象是层层推进的。

“疏疏一树五更寒”。“疏疏一树”正是寒柳的意象，而“五更寒”原本仅仅是一个时间的意象，此时交迭在一起，却把夜阑、更残、轻寒这些意象付诸于柳树身上，使柳树获得了人格化的色彩，使柳树更加顺理成章地成为词人的情感投射的客体。

“爱他明月好，憔悴也相关”，递进一层，似在说明月无私，不论柳树是繁茂还是萧疏，都一般照耀，一般关怀。貌似在写明月，实则是容若自况：柳树就算“疏疏”，就算“憔悴”，也减不了自己一分一毫的喜爱；伊人就算永诀，也淡不去自己一分一毫的思念。

“最是繁丝摇落后，转教人忆春山”，下片转折，由柳树而及女子，由当下而及回忆，是说：最是在柳丝摇落的时候，我更免不了去想起当年的那个女子。

春山，作为诗词中一个常见的意象，既可以实指春色中的山峦，也可以比喻为女子的眉毛。宋词有“眉扫春山淡淡，眼裁秋水盈盈”，便是以春山喻眉，以秋水喻眼，而一“扫”一“裁”，是形容女子描眉画眼的可爱的梳妆动作。春山既然可以比喻为女子的蛾眉，便也可以用作女子的代称，容若这里便是此意。由柳叶的形态联想到蛾眉的妙曼，联想到心爱的女子，曾经的故事……

接下来仍是追忆那位女子，即“湔裙梦断续应难”。

湔（jiān），这里是洗的意思。旧日风俗，三月三日上巳节，女人们相约一同到水边洗衣，以为这样可以除掉晦气。上巳节和清明节隔得不远，所以穆修有诗说“改火清明度，湔衫上巳连”。这种户外聚众的日子往往提供给了男男女女们以堂而皇之地偷偷约会的机会，李商隐的一则轶闻就是这样的，而且，这则轶闻既和湔裙有关，也和柳枝有关。

李商隐有一组《柳枝》，诗前有篇序言，讲的是这个组诗的来龙去脉，正是自己的一段初恋故事。

当初，洛阳有个女孩子名叫柳枝。柳枝的爸爸是个有钱人，喜欢做买卖，但不幸遭遇风波而死；柳枝的妈妈最疼柳枝，搞得家里的男孩子们反而不如柳枝妹妹有地位。柳枝已经十七岁了，也是喜欢梳妆打扮的年纪了，但她对这些事总是缺少耐心，倒喜欢弄片树叶吹吹曲子，她也很能摆弄丝竹管弦，作出“天风海涛之曲，幽忆怨断之音”。

李商隐的堂兄李让山是柳枝的邻居，一天，李让山吟咏李商隐的《燕台诗》，柳枝突然跑了出来，吃惊地问：“这诗是谁写的呀？”李让山说：“是我一个亲戚小哥写的。”柳枝当即便要李让山代自己向这个“亲戚小哥”去求诗，大概还怕李让山不上心，特地扯断衣带系在了他的身上以为提醒。

很巧，就在第二天的一次偶遇中，柳枝向李商隐发出了邀请，说三日之后，自己会“湔裙水上”，以博山香相待。

年轻的李商隐接受了柳枝的邀请，可谁知道，共赴京师的同伴搞了个恶作剧，偷偷上路，还把李商隐的行李给偷走了。诗人无奈，没法在当地停留三日，只得爽约而去。

到了冬天，李让山来找李商隐，说起柳枝已经被某个大官娶走了。这场初恋，还没有开始便已经匆匆结束，只化成了《柳枝》五首，徒然惹人伤怀。

这个典故，容若曾经多次化为自己的词句，譬如“断带依然留乞句，班骓一系无寻处”，“便容生受博山香，销折得狂名多少”。但是，如果容若这里“湔裙梦断续应难”用的就是李商隐的这则典故，是说湔裙水上之约已如梦断，再也难续，那么，为何难续呢？如果联系柳枝姑娘被某个大官娶去的结局，容若这里所哀伤的应该就是小表妹的进宫之事吧？

容若的另一首咏柳词，即《淡黄柳·咏柳》（三眠未歇），也用到过“红板桥空，湔裙人去”的句子，分明在用李商隐的故事，但是，这首《临江仙·寒柳》的“湔裙”若作此解，却怕与开头处“飞絮飞花何处是，层冰积雪摧残”的意象不大合拍了。

另觅蹊径，湔裙还有另外一个典故，见于《北齐书·窦泰传》。当初，窦泰的妈妈听到屋外风雷交作，像要下雨，便起身到庭院去看，只见电闪雷鸣、暴雨倾盆，窦妈妈一惊，突然坐起，原来是南柯一梦。这一梦可把她吓坏了，冷汗淋漓，可也就是在这个时候，窦妈妈怀上了窦泰。

就这样过了十个月，眼看产期到了，孩子却怎么也生不出来。窦妈妈急坏了，赶紧找巫师来想办法。巫师说：“这好办，你只要‘渡河湔裙’，生孩子就会容易了。”窦妈妈言听计从，知行合一，果然把窦泰顺利地生了下来。

如果取这层意思的话，“湔”字就不该读为一声，而该读为四声，意思同于“溅”，和“洗”的意思就没有关系了。容若用窦妈妈“渡河湔裙”的典故，当是指发妻卢氏当初的难产。卢氏就是死于难产的，这和上片意象便关联得紧了，也明确点出了悼亡主题。而最后结语“西风多少恨，吹不散眉弯”，生死永诀之痛，任什么也无法消弭。

这首词，曾被那位对纳兰词评价不高的陈廷焯赞为纳兰词中的压卷之作，不知道容若听到了会不会高兴一些呢？无论如何，“爱他明月好，憔悴也相关”，“西风多少恨，吹不散眉弯”，都是性灵之句，非挚情挚性之奇男子无以得之。

十四

·临江仙·

点滴芭蕉心欲碎，声声催忆当初。欲眠还展旧时书。鸳鸯小字，犹记手生疏。

倦眼乍低缃帙乱，重看一半模糊。幽窗冷雨一灯孤。料应情尽，还道有情无。

这是一篇伤情怀旧之作。

容若听着雨打芭蕉的声音，心欲碎，那声音仿佛打在心头的锤子，一下下，敲打着心口处最软弱的那块地方——那是过去最美好的一段时光，因为过于幸福，所以不堪回想。

芭蕉，在文学作品中历来都有两个牢固的意象：一是“雨打芭蕉”，也许是因为芭蕉宽大的叶子最容易凸显出雨水的声音吧，如果是骤雨，那声音便急促而难挨，如果是疏雨，那声音便淅沥而忧伤，所以有“疏雨听芭蕉，梦魂遥”，有“深院锁黄昏，阵阵芭蕉雨”，有“点点不离杨柳外，声声只在芭蕉里，也不管滴破故乡心，愁人耳”；另一个是卷心芭蕉，芭蕉的叶子是聚拢在一起的，随着渐渐成熟而渐渐舒展开来，正像愁人心绪的舒与卷，所以有“芭蕉不展丁香结，同向春风各自愁”。

所以，当诗词作品里芭蕉和雨这两个意象共同出现时，那往往就是主人公发愁的时候到了。芭蕉和雨长久以来都组成了一个固定的意象符号，所传达的信息主要有两个：一是愁绪，二是孤独。于是，当容若吐出“点滴芭蕉”这四个字的时候，不用再说别的，我们便已经能够体会到他下面要表达的是怎样一种情感了。

“点滴芭蕉心欲碎”，这一句从字面理解，“心”首先是芭蕉的心——芭蕉在雨丝无休无止的敲击中，“心”已经快被打得碎了；而后，“心”才双关为容若的心——雨水打坏的是芭蕉的心，也是我自己的心。

芭蕉的心，这就关联到芭蕉那个“束”与“展”的意象。要知道，芭蕉本是没有心的。——当初，禅宗的五祖准备交授衣钵，神秀和慧能分别作过两个著名的偈子，一个说“身是菩提树，心如明镜台”，一个说“菩提本非树，明镜亦非台”，陈寅恪质疑说：这两人全都搞错了，不能拿菩提树来打比方的，该用芭蕉。

菩提树高大坚固，常青不凋，根本无法形成“空”的意象，而细考当初中、印两地的佛学比喻，普遍所用的都是芭蕉一类的植物。

印度佛学里有不少内容都是讲述观身之法的。什么叫观身之法？大体来说，就是你用什么方法来看待你的肉身。印度人通常怎么看呢？他们有一个很好的比喻，人的身体如同芭蕉。

为什么比作芭蕉呢？因为芭蕉有个特点，叶子是一层一层的，剥完一层还有一层，剥完一层又还有一层。如果有人没见过芭蕉，那就不妨想想洋葱，还有卷心菜，反正就是这种剥完一层又有一层的东西。

芭蕉，或者洋葱，或者卷心菜，剥呀剥，一层又一层，里面到底藏着什么呢？剥到最后，咦，原来什么也没有呀？！佛家有所谓“白骨观”，大约就是这种观身的方法，最后要认识到肉身不过是一堆零件的组合，剥来剥去空无一物。

剥尽层层，中心空空，这便是芭蕉在佛学当中的特定意象，以比喻肉身之空幻不实。所以，“身是菩提树”也好，“菩提本非树”也罢，本该是“身是芭蕉”的。

那么，“点滴芭蕉心欲碎”，容若到底用的是哪个意象呢？或者两层意象交相并用？——换作别人，这般解读也许要算过度阐释了，但在容若身上却也未必。容若的空幻不实之感是由来已久的：发妻之死、天性与环境之错位，乃至天生的体弱多病，这都使他的忧郁越积越多，使他过早地倒向了佛学。很年轻时，容若第一次为自己设计书房，题名为“花间草堂”，兼取《花间集》和《草堂诗余》的字眼，何等地明丽爽朗；为自己的第一部词集题名“侧帽”，又是何等地风流自赏；但他迅速地衰老了，迅速地在华贵的生活里消沉不起，开始自号为“楞伽山人”，恍恍惚惚地在今生的郁结里证悟来生。

容若这时候的词已经笼罩在垂暮的梵音里了：

浣溪沙

抛却无端恨转长，慈云稽首返生香。妙莲花说试推详。

但是有情皆满愿，更从何处著思量。篆烟残烛并回肠。

眼儿媚 · 中元夜有感

手写香台金字经，惟愿结来生。莲花漏转，杨枝露滴，想鉴微诚。

欲知奉倩神伤极，凭诉与秋擎。西风不管，一池萍水，几点荷灯。

厌世，缘于爱之深；向佛，只因情之切。容若这两首词，青灯古佛、金经香台，而《浣溪沙》“返生香”之典意在返生还魂，《眼儿媚》“奉倩神伤极”一典更是荀奉倩对妻子“不辞冰雪为卿热”的一往情深。纵无情处，也是多情。而当下，“点滴芭蕉心欲碎，声声催忆当初”，此中又有几多空门意，几多尘世情，谁能说清？

从窗外雨打芭蕉的淅沥，想到当年的仙侣生活，“欲眠还展旧时书。鸳鸯小字，犹记手生疏”。待要睡了，却展开了旧日的书笺，那些柔情蜜意的文字呀，想当初教她书写，她那笔法生疏的样子……

这两句，化自王彦泓的《湘灵》：

戏仿曹娥把笔初，描花手法未生疏。

沉吟欲作鸳鸯字，羞被郎窥不肯书。

曹娥，是东汉孝女，时人曾经为她刻石立碑。传说蔡邕在一天晚上瞻仰曹娥碑，天黑看不清字，便用手抚摸碑文而读，读罢后在碑阴处题了八个字：“黄绢幼妇外孙齑臼”，这是个文字游戏，意为“绝妙好辞”。王彦泓的“戏仿曹娥把笔初……”是描写一位闺中女子，她戏仿着曹娥碑的笔意，想要写些情语，却怕被爱侣看见取笑，故而几多羞涩，欲书不书。

容若的“鸳鸯小字，犹记手生疏”系化用王彦泓的成句，但王彦泓其实也是从别人那里化用来的，这就是欧阳修的《南歌子》：

凤髻金泥带，龙纹玉掌梳。走来窗下笑相扶。爱道画眉深浅，入时无。

弄笔偎人久，描花试手初。等闲妨了绣功夫。笑问双鸳鸯字，怎生书。

王诗直接取自欧词的下片，欧词描绘的也是一番闺中之乐：女子依偎着情郎，把笔管摆弄了好久却也没有写下什么，可是，女孩家写什么字呢，这本该是练习刺绣女工的时候呀，一写字岂不耽误了这些正事？但女子哪还有心刺绣，只是持笔笑问情郎："'鸳鸯'两个字怎么写呀？"

——当初张敞为妻子画眉，这事被汉武帝拿来取笑，张敞半开玩笑地辩解说："闺中之乐还有比画眉更过火的呢。"看来写鸳鸯字该算是"更过火的"其中之一项了。

过去的越快乐，回忆起来也就越痛苦。容若于下片转回当下，"倦眼乍低缃帙乱，重看一半模糊"，是说：我的眼睛已经疲倦了，低头看去，书乱乱地堆着，看上去模糊不清。

缃帙，本义是书套，色为浅黄，也可以代指书籍。这些书为什么看上去"一半模糊"呢？因为眼睛倦了，因为眼里都是泪了。过去的日子是"鸳鸯小字"，是"弄笔偎人"，而现在呢，只是"幽窗冷雨一灯孤"——窗是幽窗，雨是冷雨，灯是孤灯，这一些孤独的意象都只因为你离我而去，我，才是最孤独的那个。

可是，话说回来，这么多年过去了，情再深也应该淡了、尽了，但在这个雨打芭蕉的夜晚，为什么我还会想起你来？为什么我还会泪流满面？——"料应情尽，还道有情无"，如果可以重新来过，容若会不会甘愿舍弃那段短暂的快乐，以求免除这一生一世的刻骨忧伤？

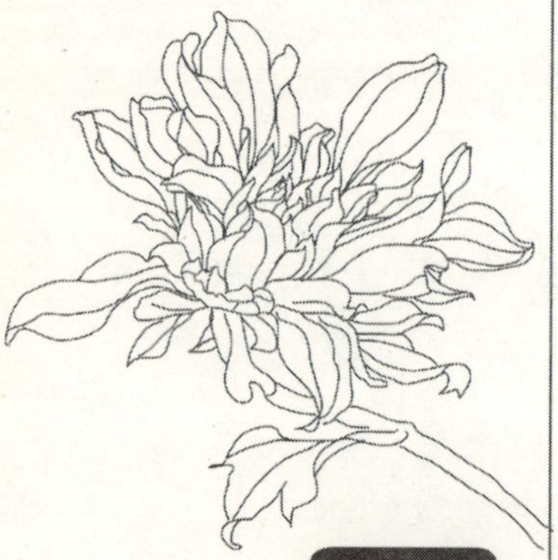

十五

·虞美人·为梁汾赋·

凭君料理花间课，莫负当初我。
眼看鸡犬上天梯，黄九自招秦七共泥犁。
瘦狂那似痴肥好，判任痴肥笑。
笑他多病与长贫，不及诸公兖兖向风尘。

这首词可以称得上是容若的填词宣言。

前边我们看到的词章大多都是抒情，而这一回，容若却是以词言志的。

词题“为梁汾赋”，梁汾即顾贞观，既是容若的第一挚友，也是容若的第一知音，而且，两个人在写词一道上有着共同的主张、共同的追求，创作水平也不相上下，真称得上是“同志加兄弟”的关系了。

这首词当写于容若与顾贞观结交的初期，事由是：容若委托顾贞观把自己的词作结集出版。这种事情非同小可，因为对于一个文人来讲，委托他人来选编、出版自己的作品，这就基本等同于托妻寄子，是把自己的全部心血托付出去，况且，一旦出版，些许误差都可能遗臭万年的。这就像美女会希望流传下自己最美的写真，却绝不愿意里边掺杂有哪怕一张自己不喜欢的照片。文集之于文人，就如同写真集之于美女。这等事情容若若要托付出去，舍顾贞观之外再无旁的人选。

我们现在谈纳兰词，顾贞观只是一个配角，他的存在就好像梵高的弟弟之于梵高，殊不知顾贞观也是清代填词之大家——前人评论清代的顶尖词人，有人推朱彝尊为第一，有人推顾贞观为第一，而不像现在这样很多人对清词只知道一个纳兰容若。顾贞观能得好友如此重托，靠的不全是友谊的。

“凭君料理花间课，莫负当初我”，容若这是叮嘱顾贞观：我的词集选编出版的事就全权交给你了，那都是我年轻时候的写真啊，你可一定要处理好了。

料理，即安排、打理，比如宋词有“幽香不受春料理，青青尚余秋鬓”；花间，是指《花间集》；课，是谦词，说自己这些词作无非习作而已。

容若这里说“花间课”，并不是说他的词风效法《花间集》。容若早年曾从花间取水，这是有的，但他的词风和填词主张都是远超花间的。花间一脉是词的老祖宗，属于“艳科”，许多内容都是男人模仿小女生的口吻来写的，似乎学得越像，水平就越高，这就好像京剧里的男旦，其审美意味来自于高绝的演技和彻底的错位。于是花间之美便在于“情趣”，而非“情怀”——这可绝不能怪花间词人没品位，因为“情怀”早已名花有主，是属于诗的，而词为诗之余，是在正襟危坐一整天之后的一场放松，是在朝九晚五的疲惫之后的一间酒吧，是在门当户对的太太眼皮之外的冶游偷欢……当然，辛苦工作一天之后，也会有人会穿上燕尾服去音乐厅听上一场交响乐，但多数人毕竟还是要去卡拉 OK 的。

词，就是卡拉OK。

但慢慢地，通俗艺术渐渐走进文化圈了，毕竟下里巴人的影响力是无可阻挡的。就像大学生们以一个“后现代”的名词轻易地就把周星驰的早期电影提高到了艺术层面，金庸也终于被接纳为“严肃文学”的大师了。于是，无厘头和武侠小说终于可以被文化人堂而皇之地创作和吹捧了，而不再像以前那样只能遮遮掩掩地躲在被窝里欣赏。

文人士大夫的加盟又难免会使词的境界越提越高，甚至最高之处已经和诗不分轩轾了，像苏轼的“一点浩然气，千里快哉风”，这哪里是在抒情，分明是在言志；哪里还有“情趣”，分明化作“情怀”；再看表现手法，这两句看似明白如话，直抒胸臆，实则上句出自孟子，下句出自宋玉，完全是学人的底子。以这种笔法填词，就好像在卡拉OK里拿着麦克风唱歌剧一样。

而容若的填词主张，确是从花间传统而来的，只是破俗为雅，虽仍然提倡“情趣”，却不是男旦型的靠演技作来的反串，而是主张性灵，主张填词要独出机杼、抒写性情。也就是说，这是处在情趣和情怀之间的一个点，是为性情。

所以，为容若所推崇的前辈词人，既非温、韦，也非苏、辛，而是秦七、黄九。这便是下一句里的“眼看鸡犬上天梯，黄九自招秦七共泥犁”。

“鸡犬上天梯”，这是淮南王刘安“鸡犬升天”的典故，说刘安修仙炼药，终有所成，一家人全都升天而去，就连家里的鸡犬也因为沾了一点药粉而跟着一块儿升天了。

但是，鸡犬升天这个典故用在这里，含义殊为难解。还是先看下一句好了：“黄九自招秦七共泥犁”。

秦七，即秦观；黄九，即黄庭坚。秦七婉约，黄九绮艳，故而并称。

《天仙子　渌水亭秋夜》

水浴凉蟾风入袂，鱼鳞触损金波碎。

好天良夜酒盈樽，心自醉，愁难睡，西南月落城乌起。

纳兰交友甚众，多为困郁不得志的汉族布衣文人，其中就包括顾贞观、朱彝尊等人。纳兰同情他们的遭遇，也爱惜他们的才学，所以他既为友人仗义疏财，又尽力为他们创造施展才华的空间。这也使其居处的渌水亭成了当时京城文人雅客会聚之地。

泥犁，是个佛学术语，意为地狱。佛家有一部《佛说十八泥犁经》，十八泥犁也就是俗话说的十八层地狱。到底这十八层怎么划分，各有各的说法，有说其中一层叫做“拔舌泥犁”，如果有谁说了佛家三宝（佛、法、僧）的坏话，死后就会堕入这个拔舌泥犁；其他的口舌是非如果犯得多了，也会堕入拔舌泥犁。如果这些说法属实，那么黄庭坚和秦观这两位词坛圣手现在恐怕还在拔舌泥犁里没出来呢。

此事似乎难解：黄庭坚和秦观给我们留下了那么多绝代好词，为什么会堕入拔舌地狱呢？——这里有个掌故：黄庭坚年轻时便喜好填词，笔法多走绮丽温婉的路子，我们可以看他一首：

画堂春·春情

东风吹柳日初长。雨余芳草斜阳。杏花零落燕泥香。睡损红妆。

香篆暗消鸾凤，画屏萦绕潇湘。暮寒轻透薄罗裳。无限思量。

当时，有个很严肃的关西大和尚法云秀斥责黄庭坚，说，你写这些黄色小调，撩拨世人淫念，罪过可太大了，你将来要堕入拔舌泥犁的。

容若用这个典故，是说：我们填我们的词，你们尽管看不上好了，我们宁愿下地狱也要按我们自己的意愿来填词。——那么，这里的秦七和黄九显然就是容若和顾贞观的自况，再看这句“眼看鸡犬上天梯，黄九自招秦七共泥犁”，分明是说：随便你们这些鸡犬去上天堂吧，我和顾贞观是宁愿手拉手下地狱的。——这就回到了刚才那个问题：“鸡犬升天”的典故在这里到底是什么意思？容若这肯定是在和一些人作对比，但这到底是些什么人呢？

有人解释，说容若作此词时，正值皇帝笼络明末遗民士大夫，开设博学鸿词科，不少伯夷、叔齐纷纷下了首阳山，想来谋个一官半职。历代读书人，做官是普遍的第一追求，但容若淡薄名利，顾贞观也不把博学鸿词科这个橄榄枝放在眼里，两人自是秦七、黄九，坦然声明：你们走你们的阳关道，我们走我们的独木桥；你们志在上天堂，我们甘心下地狱；你们尽可以看不上我们这样的不务正业而下地狱的家伙，你们请便！

诸家注本普遍都取这个解释，但这个解释是否成立，却很难说。“鸡犬升天”的典故明显带有贬义，而容若和顾贞观共同的好友里不乏有钟情于博学鸿词科的，双方之间并没有那么大的壁垒，相反倒很融洽；容若自己也曾经一心仕进，还为了错过殿试而懊恼不已；容若主编的《通志堂经解》、所著的《渌水亭杂识》，也都是正经的学问之道。所以，若把这些和填词对立起来，似乎很难解释得通。

先往下看吧。从用典手法论，容若用黄庭坚下拔舌地狱的典故属于典型的断章取义传统，因为这件事还有下文的——黄庭坚后来编辑晏几道的词集，读晏词而大有感慨，说词虽然只是街头巷尾的流行歌曲，但晏几道写词用上了诗笔，这便化俗为雅了。黄庭坚由此想到自己当年填的那些狎俗小调，还挨了大和尚的一顿训斥，看来人家说得没错，填词还得是晏几道这样的才对路。

如此，黄庭坚等于承认自己是该入拔舌地狱的，也承认自己当初填词的路数属于三俗，那么，难道容若是要继承黄庭坚早年的三俗风格而宁可下地狱吗？——显然不是，容若用这个典故，只取“以填词为志”这个意思，不及其他。这种断章取义式的用典手法是诗词常格，前边已经见过一些，很快还要继续见到的。

很快，下一句就是“瘦狂那似痴肥好，判任痴肥笑”，瘦狂和痴肥是南朝沈昭略的典故。沈昭略为人旷达不羁，好饮酒使气，有一次遇到王约，劈头就让人家下不来台：“你就是王约吗，怎么又痴又肥？”王约一肚子气，当下反唇相讥道：“你就是沈昭略吗，怎么又瘦又狂？”

这要是换了别人，肯定是一脸难堪却毫无办法，分明就是自取其辱么，沈昭略却哈哈大笑道："瘦比肥好，狂又比痴好，你这个傻小子呀！"

容若用这个典故，还是断章取义式的用法，与顾贞观自况瘦狂，把对立面比作痴肥，说你们痴肥尽管笑话我们瘦狂，是，我们是不如你们，随便你们怎么笑吧。——表面上话是如此，实则却说：就凭你们这些痴肥也配笑话我们？不答理你们不是因为不如你们，而是因为你们不配！

如此一来，容若性格中狂放的一面就暴露出来了，仿佛他另外一首名篇中劈头的那一句"德也狂生耳"乍现目前，此时的容若不再是一个多情种子，而是一位旷荡豪侠。

末句"笑他多病与长贫，不及诸公衮衮向风尘"，"笑"字上承"判任痴肥笑"——痴肥们笑的是什么呢？笑的是我们的多病与长贫。这里，多病与长贫实有所指，容若正符合多病的标准，顾贞观正符合长贫的标准，两个人放在一起，这才叫贫病交加。容若最后语带反讽，说我和顾贞观一病一贫、一狂一瘦，实在比不上你们肥肥的各位风风光光地衮衮向风尘呀。

衮衮（yǎn），是接连不绝的意思，一般用在人的身上，不同于"滚滚"，前者如"诸公衮衮登台省"，后者如"滚滚长江东逝水"。容若这里"笑他多病与长贫，不及诸公衮衮向风尘"，又是一次对比，和前边"眼看鸡犬上天梯，黄九自招秦七共泥犁"，"瘦狂那似痴肥好，判任痴肥笑"，接连构成了三组对比。这些对比的情绪是如此地强烈，使我们不禁要问：和容若、顾贞观站在对立面的到底是哪些人呢？

诸家的普遍解释是：你们志在做官，我们志在填词，是做官与填词构成了对比。

但是，是否存在第二种可能呢？——如前述，做官与填词的对比未必存在牢固的根基，如果另辟蹊径的话，这或许是容若和顾贞观共同的独抒性灵的词学主张与当时另外的词学声音之间的对立。这，就要稍微介绍一下纳兰词之外的词坛风气。

清初有两大文学巨匠，时称“南朱北王”，“南朱”是朱彝尊，“北王”是王世禛。王世禛在年轻时做了五年的扬州地方官，白天忙工作，晚上就和词人朋友们唱和聊天，因此而带起了相当大规模的兴盛词风。但王世禛调离扬州之后，却很离奇地对填词一事绝口不提了，这就像一位一统半壁江山的武林盟主突然封刀归隐一样，把当初的一堆追随者硬给晾在那儿了。这是为什么呢？原因其实很简单：王世禛年纪大了，官也做大了，觉得填词只是少年轻狂的一段荒唐经历而已，过去了也就过去了，“雕虫小技，壮夫不为”。从此之后，王世禛的文学精力就全用在诗歌和古文上了，还开创了“神韵”一派，在文学史上都留了一笔。

再说那个“南朱”朱彝尊，他正好和王世禛相反，先诗而后词，坐定了词坛盟主之位。朱彝尊的另一个重要身份是一代儒宗、学术大师，而这位儒宗早年也是有过一段刻骨而绝望的恋情故事的，这在他的一些小词里，还有一首超长的《风怀诗》里都有过真情的吐露。话说朱彝尊晚年要给自己编定文集，这时候有朋友劝他：“你的文集里如果删去《风怀诗》，以你的学术地位，将来说不定能去配享孔子的。”朱彝尊倒很硬气，就是不删，说“宁拼两庑冷猪肉，不删风怀二百韵”。但不删归不删，从朋友的劝说当中我们还是可以看出当时的主流社会风气的。

南朱北王，两则轶事，一个是说词在一些“正统人士”眼中之地位，一个是说写情在一些“正统人士”眼中之地位。但很不巧，容若和顾贞观的人生追求里，这两条全占，并且还是结合在一起的。更要命的是，当时的词学风气也正有着向醇正清雅的“思无邪”路线上发展的趋势——这可不是性灵之词，而是儒家之词。所以，容若的词作如果以上流社会的主流眼光来看，未必有多么可取。

这时候我们再回过头来，重读“凭君料理花间课，莫负当初我”，这个“莫负当初我”似乎便有了一些深意，是说我对我当年的这些词作是满意的，是坚持的，我是什么样就呈现出什么样，不必为了什么什么而给我删掉什么什么。

——如果从这个角度着眼，后边的三组对比也就容易理解多了。

举世皆誉而不加劝，举世皆非而不加沮。我走我路，任人评说。这是一个“德也狂生耳”的旷达形象，也是一个绝世才子的风流自赏。而容若的早逝，夭折了一个天才，也夭折了一个即将使鲜花开遍原野的性灵词派。

十六

·木兰花令·拟古决绝词·

人生若只如初见，何事秋风悲画扇。
等闲变却故人心，却道故心人易变。
骊山语罢清宵半，泪雨零铃终不怨。
何如薄幸锦衣郎，比翼连枝当日愿。

快乐和感动往往来自于不求甚解，这是一件无可厚非的事。

比如一句我们经常用以自励的话："言必信，行必果"，我们觉得这才是君子气概，古人真是教会了我们很重要的人生哲理呀。——这两句确实是孔子的名言，但在《论语》里，原文还有后半句的："言必信，行必果，硁硁然小人哉"，如果再往下看："抑亦可以为次矣"，这就是说：这种言必信，行必果的人虽然都是不怎么样的小人，但也不算太糟糕，也算凑合了吧。

现在，这首容若最著名的《木兰花令》也有相似的情况在。

"人生若只如初见"，我们如果只读这最最感人肺腑的头一句，必然以为这是一首情诗，也必然会把这一句抄录在心里，作为一则亘古而永恒的爱情箴言。容若这句词的魅力在于：他直指人心地写出了一种爱情世界里的普世情怀，尽管他的本意未必如此。

我们还是先从词题看起吧。

词题“拟古决绝词”，首先点明这首词是“拟古”，也就是说：我下面要模拟古诗的风格与题材写上一首。

拟古是诗人们常见的写法，一般是模拟古乐府，容若这回拟古拟的“决绝词”便可见于《宋书·乐志》所引的《白头吟》：“晴如山上云，皎若云间月。闻君有两意，故来相决绝”，意思是：我的心明明白白、透透亮亮，听说你现在脚踩两只船，所以我要来跟你一刀两断。——注意这个主题：“绝交”。这可不是什么缠绵悱恻的爱情，而是毅然决然的分手。

后人来“拟”这个决绝词，最著名的是元稹的一组三首《相和歌辞·决绝词》：

乍可为天上牵牛织女星，不愿为庭前红槿枝。
七月七日一相见，故心终不移。
那能朝开暮飞去，一任东西南北吹。
分不两相守，恨不两相思。
对面且如此，背面当何知。
春风撩乱伯劳语，况是此时抛去时。
握手苦相问，竟不言后期。
君情既决绝，妾意已参差。
借如死生别，安得长苦悲。

噫！春冰之将泮，何余怀之独结。

有美一人，于焉旷绝。

一日不见，比一日于三年，况三年之旷别。

水得风兮小而已波，笋在苞兮高不见节。

矧桃李之当春，竞众人之攀折。

我自顾悠悠而若云，又安能保君皓皓之如雪。

感破镜之分明，睹泪痕之余血。

幸他人之既不我先，又安能使他人之终不我夺。

已焉哉，织女别黄姑，一年一度暂相见，彼此隔河何事无。

夜夜相抱眠，幽怀尚沉结。

那堪一年事，长遣一宵说。

但感久相思，何暇暂相悦。

虹桥薄夜成，龙驾侵晨列。

生憎野鹊往迟回，死恨天鸡识时节。

曙色渐曈昽，华星次明灭。

一去又一年，一年何时彻。

有此迢递期，不如生死别。

天公若是妒相怜，何不便教相决绝。

第一首写得残酷：情人之间最好要学牛郎和织女，虽然常常见不着面，但心心相守，终老不移；可别学庭院里的红槿，早晨开得艳艳的，可才到晚上就一任东风吹得南北东西了。在一起的时候也不渴望相守，分开之后也没多少相思。面对面尚且如此，背对背谁知道会怎么样呢？还是一刀两断了吧，省得活受罪。

第二首写得无耻：那个美女呀，实在美艳绝伦，我和她相别一日便如三秋，又何况一别三年呢？下边化用“晴如山上云，皎若云间月”：

我自问如白云般干净，可谁知你在这三年里是不是也像白雪般纯洁呢？我很庆幸我是你生命中的第一个男人，但我实在没把握我会不会也是你生命中的最后一个男人。我们实在分别太久了，就像牛郎、织女一年一见，见面那天虽然高高兴兴的，可见不着面的那三百六十四天里，隔着那么宽的一条河，谁知道对方都干了些什么呢？

第三首写得绝情：男女之间就算夜夜睡在一起，尚且有很多隐秘沉在心底，像牛郎、织女那样一年只睡一晚，又怎能长叙这一年中的诸般事情呢？与其这样一年一会，不如干脆一刀两断算了。

我们读元稹的悼亡诗，难免不被他的深情所感动，但读这三首，只觉得除了薄情、绝情之外，还有一副小人嘴脸。此诗背后有其本事，就是元稹（张生）和双文（崔莺莺）的一段始乱终弃的恋情。元稹大义凛然地说："都怪那个狐狸精不好！"

以上，就是《古决绝词》从源头到拟古的一番面貌。

那么，容若，这个多情种子，突然也来了这么一首《拟古决绝词》，这是要干什么呀？他和哪位女子如此毅然决然地决绝了呢？

君知妾有夫，赠妾双明珠。
感君缠绵意，系在红罗襦。
妾家高楼连苑起，良人执戟明光里。
知君用心如日月，事夫誓拟同生死。
还君明珠双泪垂，恨不相逢未嫁时。

这是唐代张籍的一首名诗，手法上也是拟古，拟汉乐府。全诗是一个女子对一个男子的表白口吻：你知道我是有丈夫的，但你还是送给我一双明珠。我对你的情义非常感动，便把明珠系在了我的衣服上。

但是，我家并不是小户人家，我丈夫也不是贩夫走卒，我虽然知道你对我好，但我誓要与丈夫同生共死。明珠我还是还给你好了，只恨我们认识得太晚！——末句“还君明珠双泪垂，恨不相逢未嫁时”千古传为名句，但这首诗，通篇是男女之情，实际却和男女之情毫无关系。

这首诗的题目叫做《节妇吟·寄东平李司空师道》，当时，藩镇李师道四处笼人，渐成与中央政府形成分庭抗礼之势，张籍也是个名人，也在李师道的笼络之列，于是，张籍便写了这首诗作为对李师道的婉拒，借节妇的口吻表白心志：您的好意我心领了，但我这辈子是跟定中央政府了。——这便是诗词自《离骚》以来的一个重要传统：以男女情事寄托别样情怀。

所以，诗词作品里通篇写男女的未必真是在写男女，写花草的未必是真写花草，写美女的未必是真写美女，这便是《离骚》“美人香草”的传统，把刚的东西柔化，把硬的东西软化，把直的东西曲化，以一种富于审美意味的手法来表达那些不大含有审美意味的内容。

所以，话说回来，容若这首“人生若只如初见”未必就是在写男女情事的。

词题“拟古决绝词”，有的版本在后边还有两个字：“柬友”，这就是说，这首词是以男女情事的手法来告诉某个朋友：咱们绝交吧！

这首词，看似明白如话，实则用典绵密。“人生若只如初见，何事秋风悲画扇”，秋风画扇，是诗词当中的一个意象符号——扇子是夏天用的，等到秋风起了，扇子又该如何呢？汉成帝时，班婕妤受到冷落，凄凉境下以团扇自喻，写下了一首《怨歌行》：

新裂齐纨素，皎洁如霜雪。

裁成合欢扇，团团似明月。

出入君怀袖，动摇微风发。
常恐秋节至，凉飙夺炎热。
弃捐箧笥中，恩情中道绝。

扇子材质精良，如霜似雪，形如满月，兼具皎洁与团圆两重意象，“出入君怀袖”自是形影不离，但秋天总要到的，等秋风一起，扇子再好也要被扔在一边。——这就是秋风画扇的典之所出。“人生若只如初见，何事秋风悲画扇”，人之与人，若始终只如初见时的美好，就如同团扇始终都如初夏时刚刚拿在手里的那一刻。

一般的诗词名句总是成双，诸如“欲穷千里目，更上一层楼”，诸如“人生自古谁无死，留取丹心照汗青”，或如“大漠孤烟直，长河落日圆”，而容若这一句却是单句流传，大约因为“人生若只如初见”通俗晓畅，而“何事秋风悲画扇”却转而用典，这个典故还不是什么通俗的典故，便造成了单句流传的命运。其实“人生若只如初见”与“何事秋风悲画扇”是一个“如果……那么……”的句式，连在一起看，语气和意思才都完整。

下面两句“等闲变却故人心，却道故心人易变”，有的版本写作“故心人”，有的版本写作“故人心”，这个分歧的由来，在于有没有读出这两句当中的用典。是的，这两句看似白话，其实也是用典，出处就在谢朓的《同王主簿怨情》：

掖庭聘绝国，长门失欢宴。
相逢咏荼蘼，辞宠悲团扇。
花丛乱数蝶，风帘入双燕。
徒使春带赊，坐惜红颜变。

平生一顾重，宿昔千金贱。

故人心尚永，故心人不见。

谢朓这首诗，也是借闺怨来抒怀的，其中还用到“悲团扇”的典故，正是前边刚刚讲过的班婕妤的故事。谢朓诗的最后两句“故人心尚永，故心人不见”，也有版本作“故人心”，后来基本被确定为“故心人”，这正是容若“等闲变却故人心，却道故心人易变”一语之所本。两个版本在意思上的差别倒也不是很大，大略是说你这位故人轻易地就变了心，却反而说我变得太快了——当然也可以作其他的解释，但大体都还是围绕着这层意思的。

下片继续用典，“骊山语罢清宵半，泪雨零铃终不怨”，这是唐明皇和杨贵妃的故事。“七月七日长生殿，夜半无人私语时”，这个长生殿就在骊山华清宫，这便是“骊山语罢清宵半”，后来马嵬坡事过，唐明皇入蜀，正值雨季，唐明皇夜晚于栈道雨中闻铃，百感交集，依此音作《雨霖铃》的曲调以寄托幽思。——这也正是《雨霖铃》词牌的来历，柳永那首“寒蝉凄切”的名篇就是这个词牌。

“何如薄幸锦衣郎，比翼连枝当日愿”，这里的“薄幸锦衣郎”还是说的唐明皇，“比翼连枝当日愿”则是唐明皇和杨贵妃在长生殿约誓时说的“在天愿作比翼鸟，在地愿为连理枝”。这一对“第一情侣”在深宫夜半的情话不知怎么被白居易偷听了去，后人也就多了这样一则爱情典故。容若的意思应该是：虽然故人变了心，往日难再，但好歹过去我们也是有过一段交情的。——以过去的山盟海誓对比现在的故人变心，似有痛楚，似有责备。

但我们始终无法说清容若的这首词到底是真有本事，还是泛泛而谈。也许这是他一位故友的绝交词，也许只是泛泛而论交友之道，都不好说。但以容若为词独抒性灵的主张，想来还是前者更容易让人相信些。

这首词，若作情事解，则看似写得浅白直露；若依词题解，实则温婉含蓄，怨而不怒，正是“君子绝交，不出恶声”的士人之风。——这样一番解释下来，也许破坏了一些人原来心中存的那一点爱情美感，但是不要紧，前边不是还几次讲过诗人们一直都有“断章取义”和“为我所用”的传统吗？那么，继承并发扬好了。

十七

·浣溪沙·

十八年来堕世间，吹花嚼蕊弄冰弦。
多情情寄阿谁边。
紫玉钗斜灯影背，红绵粉冷枕函偏。
相看好处却无言。

这首小令，又是一则谜语，一桩诗案。

案情一共有两重，一是：这首小令的女主人公究竟是谁；二是：这首小令究竟是喜语还是悲剧?

关于第一，诸位注家早有分歧；关于第二，恐怕长久以来都被人们误解了。

先说第一个问题吧。这首小令，字面意思并不难解，但在字面的背后，容若到底心向阿谁，却是个迷惑人的问题了。

有人说，这首词写的是容若的发妻卢氏，理由是：两人结婚的时候，容若二十岁，卢氏十八岁，正应了开头那句“十八年来堕世间”；也有人说，这首词是写沈宛，理由是：词中所描绘的这位女子分明是一位多才多艺的红颜知己，而卢氏和多才多艺恐怕沾不上边，符合这个标准的只有沈宛。

真相到底是怎样的呢？

“十八年来堕世间”，切合卢氏结婚时的年龄，这不假，但是，这一句却不是容若的原创，而是直接从李商隐那里摘引来的：

十八年来堕世间，瑶池归梦碧桃闲。
如何汉殿穿针夜，又向窗中觑阿环。

李商隐这首诗，题为《曼倩辞》，曼倩就是汉朝名人东方朔。传说东方朔曾经说过一句奇怪的话：“天底下知道我底细的人只有太王公。”等东方朔死后，汉武帝想起这个茬来，就派人找来太王公，问：“你很了解东方朔吗？”太王公回答说：“我只是个星象家哎，根本连东方朔这个名字都没听说的。”汉武帝有些不甘心，又问：“你既然是个星象家，那我问你，天上的星星都还好吧？”太王公回答说：“托您的福，都还好，只是岁星在十八年前突然不见了，最近才又重新露脸了。”汉武帝屈指一算，东方朔陪伴自己的时间不多不少，正好十八年，这才知道东方朔原来就是天上的岁星下凡，想到自己整整十八年却当面错过神仙，不禁惨然不乐。

李商隐为什么要写东方朔的这个故事，因为他很喜欢以东方朔自比。有考据说，李商隐那个时代，风气开化、宫闱不肃，李商隐和宫中女子大约是有过一些暧昧往来的。诗中以汉代唐，汉殿即是唐殿，这是唐人的习惯说法；穿针夜就是七夕乞巧节；阿环是杨贵妃的小名。李商隐的意思就是：在七夕之夜，自己偷入禁苑，隔着窗户缝看见了杨贵妃。——这里，阿环也许是实指，也许是泛泛代指宫中女子，也许是特指宫中的某位女子，这些事都难确定，但他入宫偷窥这件事总该是成立的。

解到这里，问题出现：如果容若套用李商隐“十八年来堕世间”并非断章取义的话，他在这首词中所描述的那个女子就应当是她的表妹了，这正应了入宫偷窥一事。（详见《减字木兰花》“相逢不语”。）

但如果容若是依照断章取义的摘引传统的话，上述推测便会成为过度阐释。——容若用这个典故，也许只是在说那位女子姿容绝代、才华无双，如同天上的星星下凡。如此，则这个比喻并不存在任何的确指，说的可以是任何一位令容若钟情的女子。

“十八年来堕世间”，既然已经堕入世间，又是怎样在世间生活的呢？也要买米买面打工挣饭吗？当然不是，人家星星姑娘（小注：肯定不姓周）过的是“吹花嚼蕊弄冰弦”的日子——即便我们不知道这些词都是什么意思，也能从这一个个漂亮的字眼上体会出反正都是些清幽雅致的事情。

冰弦，不是用冰做的琴弦，而是用域外的冰蚕丝做的琴弦，但这只是一个传说而已，诗人们用冰弦二字来代指琴弦，更显情调。

吹花嚼蕊，这又是什么意思呢？

宋词里有“吹花题叶事，如今梦里，依然记得”，也有“嚼蕊吹香”的说法，各有各解，而最源头的用法也许要算是温庭筠一首《南歌子》：

扑蕊添黄子，呵花满翠鬟。鸳枕映屏山，月明三五夜，对芳颜。

这是描述一位女子精心梳妆打扮，在十五月圆之夜让情郎欣赏自己的容貌。开头两句“扑蕊添黄子，呵花满翠鬟”，一个扑蕊，一个呵花。

“扑蕊添黄子”，黄子，就是女子脸上的妆饰，额间一点黄，即“对镜贴花黄”的“花黄”，而这个黄，也许是取花蕊的颜色，也许就是取自花蕊本身，是为“扑蕊”。

“呵花满翠鬟”，是说把花呵一下然后插在头上。为什么要呵一下呢？因为花瓣原本的形状也许不大让人满意，要么就是开得还不够舒展，所以用嘴吹气，把花瓣吹成自己想要的样子。这个呵花，就是吹花。

那么，容若词中的“吹花嚼蕊”是否就是“呵花扑蕊”呢？——意思上绝对是讲得通的：那位倾城女子梳妆打扮完毕，抚弄琴弦，正是一副娴雅温柔的样子。

但是，另外一种解释也很有道理：这是用典，这个典故我们在前边见过，就是李商隐和柳枝姑娘的故事，那位柳枝姑娘就最喜欢“吹叶嚼蕊”，她有很高的音乐素养，常作“天风海涛之曲，幽忆怨断之音”。——柳枝姑娘的“吹叶嚼蕊”从李商隐的上下文来看，应当是小女孩子吹树叶吹出音调的意思，定与梳妆无关，再联系容若全句的“吹花嚼蕊弄冰弦”，全是与音乐有关，意思也很顺畅。

只有一个小小的障碍：柳枝姑娘是“吹叶嚼蕊”，容若词中是“吹花嚼蕊”，一字之差，意思会一样吗？

是呀，吹叶可以吹出声调，吹花却绝对不可能吹出声调的。

一个可能的答案是：“吹叶嚼蕊”这四个字违犯了诗词的平仄规则，而且很难变通，所以容若才不得不把“叶”字用“花”字来代。

诸家注本有把“吹花嚼蕊”解作歌唱、奏乐、吟咏的，引申为推敲音律、辞藻，也有取李商隐和柳枝故事的，其实“吹”字若当奏乐之类的意思解，很难和“花”搭配起来，如果按照奥卡姆剃刀的原则，温庭筠那个“扑蕊呵花”的意思在字面上才是最为通顺无碍的。

至此，无论是取温庭筠的意思，还是取李商隐的典故，字面上都可以解释得通，而且意义上的差别也不是很大。真正造成重要分歧的，是典故背后的暗示意义：如果容若是用李商隐和柳枝之典的话，那么，这首词里的女主人公便既不可能是卢氏，也不可能是表妹，而只可能是沈宛（假定不存在其他女人的话）。

情事总是扑朔迷离，我们再往下看。“多情情寄阿谁边”，这句朴素，是说那位“十八年来堕世间，吹花嚼蕊弄冰弦”的女子，她的心思到底牵挂在谁的身上呢?

这一句，明为问语，实为明知故问，那个“阿谁”显然就是容若自己。

转入下片，更为难解。

诸家注本无论细节上有何出入，总体而言都说这是一首欢喜之词，上片写女主人公的玲珑娇好，下片写容若与她灯下共对，情意绵绵，尤其是末句“相看好处却无言”，说怎么看对方怎么觉得好，但千好万好，嘴里却说不出来。

下片从字面看，“紫玉钗斜灯影背”是说那女子的发钗斜插，在灯影恍惚中愈见动人，“红绵粉冷枕函偏”是说胭脂冷了，枕头偏了。然后“相看好处却无言”。

这几句，泛泛读过，确是喜语，但稍一斟酌，便觉得难以解释。

首先这个“紫玉钗”就有问题。乍看上去，这不过是一种贵重的首饰，但是，诗词当中玉钗的意象很常见，有玉钗，有白玉钗，很多，但罕见有紫玉钗。紫玉钗其实实有所指，出自蒋防的著名传奇《霍小玉传》，汤显祖后来把《霍小玉传》改编为戏剧，便以故事中的紫玉钗做了剧题，这就是“临川四梦”中的《紫钗记》。

紫钗，这是唐代才子李益和霍小玉的一段爱情悲剧。——《霍小玉传》是个凄厉的悲剧，《紫钗记》虽然经汤显祖之手多了一些光明，但基调依然是悲剧。联系当下，李益和霍小玉的身份、经历非常切合容若与沈宛，这个暗示实在是太强烈了。而且，以容若的才学，不可能不知道《霍小玉传》和《紫钗记》，他用“紫玉钗”这个意象应该是含有深意的，尤其是李益迫于母命放弃霍小玉，太切合容若迫于家庭压力而与沈宛的最终分离了。（详见前文《梦江南》。）

再看“红绵粉冷枕函偏”，枕函好理解，古时候的枕头一般都是硬的，有陶瓷做的，有木头做的，现在在博物馆里还能看到，既然是陶瓷或木制品，枕头就可以被更有效地利用起来，做成中空，里边加个抽屉，可以放一些花露水呀、安眠药呀、黄色小说呀什么的。这里以枕函代称枕头，说枕函偏也就是枕头偏了。

红绵，是女子擦粉用的粉扑，周邦彦有“唤起两眸清炯炯，泪花落尽红绵冷”。可是，粉扑又不是炉子，怎么会冷呢？推想一下，女子在化妆的时候，粉扑接触肌肤，有了体温，等放下来不用了，也就慢慢变冷了。

再来回顾一下这两句，发钗偏偏要说“紫玉钗”，钗还“斜”，灯影还“背”，粉扑还“冷”，枕头还“偏”，这一切意象堆积在一起，无论如何也不像是喜语，却只透出几分凄凉。从这里再归结到末句“相看好处却无言”，哪里是在说夫妻对坐或情侣对坐时深情款款、柔情蜜意呢，倒像是情人别离的前夜，明知天一亮就要分别，虽然情深难舍，却也只有相顾无言，唯有泪千行。

这般情境，倒有几分像是杨过和小龙女在重伤之后，自知必死之际两人自办的那场婚礼，在那最后的美艳容光的照耀下，小龙女一回头间，见杨过“泪流满面，悲不自胜”。

至此，重读第一句的“十八年来堕世间”，似乎又有了一层含义：天上的星星下了凡，带给我这样多的欢乐，而今，时间满了，下凡的星星终于要回去了……

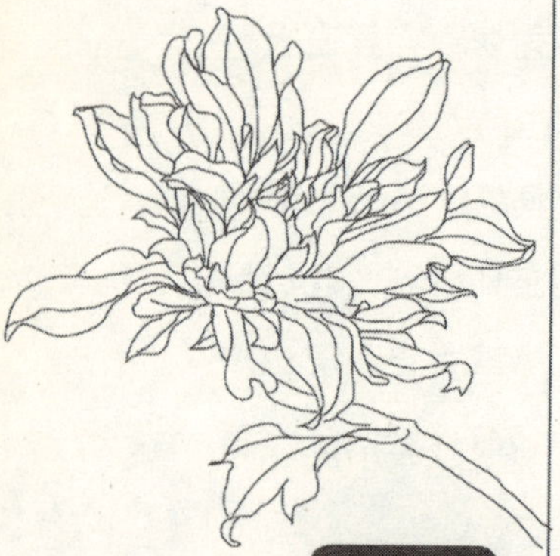

十八

·浣溪沙·

残雪凝辉冷画屏，落梅横笛已三更。
更无人处月胧明。
我是人间惆怅客，知君何事泪纵横。
断肠声里忆平生。

寂寞的容若，这首小令也不知道是实境还是拟境。

一个冬天的晚上，院子里的残雪映着月光的清辉，映得屏风更加清冷黯淡，已经是三更天了，是谁在吹着横笛，《梅花落》的曲调一直吹个不停，夜深无人，只有月色朦胧。——这便是上片三句的字面意思。

“残雪凝辉冷画屏”，意象是一“残”一“冷”；“落梅横笛已三更”，意象是梅要“落”，夜要“深”；“更无人处月胧明”，意象是人要“无”，月要“朦胧”。这些意象交叠在一起，传达出来的就是两个字：寂寞。

——可是，第二句里，“落梅”存在“落”的意象吗？它不明明是一个曲调的名字吗？仅仅是这个曲子叫做《梅花落》而已呀？

存在的理由之一是：这里的落梅有可能是双关语，前一句有残雪，正是落梅时节，两相契合，并无不妥；理由之二是：笛子吹什么曲调，诗人不是随便选的，比如，如果要表达别离和思想，那就不会是《梅花落》而是《折杨柳》了，“此夜曲中闻折柳，何人不起故园情”。这些曲调的名字在诗人们手里早已经有了固定的意象，也就是说，这些曲调的名称早已经成为诗词的意象符号了，再举个例子，《玉树后庭花》，凡是出现这个曲调名，一般和音乐本身不会有多大的关系，你基本可以断定这是在抒写亡国之痛、兴废之感。

曲调名称在诗歌里边，一是以字面的意思而存在，比如《梅花落》就带有梅花落的意思，《折杨柳》就带有折杨柳的意思，这些字面意象会以字面本身给人以第一印象，下一步才是曲调所带有的意象。

曲调的固定意象早已经约定俗成，无法更改了。我们看周敦颐的《爱莲说》，莲之情操气节与梅花相比是绝不逊色的，乐曲里边也有和莲有关的，但容若在独品寂寞情怀的时候只能听到《梅花落》而不可能听到《莲花落》，否则我们一定会以为是丐帮长老来了。

如果较真儿的话，有一个问题很不容易解决，那就是：容若这时候在哪儿？

从“残雪凝辉冷画屏”来看，他这应该是在家，但是，在当时的北京城，有人吹笛子一直吹到半夜三更，这也太扰民了吧？笛子的声音很尖锐，声波的波长很短，穿透力很强，如果他还一直反反复复地吹的都是《梅花落》这同一个曲调，那就更让人受不了了！容若少爷是个文人雅士，听到这旋律只觉得惺惺相惜，于是不觉之间，人家吹到了三更，自己也听到了三更，可是，这笛声要是吵到明珠老爷睡觉，这罪过可就大了。

这其实就是一开始提出的那个问题：这是实境还是拟境？

下片一转，突兀出一对很漂亮的句子：“我是人间惆怅客，知君何事泪纵横”。

诗词短小，语言讲究精练，废话绝不能有，但这里，“我是人间惆怅客”，却像有些废话的样子。——为什么要说“人间”呢？难道容若还有可能不属于人间不成？和这一句在意思上最相当的对句应该是：“我是人间惆怅客，你是仙界风流女”，只有在这种类型的对仗之下，“人间”两个字才是成立的。看看容若对句里和“人间”相对的却是“何事”，很不工整，再仔细看，他完全摆脱了这里通常的对仗规范，根本这两句话就不构成一组对仗。

难道容若也出现败笔了吗？当然不是，这种低级错误他是不会犯的，“人间”二字其实是最无理，也是最点睛的一笔，他这样一说，给人的感觉就是：他“自己”和“人间”被对立起来了。这就好比我们有些西服同胞经常爱说的“中国人如何如何”，他们在这样表达的时候，已经把自己剥离到“中国人”这个范畴之外了。

所以，“我是人间惆怅客”，意思大约就等于一只天鹅站在家鹅堆里，感慨地说：“我是家鹅世界里一个惆怅的过客呀。”

下一句“知君何事泪纵横”，这个“君”，就是吹笛子的那个人。这一句的出现，把上一句的意思一下子又烘托上了一层。“我是人间惆怅客”，这是“我”与世界的隔膜，“知君何事泪纵横”，是“我”与你的相惜，这就把“你”拉到了“我”的这边，我们两个人互相取暖，以对抗“不属于这个人间”的那种刺骨的疏离感。

“知君”的“知”，字面上是“我从笛声里知道你心”的意思，但一般在诗词语言里，一些字放在“知”的这个位置上是要被当做“反训”来讲的，也就是说，在这里，“知”很可能是“不知”的意思。——我知道我是人间惆怅客，但我不知道你为什么吹笛子吹得那么悲伤。

这样一来，意思可就丰满多了，我们可以这样想：容若自己就很惆怅了，谁知道突然遇见一个和自己差不多的，虽然不清楚他悲伤的具体的内容是什么，但那种感觉我是深深共鸣的。这是一种对一个没见面的人的深沉的知音之感。但是，就像一个有自闭症的孩子，当他终于有了自己心爱的玩具的时候，当他终于有了一个玩伴的时候，他会非常投入的，但同时也会越来越自闭，和世界越来越疏离。

那可怎么好呢？不知道，只是——“断肠声里忆平生”，在断肠的笛声里，往事种种涌上心头。往事到底是哪些？不知道。

个人的情感体验是别人很难渗透、也很难代替的。就像这些诗词，有人可以给你讲解，但没人可以代你思考；就像有人可以指点你酒的知识，甚至陪你喝上几杯，但醉的体验只能是你自己的，是个别的，是人人不同的。

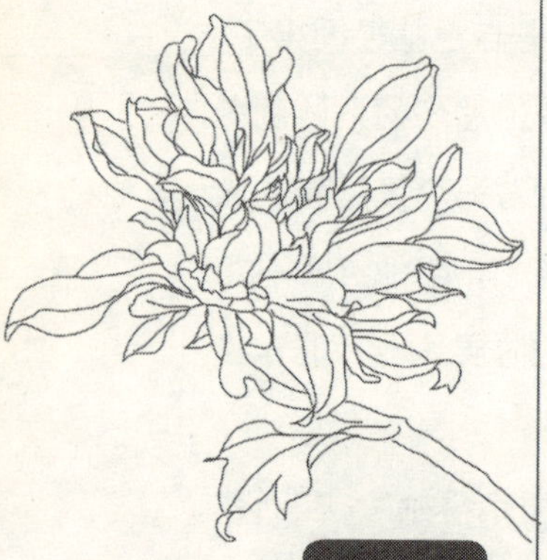

十九

·菩萨蛮·

飘蓬只逐惊飙转，行人过尽烟光远。
立马认河流，茂陵风雨秋。
寂寥行殿索，梵呗琉璃火。
塞雁与宫鸦，山深日易斜。

怀古诗在历代诗词作品里要算一个大类，好作品不在少数，但说的话其实也都差不太多，要么就是感叹兴废无常，要么就是悟出兴亡的哲理。总之，在历史朝代的兴废面前，个人总是更容易对比出自己的人生之微渺的，很容易引发感叹。

怀古诗的意象符号主要有这么一些：皇陵、废殿、夕阳、风雨，容若这首小令全都占了。从用词来讲，实在有些老土，但是，若从另一个角度看去，容若却大胆得怕人了。

容若这是在明清易代之后不久，以征服者的身份经过明陵（北京十三陵），对明陵而怀古。——这，容若是如何把握言论尺度的呢？

如果这么写：唉，大明如此锦绣江山，却断送于异族之手；如此先进的汉文明，却断送于落后的满文明之手，岂不悲哉！岂不悲哉！——可容若自己就是那个异族和落后的满文明里边的一员，这么写肯定有问题呀。

如果这么写：唉，大明如此锦绣江山，都怪皇帝糊涂、奸臣当道，这才亡了，要是重用袁崇焕、史可法他们，何至于今日！——读者该奇怪了：容若不会是明朝遗民吧？

如果豪放一些：江山易主总无凭，壮志饥餐胡虏肉！——康熙皇帝该纳闷了：容若你这是要干吗？咱俩不就是胡虏么，你惦记着要吃谁的肉呀？

如果是你，换在容若的位置上，你会怎么写呢？

容若这首《菩萨蛮》一共八句，七句都是置身事外地白描写景，只有一句"立马认河流"有了"人"的意象，但这个意象还是如此地含糊不清，这个"人"只是勒住了马缰绳，从河流的流向来辨别路线，仅此而已，既没有叹息伤悲，更没有怒发冲冠。那么，他到底是什么意思呢？

"飘蓬只逐惊飙转，行人过尽烟光远"，这是意象的堆积，"飘蓬只逐惊飙转"，表面写飘蓬不定，随风乱舞，实则暗示出世界的命运如飘蓬一般不定，世界是脆弱的、轻浮的，人生也是脆弱的、轻浮的，只有命运的"惊飙"是主宰者，它要往哪个方向吹，大家就得跟着往哪个方向跑，完全由不得自己。而"惊飙"也没有个固定的方向，只是"转"，一会儿这边，一会儿那边。于是，人生、王朝、世界、命运，这一切都是茫然无据的，"我"在这里边迷了路，完全看不清方向。

"行人过尽烟光远"，人都走光了，路也不见尽头，这句话描绘出了一种场景上的"空旷"，虽然没有提到"我"在哪里，但读者明显能感觉到"我"就在这个"空旷"的中央，孤独、无助，不知道该怎么办，不知道该向哪里去，不知道该去问谁。

这两句，简洁地构造出了迷茫、空旷和孤独，然后“立马认河流”便顺理成章地具有了字面之外的含义：迷茫的我需要停下来细细思考，辨别方向。这个“方向”的含义语带双关，既是实指在明陵一带赶路的方向，更是在力图辨认人生、世界、命运的方向。我，此刻正站在历史的迷宫面前，我需要辨认方向。

辨认出来了吗？不知道，容若没说，话锋却一转，“茂陵风雨秋”，点明时间和地点，作为上片的收尾。

但是，这个收尾，不仅仅是点明时间和地点而已，同时在用意象的堆积转达着更深的含义。茂陵，是汉武帝的陵墓，是历代诗人经常吟咏的，明陵当中，明宪宗的陵墓也叫茂陵，所以，容若这里用茂陵二字，一是以明宪宗之茂陵代指整个的十三陵，但他为什么不用定陵或其他什么陵来指代呢，这就是意义之二：让人联想到汉武帝的茂陵。

汉武帝的茂陵几乎是一个被诗人们用滥了的主题，西汉之世以武帝朝为最盛，这个最盛者，这个千古一帝，最终也只不过是一抔黄土，只不过土堆大了一点而已。这种对照给诗人的刺激是很强烈的，由此出发而怀古，便生出了许许多多的情绪与感悟。所以，茂陵二字，在诗人的世界里便是一个含义复杂的意象符号。

茂陵，风雨，秋，全是名词排列，一个动词和形容词都没有，但容若想要表达的意思和情感却传达得一清二楚。这便是诗人以景写情的技术，其他例子如陆游的“楼船夜雪瓜州渡，铁马秋风大散关”，貌似客观写景，其实是以景语为情语。

下片更是白描。

行殿，即行宫。梵呗，指僧人的唱经声。琉璃火，即琉璃灯，也就是玻璃制的油灯。塞雁，大雁远渡，随季节而在江南、塞北之间往返。

宫鸦，栖息在宫殿里的乌鸦。除了开头“寂寥”二字，再没有一点抒情之语，但苍凉之感跃然纸上。尤其是末一句“山深日易斜”，是一个精彩的无理句——这里的日斜是指日落，而太阳的易不易落和山的深不深一点儿关系都没有的，容若却说：在这里，因为山很深，所以太阳容易落，于悖谬处见真理，发人深省。这就是诗笔。

容若，这位异族征服者之中的一员，面对前朝陵寝写下了这样一首“似无言”的怀古诗，其中自有他时代的曲折。但他居然没有抨击明朝的黑暗、腐朽、没落、终于被广大人民群众所抛弃，也没有歌颂大清的伟大、光荣、正确、终于被广大人民群众所选择，这样的词作居然还得以存在，这样的作者居然没有被处置，难道是因为容若没有赶上文字狱最盛的时候吗？

二十

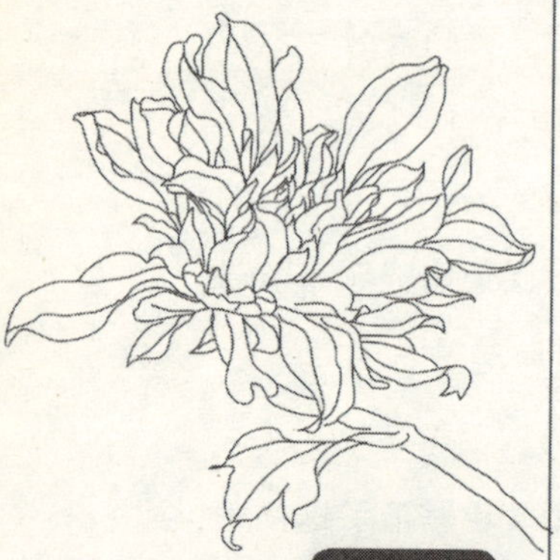

·菩萨蛮·

催花未歇花奴鼓，酒醒已见残红舞。
不忍覆余觞，临风泪数行。
粉香看又别，空剩当时月。
月也异当时，凄清照鬓丝。

这首《菩萨蛮》，有人考证说是容若在塞外公干的时候怀念爱侣之作。容若从春至秋，久在东北，怀念之情，愈酿愈浓。

场景是一次宴会，一次狂欢的宴会。

“催花未歇花奴鼓”，花奴，是唐代汝阳王的小名，汝阳王音乐素养很高，善击羯鼓，很受唐玄宗的钟爱，后人便以花奴鼓代称羯鼓。

传说唐玄宗有一次在宫中游赏，看到花儿含苞待放，煞是喜人，唐玄宗兴致一来，让高力士取来羯鼓，狠狠敲了一曲《春光好》，鼓瘾过完，却见那些原本待放未放的花儿竟然全都开了。唐玄宗大喜道：“我简直就是老天爷哎！”

所以，唐玄宗打的这个羯鼓便获得了“催花”的含义。（注意哦，不是辣手“摧花”。）

“催花未歇花奴鼓”，容若是说，宴会上兴高采烈地打着鼓，鼓声催花发，到现在还没有停歇。这是一个热闹而欢畅的场面，但随即话锋一转：“酒醒已见残红舞”，酒醒之后，却见催花催得过了头，花儿不但被催开了，还被催落了，一片片残花随风飘舞，好不凄凉。

此情此景，词人是何等感受呢？是“不忍覆余觞，临风泪数行”，不忍心再继续喝酒了，在这场欢会之上突然间迎风落泪。

下片写到女子：“粉香看又别，空剩当时月”。粉香，诸家注本有说代指爱妻的，有说代指所爱之女子的，但这些解释都有些可疑。粉香可以形容美女，这是不错，但这个词在感情色彩上是稍稍有些轻薄的，大概还没有谁用粉香来指代妻子。

周邦彦的一首《早梅芳》就是个很贴切的例子，场景也是宴会，也是酒醒宴散：

缭墙深，丛竹绕。宴席临清沼。微呈纤履，故隐烘帘自嬉笑。粉香妆晕薄，带紧腰围小。看鸿惊凤翥，满座叹轻妙。

酒醒时，会散了。回首城南道。河阴高转，露脚斜飞夜将晓。异乡淹岁月，醉眼迷登眺。路迢迢，恨满千里草。

“粉香妆晕薄，带紧腰围小”，是说宴会上的女子非常美丽，非常婀娜，那么，美丽和婀娜达到了什么效果呢？是“满座叹轻妙”，宴会上的男人们一致赞叹：轻盈妙曼！好美好美！——很显然，这都不是什么良家女子，而是歌女、舞女。

所以，用粉香指代心爱的女子，倒还可以，但指代妻子还真不大合适。这就像“风情万种”虽然是个好词，但没人会用这个词来夸自己的妻子。

那么，“粉香看又别，空剩当时月”，是不是容若在塞外怀念某位远在北京或其他什么地方的女子呢？——也很难说，因为这两句词的意思像极了晏几道的“当时明月在，曾照彩云归”。我们看一下晏词：

梦后楼台高锁，酒醒帘幕低垂。去年春恨却来时。落花人独立，微雨燕双飞。

记得小苹初见，两重心字罗衣。琵琶弦上说相思。当时明月在，曾照彩云归。

这是晏几道的一篇名作。词中的女主人公小苹是晏几道一个朋友家的歌女。容若这首词，遣词造句和晏几道这篇实在太像。那么，如果否定了“粉香”一语是在怀念妻子，容若是不是在怀念远人呢？

——也不像。

“粉香看又别”，这种句式在宋词里有“一春看又尽，问何日、是归年”，有“一岁相看又过”，这都是说“眼看着春天又过去了”，“眼看着一年又过去了”，所以“粉香看又别”就应是“眼看着和美女又要分别了”。这就是说，这件事情是发生在当下的，是发生在宴会之上的。加上这个“又”字，意思就应该是：容若眼睁睁地看着宴会又散了，那个曾经在以前的宴会上出现过、给自己留下深刻印象的美女又要离自己而去了，只有月亮还像上一次宴会的时候一样，冷冷地陪着我。这便是“粉香看又别，空剩当时月”。

接下来语义递进：“月也异当时，凄清照鬓丝”，月亮确实还像是当初的月亮，但仔细看看，又和当初不太一样，那月光越发凄冷，越发冰凉。

这样看来，容若这首小令并非伤离怀远，而是在写当下事、眼前人。但其中是否存有异性之间的情感在，倒不好说。仅仅从文本来看，“粉香看又别”和“酒醒已见残红舞”都是繁华消散、众人皆去的意象，“空剩当时月”含义应是“只剩下我孤零零的一个”。而“月也异当时，凄清照鬓丝”，则是感叹岁月无情，自己虽然还是和以前一样的孤独，所不同的只是比当时更老些了。

容若始终是一个孤独的人，而在人人敲鼓碰杯的欢宴之上，那种孤独感只有被烘托得更加强烈。相比之下，一个人时候的孤独并不可怕，一个人陷入一个无法融合进去的群体时的孤独才是凄凉到骨的。如果，这个群体就是你所生活的家庭、社会，你无法逃避也无处逃避，孤独的你又能怎么办呢?

（小注：心理学对这个问题倒是有答案的，你可以多做手工劳动，多去参加公益活动，或者加入某个宗教组织。记得以前有个朋友就处于这种心理状态，有人对他说：“你应该去写诗。”我补充了一句：“或者去看心理医生。”）

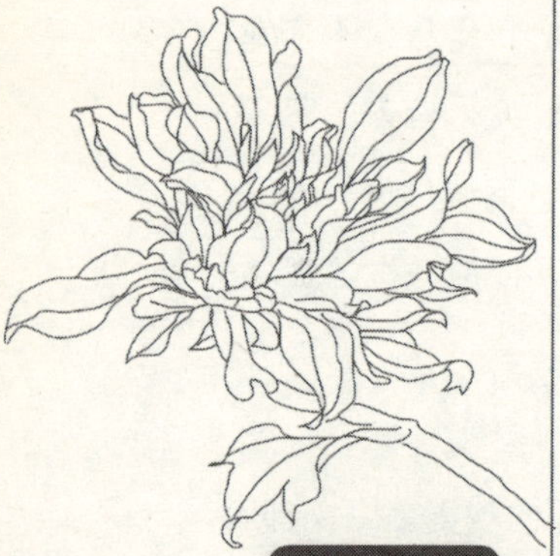

二十一

·菩萨蛮·

雾窗寒对遥天暮，暮天遥对寒窗雾。

花落正啼鸦，鸦啼正落花。

袖罗垂影瘦，瘦影垂罗袖。

风翦一丝红，红丝一翦风。

这首小词，每两句都是反复回文。“雾窗寒对遥天暮”，从最后一个字“暮”倒着往前读，就是下一句“暮天遥对寒窗雾”；“花落正啼鸦”，倒过来也就是下一句“鸦啼正落花”。这就是回文诗的一种。

一般的选本里很少会选这首词，原因很简单：这是纯粹的文字游戏，并没有什么艺术价值和深刻内涵在里边。这道理是完全正确的，回文诗大多都仅仅是文字游戏而已，就像厨师雕刻出来的一朵精美绝伦的萝卜花，无论多漂亮，也只是正餐旁边的一个配头。

但是，为什么经常还有厨师愿意去雕萝卜花呢？除了要让整桌菜卖出更贵的价钱之外，一个原因就是：炫技。

芭蕾舞剧里经常会出现舞会场面，盛大的舞会，这种情节对整个

纳兰词作现存三百余首，内容涉及爱情友谊、边塞江南、咏物咏史及杂感等多个方面。诗缘情而旖旎，而纳兰正是极为性真的人，因而他的词作尽出佳品，倍受当时及后世好评。先后结集为《侧帽》、《饮水》，后人多称纳兰词。纵观纳兰词风，清新隽秀、哀感顽艳，颇近南唐后主。而他本人也十分欣赏李煜，他曾说："花间之词如古玉器，贵重而不适用；宋词适用而少贵重，李后主兼而有其美，更饶烟水迷离之致。"

剧情来说往往并没有太大的意义，但之所以舞会场面会屡屡出现，原因也是这个：炫技。

摇滚乐队里的主音吉他手经常会抛开整个乐队，把主唱晾在一边，弹上一段缤纷绚烂的快速 solo，这段 solo 如果拿掉，对歌曲本身不会有太大的影响，它之所以顽强地存在，原因也是这个：炫技。

这是人的天性，如果掌握了高于常人的手段，总忍不住拿出来卖弄卖弄，如果没机会卖弄，或者受到环境的刺激，就会“技痒”。

诗词也是一样，这既是一门艺术形式，同时也是一门技术活儿，技术水平高的人既喜欢把功夫拿出来晒晒，也很有兴趣去挑战更高的技术难度。这和我们现在玩游戏打通关是一个道理。

诗词，不但是一门技术活儿，还是一项技术游戏。现代人有时会把诗词想象得过于神圣，这实在是因为在我们现代的多数诗词讲本中，都把诗词抬得过高了，或者是以现代的艺术眼光来审视古代的诗词作品，于是诗人在我们眼里就往往被塑造成了艺术家的形象，而事实上，如果我们能到古代去看一看的话，就会发现“艺术”形象的诗词仅仅是诗词的多个侧面中的一个而已。

诗词也是交际手段。文人士大夫们搞社交活动，聊什么呢？最好的话题要符合以下的标准：一，不失身份；二，大家都可以参与；三，带有一些竞技性，有助于活跃气氛。能够同时满足这三个条件的，就是诗词。

关于第一“不失身份”，诗肯定是不失身份的，词在有些时候会被认为失了身份，但这是社交场合，不是正襟危坐的场合，填词也是雅事。

关于第二“大家都可以参与”，诗词是旧文人的基本功，一般来说，哪怕再笨、再烂、再没水平的人，只要他是个读书人，好歹都能拽两句诗词的。如果诗写得好，这个人不一定学问也好；但如果诗写得很烂，连基本功都没有，这个人的学问也就不用问了。在传统文化里，如果一个人水平很高却不会写诗，这是难以想象的。

关于第三“带有一些竞技性，有助于活跃气氛”，诗词唱和在一定意义上就是比武。俗话说“文无第一，武无第二”，因为文的好坏往往是没有硬指标的，不像武术，无论吹得如何，只要两人一伸手，总能分出胜败。但是，文，在艺术水平上虽然难有标准，在技术水平上却可以是有标准的，比如诗词唱和里的步韵，别人写了一首七律，你也要跟着写一首七律，还得用人家原来的韵脚的字。如果你写出来了，虽然不是什么佳作，但也还中规中矩，至少你就没输，但如果你憋了半天写不出来，那肯定就是输了。《红楼梦》里姐妹们的联句也是一种形式，如果眼看着别人一句一句地不假思索，每到你的时候你都憋不出来，这多没面子呀。在这种时候，艺术水平是次要的，或者说是超指标的要求，按照规矩把自己该作的那部分作出来，这才是最重要的。因为这不是在搞“艺术创作”，而是在进行“社交活动”。

现代人已经没有这种适用面超广的社交话题了，想想古代的读书人，你只要会作诗，技术熟练，就很容易打入别人的社交圈子，融入一个新的环境。大家也很容易在诗词唱和的唱和里忘记各自的身份和地位，进行自由自在的交流和娱乐。诗词，就是这样一种重要的社交工具，实用功能巨大。

一方面，这种半竞技性质的活动催生着技术进步；另一方面，诗人的水平越高，往往也越乐于挑战更高的技术难度。就像主音吉他手，手指越快便越喜欢追求更快；就像打电子游戏，玩得越熟便越喜欢追求更难的关卡。——回文诗就是这样的一种技术挑战。从这个意义上说，诗词，可以说是一种技术游戏。

诗词游戏的样式很多，一样带有竞技色彩，炫技也就意味着给别人制造技术壁垒，这是文人之间的比武，妙趣横生。

传说佛印和尚给苏东坡写过这样一封信，让苏东坡这等顶尖高手也摸不着头脑：

野野　鸟鸟　啼啼　时时　有有　思思　春春　气气
桃桃　花花　发发　满满　枝枝　莺莺　雀雀　相相
呼呼　唤唤　岩岩　畔畔　花花　红红　似似　锦锦
屏屏　堪堪　看看　山山　秀秀　丽丽　山山　前前
烟烟　雾雾　起起　清清　浮浮　浪浪　促促　潺潺
湲湲　水水　景景　幽幽　深深　处处　好好　追追
游游　傍傍　水水　花花　似似　雪雪　梨梨　花花
光光　皎皎　洁洁　玲玲　珑珑　似似　坠坠　银银
花花　折折　最最　好好　柔柔　茸茸　溪溪　畔畔
草草　青青　双双　蝴蝴　蝶蝶　飞飞　来来　到到
落落　花花　林林　里里　鸟鸟　啼啼　叫叫　不不
休休　为为　忆忆　春春　光光　好好　杨杨　柳柳
枝枝　头头　春春　色色　秀秀　时时　常常　共共
饮饮　春春　浓浓　酒酒　似似　醉醉　闲闲　行行
春春　色色　里里　相相　逢逢　竞竞　忆忆　游游
山山　水水　心心　息息　悠悠　归归　去去　来来
休休　役役

苏东坡大惑不解，可要是承认看不懂，岂不输给了佛印一头！正在抓耳挠腮之际，传说中的那位苏小妹来了，只看了两眼便说："这很难解吗？明明写得很清楚呀。"

经苏小妹天才一解，那一大堆的叠字便重新打散组合，露出佛印的一首七言长诗：

野鸟啼，野鸟啼时时有思。
有思春气桃花发，春气桃花发满枝。
满枝莺雀相呼唤，莺雀相呼唤岩畔。
岩畔花红似锦屏，花红似锦屏堪看。
堪看山，山秀丽，秀丽山前烟雾起。
山前烟雾起清浮，清浮浪促潺湲水。
浪促潺湲水景幽，景幽深处好，深处好追游。
追游傍水花，傍水花似雪，似雪梨花光皎洁。
梨花光皎洁玲珑，玲珑似坠银花折。
似坠银花折最好，最好柔茸溪畔草。
柔茸溪畔草青青，双双蝴蝶飞来到。
蝴蝶飞来到落花，落花林里鸟啼叫。
林里鸟啼叫不休，不休为忆春光好。
为忆春光好杨柳，杨柳枝头春色秀。
枝头春色秀时常共饮，时常共饮春浓酒。
春浓酒似醉，似醉闲行春色里。
闲行春色里相逢，相逢竞忆游山水。
竞忆游山水心息，心息悠悠归去来，归去来休休役役。

这就是典型的一个文人游戏。大家最熟知的游戏应该就是藏头诗了，比如有一首诗常常被作为评书的定场诗，听过的人很多，但大家未必都知道这其实也是一首藏头诗：

八月中秋白露，路上行人凄凉。小桥明月桂花香，日夜千思万想。

心中万般宁静，青春好读文章。十年苦读在书房，方见才学益广。

这首《西江月》这么看，是看不出藏头的，如果换成繁体字，再排成一个圆圈：

八月中秋白露，路上行人凄涼。小橋明月桂花香，日夜千思萬想。

心中萬般寧静，青春好讀文章。十年苦讀在書房，方見才學益廣。

“廣”字的下半部分是“八”，从“八”读起，是“八月中秋白露”，“露”的下半部分是“路”，从“路”读起，是“路上行人凄凉”，依照这个规矩一直往下读，读到“方見才學益廣”，便完整地转了一圈。

诗词的游戏是多种多样的，这里只是简单地介绍了两种而已。古代文人一般不像现代人这么忙，而休闲时间既没有电视看，也没有迪厅泡，所以很大程度上的休闲都是在诗词书画里的。有人可能会问：“他们就算没有电视，没有迪厅，但那时候是可以堂而皇之地泡红灯区的呀？”——不错，但文人士大夫就算泡红灯区一般也要泡高级红灯区，和那些歌女们也要有诗词唱和的，比如对诗，谁输了罚谁一杯酒什么的，而就算这一类的诗词唱和甚至也流传下来了一些佳作和佳话，但这就不在本文的讨论范围之内了。

最后再看一看容若另外的两首回文《菩萨蛮》，领略一下诗歌的另一个侧面和诗人的另一种生活：

客中愁损催寒夕，夕寒催损愁中客。门掩月黄昏，昏黄月掩门。
翠衾拥孤醉，醉孤拥衾翠。醒莫更多情，情多更莫醒。

研笺银粉残煤画，画煤残粉银笺研。清夜一灯明，明灯一夜清。
片花惊宿燕，燕宿惊花片。亲自梦归人，人归梦自亲。

二十二

·虞美人·

银床淅沥青梧老，屧粉秋蛩扫。
采香行处蹙连钱，拾得翠翘何恨不能言。
回廊一寸相思地，落月成孤倚。
背灯和月就花阴，已是十年踪迹十年心。

这首《虞美人》，又是表面明白如话，实则潜流滚滚的一篇。

只从字面来看，读得出是相思，是怀旧，是一段欢乐、一片深情。——这是一种很高妙的技术，字面意思已经把想表达的内容表达出来了，但如果读者明了那些语句的出处，读出来的内容便会递进一层。

这种手法，比如辛弃疾的“且将万字平戎册，换得东家种树书”，这是慨叹英雄无用武之地，空有满腔抱负、满腹经纶，却处处受到掣肘，无奈加上愤懑，便把“平戎册”去换了“种树书”。——这么理解是一点问题没有的，但是，如果知道“种树书”还有一个出处，对这句词的意思也许还能领悟得更多一些。

秦始皇焚书坑儒，天下的书只允许留下很少的几类，其中就有占卜书和种树书。所以，种树书就变成了一个文化符号，含有某种特定的符号意象，明白这个意象之后，便更能体会到辛弃疾所在的时局是多么地压抑、逼仄。

容若这首词便充分体现着这种技巧。这倒不一定是他有意为之，因为，作为一个满腹诗书的人，前人的种种成句、典故、意象，早已经读得烂熟，成为了自己语言的一部分，运用起来就如同我们普通人运用母语一样，达到了不假思索的程度。读书越多的人，往往这种现象就越明显。

“银床淅沥青梧老”，银床，一般有两种解释，一是说井栏，一是说辘轳，其实银床至少还有一解，就是形容华贵的床，比如宋词里有“高欹凤枕，慵下银床”，这个银床的意思在上下文里是很明确的。

容若这里的银床是什么意思呢？从上下文来看，只能在井栏和辘轳之间选一个。但到底选哪个呢，应该是井栏。——为什么是井栏呢？从全词来看，说是辘轳也没有问题呀！

是的，说是辘轳也讲得通，但是，肯定是井栏。

为什么呢？

古人笔记里记载着这样一个故事：某年，河滨打鱼的人网到了一块石头。网到石头没啥稀奇，但稀奇的是，这块石头上居然刻着一首小诗：“雨滴空阶晓，无心换夕香。井梧花落尽，一半在银床。”——笔记里记了这事，还小小地议论了一下：银床就是井栏，这小诗也不知是谁作的？

这首小诗里的“井梧花落尽，一半在银床”，正是容若“银床淅沥青梧老”一句之所本，那就是说，容若应该是读过这本笔记的，既然出处在此，银床就该当井栏解了。

还有一个小问题：井栏这等粗俗的东西，为什么竟会用“银”字来修饰呢？——因为这个“银”字原本并不是饰美之辞，而是确有所指的。《晋书》曾载淮南王的自大与侈靡，后园凿井，打水的瓶子是金的，井栏是银的。

再看“屧粉秋蛩扫”。“屧”（xiè），有解作木屐的，有解作鞋的木底的，但无论是木屐还是木底，和“粉”字都很难搭上关系。这里的“屧”字应该是鞋垫的意思。

我们现在的化妆品比起古人实在丰富得太多了，女人们，甚至还包括一部分男人，有着各式各样的香水，什么要喷什么位置都很有讲究，但是，有没有人想到给脚上喷香水呢？如果仅从自然味道而论，脚，也许是人的全身上下最需要香水的部位了。

在这一点上，古人比我们现代人领先了。容若词中所谓的“屧粉”，应该就是鞋垫里的香粉。鞋子的密封性不是很好，所以人在走路的时候，香粉会从鞋子里泄漏出来，所以才会有“屧粉秋蛩扫”——那女子曾经走过的地方应该留下不少鞋垫里的香粉的，但现在，秋风秋雨摧残，梧桐花也落了，蟋蟀也不叫了，她鞋垫里的香喷喷、臭烘烘的香粉也已经一点踪迹都没有了。任凭你怎么提鼻子去闻，也一点都闻不见了。

“采香行处蹙连钱”，采香行处，传说吴王在山间种植香草，待到采摘季节，便使美人泛舟沿一条小溪前往，这条小溪便被称为采香径。这个浪漫的名称自然成为诗人们常用的意象，比如姜夔有“采香径里春寒”，翁元龙有“采香深径抛春扇”，当然，真正的采香径（如果当真存在的话）只有一处，别以为诗人们说这个词的时候都是实指，容若这里用“采香行处”只是比喻当初那心爱的女子曾经经过、曾经流连的地方。

连钱，叫这个名字的至少有两种东西，一是古代有一种连钱马，即岑参诗里的“五花连钱旋作冰”，卢照邻的“妖童宝马铁连钱”，这种马毛色斑驳，就像撒了一把铜钱，或者可以想象成一匹马身上披了一张金钱豹的皮。连钱马是一种很不错的品种，常常被诗人吟咏。

二是一种连钱草，说得专业一点，拉丁名是 Herba Glechomae，可以清热解毒、利尿排石、散淤消肿，可治尿路结石和跌打损伤。当然，这么一解释，诗意就全没有了。

连钱草常常长在路边和水边，是一种很常见的小草。“采香行处蹙连钱”，在采香径上长满着连钱草，这是解释得通的，而“采香行处”和“连钱马”这两个意象似乎很不合拍，前者是杏花春花江南，后者是骏马秋风冀北，放在一起可没法解释。

动词“蹙”字，可以形象地解释为连钱草长满采香径上，但这个字还可以通“蹴”，因此，解释为连钱马踏着采香径，在字面上也是通顺的。

有注本引文徵明诗“春苔蚀雨翠连钱”，形容青苔被雨水侵蚀，好像连钱的斑纹，这也可以解释得通，放到容若的词中，意为所爱之人旧日的行经之处已经长满青苔，久无人迹，联系到前一句“银床淅沥青梧老”，也很顺畅。

接下来“拾得翠翘何恨不能言”，翠翘就是翠玉首饰，这句是说容若在爱侣当时的行经之地拾到了她当初遗落的一只翠玉首饰，伤感而不能言。——字面通顺，但是，究竟是不是这个意思呢？放一放，先往下看。

下片开始，“回廊一寸相思地，落月成孤倚”，回廊，若是泛指，就是曲折的走廊，但联系前文的采香径的用典，这个回廊有可能也是吴王当初的一段事迹：吴王曾经搞过一个“响屧廊”，让西施她们穿着木鞋走在上边，咔哒作响，回音缭绕。

“一寸相思地”，是化用李商隐的名句“一寸相思一寸灰”，容若说出“一寸相思”，给人立刻的联想就是“一寸灰”，更显出怀念与伤逝。

末句“背灯和月就花阴，已是十年踪迹十年心”，这是最点题的一句，是说距离当初欢会已经过了十年。这个“十年”是约数还是实数，很难确定，如果是实数的话，有人据此推测容若怀念的是发妻卢氏，而作此词时距离卢氏之死已有十年。

十年，对于容若来讲，十年就是他全部生命的三分之一，就是他成年生活的几乎全部时光，而缅怀故地，依然不能忘情，其挚情挚性，由此可见一斑。

其实，这句话仍有所本，就是高观国的“十年春事十年心，怕说湔裙当日事”。湔裙的典故前边已经讲过，“十年春事十年心”一变而为“十年踪迹十年心”。如果容若仅仅是因为化用前人成句而沿用了“十年”这一说法的话，这个“十年”并非实指的可能性就略略大了一些——但也可能容若是因为恰好到了十年之期才联想到高观国的“十年春事十年心”的，这些可能性可以一并成立。

“已是十年踪迹十年心”这是全篇之中最感人的一句，但感动之后别忘了前边的疑问，现在我们把“拾得翠翘何恨不能言”联系上这个“十年”，好好想想看：翠翘，一个贵族女子的很值钱的翠玉首饰，居然掉在地上整整十年也没人拣，非要等到容若故地重游、伤感唏嘘的时候才被他拾到，这到底是上天关照有情人呢，还是十年来的过路人都太不长眼？

也许诗人的话未必都要当真的，容若这里所谓拾得翠翘，也许只是化用温庭筠的一句成句而已：“坏墙经雨苍苔遍，拾得当年旧翠翘。”

温庭筠的这一句几乎就是容若上片词的缩影，“坏墙经雨苍苔遍”就等于“银床淅沥青梧老，屧粉秋蛩扫”，“拾得当年旧翠翘”就等于“采香行处蹙连钱，拾得翠翘何恨不能言”。容若用这句“拾得翠翘何恨不能言”，也许只是要把我们引到温庭筠的“拾得当年旧翠翘”而已，表达的仅仅是一种情感，而未必真是写实。

最后，“已是十年踪迹十年心”有人解释为容若是在怀念亡妻卢氏，又因为十年之后早已续娶了官氏，官氏在侧之时不大方便公然悼念亡妻，所以拾得翠翘之后才“何恨不能言”。——这种解释恐怕有些过了。因为，即便事情背景属实，但十年之后有恨而无言，意思已足。就像苏轼的悼亡词里“相对无言，唯有泪千行”，这是很正常的感情。

最后顺便一提，容若的“十年踪迹十年心”化自前人成句，自己这句也被后人化用——清代大才女吴藻的一首《浣溪沙》里就改了一个字来用：

一卷离骚一卷经，十年心事十年灯。芭蕉叶上几秋声？
欲哭不成还强笑，讳愁无奈学忘情。误人犹是说聪明。

最后的最后：对不起，我实在抒不出情来了，就先这样吧。

二十三

·忆王孙·

西风一夜剪芭蕉，满眼芳菲总寂寥。
强把心情付浊醪。读《离骚》，
洗尽秋江日夜潮。

这首词的情绪是：郁闷。

“西风一夜剪芭蕉，满眼芳菲总寂寥”，昨天晚上刮了一夜西风，今天起来一看，蕉都凋残了，满眼的花儿草儿也都打了蔫了。——我也打了蔫了，心情很差，那，怎么排解坏情绪呢？干脆，去喝酒好了，“强把心情付浊醪”。浊醪（láo），就是浊酒。

光喝酒也不是个办法，一边喝酒一边看书吧。看什么书呢？看《离骚》，用《离骚》来“洗尽秋江日夜潮”。

——最后一句乍看上去很是费解，问题之一：江潮怎么“洗”呢？洗衣服、洗菜、洗澡，都是可以洗的，洗水可该怎么个洗法？问题之二：就算水也可以被洗，可难道能拿《离骚》来洗么？用《离骚》去洗江潮，这不会比用肉包子去打狗更有效果吧?

答案很简单：所谓“秋江日夜潮”，即是心潮澎湃之“心潮”。

这首小令别看短小，所有意象都不是凭空而来的，诸家注本往往忽略平凡无奇的前两句而不加解释，其实，对这首词来讲，《离骚》是一个主题，全部句子都在围绕着这个《离骚》。明白了这个主旨，我们重新再看一下：

“西风一夜剪芭蕉，满眼芳菲总寂寥”，这也许是写实，也许不是，这个景象正是《离骚》的一个主要意象：“众芳芜秽，美人迟暮”。接下来“强把心情付浊醪”，容若去借酒浇愁了，这也和《离骚》有关吗？——当然有关，只要联系下一句的“读《离骚》”，就知道这里的关系何在了。

古人喝酒、读书，有两个很著名的典故，一是“《汉书》下酒”，和《汉书》有关，这里不讲，另一个就是“痛饮酒，熟读《离骚》”。一般只要一说喝酒，如果接下来要说读书的话，读的这个书往往不是《汉书》就是《离骚》，这已经是文人传统中固定的文化符号了。

“痛饮酒，熟读《离骚》”出自《世说新语》：有人解释什么才叫“名士”，说：“其实名士也没啥，不一定要有什么了不起的本事，只要平常没事的时候痛饮酒、熟读《离骚》，就可以被称为名士了。”——这话也许带几分调侃的味道，也许独显清高，但无论如何，我们从中可以看到饮酒、《离骚》与魏晋风度之间的一种普遍联系。其中意涵是：以狂放的态度来浇心头块垒，而《离骚》本身的意象则是：高才之人郁郁而不得志。而“浇心头块垒”的这个“浇”字也就是容若词中的“洗”，或者是“消”。金代词坛大家蔡松年有一首《大江东去》，开篇便是“《离骚》痛饮，笑人生佳处，能消何物”，正可以和容若“读《离骚》，洗尽秋江日夜潮”一句并观。

诸家注本多说这首小令表达出容若有着高远的政治抱负，在政治上不甘寂寞。这也许属实，但就文本来看，也许是过度阐释了。这首词在字面上可以说是一篇《离骚》微缩版，所表达的意思是：众芳芜秽，美人迟暮，借酒浇愁，心潮翻滚。至于“愁”究竟是什么，翻滚的“心潮”究竟是什么，究竟是政治抱负，还是词学抱负，还是天性不得抒展的苦闷？或者仅仅是受了一时一事的委屈？——这一切，如鱼饮水，冷暖自知，我们如果都能猜得那么准确，容若的词集也就不会叫做《饮水词》了。

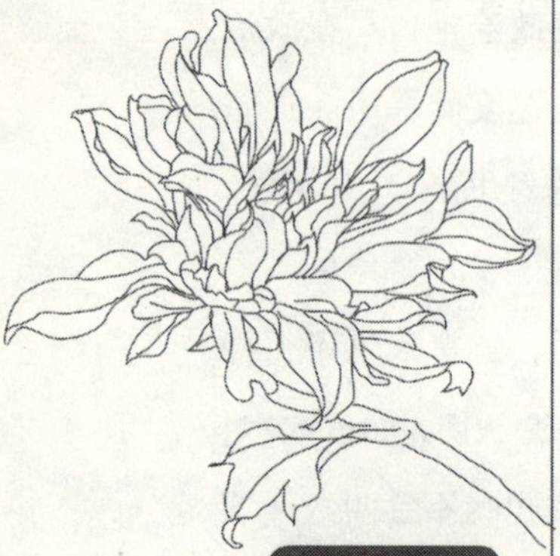

二十四

·于中好·

独背斜阳上小楼，谁家玉笛韵偏幽。
一行白雁遥天暮，几点黄花满地秋。
惊节序，叹沉浮。秾华如梦水东流。
人间所事堪惆怅，莫向横塘问旧游。

“独背斜阳上小楼”，一开场先摆 pose，画面里，容若独上小楼，背后是红红的斜阳，很有气氛，接下来是用音乐进一步烘托气氛：“谁家玉笛韵偏幽”，不知道哪里传来的背景音乐，是笛子曲，韵律幽幽。

八卦一下：容若独上小楼，听到“谁家玉笛”，也就是说，他并没有看见那个吹笛子的人，那么，他是怎么单靠耳朵听出来人家吹的是玉笛而不是竹笛或金笛呢？

容若有这么高的音乐素养么？

答案是：这种耳音别说容若，就连笛子专家也很难做到，像“玉笛”这种词语，仅仅是源远流长的一种诗人语言——比如，同样听到不知从哪里传来的笛子声，如果你想表达君子情怀，那就说“玉笛”；如果你想表达乡野之情，那就说“竹笛”；如果你想表达豪客沧桑，那就说是“铁笛”；如果你写武侠小说，那就写成“金笛少年”。

只有笛子是真的，那些玉、竹、金、铁一般都只是诗人为塑造意境而主观加上的修饰，不可当真。就诗人们而言，这些修饰都是意象符号，是一种传统的诗歌语言。

接下来，容若已经在笛声的渲染下登上小楼了，在诗歌里边，主人公只要一登高（无论是高台还是高楼），往往就要感怀了。由登高而感怀，这也是一个相当有传统的诗歌套路。

登高之后，容若先写了一下登高之所见，即“一行白雁遥天暮，几点黄花满地秋”，天上一句，地上一句。天上是暮色沉沉，一行白雁在飞；地上是秋景萧瑟，几点黄花堆积。

白雁，比大雁体形略小，据说是纯白色的。白色的雁虽然我们很难想象，但唐诗里有“东溪一白雁，毛羽何皎洁”，宋词里咏白雁也有“冰魂问归何处，明月影中藏”，看来还真是白色的。

地上，几点黄花而已，并不是满地黄花，但容若却说“几点黄花满地秋”，这比“满地黄花堆积”更显得凄凉萧瑟，后者就好比一个人已经躺在血泊中喘息最后的几口气，前者却如一个人眼睁睁地看着敌人的屠刀正在朝自己砍过来。

下片“惊节序，叹沉浮”，开始登高感怀了，季节代谢，人生沉浮，总是惹人伤感，“秾华如梦水东流”，好事情总是才一来到就马上消失了，像梦一样容易破灭，像河水东流一样不可逆转。

“水东流”在诗歌意象里一般有这样几种含义：一是不以人的意志为转移，二是不可逆转。李煜词“自是人生长恨水长东”，很无奈，很无助，人的一生无法摆脱命运，就像电影里的人物无法摆脱剧本。

我们看电影的时候，随着剧情的发展而喜怒哀乐，而揪心着急，其实冷静下来一想，我们也知道这些故事早就在电影胶片里被固定好了。李煜和容若他们有时候就像电影里的人物突然有片刻的灵光一闪：哎，我不会只是一个电影人物吧？

“人间所事堪惆怅，莫向横塘问旧游”，化自曹唐诗“人间何事堪惆怅，海色西风十二楼”，容若换“何事”为“所事”，比较难解，有注本说“所事”即事事，很多事，钟继先有“所事堪宜，件件可咱家意”，看来这个词大概是从元曲里来的俗语。

横塘，较难解。若当地名讲，南京和苏州都有横塘；若当泛指讲，诗人语言里和这个词有关的一般都涉及男女情事。有注本说这首词是容若怀念南方友人，也讲得通。以横塘代指江南，也说得过去。如果这是怀人之作，那么“人间所事堪惆怅，莫向横塘问旧游”意思就是：南方的老朋友啊，人生有太多的事情需要发愁，我还是省点心别去惦记你好了。

当然，这是在说反话，实质上的意思是：南方的老朋友啊，你看，我有这么多的事情需要发愁，可我还是很惦记你呀。

二十五

·于中好·

雁帖寒云次第飞，向南犹自怨归迟。
谁能瘦马关山道，又到西风扑鬓时。
人杳杳，思依依。更无芳树有乌啼。
凭将扫黛窗前月，持向今宵照别离。

这是一篇相思之作，但格调上不是缠绵宛转的相思，而是萧瑟清冷的相思。

“雁帖寒云次第飞，向南犹自怨归迟”，帖，即贴，大雁贴着寒云，成行飞翔，既在说雁飞之高，凸现空旷寥廓的意象，又在点明季节：秋天来了，北雁开始南飞了。在诗词里边，大雁一出现，通常有两种表达：一是回家，二是通信。如果诗人笔下出现的不是一群大雁而是一只大雁，意思也是很明确的：离群。所以，“雁帖寒云次第飞”，第一句这一出现，读者基本就可以推测出全词的主题：想家了。

大雁们这时候也在想家，想念南方的家园。但是，它们一边飞，一边在生闷气，气的是“犹自怨归迟”——早就该往南飞了，偏偏这么晚才出发，这要什么时候才能飞到南方呀，冷死了！

大雁生闷气，容若是怎么知道的呢？容若也不知道，他是在借大雁之口生自己的闷气：大雁都嫌南归晚了，可我呢，我的腿脚比大雁更慢，什么时候才能回家呢？“谁能瘦马关山道，又到西风扑鬓时”，这就是由大雁写到自己，马，不是骏马，而是瘦马；道路，不是坦途，而是关山道；季节，不是春意盎然，而是秋风萧瑟。这就是在堆积意象，以意象来表达情绪。

再来八卦一下：以容若的身家，不至于只骑一匹瘦马吧？他要真是想家想得厉害，弄一匹骏马加快速度应该是很容易的事啊？——但是，就算他骑的是骏马，恐怕也得说成瘦马，这实在是诗词意象束缚住的，好比陆游的名句“此身合是诗人未，细雨骑驴入剑门”，其中哪个词都是没法换的，那么，抛开平仄不谈，换换试试：假如是“细雨骑马入剑门”，感觉不对；假如是“大雨骑驴入剑门”，感觉也不对；假如是“细雨骑驴入保定”，感觉更不对。

所以在诗词当中，即便是名词，所传达的讯息也绝不仅仅是事物的名义本身，更是诗人的情感，所以词语的搭配是非常讲究的。“细雨骑驴入剑门”和“细雨骑驴入保定”在名词的意义上并无不同，但情感意义上却天差地别。

“人杳杳，思依依。更无芳树有乌啼”，下片继续堆积意象：人，不是亲近，而是杳杳；思，不是欢快，而是依依；景物，没有漂亮的树，只有难听的乌鸦叫。但是，这还是容若的途中所见所想吗？

已经不是了。下片转折，换到了被思念者的视角，和上片构成了一个对应结构。上片是征人，下片是思妇；上片是征人的归家路，下片是思妇的遥相思。到了最后两句，容若天才手笔用月亮——共同的月亮——把征人和思妇从遥远的两地牵连起来，这便是“凭将扫黛窗前月，持向今宵照别离”。

扫黛，即画眉，代指家中的思妇，凭和持都是动作，动作的主语是谁呢？只能是老天爷。也就是说，今宵这同一个月亮，照在思妇的窗前，也照在征人的路上。两处望月，一念相思。

这首小词，手法向称巧妙，层层递进翻转，最后以月牵和，相思深处，婉转动人。

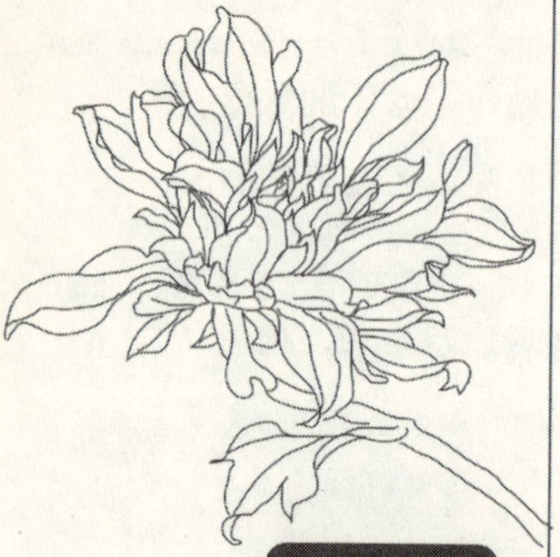

二十六

·于中好·

别绪如丝睡不成，那堪孤枕梦边城。
因听紫塞三更雨，却忆红楼半夜灯。
书郑重，恨分明。天将愁味酿多情。
起来呵手封题处，偏到鸳鸯两字冰。

仍是思念。诗歌的永恒的主题。

人生为什么会有很多的缺憾、很多的伤痛、很多的别离，也许就是为了创造美吧。如果有情人终成眷属，如果世界上只有团圆和欢乐，大概在人类世界里就不会出现艺术了。

艺术中的美，往往是现实中的悲剧的升华。茉德·岗曾对叶芝说：“世人应该为我一直拒绝你的追求而心生感激。”同样的道理，也许我们该为容若生活中那么多的别离、那么多的错位而心生感激，虽然这样的想法很不厚道。

首句“别绪如丝睡不成”，化自梅尧臣“别绪如丝乱”，别后情怀最难堪，寤寐思服，辗转反侧，但这还不算最难过，最难过的是“那堪孤枕梦边城”，孤零零地躺着，在“梦边城”。

“梦边城”殊为难解，按照常规的句法，这应该是说“梦见边城”，但联系后文，这里却应该是“梦于边城”。容若此刻正在边塞公干，孤枕难眠。

“边城”是个富于诗意的字眼，我们会想到沈从文，会想到边城浪子，会想到那里风景迥异、人情各别，远离繁华，僻居一隅，有一个个的过客，有一支支的商队，别样风情，让人着迷。——这就是词语的幻觉力量。

是的，词语是会创造幻觉的，这也正是语言的魅力之一。试想，如果换一个近义词，“边塞”，或者“边疆”，感觉一下子就不一样了。边城，边疆小城，如果实际生活在这里，感觉就更不一样了。——在诗人华兹华斯最为着迷的英国湖区，大侦探波洛深一脚浅一脚地缓慢蠕动着，咧着嘴说：“我承认这里风景优美，但只要来几个画家把这里的风景画下来，供我们在美术馆和客厅里欣赏也就够了，我们付钱给这些画家不就是为了这个么！”

好了，画家代替我们来到了泥泞难行的湖区，容若代替我们来到了“充满诗意”的边城，在这个边陲之地，他越发地思念家乡远人，越发地难以入睡。——美国大兵在外国战场上，在枪林弹雨的间歇，拿出未婚妻的照片翻来覆去地看着……电影里常有这样的镜头，但没见哪个大兵因此而写过什么诗词。

如果他们真的动笔来写的话，也许会这样写：半夜里，听着掩体外边的雨声，不知怎么，心却回到了家乡，回到了未婚妻的小楼下边，看着楼上白色的窗帘微微透出浅黄的灯光。夜深了，她还没睡，她一定也在想念我吧？——把这些意思用传统诗词表现出来，也就是容若下边这句“因听紫塞三更雨，却忆红楼半夜灯”。

紫塞，即边塞，语出鲍照《芜城赋》："北走紫塞雁门。"紫塞原本应该实有其地，就在雁门关附近，但后来便被诗人们用来泛指边塞了。雁门关曾经是边塞之地，但在容若这个时候，实际意义上的雁门、紫塞都已经算是内地了。

另外的说法也有，比如秦朝筑长城土色发紫，汉代关塞也有这种情况，所以边塞也称紫塞。也有说长安土色发紫，所以紫塞指代长安的，这一解至少在这里肯定是不成立的。

下片"书郑重，恨分明"，化用李商隐"锦长书郑重，眉细恨分明"。李商隐的原诗是一首《无题》：

照梁初有情，出水旧知名。
裙衩芙蓉小，钗茸翡翠轻。
锦长书郑重，眉细恨分明。
莫近弹棋局，中心最不平。

这首诗的背景是李商隐新婚不久之后，在仕宦旅途上遭遇了不公正的待遇。诗的前四句是描写妻子王氏之美，后四句很传神地写出了妻子对自己的深切关心以及为自己所遭受的不公的忿忿不平。容若截取"书郑重""恨分明"二语，语义有些让人迷惑，大概容若是要把我们引向李商隐的原诗也说不定。至于引到李商隐原诗的哪一步，这就真是不好说了，也许只是引到"妻子对丈夫的关切和命运与共"这一层；也许容若仅仅是断章取义，是说自己正在给她写信，写得郑重其事，相思之恨也甚是分明；也许这个"书"是指自己收到的书，"恨"是指书信里的恨；也许，还有更深的什么含义……但无论如何，这又属于"如鱼饮水，冷暖自知"的事了。

接下来“天将愁味酿多情”,真是无限多情的一笔,把“愁”和“多情”用“天”关联了起来，是说“愁”和“多情”就是天生的一对。我现在很愁，因为我对你多情；我对你多情，所以搞得我很愁。一个“酿”字，更显匠心。

“起来呵手封题处，偏到鸳鸯两字冰”，以一个小细节、小动作作为收尾，愈显巧妙。封题，是古代书札封口处的签押。容若辗转反侧，终于还是按捺不住思念，起来写信，写好后，因为天冷，所以呵着手给信笺签押，偏偏签押到鸳鸯两字的时候毛笔的笔尖被冻住了。

“偏到鸳鸯两字冰”从字面看，可以存在好几种解释，至于“鸳鸯”，明显比较奇怪：在书信封口上签押，为什么是签“鸳鸯”两个字呢？——也许有什么特殊讲究，也许这只是寄信人和收信人的名字吧？那个“冰”字，可以理解为手，可以理解为毛笔，字面上都讲得通，但真正“冰”的那个应该是心才对。

边城的冬天，滴水成冰，思念是远远的，心里也冰——到底什么时候才能相见呢？

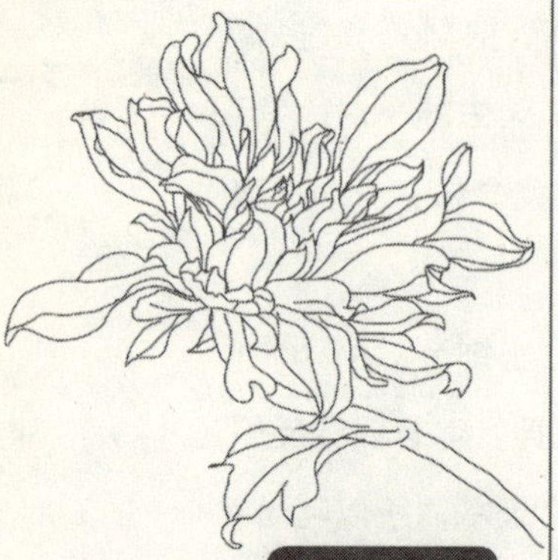

二十七

·于中好·

十月初四夜风雨，其明日是亡妇生辰。

尘满疏帘素带飘，真成暗度可怜宵。

几回偷拭青衫泪，忽傍犀奁见翠翘。

惟有恨，转无聊。五更依旧落花朝。

衰杨叶尽丝难尽，冷雨凄风打画桥。

十月初五是卢氏的生日，而现下正是初四的晚上，等明天天亮，本该是个欢乐的庆典，这欢乐却已经永远地随她而去了。

夜已深沉，窗帘上落满尘土，风儿静静地吹了进来，只见素带飘动——这是唯一的“动”，除此之外，世界一片死寂。这个夜晚，真的就要这样伤痛地度过吗?

“尘满疏帘素带飘，真成暗度可怜宵”，初四之夜，不但是个“可怜宵”，还要“暗度”，自是凄凉孤寂之意。

“可怜”，古人一般用作“可爱”之意。“可怜宵”也是诗人们常用的语汇，比如宋词里有“短长亭外短长桥。驻金镳。系兰桡。可爱风流年纪可怜宵”，这个“可怜宵”是和“风流年纪”并列而言的，想容若和卢氏此时，也正是风流年纪，而本是最当珍重的一个晚上却只有容若一人孤单度过了。对照宋词里“云鬓风前绿卷，玉颜醉里红潮。莫教空度可怜宵，月与佳人共僚”，那边叮嘱是“莫教空度可怜宵”，这边现实是“真成暗度可怜宵”，又该是怎样一番感触?

注意一下这两句里的词语意象：窗帘是“疏帘”，这是竹帘，编得比较稀疏；带是“素带”，强调“素”的意象，“飘”字给了一个很重要的动作；尘土的意象也很重要，疏帘许久没有打扫了，所以“尘满”。整体给人营造出来的感觉是：物是人非，人去楼空，往事尘封。

那么，这是不是写实呢？其实还真很难说。想一想，以容若的显赫家世，明珠家大少爷和大少奶奶的房间竟然没人打扫，任凭“尘满疏帘”，这实在很难想象。这大约就是诗人之言吧？如果明珠看到这首词并且当真的话，管家恐怕就要下岗了。

“几回偷拭青衫泪，忽傍犀奁见翠翘”，容若在这个寂寥的夜晚，好几次想起妻子，总要偷偷地抹上几回眼泪，忽然看见妻子的梳妆盒旁边躺着一支翠翘，更不由得睹物思人。

犀奁，女子的梳妆盒，高级的有犀牛角为装饰，所以称为犀奁。翠翘，见前边讲过的“拾得翠翘何恨不能言”。

这又是两句诗人之言。在这个场景里，容若是一个人夜不能寐。但他不睡，别人未必都陪着他不睡。屋子里只有他一个人沉思往事，所以流泪也就流泪了，犯不上“偷偷地抹去眼泪”，又没人看。杜荀鹤有诗“惟知偷拭泪，不忍更回头”，这才是“偷拭泪”的实景描写，和“偷拭泪”对应的是“不忍更回头”。杜荀鹤的诗题是《别舍弟》，这是兄弟二人分别的场面，伤心伤别，又不想让自己的伤心被对方看到以增加对方的伤心，所以才“惟知偷拭泪，不忍更回头”。这个“偷”

的动作，在杜诗为实笔，在容若的词中恐怕就是虚笔了。“偷”作为一个符号意象，所传达的一个意思是：情何以堪。

“惟有恨，转无聊。五更依旧落花朝”，夜不能寐，转眼已是五更天，马上就要天亮了。“落花朝”即落花时节的早晨。十月初五不是落花时节，五月才是。卢氏之死正在五月。容若由妻子的生辰想到忌日，“依旧”二字无限悲伤：说到底，妻子也不可能死而复生，失去的便永远也回不来了，以后的每一天都是一个落花朝呀。

“衰杨叶尽丝难尽，冷雨凄风打画桥”，最后两句以景语作结，“衰杨”不是杨树，而是柳树（前文讲过），“丝”谐音“思”，这是诗人们很常用的一个谐音双关。“衰杨叶尽丝难尽”，如果用我们熟悉的大白话表达就是：卢氏虽然死了，但她永远活在我的心中。

二十八

·于中好·

小构园林寂不哗，疏篱曲径仿山家。
昼长吟罢风流子，忽听楸枰响碧纱。
添竹石，伴烟霞。拟凭樽酒慰年华。
休嗟髀里今生肉，努力春来自种花。

容若，生长于深宅大院，陪伴于金銮玉辇，过的是人见人羡、锦衣玉食的生活，但人生之所谓幸福始终是一种主观的东西，熊猫眼里的竹林天堂在老虎眼里仿如大漠戈壁。人和人的相知便因此也总是困难的，以己度人悠然以为自得，却往往差之千里，只暴露了自己的小人之心。只有同类才可以理解同类，只有容若才能理解贾宝玉对林妹妹的爱而焦大则不能。同声相应，同气相求，狮子寻找狮子，猴子寻找猴子，但熊猫寻找熊猫总是困难的，毕竟是珍稀物种么。焦大的世界里可以很容易地找到一万个焦大，但贾宝玉的世界里却很难找到三五个贾宝玉。

容若在深宅大院里，金銮玉辇旁，锦衣玉食边，因错位而寂寞，因失群而孤单。他渴望自己的一座红楼，即便现实生活中无处可觅，也要在精神世界里构建一处。

当初，容若在江南之旅中领略异样的湖光山色，在给顾贞观的信里曾经提到苏东坡买田阳羡的故事。容若是个天生的隐士、天生的词人，这一次江南之旅，被江南的水光山色所浸染，更加激发了他胸中那赤子的天性。

精神世界虚拟的快乐总想被落到实处。容若说：我要辞官而去，我要在渔庄蟹舍里烹茶煮酒，我要在皋桥石屋里耕读一生。我属于林泉，不属于人间。容若，仅仅在而立之年的容若，便已经像一个饱经宦海沉浮的沧桑老者，清隽的眼睛仿佛看破了一切。

是呀，仔细想想，生活其实需要不了很多。两间房，一片月，半壶酒，满床书，一个心爱的、知心的女子，舍此而外，夫复何求?

容若当真在自家的宅院里找了一处地方，在这个京城之中数一数二的豪宅里边按照自己的设想建造了一处茅屋。尽管这在我们看来就仿佛一些超级富豪的探险之旅——虽然舍繁华而就荒漠，身边却时刻陪伴着最顶级的旅游公司所提供的一对一的贴身服务，即便到了阿尔卑斯山的山顶，也会有人在一清早就在帐篷外边支好桌椅，备好量身定做的精美早餐，但是，这毕竟是人的精神追求，令人钦佩，也令人艳羡。

年轻的容若并不知道，如果当真让他失去了现在的家世，即便他真能拥有最让自己心满意足的渔村蟹舍，但诸如上不起学、看不起病、退不起休这样的实际的烦恼很快便将会抹杀他对那个渔村蟹舍的全部审美情趣，将会使他的诗词情怀变成生命中无法承受之奢侈，尤其是，作为一个底层百姓却可以不失尊严地生活，这实在太有难度了。你虽然不必再去摧眉折腰事权贵，但这只是因为你身份太低贱，和权贵们打不上交道而已，再者，就算少掉了三五个权贵，可还有无数的公仆都需要你去摧眉折腰地侍奉呀。

“小构园林寂不哗，疏篱曲径仿山家”，山家，就是山里人家，而“仿山家”，这个山野情调毕竟是在朱门之内被仿制出来的，因为假，所以美。——很多事情都是这样，比如文学意象里的牧羊女，还有白云般的羊群，听上去只觉得纯洁美丽，让人浮想联翩，而事实上，羊群的味道绝不逊于猪圈，即便在百米之外，其杀伤力也足以抗衡任何一位武林至尊的绝代气场；羊群所过之处更是一片狼藉，它们边吃边拉，粪便可以绵延数里，逝者如斯夫不舍昼夜。

但我们还是多想想美丽的意象吧，当然容若也是。容若最喜欢去的一个地方是北京西直门外的一处小楼，那里小楼独立，野趣盎然，远望有山峦叠嶂，近观有麦田农舍，或有鸭嬉，时见鹤翔。容若喜欢在这里和好友们相聚，甚至登上小楼之后撤去楼梯，不许旁人打扰。一天，夕阳西下，容若和顾贞观在此登临，感而赋诗道：

朝市竞初日，幽栖闲夕阳。
登楼一纵目，远近清茫茫。
众鸟归已尽，烟中下牛羊。
不知何年寺，钟梵相低昂。
无月见村火，有时闻天香。
一花露中坠，始觉单衣裳。
置酒当前檐，酒若清露凉。
百忧兹暂豁，与子各尽觞。
丝竹在东山，怀哉讵能忘。

这首五言诗里，有多少陶渊明的味道！“众鸟归已尽，烟中下牛羊”，这样的黄昏景致，又岂是朱门大院里能够看得到的？这首诗题为《桑榆墅同梁汾夜望》，梁汾，是顾贞观的号；桑榆墅，就是这里的名字，这里是容若家的一处郊外别墅。

“小构园林寂不哗，疏篱曲径仿山家”，在这样的山家里都做些什么呢？是“昼长吟罢风流子，忽听楸枰响碧纱”，“风流子”是词牌名，这里特定用风流子这个词牌，一是取其字面之义，容若在这里自是风流快活，乐趣多多；二是以词牌名代指诗词，意思是说，白天在这个“山家”里和朋友们联诗填词，一玩就是一整天。白天是这样过的，到了晚上，就下棋取乐。——“楸枰”即棋盘，古时候的棋盘多用楸木所制，所以也称之为楸枰，碧纱即碧纱窗，这都是诗词当中常用的意象，这句是说：到了晚上，从外面便可以听到碧纱窗里边棋子落于楸枰的响声。

“添竹石，伴烟霞。拟凭樽酒慰年华”，下片闲得更闲，竹石、烟霞，都是文人雅士的园林之乐。如果较真的话，竹子和烟霞倒还好说，石头可是相当贵重的东西，装点园林多用太湖石，一块太湖石，十户中人赋，不是一般人玩得起的。当然，这毕竟是诗人之言，不能字字较真的，就像“拟凭樽酒慰年华”不能理解为容若是个高阳酒徒一样。

“休嗟髀里今生肉”，这是一个大家都知道的典故：刘备依附刘表的时候，有一次见大腿上长的肥肉，不禁感慨唏嘘，叹自己老之将至而功业未建。容若反用其意，说髀里生肉又有何妨，男儿在渔村蟹舍之中闲适一生不也很好么，还是“努力春来自种花”，尽情享受田园之乐吧。

能在别墅里悠然享受隐者之乐，对于容若而言，自然是不得已而求其次的无奈，对于我们大多数人来说，却是奋斗一生也未必能踏入院门的天堂。世界从来都是这么不公平的，有什么办法呢？

纳兰落拓无羁的性格，天生超逸脱俗的秉赋，与他出身豪门、平步宦海的前程，构成一种常人难以体察的精神压抑。光鲜的背后究竟是悲伤还是喜悦，也许只有他自己才知道。加之爱妻早亡，文学挚友的离合聚散，使他无法摆脱内心深处的困顿。于是对凡能轻取的身外之物他无心一顾，对得之却不能长久的爱情，对心与境的合谐状态，却流连向往。

康熙二十四年暮春，他抱病与好友一聚，一醉，一咏三叹，然后便一病不起，七日后溘然而逝。

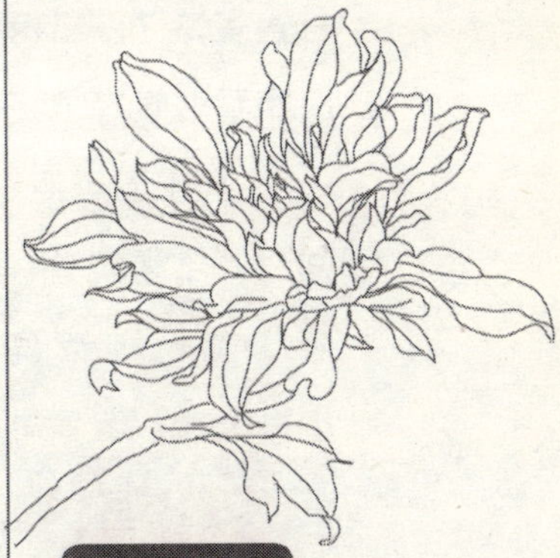

二十九

·于中好·送梁汾南还，为题小影·

握手西风泪不干，年来多在别离间。
遥知独听灯前雨，转忆同看雪后山。
凭寄语，劝加餐。桂花时节约重还。
分明小像沉香缕，一片伤心欲画难。

这是一篇送别之作，送的是顾贞观。当时，顾贞观正在京城，逢母丧欲南归，容若欲留不得，更想到和顾贞观虽然心心相印，却聚少离多，此番又将长别，愈发难舍。

“握手西风泪不干”，劈头便是一派伤别景象，这伤别却不是小儿女的临歧泪沾襟，而是男人之间的萧瑟与苍凉。握手、西风、泪不干，这只是几个再平常不过的字眼，组合在一起却以天然之工营造了极强的感染力。

握手，我们一般以为是西方传来的礼节，中国以前是没有的，其实，中国古人也握手的，只是他们的握手并不作为一种社交礼仪，而多是离别与重聚时的真情流露的动作——李白有诗“握手无言伤别情”，杜甫有诗“万里相逢贪握手”，柳永那首著名的《雨霖铃》里边的“执手相看泪眼”，执手也就是握手，这些握手，不是离别，便是重逢。

“握手西风泪不干，年来多在别离间”，这两句既是因果，也是递进，知心人难得聚首，陌路人天天面对，这样的日子确实难过。“遥知独听灯前雨，转忆同看雪后山”，这两句转而描述具体场景，前一句是虚拟未来，后一句是回忆过去——我在京城，遥想你独对孤灯，凄凉听雨，忽然回想起当初我们一同雪后看山的快乐日子。

这又是诗歌当中的一个套路：拟境出“你”的孤独，来表达“我”的孤独。也就是说，容若的意思是：在你离去之后，我很孤独。但容若表达这个“我孤独”的意思时却用到“你孤独”的拟境手法。杜甫的“香雾云鬟湿，清辉玉臂寒”就是运用这一手法的名句。

“独听灯前雨”，一个人，在灯下，窗外是雨声，这是一个孤单凄凉的意象——这一句是化自唐代司空曙的名句“雨中黄叶树，灯下白头人”，司空曙的这一句诗从此便给“孤灯听雨”定下了一个调门。

“凭寄语，劝加餐”，下片转折，从伤感转为关切，这句化自王彦泓“欲寄语，加餐饭。难嘱咐，鱼和雁”，更古老的源头能在汉魏找到，如：“长跪读素书，其中意何如：上言加餐饭，下言长相忆”，还有“思君令人老，岁月忽已晚。弃捐勿复道，努力加餐饭”都是思念、叮嘱、关切的意思。加餐饭是个非常朴素的说法，就是劝人多吃饭，这种词汇真是汉魏风格，未经雕琢，质朴感人。

“桂花时节约重还”，这是容若与顾贞观相约，要顾贞观在桂花开放的时候重回北京。最后两句“分明小像沉香缕，一片伤心欲画难”，切题“送梁汾南还，为题小影”，小像即人物肖像，但这里有两说，一说是顾贞观的肖像，另一说是容若的肖像。那个年代没有照相技术，所以要靠画的，如果这里所说的小像是容若的肖像的话，那它被顾贞观收藏在了无锡惠山贯华阁，在道光年间毁于火灾。现存的容若肖像只有一幅当时大画家禹之鼎的手笔，但大家还是不看为好，因为这幅画实在看不出一丁点浊世佳公子的样子，只有一个谦恭的小老头在没有透视关系的背景下以一个貌似沉稳的造型凌空坐着。

“分明小像沉香缕”，沉香，是从沉香木而来，前文已有介绍，这里泛指香气而已。小像和沉香的结合源于一个误读：李贺诗里有“沉香熏小像，杨柳伴啼鸦”，这个“小像”本是“小象”，是 elephant，是象形薰炉，和肖像没有任何关系。但讹误已久，也就约定俗成地成了典故，人们也真在摆放肖像的屋子里很古雅地焚上香了。

小像虽然有沉香熏陶，虽然被正正式式、恭恭敬敬地摆了起来，虽然看到小像也可以慰疗思念，但是，形容可画，伤心难画，“一片伤心欲画难”。

“一片伤心欲画难”，化自唐代高蟾诗“一片伤心画不成”。什么画得成，什么画不成，这在诗歌里是一个古老的话题了。高蟾这首诗，题为《金陵晚望》，是在晚上来眺望金陵这座六朝金粉地，兴起沧桑兴废之慨叹：

曾伴浮云归晚翠，犹陪落日泛秋声。
世间无限丹青手，一片伤心画不成。

是说金陵之地，风景可以画得出，但历史的苍凉兴废任再好的丹青国手也是画不出的。——这话很有道理，但与之相反的话也一样有道理。后来真有人画了一组金陵兴废图，偏偏画的就是高蟾所谓“一片伤心画不成”的“伤心”，韦庄为这组图题了一首诗，直接反驳高蟾，说：

谁谓伤心画不成，画人心逐世人情。

君看六幅南朝事，老木寒云满故城。

沧桑也许画得成，但心情也能画成吗？或者说，能在多大程度上被画师画下来呢？唐彦谦的一首秋天的登高诗应该也是容若这一句“一片伤心欲画难”之所本：

松拂疏窗竹映阑，素琴幽怨不成弹。

清宵霁极云离岫，紫禁风高露满盘。

晚蝶飘零惊宿雨，暮鸦凌乱报秋寒。

高楼瞪目归鸿远，如信嵇康欲画难。

这就是所谓“更高层次的真理”：它是真理，自然是对的，但与之相反的说法同样是对的。而且还可以这样说：一种说法里边有可能同时表达着两种相反的含义。“分明小像沉香缕，一片伤心欲画难”，小像虽然有沉香熏陶，虽然被正正式式、恭恭敬敬地摆了起来，虽然看到小像也可以慰疗思念，但是，形容可画，伤心难画，我对你的情谊难画；而另一方面，我对你的情谊当然是可以画得出的，因为，就算我的小像不是一个浊世佳公子，而是一个谦恭的小老头在没有透视关系的背景下以一个貌似沉稳的造型凌空坐着，甚至就算画成蜡笔小新的样子，但是我能肯定，当你每次看到我的小像的时候，自然会体会出我对你的情谊。

朋友贵在知心，就是这样。

三十

·山花子·

风絮飘残已化萍，泥莲刚倩藕丝萦。
珍重别拈香一瓣，记前生。
人到情多情转薄，而今真个悔多情。
又到断肠回首处，泪偷零。

这首词从内容看，应该是一首悼亡词。

“风絮飘残已化萍”，这是杨花入水化为浮萍的传说，已在前文讲过，所传达的是“飘零无据”的意象，一个“已”字说明了这是完成时，更是回天乏力了。

“泥莲刚倩藕丝萦”，泥莲，就是泥中的莲花，这个词比较罕见，唐诗里有“泥莲既没移栽分，今日分离莫恨人”；倩，是请的意思，辛弃疾那首著名的《水龙吟》里有“倩何人唤取红巾翠袖，揾英雄泪”，这一句大家都很熟悉了。泥莲和藕丝，表达相思萦怀、依依不舍的情绪。顺便一提，容若经常化用其成句的明代诗人王彦泓的一部诗集就叫《泥莲》。

“珍重别拈香一瓣，记前生”，这一句略微有些费解，从前边的杨花与浮萍、泥莲和藕丝来看，这里“别拈香一瓣”似乎是说分别之时两人手里各自拈着一瓣花瓣，等来生转世的时候靠这个花瓣的标识来重续姻缘。有些注本就是这么解释的，但是，更可靠的解释是：这里的香，指的是烧香的香，这是和佛教背景有关的。

在佛教里边，烧香是一件很要紧的事情，属于礼敬佛门的所谓“十种供养”之一，具有洁净身心、远离污秽的意义，香的种类和烧香的仪式都非常复杂，不是简简单单点一束香插在香炉里就算完了。

香的种类，有线香、末香等，容若这里所说的“香一瓣”应该说的就是瓣香。瓣香是香中的极品，是把檀香木劈成小瓣做成的，所谓被称为瓣香。因为瓣香的尊贵，所以后来被作为香的泛称，僧侣们无论烧的是什么香，都可以称之为瓣香，在烧的时候也往往会说“此一瓣香”如何如何。

“珍重别拈香一瓣”，这个“拈”字也表明“香一瓣”是瓣香而不是花瓣，因为，佛家有一个专门的说法叫做“拈香”。所谓拈香，并不能望文生义地理解为手里拈着一支香，而是“烧香”的意思。佛门讲拈香的时候，意思就是烧香。

容若伤情伤世，心向佛门，焚香读经，甚至自号为楞伽山人，许多词作都带着浓浓的出尘色彩，这一首悼亡，便掺杂进了佛家语言。所以，“珍重别拈香一瓣，记前生”，这是明知今生已矣，但求来生，以心香一瓣为记，但愿前缘可续、并蒂重开。

“人到情多情转薄，而今真个悔多情”，这是容若的一个名句。情，是容若词作中、生命中的一个永恒主题，他似乎永远是为情而生、为情而伤的。容若有一方闲章，章上四个字就是“自伤情多”。这里似乎在说情太多了便物极必反，如今也开始后悔当初的多情，但表面如此——这是容若的真心话吗？当然不是，只是他的自我开解而已，因为下边马上就是多情得无法自拔的句子："又到断肠回首处，泪偷零"。

多情和无情，有时候乍看上去难以区别。惟其多情，恰似无情，这样的感触早在杜牧的时候就已经有了：

多情却似总无情，唯觉樽前笑不成。

蜡烛有心还惜别，替人垂泪到天明。

人已无情，所以由蜡烛来替人垂泪。明知情深不寿，却依然情无反顾。人和人毕竟不同，宝玉的那些心思，焦大们总是猜错。只有挚情的人，才能够理解挚情的人。

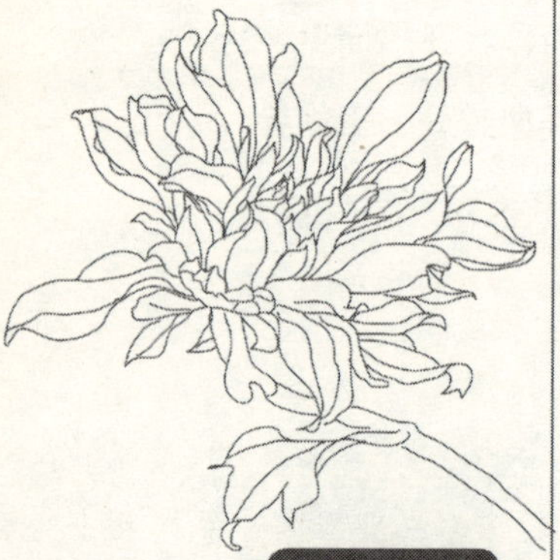

三十一

·山花子·

林下荒苔道韫家，生怜玉骨委尘沙。
愁向风前无处说，数归鸦。
半世浮萍随逝水，一宵冷雨葬名花。
魂似柳绵吹欲碎，绕天涯。

这首词，有人认为是悼亡之作，但至少表面看上去也像一首咏物词，至于咏的是什么，也许是雪花，也许是柳絮，迷迷蒙蒙，说不大清。

“林下荒苔道韫家”，句子开头的“林下”二字，看上去绝不像是典故，很容易被忽略过去，其实，这正是谢道韫的一则轶闻：谢遏和张玄各夸各的妹妹好，谁的妹妹都是天下第一，当时有个尼姑，跟这两个妹妹都打过交道，有人就问这位尼姑：“你觉得到底谁的妹妹更好呢？”尼姑说：“谢妹妹神情散朗，有林下之风；张妹妹清心玉映，是闺房之秀。”“林下之风”是说竹林七贤那样的风采，“林下”一词就是这么来的，那位谢妹妹正是谢道韫。

接下来，道韫，即谢道韫。谢道韫在诗词当中的意象一重一轻大约共有两个，重的那个是和下雪有关：谢家，有一天大家在庭院赏雪，谢安忽然问道："这雪花像个什么呢？"谢安哥哥的儿子谢朗抢先回答道："就像往天上撒盐。"众人大笑，这个时候，侄女谢道韫答道："不如比作'柳絮因风起'更佳。"——仅仅因为这一句"柳絮因风起"，谢道韫便在古今才女榜上雄踞千年。从这层意思上说，容若写"林下荒苔道韫家"，或许和雪花有关，或许和柳絮有关。

轻的那个，是从谢道韫的姓氏引申为"谢娘"，而谢娘这个称呼则可以作为一切心爱女子的代称。从这层意思上说，容若写"林下荒苔道韫家"，或许是在怀人。

歧义仍在，究竟确指什么呢？下一句"生怜玉骨委尘沙"不仅没有确认前一句中的歧义，反倒对每一个歧义都可以作出解释。生，这里是"非常"的意思，而"玉骨委尘沙"既可以指女子之死，也可以指柳絮沾泥，或者是雪花落地。前一句里留下来的三种歧义在这里依然并存。

"愁向风前无处说，数归鸦"，点明"愁"字，而"归鸦"在诗歌里的意象一般是苍凉、萧瑟。乌鸦都在黄昏归巢，归鸦便带出了黄昏暮色的感觉，如唐诗有"斜阳古岸归鸦晚，红蓼低沙宿雁愁"；若是离情对此，再加折柳，那更是愁上加愁了，如宋词有"柳外归鸦，点点是离愁"，有"长亭柳色才黄，远客一枝先折。烟横水际，映带几点归鸦"。归鸦已是愁无尽，前边再加个"数"字，是化用辛弃疾"佳人何处，数尽归鸦"，更显得惆怅无聊。

"半世浮萍随逝水，一宵冷雨葬名花"，下片开头是一组对句，工整美丽。上句是柳絮入水化为浮萍的传说，而"半世"与"一宵"的对仗，时间上一个极长，一个极短，造成了突兀陡峭的意象；推敲起来，“半世浮萍随逝水”似乎是容若自况，“一宵冷雨葬名花”则是所咏之人或所咏之物。我，半生如浮萍逝水，不值一顾；你，名花国色，却毁于一宵冷雨。这种对比，如果换作大白话，就是：该死的总也不死，不该死的眨眼就挂了；如果说得抒情一些，就是：困顿的旅人的脚步一年年无法停歇，璀璨的迷蒙的樱花弹指间便即凋落。

末句“魂似柳绵吹欲碎，绕天涯”，化自顾夐词“教人魂梦逐杨花，绕天涯”，却明显比顾词更高一筹，以柳絮来比拟魂魄，“吹欲碎”双关心碎，“绕天涯”更归结出永恒和飘泊无定的意象，使情绪沉痛到了最低点。

三十二

·山花子·

欲话心情梦已阑，镜中依约见春山。
方悔从前真草草，等闲看。
环佩只应归月下，钿钗何意寄人间。
多少滴残红蜡泪，几时干。

刚想诉说心事的时候，梦却结束了，睁开眼睛，在镜子里隐约看到你的样子。突然感到悔恨，从前在一起的日子竟然就那么等闲而过，从前你在我身边的时候我竟然那么不懂得珍惜。你旧时的首饰为何没有带到天上，为何还要留在人间呢？为何总让我睹物思人，不能自已？蜡烛还在烧着，还在流泪，何时才能流干它的眼泪呢？

——这首《山花子》用现代语言来讲，就是这个样子，虽然明白清楚了些，美感却也消失掉了。从意思来看，这该是一首悼亡词。

“欲话心情梦已阑”，这句化自辛弃疾《南乡子·舟中记梦》的“别后两眉尖。欲说还休梦已阑”，辛词正巧也是记梦，也是话未说而人已醒，容若埋怨勾起他睹物思人的那些钿钗环佩，辛弃疾埋怨的是那“不管人愁独自圆”的前夜的月亮：

南乡子 · 舟中记梦

攲枕橹声边。贪听咿哑聒醉眠。变作笙歌花底去，依然。翠袖盈盈在眼前。

别后两眉尖。欲说还休梦已阑。只记埋冤前夜月，相看。不管人愁独自圆。

辛词写梦中思念之人，用的是“翠袖”；容若写梦中思念之人，用的是“春山”，虽然用词不同，但手法都是一样的。

春山在诗词里有好几种意象，这里是形容女子的眉毛。最早的出处也许是卓文君的一段轶事，她的眉毛被形容为“如望远山”。——这真是一个绝妙的比喻，比柳叶眉之类的形容强过百倍，让人想得出却想不清，让人能够领略其美却无法具体勾勒。后来，眉和山的关系便被牢固地建立起来了，诗词里常用的语言便有“远山”“春山”“远山长”“春山翠”等。这些词，如果不了解这些背景的话，很难想到这都是在形容眉毛，也由此而指代美女——这都是在真正地描绘“美眉”呀。

欧阳修有一首小词，题目就叫“眉意”：

诉衷情 · 眉意

清晨帘幕卷轻霜。呵手试梅妆。都缘自有离恨，故画作远山长。

思往事，惜流芳。易成伤。拟歌先敛，欲笑还颦，最断人肠。

女子的眉毛为什么要画作远山长呢？因为“离恨”。这便是诗人先以虚代实，然后又以虚作实来生发独特的议论，构思大见巧妙。容若这句“镜中依约见春山”如果换个韵，改作“镜中依约远山长”，也许含义会更深些吧?

“方悔从前真草草，等闲看”，这一句大约化自彭孙遹“草草百年身，悔杀从前错”，便如“当时只道是寻常”一样的意思，总要在失去之后才懂得珍惜，这个道理早已经是个老生常谈了，但同样的错误人们还总是同样地去犯。这就好像几乎每个长大的人都会根据切身教训告诫中学生不要早恋，但中学生们到了那个花季雨季的年纪，该发生的还是一样会发生……

下片对句益发沉重，“环佩只应归月下，钿钗何意寄人间”，上句用杜甫《咏怀古迹》五首之三的“画图省识春风面，环佩空归夜月魂”，是过昭君村而吟咏昭君之作；下句用白居易《长恨歌》“唯将旧物表深情，钿合金钗寄将去”，是杨贵妃死后，方士为之招魂，“上穷碧落下黄泉”，终于得见，杨贵妃取金钿钗合，合析其半，让方士转交唐明皇以念旧好。容若用这两个典故，反用其意，说旧时故物何必再见，徒然惹人伤感，不能自拔。这样的话，自是“人到情多情转薄，而今真个悔多情”，愈见沉痛。这两个典故同时还点明：伊人已逝，心期难再。词义到此而明朗，自是为卢氏的悼亡之作无疑。

末句“多少滴残红蜡泪，几时干”，明说蜡烛的流泪，实指自己的流泪；明问蜡泪几时干，实叹自己的伤痛几时能淡。词句暗用李商隐的名句“蜡炬成灰泪始干”，所以，问蜡泪几时干实属明知故问，容若明明知道蜡烛要等到成灰之时泪才会干，也明明知道自己要等到生命结束之日才会停止对亡妻的思念。

三十三

·山花子·

昨夜浓香分外宜，天将妍暖护双栖。
桦烛影微红玉软，燕钗垂。
几为愁多翻自笑，那逢欢极却含啼。
央及莲花清漏滴，莫相催。

诗词之道，想来愁易写、乐难抒，最极端的情况就是所谓“国家不幸诗家幸，赋到沧桑句便工”。但不幸或幸运的是，国破家亡的事情并不是人人都能赶上的，那可写什么呢？那就是爱恨情愁、悲欢离合。可是，如果就连爱恨情愁、悲欢离合都少，日子实在太过平安舒坦，那又该写些什么呢？——还有一条路：闲愁。

快乐的人生是一种不完满的人生，一个人如果总是要什么有什么，他很可能就会对要什么没什么的状态产生一定的欲望。于是，富贵少年的失恋有时候就变成了一种审美活动，失恋的过程让他们如此心痛却又如此享受。人在水深火热之中自然向往平安快乐的日子，但在平安快乐的日子里却转而追求适度的“求而不得”以及由此而来的适度的惆怅与失落。

从这个意义上说，人生似乎永远都是不完满的，一旦达到完满却又渴求缺憾。愁，是人的一种本能需求，仅次于吃饭睡觉。

快乐很少会比烟花更持久，艺术作品中的快乐也很少会像哀愁那样得到人们的共鸣。快乐的意义往往是短暂的放松，而哀愁的意义却是深刻的感动。在一部美国的老电影里，一个失业女工用掉最后一点钱买了一张电影票，这个情节就其中那位女工而言，是在最难过的时刻用尽最后的钱去换来片刻的快乐，而对于观看着这个情节的电影观众来讲，这场观影活动正是一个“寻愁”的过程。

好了，偶然也应该快乐一下，我们就在容若许许多多情深恨大的作品里看看这一首或许缺乏感染力的快乐的小词吧。

一般认为这首词是写新婚，而且是新婚的第二天来回忆“昨夜”。“昨夜浓香分外宜，天将妍暖护双栖”，已经很香艳了，接下来还要继续香艳下去：“桦烛影微红玉软，燕钗垂”。

如果不熟悉典故的话，恐怕很难看出这首词应该属于十八禁之列。

桦烛，是用桦树皮当中卷蜡，是一种很高档的蜡烛，现在“桦烛影微”，也就是光线变暗了，镜头到这里应该一切，然后就是第二天早晨的响晴白日，但容若还是以马赛克的方式继续写了下去，也就是“红玉软”。

红玉并不是玉，而是人。这是《西京杂记》里的记载，说赵飞燕姐妹都是绝色天香，“色如红玉”，后来人们便以红玉来比喻美人的肌肤。花间词里有“肌骨细匀红玉软，脸波微送春心。娇羞不肯入鸳衾，兰膏光里两情深”，是说一位肌肤如红玉一般的美女娇羞着不肯和情郎上床，还有“酒醇红玉软，眉翠秋山远”，酒是醇的，红玉是软的。姜夔也有一首词，说：

如削肌肤红玉莹。举措有、许多端正。二年三岁同鸳寝。表温柔心性。

别后无非良夜永。如何向、名牵利役，归期未定。算伊心里，却冤成薄幸。

说一位“如削肌肤红玉莹”的女子很好，温柔体贴，一起同床共枕好几年了。而男主角为了名利出外奔波，归期难定，想来那红玉女子一定把他当做薄情郎了。

施肩吾写夜宴，也有“被郎嗔罚琉璃盏，酒入四肢红玉软”，这个“红玉软”是说三陪女喝醉了。孙棨有诗“彩翠仙衣红玉肤，轻盈年在破瓜初”，诗题叫《赠妓人王福娘》。韩世忠的妻子，巾帼英雄梁红玉，名字便叫红玉，大约因为她出身风尘的缘故。

因此，在诗词里，红玉是一个很香艳的意象，尤其是“红玉软”，那就到了极至了。现在的问题是：以这样的语言来描写新婚之夜，是否合适呢？这真的是一首新婚之作吗？

燕钗本来也有个出处，是神女赠汉成帝玉钗，后来玉钗化为白燕飞走了，宫人们仿其形制作钗，因名燕钗，也叫玉燕钗。容若这里用“燕钗”当无什么深意，只是泛指那女子的首饰而已。

下片“几为愁多翻自笑，那逢欢极却含啼”，形容那忽喜忽嗔、乍啼乍笑的情态：正绷着脸呢，却突然忍不住笑了；正在“欢极”，却略略带着啼哭。诸家注本普遍推断这是新婚之词，实在很难让人相信。

这两句化自王彦泓“悔多翻自笑，怨极不能羞”。到现在为止，我们见过了不少容若化用前人成句的例子，化用最多的就是这位王彦泓了。王彦泓，字次回，是明代后期的一位诗人，一生仕途不顺，诗却写了不少，传世诗集有《疑雨》《疑云》，顾名思义，多是男女艳体诗，婉转相思，回肠寸断，有许多漂亮的句子。但现在怕没几个人还知道王彦泓这个名字了，他那些漂亮的句子也只是借着容若的化用而存在下去。

这个倒霉的人啊，他出身于一个书香门第，娶妻贺氏，恩爱之极，然后，三十六岁丧妻，混到晚年也只做了一个无品无级的县学教官，五十多岁时死在任上。他要是能够预知今后，不知会生出怎样的感慨呢。人人争唱饮水词，彦泓心事几人知?

末句“央及莲花清漏滴，莫相催”，是二人陶醉于“几为愁多翻自笑，那逢欢极却含啼”的快乐，求闹钟晚些再响，如果换在皇帝身上，那就是“从此君王不早朝”了。

央及，就是恳求。莲花清漏，是一种雅致的时钟，具体的说法就很不一致了，一说惠远和尚因为山中不知更漏，所以用铜片做成莲花形的容器，底下有孔，放在水盆里，水从底孔里慢慢渗入，渗到一半的时候容器就会沉下去。一昼夜会沉十二次，是为十二个时辰。至于是不是还要有人在旁边守着，看这个莲花清漏一沉下去就赶紧捞出来重新来过，这就不得而知了。

这首小词到底背后有什么真实的故事，那位女主人公到底是谁，这也一样的不得而知呀。

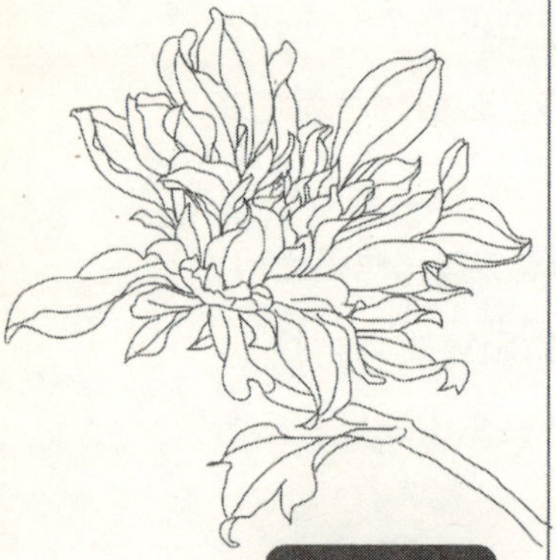

三十四

·山花子·

小立红桥柳半垂，越罗裙飏缕金衣。
采淂石榴双叶子，欲贻谁？
便是有情当落日，只应无伴送斜晖。
寄语东风休著力，不禁吹。

“小立红桥柳半垂”，是谁在垂柳的掩映之下小立红桥呢？不是容若自己，而是——“越罗裙飏缕金衣”，越罗，具体的意思是越地的丝绸，向以华美精致著称，这倒不一定是实指，而是以“越罗裙”代指华美的衣着；缕金衣，具体来说就是绣有金丝的衣服，也称金缕衣，唐诗名句有“劝君莫惜金缕衣，劝君惜取少年时”，这可不是“金缕玉衣”哦，用“金缕衣”，意义和“越罗裙”一样，是描述衣着的华美。“越罗裙飏缕金衣”，正是这样一位衣着华美的女子在垂柳的掩映之下独自站在小红桥上。

诗歌语言，描写衣着之美，一般也是在暗指人之美，是让读者通过衣着之美来想象伊人之美，所以，“越罗裙飏缕金衣”这一句最简单的翻译就是：美女。

美女站在桥上做什么呢？她“采得石榴双叶子”，“双叶”是说成双成对的叶子，进而由叶子的成双联想到人的成双——诗歌里提到双叶，通常就是情侣相思的意象，比如宋词里有“凭将双叶寄相思”，“欲寻双叶寄情难”。不只石榴才长双叶，似乎有一种石榴也是特定地生长双叶的，大约又因为石榴之“榴”与“留”谐音，所以“双叶”常常会和“石榴”连在一起，比如宋词里有“寻得石榴双叶子，凭寄与、插云鬟”，有“石榴双叶忆同寻”，有“双叶石榴红半吐。倩君聊寄与”。

和石榴双叶相关的最常见的一个动作就是“寄”，意思大略也就是容若“欲贻谁”的“贻”。摘得了象征相思的双叶，就要寄给情人。但是，这位“采得石榴双叶子”的女子却在小红桥上痴痴地站着，这石榴双叶虽然已经采在手里，却不知道要寄给谁才好。——从字面推测，事情至少有三种可能：一是多角恋爱，这女子还拿不定主意；二是这女子虽然到了怀春的年纪，却还没有情郎；三是这女子已经有了心上人，却害羞而不敢表白。

到底是哪个意思呢？这就是文学作品给读者留下的歧义空间，任由我们去发挥想象了。

“采得石榴双叶子，欲贻谁”，这一句，真把少女心事、少女情态描绘得栩栩如生，但这还是从前人诸多成句中化用来的，尤其是王彦泓也有这么一句，是：“空寄石榴双叶子，隔廉消息正沉沉”。

王诗是已经把石榴双叶寄给了心上人，忐忑地等着消息，却一点反馈也没等来。容若的这番化用无疑强出了王诗原句，这就是文学笔法的一个特性，好比高手描绘战争，要尤其着力的地方往往是战争的“未发生”，而不是“正发生”或“已发生”。

下片对句“便是有情当落日，只应无伴送斜晖”，落日和斜晖其实是一个意思，用在对仗里，意思重叠，通常不为诗家所取，但容若用了一“当”一“送”两个意义完全相反的动词使落日与斜晖的意义重复反倒生出了一番特殊的修辞意味。一个“有情”，一个“无伴”，写出了少女的孤独，那孤独并不是深沉的，恰恰因为肤浅而透出了几分憨态和可爱。

结句“寄语东风休著力，不禁吹”，这个动词“寄语”，主语既可以是那位少女，也可以是旁观的诗人，无论如何，他们都是怜惜那小红桥上因伤情而孤独，因孤独而孱弱，因孱弱而弱不禁风的少女，所以叮嘱东风，轻轻地吹呀，不要吹坏了她。

主语取少女还是取诗人，意思上虽然都是可以的，但这个选择却足以考验读者的审美层次。取诗人显然是更高一层的，因为诗人这个旁观者的突然出现无疑给这首小词增加了几分突兀的戏剧性，并且，正像卞之琳的那首《断章》:

你站在桥上看风景，
看风景的人在楼上看你。
明月装饰了你的窗子，
你装饰了别人的梦。

至于容若这一句里的“东风”，也是一个巧妙的手法：东风本来就是春风，是和煦温柔的，又不是萧瑟的西风或者凛冽的北风，东风只会吹得花开，吹得叶绿，哪会把人吹坏呢？但这少女之孱弱却弱得连东风都禁不得了呀。

同样的笔法记得一句“自怜病体轻如蝶，扶上雕鞍马不知”，是说病得憔悴消瘦，身体比蝴蝶还轻，被人扶上雕鞍，马儿却浑然不觉。这句正可以和容若的“寄语东风休著力，不禁吹”配成双璧。

这首词，正是花间笔法，摹写少女心事、少女情态，却比花间少了几分粉腻，多了几分清新。花间虽是词的正根，流弊却是艳俗，总要被文人雅词冲洗得纯净的。

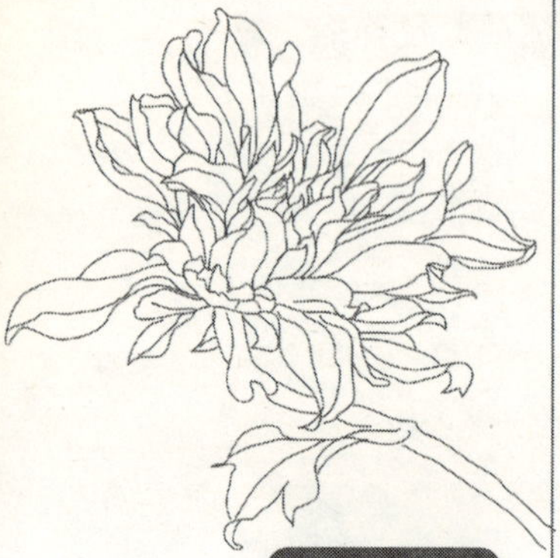

三十五

·虞美人·

黄昏又听城头角，病起心情恶。
药炉初沸短檠青，无那残香半缕恼多情。
多情自古原多病，清镜怜清影。
一声弹指泪如丝，央及东风休遣玉人知。

病中，黄昏，城头角响，心情恶劣。

一开篇，便是这样一个场面，“黄昏又听城头角，病起心情恶”，情况差到了极点。正在熬药，药汤刚刚沸腾起来，短柄的灯烛闪着青青的火焰，同样是不好的感觉。“药炉初沸短檠青，无那残香半缕恼多情”，燃着香，香也残，烟气也只半缕，仿佛世间一切的糟糕都集中在一起了。

这等惨样要怪谁呢？还不是要怪自己的多情？

其实上片状物种种都是容若的主观视角所见，物本无关悲喜，只是在容若多愁多病而敏感的心里，一切都是灰色的。

下片愈发顾影自怜，“多情自古原多病，清镜怜清影”，或是化自柳永的“多情到了多病”和张元干的“有多情多病文园”，多情和多病连在一起，真是一位男装的林妹妹了。在镜子里照见自己清瘦的姿容，也只有自伤自怜而已。

末句“一声弹指泪如丝，央及东风休遣玉人知”，这是常常被人误解的句子。单看字面，仿佛是说弹一下手指便泪水如丝而下，但心里还是念及远方的玉人，央告东风不要把自己多愁多病的情况告诉她知道。

如果这样解，这首词的主题便是男女情事。

而首先的一个疑问是：为什么“一声弹指”就会惹得容若“泪如丝”呢？如果是睹物思人而“泪如丝”，或者是唱一首歌、喝一壶酒而“泪如丝”，都好理解，可为什么弹一下手指就“泪如丝”呢？大家试试弹一下手指，会生出什么感触呢？

这要先从弹指说起。

弹指，这并不是一个土生土长的中国话，而是一个佛家术语，是从梵语意译而来的，具体动作有二：一是拇指和食指作一个快速的摩擦；二是拇指和中指夹住食指，快速地把食指弹出去。佛家的弹指包含四种含义：一是表示虔敬欢喜；二是表示警告；三是表示许诺；四是表示一种非常短的时间单位。

人们一般说起弹指，取的主要是第四种意思。苏轼有个名句：“三过门前老病死，一弹指顷去来今”，是说他拜访一位老和尚，开始的时候，老和尚身体健康，只是老了，后来再去，老和尚正在生病，后来再去，老和尚却已死了，仿佛只是一弹指的工夫呀。这两句对仗工整，既有人生苍凉之叹，又有佛法超然世外的意涵，是为宋诗当中的顶尖名句。

弹指虽然是个时间单位，但一弹指便会发出声音，所以容若说的

“一声弹指”自然也是可以的。宋词里便有“往事回头笑处，此生弹指声中”，有“三过平山堂下，半生弹指声中”，但无论如何，弹指的“时间单位”这个意思是确定不移的。所以，容若的“一声弹指”应当是慨叹时间如电才是。

但是，若取这个意思（基本上是唯一的意思），“一声弹指泪如丝”这句在上下文中依然很难解释，于是，唯一合理的解法就是：这里的弹指并不是佛家术语里的弹指，而是指容若至交顾贞观的词集《弹指词》，而所谓“一声弹指”便是吟唱《弹指词》中句子。如此，“一声弹指泪如丝”便语意贯通，豁然开朗了。

但是，如此一解，和上文联系起来意思倒是通畅，可下文明明是说“央及东风休遣玉人知”，是心里念及远方的玉人，央告东风不要将自己多愁多病的情况告诉她知道。明明有个“玉人”在，又关顾贞观什么事呢？

这个问题先放一下，我们先来看一首大家都耳熟能详的唐诗——杜牧的《寄扬州韩绰判官》：

青山隐隐水迢迢，秋尽江南草未凋。
二十四桥明月夜，玉人何处教吹箫。

“二十四桥明月夜，玉人何处教吹箫”，我们可以想见扬州那月明如水的夜晚，小桥幽雅，美女吹箫，场面自是醉人。但是，事实上，这里的“玉人”并不是指美女，而是指诗题中的那位判官韩绰。——这句诗真是因误读而成名呀，要是大家知道那桥上站着一位“判官”，不知会是什么心情呢？

韩绰是杜牧的同事兼好友，这首诗是杜牧离开扬州后怀念韩绰而写来寄给他的。“玉人”这个词我们会想当然地认为是指美女，事实上它是可以男女通称的，尤其在唐代很常见。况且，杜牧这首诗题目就叫《寄扬州韩绰判官》，从寄诗之体例看，玉人也当是韩绰才对。两个证据一汇总，玉人必是韩绰无疑。

再看看其他唐诗：

卢纶的《送马尚书郎君侍从归觐太原》：

玉人垂玉鞭，百骑带櫜鞬。从赏野邮静，献新秋果鲜。

塞屯丰雨雪，虏帐失山川。遥想称觞后，唯当共被眠。

卢纶的《偶逢姚校书凭附书达河南郄推官因以戏赠》：

寄书常切到常迟，今日凭君君莫辞。

若问玉人殊易识，莲花府里最清羸。

权德舆的《送卢评事婺州省觐》：

知向东阳去，晨装见彩衣。客愁青眼别，家喜玉人归。

漠漠水烟晚，萧萧枫叶飞。双溪泊船处，候吏拜胡威。

这都是以玉人指男性的例子，像美男子卫玠这样的人物便已经有玉人之称了。所以，容若以玉人指称顾贞观，这也是合情合理的说法。容若自己多愁多病，又感动于好友的词章，更不愿好友得知自己的这般境况而忧愁惦念，这也正符合容若的挚情挚性。如此，“一声弹指泪如丝，央及东风休遣玉人知”正合那多情之人的诚挚深情。

三十六

浪淘沙

紫玉拨寒灰，心字全非。疏帘犹是隔年垂。
半卷夕阳红雨入，燕子来时。
回首碧云西，多少心期。短长亭外短长堤。
百尺游丝千里梦，无限凄迷。

紫玉、寒灰、心字，这三个词在我们现代人看来完全是各不相关的，真不知道怎么可以搭在一起。“紫玉拨寒灰”，用玉去拨灰，这是怎么回事呢？

最合理的解释是：“拨”字是个通假字，通“扒”，所以“拨灰”就是“扒灰”，“紫玉”自然就是贵公子的代称。——这个解释当然是错的。其实这句话很简单：紫玉就是紫玉钗，寒灰就是心字香烧完之后的冷灰，心字就是心字香烧完之后灰烬落在地上构成心字的形状。这在古人眼里都是很平常的事物，只是时代隔阂，现代人看起来不那么清楚了。

词中的主人公既然手执紫玉钗，定然是位女子了，只见她拿着紫玉钗拨弄心香的灰烬，把原本那好端端的一个心字模样全都拨弄乱了。

“疏帘犹是隔年垂”，再看那竹帘，自从去年垂下之后就再也没有动过。这句里的“隔年”一般用作“下一年”“明年”的意思，但也有当“去年”说的，比如宋词里有“露萼鲜浓妆脸靓。相映。隔年情事此门中。粉面不知何处在。无奈。武陵流水卷春空”，联系一下上下文，就知道这个隔年当是去年之意，容若的“隔年”也该是这个意思。

“半卷夕阳红雨入，燕子来时”，红雨并不是红色的雨，也不是夕阳下被照耀成红色的雨，而是纷飞的落花，如果用动词来表达，就是“落红如雨”。

“半卷夕阳”，这话看上去有些古怪，夕阳怎么可能被“半卷”呢？其实，这个“半卷”是承接上一句“疏帘犹是隔年垂”而来的，是说这位女子把那垂了很久很久的帘子半卷了起来，马上便透进了夕阳，也飘进了纷纷的落花。这种句式可以说是诗词的特殊语法。

“燕子来时”作为上片的结语非常巧妙，似乎平淡无奇，细想一想，却别有一番滋味，似是在说燕子来了人却没来，似是在思念着谁。但这个意思只能让人隐隐感觉得到，却无法凿实。

“回首碧云西，多少心期”，下片起头，开始转折。心期即心愿，从上片看到燕子飞来，转而“回首碧云西”，以“碧云西”来感叹“心期”，自见几分渺茫和惆怅。心期或许在盼着那人能与燕子一同归来，却望断碧云，渺茫无极。

“短长亭外短长堤”，诗词语言，一出现长亭短亭，通常只有两个意象：一是送别，二是思归；一出现河堤，一般就是送别。这都是诗人们自己的母语，随便说出来不用解释的，但现代人看起来就好像在看外语了。容若这句是化自宋词里的“短长亭外短长桥”，只把“桥”字换成了“堤”，大约是为了韵脚的缘故吧。

末句“百尺游丝千里梦，无限凄迷”，这个“游丝”看上去是个漂亮词，其实指的可不是什么漂亮的意象，而是飘荡的蛛丝。飘荡的蛛丝能有多长呢？最多也就三五尺吧，但容若说的是“百尺游丝”，这岂不是到了盘丝洞了？——这又是一个诗人语言，“游丝”和“百尺”在诗词里基本上就是一个固定的搭配，比如“百尺游丝争绕树”什么的，这是诗人们的主观量度，游丝，就是有百尺那么长的。

游丝即是蛛丝，又有什么含义呢？当然有，游丝的比喻意象就是心思，比如李商隐“几时心绪浑无事，得及游丝百尺长”。游丝长，就是心绪无聊；游丝乱，就是心绪乱。那么，在这里，心绪的无聊和乱又是为了什么呢？答案就在“千里梦”里——思念远人。

思而不得，无限凄迷。

词句都解释完了，但还有一个问题没有解决：容若这首词写的到底是什么事呀？是他在外出的时候想象家中妻子对自己的思念而写的吗？又或者是别的什么女人？

这就真说不清了。但是，还有一种很高的可能性：这首词其实和任何人都没有关系。

是的，这首词和任何人都没有关系，这也正是花间传统之一，所有的人物、场景、情绪，都是虚构的。

当初黄庭坚写这类小令，被法云秀和尚批评，黄庭坚自我辩解说：“你可别把我当成这样的人呀，我写的这些内容都是瞎编的，绝对不是我的亲身经历！”

当然，词的瞎编不一定纯是向壁虚构，也可以拟境来摹写心情。就像一个人心中有苦闷，写了一个故事来把这苦闷抒发出来。你说这是虚构，也对；说不是虚构，也对。

三十七

·浪淘沙·

眉谱诗全删，别画秋山。朝云渐入有无间。
莫笑生涯浑似梦，好梦原难。
红咮啄花残，独自凭阑。月斜风起袷衣单。
消受春风都一例，若个偏寒？

“眉谱待全删”，眉谱，是古代女子描眉的技术指导书。女子描眉，不是随便描的，而是像写诗填词一样，有一些固定的套路和式样。唐明皇曾令画工画过所谓“十眉图”，描眉有十种式样：一为鸳鸯眉，又名八字眉；二为小山眉，又名远山眉；三为五岳眉；四为三峰眉；五为垂珠眉；六为月棱眉，又名却月眉；七为分梢眉；八为逐烟眉；九为拂云眉，又名横烟眉；十为倒晕眉。

其中远山眉在诗歌中该算是最常见的一种，其他却月眉有杜牧诗“娟娟却月眉，新鬓学鸦飞”，小山眉有罗隐诗“漠漠小山眉黛浅”，不知道晏小山的《小山词》和这个小山有没有关系？大概一个人要填词，尤其是要继承花间体，势必要多找些女性时尚杂志来看的，女子从头到脚、从里到外，都有一大堆专业术语的。

现在我们知道了女人描眉还有个眉谱，但这个眉谱刚刚出现就要遭殃——容若开篇便说的是“眉谱待全删”，也就是眉谱里的那些式样全都不要了。全不要了，那该怎么描眉呢？容若的答案是：“别画秋山。”

秋山一词，既可以实际指秋天的山，也可以借指女人的眉毛，出处是宋词里的“髻鬟春雾翠微重，眉黛秋山烟雨抹”——这是一种很高明的比喻，说女子的头发是“春雾翠微重”，眉毛是“秋山烟雨抹”，如果你想知道这女子的头发和眉毛具体是什么样子，那么诗人这些话说了也等于没说，你还是什么都不知道，但是，诗人给你的想象空间是无限的，这般以景喻人，更显得超凡脱俗。也就是说，诗人描绘出来的不是相貌，而是气质。

容若这里说“眉谱待全删，别画秋山”，一个女子的面貌跃然纸上。她放弃了眉谱里所有的样式，另外独出机杼，把眉毛画出自己的样子。——这是摹写动作，也是摹写心情。有人说现在的女孩子有一个普遍作风：开始恋爱了，就把头发留起来，取意为长发为君留，等失恋的时候就毅然决然地剪成短发。留发和剪发都是简单的动作，简单动作的背后却是复杂的心事。

“别画秋山”到底画成了什么样呢？就是接下来这一句“朝云渐入有无间”，眉色如朝云渐入，若有若无。

这句和“髻鬟春雾翠微重，眉黛秋山烟雨抹”一样，如果想知道具体样式，完全没有头绪，但气质和情绪却一下子表现出来了。

朝云是被诗人们用得极多的一个典故，出处是宋玉的《高唐赋》，说楚襄王在云梦台上梦见巫山神女，神女说自己“旦为行云，暮为行雨，朝朝暮暮，阳台之下”，从这里引出了好几个相关的典故，比如前边讲过道潜和尚被苏东坡捉弄的时候写诗说“好将魂梦闹襄王”就是，还有“云雨”，成为性行为的婉语，还有巫山神女等。考究起来，神女和仙女并不像字面看上去那样圣洁。朝云也是与此相关的一个意象，但容若这里用朝云一语是否含有男女情事的意味，却也难说。

至于“有无间”，也是一个诗人常用的说法，这很可能是受到佛教的影响。佛家讲修行，要“非空非色，即空即色”：如果你太超脱了，什么都看空了，那就是“着空”，并不是修行正途；如果你还牵挂着世间事，那就是“着色”或“着相”，也不对。妙就妙在“空相之间”，但这个说法分明是违反形式逻辑的，也正因为它违反形式逻辑，便有了一种特别的味道，似乎这就是“道”。

常人难于悟道，只知道要么有、要么没有，怎么存在一个有无之间呢？高僧修道的事我们不论，这个有无之间却成为了一个很高妙的审美境界，就像爱情的甜蜜和丰富正在那个既得到又没得到的一刻，而这一刻便成为许多艺术家的追求。唐诗里最著名的有王维的“江流天地外，山色有无中”，不但诗中有画，而且诗中有禅。再有“环佩玲珑有无间”，有“生涯应在有无间”，尤其贾岛在一首题为《送僧》的诗里把这个“有无之间”表达得简直就像一种明确的文艺理论：“言归文字外，意出有无间”。

审美总要在有无之间，对于容若的词其实也是这样，似懂非懂的时候看着是最美的，像我这样剥皮拆骨式地讲得明明白白，估计会让许多人失望的。

“朝云”这个意象已经牵涉了楚襄王“阳台之梦”的意象，容若接下来顺势就是写梦：“莫笑生涯浑似梦，好梦原难”，是说不要笑这一生好似幻梦，就算是梦，也没有几场像样的好梦呀。这就写得凄凉到了极至。

因为这一句梦的意象的承接关系，上一句“朝云渐入有无间”便成了一个语涉双关的句子，既可以承接上文“眉谱待全删，别画秋山”，以“朝云渐入有无间”来形容画眉，也可以开启下文“莫笑生涯浑似梦，好梦原难”，以“朝云渐入有无间”来形容梦境的似真似幻。容若写的时候也许没有想到这么多，但这在客观上确实营造出了一种非常高妙的修辞手法。

如果“好梦”上承“朝云”，那么显然还有一义可解，就是把读者带入李商隐的名句“神女生涯原是梦，小姑居处本无郎”。

有注本说这首词是悼亡之作，说上片前三句是写梦中看到妻子画眉，后两句是写梦醒后的慨叹。这个说法恐怕很难成立，因为朝云和梦这个意象绝非僻典，简直就是耳熟能详的典故，其中的神女意象是非常突出的，而男人和“神女”发生关系，一般都是不大正当的男女关系，至少也很难用来形容正妻。像神女、遇仙、会真，多是指女子投怀送抱的艳遇，有时也会和妓女有关，所以，以这个意象写入悼亡诗，恐怕是不大合适的。

“红咮啄花残”，咮（zhòu），就是鸟嘴，红色的鸟嘴把花儿啄得残了，化自温庭筠“红嘴啄花归”，虽然只一字之差，意思却大不一样。下片一开始就是这样一个意象，“红色的鸟嘴把花儿啄得残了”，这不是容若的视角，而是词中那位女子的视角，因为接下来镜头就转到这位女子身上，她正在“独自凭阑”。

独自凭阑，这几乎是诗人母语中最常见的一个短语了，所传达的意象是：孤独、惆怅、没有人理解自己。其实我们现在已经看到容若词中大量化用前人成句，还有大量的用典，只是这些化用和用典大多都很巧妙，羚羊挂角，不着痕迹，化用就像己出，用典就像没用。这倒不是说容若在刻意求工，而是，前人的积累已经太多了，你只要熟读几千首诗词，你就等于掌握了诗人特有的那种语言，你就会把前人

每个人出生时，都有属于自己的一棵树。当人年华老去、时光轮回，都会与曾经年幼的自己相遇在生命中的这棵树下！无论繁盛也好，枯萎也罢，这棵树都将是对人一生无声的回答。纳兰故居草坪中就生长着一棵500余龄的槐树，庆龄先生称之为“凤凰国槐”，纳兰也曾呼吸过它的树香。如今斯人已逝，而“凤凰国槐”仍风采依旧，繁茂的绿叶犹如凤凰展翅而昂首吟唱，若有微风拂过，枝叶飘逸，似欲乘风而去，直上九天。

的语言融入到自己的语言当中，最后完全变成自己的语言了。这样一来，每一个化用与用典都是自然而然、不假思索的，因为那已经成为了你的母语。诗词从一开始时候的诗人之诗词变到后来的文人之诗词、学人之诗词，作者的修养越来越高，学养越来越厚，积淀越来越多，表达起来越发地丰富和深沉，这便是诗歌流变的一个必然过程。所以对于现代人来讲，诗词的时代越靠后，读起来也就感觉越难，要是读“古诗十九首”，那还是五言诗的初创时代，非常大白话的。

大白话有大白话的美，复杂精细的诗歌语言也自有其复杂精细之美。只是现代人一般下不了那么大的工夫，也就对宋代以后的作品很难接受了。

话说回来，这位“独自凭阑”的女子“月斜风起袷衣单”，在月色之下、风起之时，只是一身单衣，更显得楚楚可怜。袷（jiá）衣，即夹衣。这句也正是李商隐“怅卧新春白袷衣，白门寥落意多违”的那般景况。

结句“消受春风都一例，若个偏寒”，一例，意思是一同，一起，全是，唐诗有“怕共平芜一例荒”，“六宫一例鸡冠子”，都是这种用法。

前一句说到月斜风起，这风却不是西风、北风，而是春风。这里却说：春风本无偏私，吹到谁的身上都是一样的感觉，都是和煦的、凉爽的，为什么单单是“我”觉出了寒意呢？

春风确实无偏私，单单是“我”觉出寒意，原因何在呢？诗人不言明，读者却可以体会得出：那不是风寒，而是“我”的心寒。

三十八

·采桑子·

拨灯书尽红笺也，依旧无聊。
玉漏迢迢，
梦里寒花隔玉箫。
几竿修竹三更雨，叶叶萧萧。
分付秋潮，
莫误双鱼到谢桥。

世界之大，能远远地找个人来思念，谈一场貌似会有结果的恋爱，在月光下、雨声中伤春悲秋，这也算是一种幸福吧？“求而不得”也能够增进幸福指数，经济学家又该伤一番脑筋了。

这首《采桑子》，一开篇便是无聊，而且是“依旧无聊”，是持之以恒、锲而不舍的无聊，容若“拨灯书尽红笺也”，未书尽时似乎略略驱散了无聊，转眼间又是无聊。

无聊成就艺术。还有哪位小说家比普鲁斯特更无聊吗？他擅长去讲那些“没有要点的故事”，他说：“亲爱的读者，当昨天我把一块小饼干浸泡在茶里时，我想起了孩提时在乡间度过的一段时光”，然后，他随随便便地就为此支付了八十页的篇幅。

有人仿佛天生就有这样的能力，他们可以把日常琐事变为白日梦，再把白日梦变为舞台演出，再把自己变为台下的观众，然后和其他观众一起伤心落泪。是的，无聊成就艺术，至少有些艺术是由无聊成就的。保尔 · 柯察金也许会说："送他们去西伯利亚修铁路吧。"列宁同志想来也会点头的。但是，人和人就是不一样的呀，生命的多样性总是使我们得益。

"拨灯书尽红笺也，依旧无聊"，灯下写信，写完之后又恢复了无聊。什么信写完后会这么无聊？公文还是什么？——这问题的答案在词句里已经有了暗示了，虽然没提写的是什么内容，没提是写给谁的，但是提到了写信的信纸。红笺，就是信纸，是一种特殊的红色信纸。

很早以前，蜀地出产的纸张就富有盛名，后来，成都浣花溪的才女薛涛独出心裁，创造了一种深红色的窄小信纸，这就是"红笺"的来历。当初，薛涛以绝世之姿、惊世之才，和当时的许多文人名士诗歌唱和，其中白居易、元稹、杜牧，多少名字都是我们耳熟能详的，甚至还和丧妻不久的元稹有过一场短暂的恋爱。诗歌唱和，多是一张纸上写一首律诗或绝句，但当时的纸张尺寸较大，以大纸写小诗，浪费倒不要紧，要紧的是不和谐、不好看。薛涛便让造纸工匠特地改小尺寸，做成小笺，自己又发明了新奇的染色技法，能染出深红、粉红、明黄等十种颜色，这就是所谓的"十样变笺"，不是普通的信笺，而是专门的诗笺。

在这十样变笺之中，薛涛独爱深红色，而且除染色之外，还以花瓣点缀，更添情趣。这种红色小笺甫一出世，整个中国文化圈几乎都要被惊呆了，那场面就好像现在的城市年轻人第一次进了宜家。

韦庄专门写过一首《乞彩笺歌》，大见当时的盛况：

浣花溪上如花客，绿闇红藏人不识。

留得溪头瑟瑟波，泼成纸上猩猩色。

手把金刀擘彩云，有时剪破秋天碧。
不使红霓段段飞，一时驱上丹霞壁。
蜀客才多染不供，卓文醉后开无力。
孔雀衔来向日飞，翩翩压折黄金翼。
我有歌诗一千首，磨砻山岳罗星斗。
开卷长疑雷电惊，挥毫只怕龙蛇走。
班班布在时人口，满袖松花都未有。
人间无处买烟霞，须知得自神仙手。
也知价重连城璧，一纸万金犹不惜。
薛涛昨夜梦中来，殷勤劝向君边觅。

韦庄对红笺之推崇，把它比作出自神仙之手的天上烟霞，“人间无处买烟霞，须知得自神仙手”，但这种纸也贵重得很，贵重到“也知价重连城璧，一纸万金犹不惜”。这种红笺名目较多，也有直接就叫薛涛笺的。红笺凝聚了几乎一切足以让文人雅士们着迷的因素：浣花溪，如花客，美女作家亲手制作，而且是专门来作诗歌唱和用的。俊雅的文士手里捧着这样一张红笺，红笺上是娟秀的小楷写着“待月西厢下，迎风户半开。拂墙花影动，疑是玉人来”，谁人到此能不心动呢？鲁迅曾说有些人看见女人的白胳膊就会想到性交，红笺大约就相当于文化圈里的白胳膊吧？

所以，诗人语言，不必说写的是什么信，不必说写给谁，只要“红笺”两个字放出来，一切就尽在不言中了。

接下来是“玉漏迢迢，梦里寒花隔玉箫”，“玉漏迢迢”是借用秦观的“玉漏迢迢尽，银河淡淡横”。玉漏，就是漏壶，是古代的一种时钟，用壶贮水，滴水以计时，我们在历史博物馆里可以看到有铜壶滴漏，就是这种东西，现在我们说的“一刻钟”也是从漏壶的时间刻度来的。在诗歌语言中，同一种漏壶，可以叫做玉漏、银漏、更漏、铜漏、春漏、寒漏，就像前边讲过的同一种笛子可以根据不同的需要写作玉笛、铁笛、竹笛。诗家言，不可深究那漏壶究竟是不是玉制品。

诗家言里，一提到漏，一般都是“长夜漫漫、斯人寂寥”的意象，这里也不例外。正是在这“长夜漫漫、斯人寂寥”的无聊时刻，“梦里寒花隔玉箫”。

寒花，顾名思义，就是寒冷季节里开放的花，宋词里有“看老来秋圃，寒花犹在”，这是菊花；有“重阳重处，寒花怨蝶，新月东篱”，也是菊花；有“是谁招此断肠魂，作寒花寄愁绝”，是水仙花；有“又何须、向明还灭，寒花点缀孤影”，是灯花。容若这里的寒花到底是指什么呢？还得通观全句来找线索。

“梦里寒花隔玉箫”，寒花和梦有关，还隔住了玉箫，这到底是什么意思呢？

玉箫，很简单，和玉笛一样，反正就是箫的美称，诗词当中说“吹玉箫”“按玉箫”的很多。但是，玉箫还是一个人名，是一个典故。宋词里有“算玉箫、犹逢韦郎”，玉箫和韦郎并称，这说的是唐代韦皋的一段情事。

韦皋年轻时游历江夏，住在姜使君那里教书，姜家有个小婢女，名叫玉箫，刚刚十岁，经常也来服侍韦皋。就这样过了两年，姜使君离家去跑官，韦皋便离开姜家，住在了一座寺庙里，玉箫还是经常去寺庙照顾韦皋。就这样，一来二去，日久生情。后来韦皋因事离开，和玉箫约定：少则五年，多则七年，一定回来接走玉箫，还留下了一枚玉指环和一首诗作为信物。

五年过去了，韦皋没有回来，玉箫总是在鹦鹉洲上默默祈祷，就这样又过了两年，到了第八年的春天，玉箫绝望了，叹息道：“韦家郎君一别七年，一定不会回来了。”悲伤之下，绝食而死。姜家人怜悯玉箫，就把韦皋留下的玉指环戴在了玉箫的中指上，把她下葬。

韦皋终于回来了，不但回来了，还做了大官，还正巧坐镇蜀州，听说玉箫之死，凄怆叹惋。于是，韦皋日复一日地抄写佛经、修建佛像，终于感动了一位方士，施法术使韦皋见到了玉箫的魂魄。玉箫说："多亏你的礼佛之力，我马上就会托生人家，十二年后定当再到你的身边，做你的侍妾。”

后来，韦皋一直坐镇蜀地，多年之后，有人送来一名歌姬，年纪小小，也叫玉箫，相貌也和当年的玉箫一样，再看她的中指，隐隐有一个环形的凸起，正是当年那个玉指环的形状。

这个中国版的《指环王》的故事后来成为诗人语言中情人盟誓的典故，宋词里便有“阆苑玉箫人去后，惟有莺知得”，有“人何在，玉箫旧约，忍对素娥说”，有“记芙蓉院宇，玉箫同宿”。诗词里遇到“玉箫”二字，我们就得辨别这到底是在说乐器里的玉箫，还是韦皋的那个玉箫姑娘。

在容若这首词里，“玉箫”一词显然是指后者。“玉漏迢迢，梦里寒花隔玉箫”，分明是说梦里与玉箫相会，却隔着“寒花”，不能接近。

至此，“寒花”到底是指菊花、水仙花、灯花，还是别的什么，已经不重要了，总之是在梦里阻隔情人相会的东西。也许，容若只是取其中一个“寒”字，来表达内心的感觉吧？

“几竿修竹三更雨，叶叶萧萧”，下片转而抒写窗外的景象：三更夜半，雨打修竹。结局“分付秋潮，莫误双鱼到谢桥”，呼应首句的“拨灯书尽红笺也”，无奈之中也有几分期待。

“分付秋潮，莫误双鱼到谢桥”，分付，是交给、付与的意思。秋潮、双鱼、谢桥，三个词全有来历。

谢桥在前边已经讲过。秋潮，潮水在诗歌语言的一个主要意象是：有信。潮水升，潮水落，都是有一定之期的，人们便由潮水之期联想到人约之期，诸如唐诗名句“早知潮有信，嫁与弄潮儿”。双鱼，古乐府有这样一首很淳朴的情诗：

尺素如残雪，结成双鲤鱼。

要知心中事，看取腹中书。

所谓尺素，后人用来代指书信，而原本，在纸张流行之前，人们是用木板或帛做成尺把大小的版面来写字。用木板的一般被叫做尺牍，后来书信也常被称为尺牍；用帛的一般被叫做尺素，晏殊名句“欲寄彩笺兼尺素，山长水阔知何处”，彩笺就是前边刚刚说过的薛涛笺，尺素就是现在讲的这个东西。

所以，这首古乐府是说：尺素颜色如残雪，在上边写好了内容，扎成一对鲤鱼的形状。你想知道我的心事吗？那就看看鱼肚子里的内容吧。

所以，容若笔下的这个双鱼并不是真正的鱼，而是尺素结成的双鱼形象。这尺素是什么呢，就是首句“拨灯书尽红笺也”的那个“红笺”——刚才是在挑灯给情人写信，写完了，现在封好，要寄出去了。

“分付秋潮，莫误双鱼到谢桥”，这是一句非常巧妙的修辞，字面上看，是把双鱼交付给了秋潮，让秋潮千万要准时把双鱼送到谢桥，千万不要耽搁了。潮、鱼、桥，全是水中的意象，潮水把鱼儿送到某一座桥下，这是顺理成章的事情，而在字面之外的实际意义上，秋潮、双鱼、谢桥，却没一个真正和水有关，全都是诗人的典故和比喻而已。

回头再通读全词，会发现它首尾贯通呼应，每一句的场景和意思都是流畅地连贯下来的，修辞之巧妙更是令人赞叹。把一首爱情小词写得如此天然浑成，不愧是才子笔法。

三十九

·眼儿媚·中元夜有感·

手写香台金字经，惟愿结来生。
莲花漏转，
杨枝露滴，想鉴微诚。
欲知奉倩神伤极，凭诉与秋擎。
西风不管，
一池萍水，几点荷灯。

词题“中元夜有感”，中元夜，就是中元节之夜。提起中元节，年轻人大概没几个人知道了，但要说起盂兰盆会，对佛教有一些了解的人还有爱看武侠小说的人应该都有印象，如果再说到鬼节，那就无人不知了。其实这三个节日都是同一个日子。

农历的七月十五。

和尚做道场常常是在这个日子，追溯缘起，也许要追到梁武帝身上。至于理论上的依据，则应该是源于《佛说盂兰盆经》。

佛陀的大弟子中有一位目莲尊者，有一天，他想起了自己已经过世的母亲，于是运起神通仔细察看，见到母亲投生在饿鬼道里，饱受饥饿之苦。目莲尊者心中悲痛，便再运神通，盛满一钵米饭送到饿鬼道去给母亲充饥。母亲见了米饭，急不可耐地拿来要吃，可突然之间，那满满一钵米饭却变成了焦炭一样，根本无法下口。目莲尊者无计之下去求佛陀，佛陀便让目莲尊者在七月十五日那天开设大斋供养十方众僧，以本身的功德加上十方众僧之力一起解救目莲尊者的母亲。目莲尊者按照佛陀的指示去做，终于获得了成功。佛陀也因着这个缘故，讲了一部《盂兰盆经》，而盂兰盆会也就这么流传下来了。

这部《盂兰盆经》应当是一部伪经，印度既无此经，历法也和中国不同，更没有可以代人赎罪的说法，但这种能够干涉别人的业力因缘而代人赎罪的办法无疑是受人喜爱的，有了人性的群众基础，也就非常容易传播了。

再一方面，后来已经很少有人知道，七月十五本来是个道教的节日，称为“中元节”，但那个时代里佛、道既对抗又融合，再加上民俗等掺杂在一起，后世之人便很难搞清楚某些事情的真真假假和来龙去脉了。如今的七月十五以“鬼节”知名，据说那一天“鬼门开”，大鬼小鬼蜂拥到人间，七月也因此成了被人们忌讳的一个月份。佛陀有知，一定会露出个哭笑不得的表情。

无论如何，七月十五，要做道场，要祭祀亡故的亲人了。这当时卢氏去世不久，容若此词，正为悼亡而作。

“手写香台金字经”，香台，就是佛殿里烧香的台子，代指佛殿。金字经，是用金泥来抄写佛经。按说佛祖不会稀罕金银珠宝，但人心如此，金泥写经和金泥漆佛像这类事情便长久以来形成了传统。有史家曾经疑惑过：史料上记载的那么多金子怎么后来都不见了？答案是：大部分都被用来抄写佛经和漆抹佛像了。一次用的金子虽然不多，但架不住蔚然成风、年深日久呀。时至近代，为亡人抄写金字经的传统还在，还不是只抄一遍，要多多抄写的。迷信不迷信的另说，这毕竟是人的心意所在，精诚所至。

容若“手写香台金字经”，也是精诚所至，佛前要有所求，求的是“惟愿结来生”。今生就这样结束了，再怎么悲伤也无济于事，如果精诚可以感动佛祖，愿转世来生，再续前缘。

佛门给了人们转世的希望，给了多少容若和卢氏这样的断肠情侣以希望。人心所向总会压倒文本的初义，其实投胎转世之说恐怕是违犯佛教教义的。

佛陀的思想当中有几个概念是属于核心概念的，从某种意义上说，这些基本概念对后人的意义就如同一把标准的尺子，可以用来衡量和判断某一种“佛家思想”到底是不是符合佛陀思想的基本原则的。

“四法印”就是这样的一把尺子。

“印”的本意就是印章、印玺，比喻着这些基本原理是被加盖了最权威的印玺的。这“四法印”分别是：

诸行无常。诸法无我。涅槃寂静。有漏皆苦。

而这“四法印”之中，又以前两点“诸行无常”和“诸法无我”最为根本，从这两点再追溯起来，就牵扯出了佛陀思想中一个最最根本的概念——因缘，佛法种种，大都是附着在这个“因缘”概念之上的。

何谓因缘？一切事物、一切现象都不是独立存在的，而是纠缠在因果关系的链条里，受着因果规律的制约，此生而彼生，此灭而彼灭。

于是，宇宙万物，既然“此生而彼生，此灭而彼灭”，哪里还有什么事物是恒常存在的呢？刹那之间生灭相续，是谓“无常”，万事万物，成住异灭不出此理，是谓“诸行无常”，此即“四法印”中的第一法印。那么，如果认识不到万事万物的无常本质而错认为有些事物是恒常不变的这类见解，佛家谓之为“常见”，因而主张人们要摒弃“常见”来认识佛法。另一方面，虽然万事无常，它们却无一不是按照因果规律在生生灭灭着，这是绵延无尽的，如果只看到“灭”却看不到“生”，或者只看到“生”却看不到“灭”，这都是因为没有认识清楚因果链条的绵延无尽的性质，所以，这种错误的见解佛家谓之为“断见”，也是要摒弃的。

那么，既然万事无常，“我”是不是也在“无常”之内呢?

佛家把一切生灵都叫做“有情”，一个“有情”并非是一个单独的个体，而是种种物质元素和精神元素的聚合体，这些元素归纳来说就是“六大”，即地、水、火、风、空、识。“六大”之中，地为骨肉，水为血液，火为暖意，风为呼吸，空为空隙，识为精神。“有情”从另一个角度来说又是“五蕴”的聚合，“五蕴”就是色、受、想、行、识，这在中国最具普及性的经文《般若波罗蜜多心经》中讲得非常清楚:“是故空中无色，无受想行识，无眼耳鼻舌身意，无色声香味触法”，这话几乎是人人熟知了。那么，既然“有情”(也可以在这里把“有情”代入为“我”)并非一个独立存在，而是“六大”和“五蕴”的聚合体，这种种细小的因素刹那间相生相灭，那个“我”，究竟又在哪里?对此，有一句著名的偈子:“昨日种种譬如昨日死，今日种种譬如今日生”，大体就是这个意思，只不过世人通常把它作了心理励志式的庸俗化的理解了。

那么，再往下继续推论的话，所谓“六道轮回”，其实并不是有一个“我”在其中轮回，不是有一个恒常不便的灵魂在其中轮回，而是“有情”的死亡导致了“六大”与“五蕴”分崩离析，而分离后的种种因素又在因果锁链的作用下发生了新的聚合，这并不是被很多人想当然地理解的那样，存在着一个不变的、恒常的灵魂，在六道之中反反复复地投胎转世——“因”只会“促成”“果”，而不会“变成”“果”。

对于这个“诸法无我”，历来还有着种种引申的理解，但绝对不是像《三世因果经》之类的伪经所谓的那样:有一个恒常不变的“我”，今生积德行善，好求得来生的福报——佛陀指给人们的“因果”之说，是在阐明宇宙变化的规律，而不是庸俗的道德投机；佛陀是在给大家讲道理，而不是带领大家做买卖；佛陀所关注的是解脱之道，而不是帮助世人求平安、求富贵。

那么，再回到这个因果规律，所谓“善有善报，恶有恶报”，这句名言其实一样是在说规律，但是，这个规律却不是像很多人僵化理解的那样：“我”做善事，所以“我”就得善报；“我”做恶事，所以“我”就得恶报——这是道德，而不是佛法，佛陀关注的是宇宙的终极真理和众生的解脱法门，而不是道德，当然就更不是道德投机。

所以，从这层因果规律来看，前人栽树，是种了善因；后人乘凉，是得了善果，并不是前人栽了树就一定自己能乘凉的。从另一个角度来说，前人砍了树，是种了恶因；他自己乘不了凉，后人也跟着乘不了凉，这是恶果。所以，虽然“善恶有报”没错，可种下善因的人却不一定是自己得到善报，种下恶因的人也不一定是自己得到恶报。这才是世界的真相，不过后来被赋予了太多一厢情愿的道德色彩；这才是“善有善报，恶有恶报”的本来面目，只不过这真会伤透了那些怀有美好情操和淳朴愿望的人们的心。

当然，谁也不会在断肠人面前深究佛理，就像谁也不会在卖火柴的小女孩隔着火柴的微光看到天堂的时候给她普及唯物主义常识。所以，这些话只是我们在三百五十年后的现在说说而已，反正容若也不会听见。

接下来的“莲花漏转，杨枝露滴”，也都是佛教的典故。莲花漏，是一种雅致的时钟，具体的说法就很不一致了，一说惠远和尚因为山中不知更漏，所以用铜片做成莲花形的容器，底下有孔，放在水盆里，水从底孔里慢慢渗入，渗到一半的时候容器就会沉下去。一昼夜会沉十二次，是为十二个时辰。杨枝，就是杨柳枝，我们最熟悉的佛教当中的杨柳枝应该就是观音菩萨手持净瓶，瓶中插着的那一枝杨柳枝了。观音菩萨有时会把杨柳枝从净瓶里取出来，滴上几滴瓶中的甘露，马上就可以起死回生。——这样的事在正史里都有记载，《晋书》里说石勒的爱子石斌得暴病而死，石勒请来高僧佛图澄，佛图澄用杨柳枝蘸了些水，洒在石斌身上，又念了一段咒语，然后便一拉石斌的手，说："起来吧。"死去的石斌果然就起来了。

容若用这两则佛门典故，语带双关，既点明自己此刻身在佛殿，一心向佛，也是在向佛祖袒露自己的心意。"莲花漏转，杨枝露滴，想鉴微诚"，想想这个画面，确是感人的一幕。

"欲知奉倩神伤极，凭诉与秋擎"，下片开始，语意转折。奉倩，即荀奉倩，也就是"不辞冰雪为卿热"那个典故的主人公。荀奉倩和妻子的感情极笃，有一次妻子患病，身体发热，体温总是降不下来，当时正是十冬腊月，荀奉倩情急之下，脱掉衣服，赤身跑到庭院里，让风雪冻冷自己的身体，再回来贴到妻子的身上给她降温。如是者不知多少次，但深情并没有感动上天，妻子还是死了。

荀奉倩的妻子死后，大家前去吊唁，只见荀奉倩"不哭而神伤"。这五个字真是传神的描绘，最适合为之作注的也许要算晚年的约翰·克里斯朵夫听说葛雅丽齐之死的那一幕了：葛雅丽齐的死，使所有的朋友们产生了对一向感情奔放的克里斯朵夫的强烈担心，但是，"一天晚上，在高兰德家里，克里斯朵夫在琴上弹了差不多有一个小时，他尽量地发泄，忘了客厅里都是些不相干的人。他们都不想笑他，这些惊人的即兴把大家听得惶惶然不知所措。连那般不懂其中意义的人，心里也难过极了；高兰德甚至含着眼泪……克里斯朵夫弹完了，突然转过身来，看到大家激动的情形，便耸了耸肩膀，大声笑了出来"。

葬礼上的哭，既是心里的悲伤流露，也是一种礼的仪式。忘记了仪式，超出了悲伤，这种情绪便已经到了极至，是会成为杀手的。笑的人很快就死了，神伤的人很快也死了。他们的哀恸也许难以被人们理解，但他们就是那样地哀恸着。

“凭诉与秋擎”，擎通檠，是灯柱，代指灯烛。秋擎，即秋灯，宋词有“又怕便、绿减西风，泣秋檠烛外”。“欲知奉倩神伤极，凭诉与秋擎”，这也是悲哀以至于无情的言语。

结语更是无情：“西风不管，一池萍水，几点荷灯”。荷灯，是荷花形的小灯，浮在水面，中元之夜民俗以荷灯祀鬼，这般景象现在已经罕见了。容若以西风、萍水、荷灯做结语，以“不管”二字冷冷带出，见得人之神伤无感于物，花自飘零水自流，无悲无喜，哪管旁人的哀伤呢。以冷语结悲情，愈见悲恸。

后　记

红楼灯熄，东篱菊凋。想侧帽来时，兰成憔悴；玉箫去后，奉倩神伤。情多转薄，得几分杜郎俊赏；酒醒心醉，谁道是竹山歌楼？梁溪高士，弹指相知；楝亭旧友，登高为赋。金马空门，念家中谁教鹦鹉；谢桥流水，待秋潮寄我双鱼。欲挽罗衣，难结连理；空言解佩，何处闻琴？过蓝桥而浆非易乞，写红笺而约总难凭。饮水词工，心期独得于言外；草堂梦好，燕钗莫遗于凡间。泥犁何欢，携得秦七黄九；花间何憾，管他诗正词闲。百读而如初见，但推容若一人；北宋之后独步，信哉观堂斯言。

骈四骊六几句，其中典故多是正文中介绍过的，拿来游戏成文，大家也看看自己记得多少？呵呵。

最后，有千字左右摘引自熊逸表哥的书中，文中未注，在此一总致谢。

苏缨

2007 年 8 月于苏州小红楼

图书在版编目(CIP)数据

纳兰词典评/苏樱著.—西安:陕西师范大学出版社,2007.10
ISBN 978-7-5613-4130-8

Ⅰ.纳… Ⅱ.苏… Ⅲ.文学—文学欣赏—中国 Ⅳ.I207.23

中国版本图书馆 CIP 数据核字(2007)第 202435 号

图书代号:SK7N1238

上架建议:畅销书 文学赏析

纳兰词典评

著　　者:苏　樱
特约编辑:伍　志
责任编辑:周　宏
封面设计:姜利锐
版式设计:姜利锐
插图设计:许　宁
出版发行:陕西师范大学出版社
(西安市陕西师大 120 信箱　邮编:710062)
印　　刷:北京市京都六环印刷厂
开　　本:787×1092　1/16
字　　数:150 千字
印　　张:14
版　　次:2011 年 2 月第 1 版第 10 次印刷
ISBN 978-7-5613-4130-8
定　　价:23.80 元

人间词话

典评

卫琪 著

陕西师范大学出版社

《人间词话》宛若月下纷扬的落花
华美绝伦却又悲喜交集
王国维将他的才华和心血倾注其中
然而却无法面对命运的残酷
在他沉入湖中的那一刹那
世界和理想都默然离去

目录

序

读《人间词话》，好似月下听花，在这个喧嚣的世界中，静静地感受那一份无声的悲喜。

《人间词话》诚为古典文艺美学巨著，但我更愿意把它当成一部词评书来读。读《人间词话》，某种程度上也是读王国维。他的学识和才华奠定了评论的基础，他的性格和价值取向却决定了评论的方向。王国维最注重的是“真”，他本人也是一位诗人，最终他不肯违背自己内心的“真”而选择了结束——结束自己的生命和毕生的理想。书中词人的深情婉致亦让人心灵悸动，我们在读王国维的同时，也在品读其中那掩藏不住的一丝丝久远的幽香。

本书将对《人间词话》手稿本一百二十七条逐一点评，另外加入补遗，主要评说王国维对历代词人的看法和他的其他词论。

《人间词话》被很多人奉为古典文学批评里程碑式的作品，对古典文艺美学有极深刻的影响。但评论《人间词话》的意义并不是本书的写作目的。本书的写作目的之一，也就是能和大家一起读一本还原成词评的《人间词话》，了解一个有性格有才华的王国维。应该说，一个真实的人，比一个被高高捧在华丽光环中看不甚真切的文化偶像更让人尊敬。

解读这本词话之前，还是先聊聊老王吧。书如其人，这话一点都没错。

有句话说，古往今来中国三大天才死于水，其一屈原，其二李白，其三王国维。这话传播甚广，影响甚深，也为《人间词话》赢得了无数关注的目光。但事实上，这话有些言过其实了。

屈李王三人不是同行，看看静安兄的诗词，再看看屈李二位在哲学历史学上的成就，应该没有什么可比性。王国维是天才，应该也算得上一个，但是屈李二位在中国古文学史上的地位，是巅峰之上的巅峰，天才之中的天才。正所谓说起楚辞，必颂离骚；说起唐诗，必称太白。而楚辞和唐诗，几乎可以说代表了几千年中华文学的渊源和鼎盛。不可否认，王老先生足够优秀，但把这么大顶帽子生生地扣在老王头上，还是嫌有些大了。公平地说，把王国维当做一个中国古典文化结束的强音，应该更合适一点。

对王国维来说，写文学评论应该还算不得是他的主业，《人间词话》看起来更像是茶余饭后的随笔。静安兄的古文功夫可以说炉火纯青。他是当年逊帝溥仪封的“南书房行走”，还赏“着在紫禁城骑马”。这要是在康乾时期，那可不得了，策马上朝，何等威风。清代才子仿佛只有清初的朱彝尊才享有此殊荣。老朱当年五十一岁布衣入选博学鸿词科会试，被招入南书房，赐“紫禁城骑马”。于是乎老朱兴奋之余写了首《恩赐禁中骑马》：“鱼钥千门启，龙楼一道通。趋翔人不易，行走马偏工。鞭拂宫鸦影，衣香苑柳风。薄游思贱日，足茧万山中。”好歹他伯父朱茂晖也是明末复社成员，为国家危亡忧心劳力，老朱怎么就不学学同为大儒的顾炎武、吕留良拒绝清廷征召呢？当然了，到了那个年头，所谓“着在紫禁城骑马”真正的赏赐不可能是高头大马了，估摸着也就是一个小马鞭。那阵子溥仪早已退位多时，也没多少钱，估计买的还是地摊货，可真委屈老王了。老朱后来可是担任廷试读卷官，想来王国维的地位也不会差到哪儿去，如果溥仪当时能重开科考，出古文试题十有八九要找他的。

《人间词话》妙语连珠，不落窠臼，对诗词看法深刻独到，但他对词人的看法却不尽公允。在我们看老王如何点评千古名句，如何点评历代词人之前，先来了解了解他的生平吧。他的观点与他的性格以及所处的历史环境委实有莫大的关系。

王国维(1877—1927)，字伯隅，自号静安，又号观堂，浙江海宁人。父亲王乃誉是商人。他4岁丧母，父亲经常出门经商，对子女教育严格，王国维自小就养成了孤僻的性格。

他两次到杭州参加乡试不中，于是倾向于新学。甲午战争后他到上海为《时务报》当书记校对，同时加入罗振玉办的东文学社，用业余时间师从藤田丰八等学习日文及理化等课程。当时上虞的罗振玉看到王国维扇面上所写的咏史诗，很欣赏他的才学，于是在经济上帮助他，留他在东文书社当庶务。

二人由此结下深谊。1901 年王国维赴日留学，次年因病回国。1903 年他出任南通师范学堂教员，1904 年任江苏师范学堂教员，讲授心理学、伦理学及社会学。1906 年，罗振玉去了北京在学部做官。王国维随之入京，次年任学部图书馆编译。他对叔本华、康德、尼采哲学颇有兴趣，在《教育世界》发表过一批哲学论文，介绍德国哲学，又从事词和戏曲的研究。1908 年《人间词话》问世，1912 年《宋元戏曲考》问世。辛亥革命后，罗振玉、王国维逃到日本居住。罗振玉对他说，现在世变很激烈，士欲可为，舍返经信古未由也。王国维听了罗振玉的劝告，便尽弃前学，专治经史。他运用罗振玉的大云书库所藏经史、古器物、甲骨文、流沙坠简等，经过研究写出一批学术论文。1916 年他回到上海，应哈同之聘，为《学术丛编》杂志编辑，后又任仓圣明智大学教授。其时他仍从事甲骨文和古史考证，和沈曾植等研讨学术，关系密切。1923 年他召为南书房行走，为已废的清室皇帝溥仪当先生。

正应了葛洛夫的那句话："只有偏执狂才能生存"，老王就是这么一个只认死理脑筋不拐弯的人。说句老实话，也只有老王这样执著的人才真的是块研究国学和史学的料。前面说他不能与屈李二位齐名不假，但是尊称他老人家一声大师那还是不过分的。王国维的一生刚好经历了清王朝的覆灭。他是个恪守传统、拒绝革新的人，他不能理解革命，亦幻想着清廷能够复辟成功，可惜他的愿望一一破灭了。1924 年废帝溥仪被冯玉祥逐出紫禁城，王老先生认为这是"大辱"，想自杀，结果在家人的严密监视下未遂。到 1927 年，北伐军即将进军华北，北洋军阀即将崩溃，老王恢复帝制的最后希望破灭了。这时候，老王终于在留下那句著名的遗言"经此世变，义无再辱"之后，自沉于颐和园昆明湖。

老王至死也没有剪掉他的辫子，这在当时是很少见的。中国最后一个传统士大夫苍老而悲凉的背影，在一汪碧蓝如玉的湖水中，渐渐地沉没、消失，永不再现。王国维的悲剧是那个时代的缩影，中国的古文明已经步入迟暮之年，再也经不起西方列强的摧残和国内革命浪潮的冲击，走向了彻底的没落。

《人间词话》才情高绝，但一些观点却失之偏颇。老王对历代名词和词人的种种看法，很大程度上都源于王老先生的这种固执、保守而又带着些偏激的性格。

人间词甲稿原序

王君静安将刊其所为《人间词》，诒书告余曰：“知我词者莫如子，叙之亦莫如子宜。”余与君处十年矣，比年以来，君颇以词自娱。余虽不能词，然喜读词。每夜漏始下，一灯荧然，玩古人之作，未尝不与君共。君成一阕，易一字，未尝不以讯余。既而睽离，苟有所作，未尝不邮以示余也。然则余于君之词，又乌可以无言乎？夫自南宋以来，斯道之不振久矣！元、明及国初诸老，非无警句也。然不免乎局促者，气困于雕琢也。嘉、道以后之词，非不谐美也，然无救于浅薄者，意竭于摹拟也。君之于词，于五代喜李后主、冯正中，于北宋喜永叔、子瞻、少游、美成，于南宋除稼轩、白石外，所嗜盖鲜矣。尤痛诋梦窗、玉田。谓梦窗砌字，玉田叠句。一雕琢，一敷衍。其病不同，而同归于浅薄。六百年来词之不振，实自此始。其持论如此。及读君自所为词，则诚往复幽咽，动摇人心。快而沈，直而能曲。不屑屑于言词之末，而名句间出，殆往往度越前人。至其言近而指远，意决而辞婉，自永叔以后，殆未有工如君者也。君始为词时，亦不自意至此，而卒至此者，天也，非人之所能为也。若夫观物之微，托兴之深，则又君诗词之特色。求之古代作者，罕有伦比。呜呼！不胜古人，不足以兴古人并，君其知之矣。世有疑余言者乎，则何不取古人之词，与君词比类而观之也？光绪丙午三月，山阴樊志厚叙。

人间词乙稿原序

去岁夏，王君静安集其所为词，得六十余阕，名曰《人间词甲稿》，余既叙而行之矣。今冬，复汇所作词为《乙稿》，丐余为之叙。余其敢辞。乃称曰：文学之事，其内足以摅己而外足以感人者，意与境二者而已。上焉者意与境浑，其次或以境胜，或以意胜。苟缺其一，不足以言文学。原夫文学之所以有意境者，以其能观也。出于观我者，意余于境。而出于观物者，境多于意。然非物无以见我，而观我之时，又自有我在。故二者常互相错综，能有所偏重，而不能有所偏废也。文学之工不工，亦视其意境之有无与其深浅而已。自夫人不能观古人之所观而徒学古人之所作，于是始有伪文学。学者便之，相尚以辞，相习以模拟，遂不复知意境之为何物，岂不悲哉！苟持此以观古今人之词，则其得失，可得而言焉。温、韦之精绝，所以不如正中者，意境有深浅也。珠玉所以逊六一，小山所以愧淮海者，意境异也。美成晚出，始以辞采擅长，然终不失为北宋人之词者，有意境也。南宋词人之有意境者，唯一稼轩，然亦若不欲以意境胜。白石之词，气体雅健耳。至于意境，则去北宋人远甚。及梦窗、玉田出，并不求诸气体，而唯文字之是务，于是词之道熄矣。自元迄明，益以不振。至于国朝，而纳兰侍卫以天赋之才，崛起于方兴之族。其所为词悲凉顽艳，独有得于意境之深，可谓豪杰之士奋乎百世之下者矣。同时朱、陈，既非劲敌；后世项、蒋，尤难鼎足。至乾、嘉以降，审乎体格韵律之间者愈微，而意味之溢于字句之表者愈浅。岂非拘泥文字，而不求诸意境之失欤？抑观我观物之事自有天在，固难期诸流俗欤？余与静安，均夙持此论。静安之为词，真能以意境胜。夫古今人词之以意胜者，莫若欧阳公。以境胜者，莫若秦少游。至意境两浑，则唯太白、后主、正中数人足以当之。静安之词，大抵意深于欧，而境次于秦。至其合作，如《甲稿》《浣溪沙》之“天末同云”、《蝶恋花》之“昨夜梦中”、《乙稿》《蝶恋花》之“百尺朱楼”等阕，皆意境两忘，物我一体。高蹈乎八荒之表，而抗心乎千秋之间。骎骎乎两汉之疆域，广于三代，贞观之政治，隆于武德矣。方之侍卫，岂徒伯仲。此固君所得于天者独深，抑岂非致力于意境之效也。至君词之体裁，亦与五代北宋为近。然君词之所以为五代北宋之词者，以其有意境在。若以其体裁故，而至遽指为五代北宋，此又君之不任受。固当与梦窗、玉田之徒，专事摹拟者，同类而笑之也。光绪三十三年十月，山阴樊志厚叙。

·《人间词话》之一·

【《诗·蒹葭》一篇，最得风人深致。晏同叔之“昨夜西风凋碧树。独上高楼，望尽天涯路”意颇近之。但一洒落，一悲壮耳。】

《蒹葭》是《诗经》中的杰作之一，作者真挚的情感，穿越数千年的时空，依旧有让心灵悸动的力量。老王说此篇“最得风人深致”，不算过誉。

诗经·秦风·蒹葭

蒹葭苍苍，白露为霜。所谓伊人，在水一方。
溯洄从之，道阻且长。溯游从之，宛在水中央。
蒹葭凄凄，白露未晞。所谓伊人，在水之湄。
溯洄从之，道阻且跻。溯游从之，宛在水之坻。
蒹葭采采，白露未已。所谓伊人，在水之涘。
溯洄从之，道阻且右。溯游从之，宛在水之沚。

溯洄就是逆流而上，溯游就是顺流而下；从是追寻；湄和涘都指是水边；坻和沚指水中的沙洲；长、跻、右分别指道路漫长、险峻、曲折。

《蒹葭》颇似《关雎》，都是写心上人求之而不得的感触。不同的是，《关雎》直抒胸臆，而《蒹葭》则显得更有意味。在诗人的现实中，道阻且长，伊人难寻；他不得不溯游从之，却发现恍然间她在水中央悄然而立，似幻还真。朝思暮想的她仿若触手可及，但却永远不能拥她入怀。

写下这首诗的少年心中的苦楚并未被直白洒脱的诗句所掩盖。不得不佩服老王眼光之准，他说“昨夜西风凋碧树。独上高楼，望尽天涯路”之句和《蒹葭》意颇近之，是相当有道理的。但是洒落只是表象。细想一下那似近实远、可望不可及的伊人“宛在水中央”的意象，就可以知道诗人的失落和痛苦，比之只是“离恨苦”的“望尽天涯路”，应该是有过之而无不及的。而那位在水一方的伊人，和那永不可及的爱情，已经被少年无尽的情思深锁在心，像琥珀一样成为永恒。

鹊踏枝　　晏殊

槛菊愁烟兰泣露。罗幕轻寒，燕子双飞去。明月不谙离恨苦，斜光到晓穿朱户。

昨夜西风凋碧树。独上高楼，望尽天涯路。欲寄彩笺兼尺素。天长水阔知何处。

晏殊（991～1055），字同叔，抚州临川人。少年时以神童召试，赐同进士出身。仁宗时官至宰相。死后谥元献，也称晏元献。他是北宋初年的重要词人，欧阳修、范仲淹都是其门下弟子或者幕僚。晏殊一生安逸富贵，因此其词典雅雍容，温润秀洁，自成一体。

在晏殊的词里，这首词算得上是得意之作。“昨夜西风凋碧树。独上高楼，望尽天涯路”这一句堪称绝唱。而同样是一种无可奈何的惆怅，《蒹葭》让人对少年的思慕之情感触不已，而晏殊的词却把人强烈地带入到那种穿透心灵的悲伤中去。“一切景语皆情语”。一个“凋”字写尽心中那种无人可以倾诉的苦楚。天涯漫漫，伊人何处？“独上高楼，望尽天涯路”，一个“尽”字，意境全出。西风遽起，独上高楼，抬眼望去，仿佛苍茫壮阔的天地之间只剩下这无法言说的悲伤，绵亘千年不绝。

·《人间词话》之二·

【古今之成大事业者、大学问者,罔不经过三种之境界:“昨夜西风凋碧树。独上高楼,望尽天涯路。”此第一境界也。“衣带渐宽终不悔,为伊消得人憔悴。”(欧阳永叔)此第二境界也。“众里寻他千百度,蓦然回首,那人却在,灯火阑珊处。”(辛幼安)此第三境界也。此等非大词人不能道。然遽以此意解释诸词,恐为晏、欧诸公所不许也。】

老王的这段话,的确是深得其理。《人间词话》赖以成名的数段话中,这一段毫无疑问要占据一个重要的位置。这段话比喻贴切,佳句宛如浑然天成般镶嵌其中,让人称绝。老王正是“成大学问者”,说的这些话也是他的切身感触。

“昨夜西风凋碧树。独上高楼,望尽天涯路。”第一境界说的是入门之前,心中茫然苦楚,不知从何开始。王国维最得意的学问在于史学、古文字学和美学。这几门学问,千头万绪,典籍浩瀚如海,那种想要入门之前的彷徨、痛苦与渴求,用“独上高楼,望尽天涯路”来比喻,实在是再贴切不过了。

“衣带渐宽终不悔,为伊消得人憔悴。”这里老王犯了一个小小的错误。

不是说他引用得不好，而是他弄错了作者。这句是柳永的名句。当然了，小错误而已，无伤大雅。古往今来的大师无不经历过此阶段。不执著，无以成。既已入门，注定将为心中的“伊人”把此生消磨。老王在乱世之中，一心治学，那种执著、悲愤、孤苦的心境，恐怕不是现代人所能理解的。唯有这种执著与隐忍，才成就了他近代史上独一无二的大师地位。

“众里寻他千百度，蓦然回首，那人却在，灯火阑珊处。”前面两句，也许是很多人的感触。但这第三句里的境界，恐怕能领会者，就只有寥寥数人了。以勤为径，很多人都如此，但是要攀上顶峰，就不是一般人能做得到了。那种灵犀一点，参透真谛的大智慧、大喜悦，也只有古今中外各个领域中的天才们才能感悟得到。这种顿悟就好比是掉在牛顿头上的那个苹果，释迦牟尼眼前的那棵菩提，一切的一切忽然间都豁然开朗，往昔追寻之中的种种艰辛苦楚，在这一瞬间都得到了完美的补偿。想必老王当年也是如此吧。

老王说自己这样解词，恐怕词作者不会同意。怎么说呢，其实这段话已经不是解词而是感悟了。引用一下倒也无妨，而且恐怕晏、柳、辛重生再世，对此妙论，也应该会会心一笑，不以为意吧。

三境界论被很多人奉为座右铭，在广大人民群众中广为流传。不过就像以前天气预报里面放的世界名曲一样，听多了就如同饮白开水一般。真正用心去体会其中真味的，想来实在是不多。

王国维笃信正统，思想保守。柳永是出了名的浪荡子，在这里老王把词作者误记为欧阳修，也许是无心之失，但也反映了他有意无意地追慕古代先贤，把自己与正统的士大夫相类比的思维倾向。老王非不推崇柳永，但相比起柳永的成就，《人间词话》里所提及的柳永的词作少之又少。及至后文，老王推崇北宋之词，贬低南宋之词，乃至于几乎片语不提在文学史上独树一帜、成就卓著的宋词大家，和他的性格以及这种思维倾向是分不开的。大家慢慢地看下去就会明了。

顺带介绍一下文中提到的词和作者。这段话只是引用而非评词，领会到那种心境即可。这里就不详加点评了。

柳永（约987～约1053），初名三变，字景庄，后改名永，字耆卿，崇安人。官至屯田员外郎，世称“柳屯田”。他一生坎坷，据说早年应试时曾作《鹤冲天》，其中有云：“忍把浮名，换了浅斟低唱。”宋仁宗看到后极为不满，黜落之曰：“且去浅斟低唱，何要浮名？”柳永无奈之下，自号“奉旨填词”，流落勾栏瓦肆，混迹歌楼妓馆，放浪形骸，作词自遣。柳永之词，多用长调，大量运用日常俚语，铺叙白描，其词坦荡真挚，恣纵不羁，自成一格。他的词多反映下层人民的情感生活和自己流离漂泊的切身感受，因此极受当时人民的喜爱，“凡有井水处，即能歌柳词”，当年的柳永，真好比是词界的天皇巨星，如果当时有短信投票的话，即使那些公卿士大夫评委们不满意，他也是当时毫无争议的词界第一人。柳永在古典诗词界的地位，被大大低估了。如果要像唐宋八大家那样评选古今十大词家，柳永当居其一。

蝶恋花　　柳永

独倚危楼风细细。望极春愁，黯黯生天际。草色烟光残照里，无言谁会凭栏意。

拟把疏狂图一醉，对酒当歌，强乐还无味。衣带渐宽终不悔，为伊消得人憔悴。

辛弃疾(1140～1207)，字幼安，号稼轩，历城人。其人文武双全，慷慨磊落，经历颇富传奇色彩。他在22岁时，自率义军2000余人投奔到耿京的抗金军中。后耿京被叛徒张安国所杀，辛弃疾亲率50骑兵，直入5万之众的金兵大营，将张安国生擒活捉，并绑缚建康处死。辛弃疾一生以复国中兴为己任，然而入仕南宋朝廷后，历经沉浮，终于受人猜忌，不被重用，郁郁而终。其词刚健壮阔，境界雄伟，与苏轼并称“苏辛”，是豪放派中的杰出代表。

青玉案　　辛弃疾

东风夜放花千树，更吹落、星如雨。宝马雕车香满路。凤箫声动，玉壶光转，一夜鱼龙舞。

蛾儿雪柳黄金缕，笑语盈盈暗香去。众里寻他千百度，蓦然回首，那人却在，灯火阑珊处。

·《人间词话》之三·

【太白纯以气象胜。“西风残照，汉家陵阙”，寥寥八字，独有千古。后世唯范文正之《渔家傲》、夏英公之《喜迁莺》差堪继武，然气象已不逮矣。】

李白的这首《忆秦娥》，怀古词古今第一，再不作第二人想。李白(701～762)，字太白，号青莲居士，祖籍陇西成纪。李白是盛唐文化孕育的天才诗人，其人狂傲不羁，其诗飘逸超群。后人称之为“诗仙”。

忆秦娥　　李白

箫声咽，秦娥梦断秦楼月。秦楼月，年年柳色，灞桥伤别。

乐游原上清秋节，咸阳古道音尘绝。音尘绝，西风残照，汉家陵阙。

秦娥，泛指秦地的美女。扬雄《方言》卷二："秦晋之间美貌谓之娥。"灞桥，唐人折柳送别之处。

这首小令上阙清幽秀美，下阙雄奇壮阔，却又珠联璧合，浑然一体。上阙中，美人梦断秦楼之时，月下箫声悲咽，桥畔垂柳依依，凄清迷离，不由得伤别之情再上心头。下阙笔锋一转，以乐游原上昔日盛况起笔，次句"咸阳古道音尘绝"，陡然间只剩下古道寂寂，音尘渺渺，让人无比感伤。上阙中美景似在刹那间落入无尽虚空。而最后一句，"西风残照，汉家陵阙"，雄浑悲壮，不言其悲而悲从中来，不言其寂寥而寂寥之情油然而生。区区八个字，构建了一个极富张力的、永恒的意象，千载之下，仍然让人感受到那种不灭的悲情与哲思。

范仲淹(989～1052)，字希文，谥文正。先世为汾人，后迁居吴县。范仲淹为北宋名臣，曾戍边抗击西夏，军纪严明，威震边疆，西夏人称其"胸中自有数万兵甲"。仁宗时官至参知政事，领导了庆历新政。后因新政遭人嫉恨被迫离朝，死于赴颍州途中。其词作流传下来的不多，均属佳作，其边塞词慷慨苍凉，开后世豪放词先声。

夏竦(985～1051)，字子乔，官至宰相，封英国公。江洲德安人。北宋词人。《宋史》云："竦材术过人，急于进取，喜交结，任数术，倾侧反覆，世以为奸邪。"

忍不住想说一下这位大宋宰相夏竦。虽然他是当年因文得宠的御用词人，但能流传至今的作品没几首。据说这人是宋代的和坤，豪奢放纵，贪得无厌。他反对新法，力劝仁宗贬谪范仲淹(老王无意中把一对政敌放在一起，也算是一件很有意思的事情)。不妨讲两个与他有关的故事，大家也就明白他的为人了。夏竦待人刻薄。一次他问门人，为何寇准豪奢似我，世人多称许，而独对我颇有微词？门人说，人家寇相爷当年在效外饮宴，看到一个卸任的县令路过，都能招来同吃同喝，您老人家把出京入京的士大夫都得罪挖苦遍了，也从不请人家吃饭(估计请了人家也不愿意来)，谁还会说您的好话呢？夏竦当下默然。其实人家寇准花的是自己的钱，夏竦是贪来的钱，那能一样吗？更有意思的是夏竦也曾戍边抗击西夏。刚去的时候豪情万丈，遍发榜文，称："有得元昊头者，赏钱五百万贯，爵西平王。"李元昊一世枭雄，岂会被这个吓倒？当然李元昊也不甘示弱，命人入城，故意遗箔于市，上书："有得夏竦头者，赏钱二贯文。"这话传开后，一时成为笑谈。夏某人真是丢尽了大宋朝廷的脸，比起老范，都不知道差到哪里去了。

扯远了点，回头来看看这对同朝政敌的词吧。

渔家傲·秋思　　范仲淹

塞下秋来风景异，衡阳雁去无留意。四面边声连角起。千障里，长烟落日孤城闭。

浊酒一杯家万里，燕然未勒归无计。羌管悠悠霜满地。人不寐，将军白发征夫泪。

喜迁莺　　夏竦

霞散绮，月垂钩。帘卷未央楼。夜凉河汉截天流，宫阙锁清秋。

瑶阶曙，金茎露。凤髓香和烟雾。三千珠翠拥宸游，水殿按凉州。

《渔家傲》一词，既有悲凉的边塞风光，又有真挚的个人感慨，确是好词。但是和《忆秦娥》比起气象来，高下立判。唐人的风骨和豪情，宋人委实是学不来的。《喜迁莺》是一首应制之作。真宗皇帝于后庭饮宴，使人向夏竦索词。夏竦立马写成此词进奉。其人才学人品没有太多让人佩服之处，拍马屁的功夫却真的是让人无限景仰。这首词全篇平平，无甚希奇，但末句"三千珠翠拥宸游，水殿按凉州"却的确是上上之句。凉州是指凉州词，也就是歌舞之曲。月色如水，美人起舞，仿佛这宫殿也如月色般摇曳，一时间恍若身处仙境，让人不由忘我。"水殿"一词，堪称绝妙。但这首词所谓的"气象"，比《渔家傲·秋思》尚差得远。"象"固然是有，但"气"却半点都无。虽有奇巧，却无半点沉郁之气。老王把这首词放在这里，实在是不怎么妥当。

·《人间词话》之四·

【张皋文谓：飞卿之词"深美闳约"。余谓此四字唯冯正中足以当之。刘融斋谓："飞卿精艳绝人。"差近之耳。】

张惠言(1761～1802)，字皋文，江苏武进人。清代著名学者和文学家，常山词派开创者和代表。刘熙载(1813～1881)，字伯简，一字融斋，清代文学家。

老王眼光不差，就是有时候喜欢戴着有色眼镜看人。张惠言说温庭筠的词"深美闳约"。只从词的字面上说，温词字句绵丽，其中蕴意却极深婉，此或可谓其词句特色。但要从词的气质而言，则似不当。刘熙载说的"精艳绝人"更接近温词气质。"深美闳约"好比是空谷幽兰，其秀美深藏不显而又独有风姿；"精艳绝人"好比初见时宛若惊鸿一瞥，但细看之下，虽则美艳绝伦，却稍显失之神采。

看看温冯二位的词，区别是很明显的。

温庭筠(812～约870)，本名岐，字飞卿，太原人。其词秾艳细腻，绵密雕琢。

冯延巳(904～960)，字正中，广陵人。南唐中主李璟时重臣。擅长以景托情，表现个人的心境和情绪。其词清丽婉转，细致含蓄。

温庭筠词中最负盛名的当属《菩萨蛮》，让我们看看其与冯的《鹊踏枝》的比较。

菩萨蛮　　温庭筠

小山重叠金明灭，鬓云欲度香腮雪。懒起画蛾眉，弄妆梳洗迟。

照花前后镜，花面交相映。新贴绣罗襦，双双金鹧鸪。

鹊踏枝　　冯延巳

谁道闲情抛掷久？每到春来，惆怅还依旧。日日花前长病酒，不辞镜里朱颜瘦。

河畔清芜堤上柳，为问新愁，何事年年有？独立小桥风满袖，平林新月人归后。

温的这首词秾艳香软，美人慵懒娇柔之态似在眼前。但除了相貌服饰神态动作，其相思苦楚却隐藏过深，情致有被其华丽词藻掩盖之虞。反观冯词，词句远不如温词华美，但自有一种清丽之态。全词情景交融，意蕴深婉。末句“独立小桥风满袖，平林新月人归后”更是语淡意远，笔法上乘，把那种若有所失又若有所期的怅惘表现得淋漓尽致。

·《人间词话》之五·

【南唐中主词“菡萏香销翠叶残，西风愁起绿波间”，大有“众芳芜秽”“美人迟暮”之感。乃古今独赏其“细雨梦回鸡塞远，小楼吹彻玉笙寒”，故知解人正不易得。】

老王对这首词的解读，正应了“一千个人心目中有一千个哈姆莱特”这句话，但是在这里他也许理解错了哈姆莱特。我们先来看看李璟和他的这首《摊破浣溪沙》。

李璟(916～961)，本名景通，改名瑶，后再改名为璟，字伯玉。南唐中主，其子为南唐后主李煜。其词风格清新，笔法蕴籍，尤长于抒情。

摊破浣溪沙　　李璟

菡萏香销翠叶残，西风愁起绿波间。还与韶光共憔悴，不堪看。

细雨梦回鸡塞远，小楼吹彻玉笙寒。多少泪痕无限恨，倚阑干。

屈原《离骚》有云:“虽萎绝其亦何伤,哀众芳之芜秽。”又云:“惟草木之零落兮,恐美人之迟暮。”美人香草向来被用做比喻君子的高洁品行。

这首词是李璟的得意之作。据说有一次李璟拿冯延巳的名句“风乍起,吹皱一江春水”开玩笑,说:“吹皱一江春水,干卿何事?”冯回答说:“未若陛下‘小楼吹彻玉笙寒’也。”千穿万穿,马屁不穿。平生得意之作获得称许,这话想必是说到李璟心里去了。

上阙起首“菡萏香销翠叶残,西风愁起绿波间”,“西风愁起”是本句句眼。花殒香销,残叶满池,本已是萧索不堪,更兼池中西风瑟瑟而来,更让人愁随之起,倍添悲戚之意。由景及人,“还与韶光共憔悴”,人花共老,真真让人不忍卒睹。“不堪看”既写“与韶光共憔悴”不堪看,也隐然呼应了“菡萏香销、西风愁起”之景不堪看。下阙轻轻一转,“细雨梦回鸡塞远,小楼吹彻玉笙寒”。(鸡塞是鸡鹿塞的简称,泛指边疆。)细雨点滴在耳,蓦觉已不在梦中,征人却依旧远在天边,此悲此苦,忽然间痛彻心扉;小楼独处,玉笙吹彻,寒意入骨,清寂空旷之中,悲苦之情悠远无极,似永无尽头。此句意境凄清,无声之悲动人心魄,一个“彻”字,真是写尽人间寂寞。末句“多少泪痕无限恨,倚阑干”,此悲不可释怀,只余倚栏凝眸。而“倚阑干”凝眸所见,还应是“菡萏香销愁起西风”之景吧,与开头遥遥相应。动景至最后收于静悲,全词戛然而止。这首词字字珠玑,意境极美,而且结构回环相应,宛如珠玉连环,曲尽其妙。玩味再三,不忍释卷。

王国维说“菡萏香销翠叶残,西风愁起绿波间”句有“众芳芜秽”“美人迟暮”之感,这话恐不能认同。的确,细细品味这两句,确会让人产生有类于此的感觉,但是这个感觉恐怕只限于老王这样的前朝遗老吧。纵观全词,这首词的主旨并非自嗟自叹,隐喻家国之恨。李璟为君之时,后唐国土曾一度达到顶峰,即使后来后周入侵,李璟被迫去帝位,也并无国破之恨,怎会有此一叹?纯粹地把这首词还原为一首怀人之词,而不是生生地把句子从词中割裂出来求其主旨,应该更为合理。“细雨梦回鸡塞远,小楼吹彻玉笙寒”为千古佳句,古今独赏自有其道理。“菡萏香销”“西风愁起”之句对老王而言也许有特殊感触,但是撇开美人香草之喻,其佳处还是远不如“细雨梦回鸡塞远,小楼吹彻玉笙寒”。老王此论,谬矣。

不禁想多说两句,爱国不爱民只是愚忠而已,爱其国更爱其民才是真爱国。屈子投江，引得万千百姓投粽，不枉屈原爱国忧民之心；老王沉湖，只为区区溥仪一人，就难免孤苦伶仃了。大清王朝早已抛弃了它的子民，王国维还是拒绝背叛，只愿意维护所谓的“正统”。老王一生忠介，却未免太过于迂腐，这也许就是他一生悲剧之源吧。

对此无言，唯余一声叹息而已。

·《人间词话》之六·

【冯正中词虽不失五代风格而堂庑特大，开北宋一代风气。中、后二主皆未逮其精诣。《花间》于南唐人词中虽录张泌作，而独不登正中只字，岂当时文采为功名所掩耶？】

这一段很好玩，冯延巳落选了《花间词》，老王不甘心有其他南唐词人入选，翻案平反来了。

老王真乃“蜂蜜”（冯迷）也，竟然称南唐中、后主都不如冯延巳造诣精深。说句公道话，李璟已堪与冯延巳匹敌，李煜不是做皇帝的料，但却是古今罕见的天才词人。他仿佛只为词而生，后世历代词人能与之比肩的，也只寥寥数人而已。

可惜的是，老王再一次犯错误啦。此张泌不是彼张泌。看来大师也是人，偶尔也会凭印象行事呢。

《花间词》成书于后蜀孟昶广政三年(940 年)，为后蜀赵崇祚编纂。这里记录的张泌是应当是后蜀张泌，而不是跟随后主入京的南唐张泌。李煜死于978年，离《花间词》成书已过去将近40年。而李煜死后，张泌不仅用自己的俸禄赡养李氏子孙，每年寒食节还去后主坟前祭奠，证明他在李煜死后至少还活了数年乃至十数年。由此推断张泌在940年时至多只是个少年甚至还是儿童，此时他基本上不可能仕唐或者仕蜀，更不会有词作入选《花间词》。《花间词》所录张泌，是另有其人。看来大历史学家也有失考的时候啊。

其实，《花间词》根本就不录南唐词人的作品，这才是冯词未入选的真正原因。《花间词》所录词作者中，除去唐代词人，绝大部分为前后蜀词家，只有少数在他国。其中在五代中曾经仕于后唐者有牛希济、和凝、孙光宪三人，牛希济先仕于后蜀，后降于后唐；和凝先仕于后唐，后来在后晋天福五年（940年）拜中书侍郎同中书门下平章事；孙光宪先仕于后唐，后辅佐南平。也就是说这三人都没有一直在后唐为官。940年成书之时，牛希济当仍在后蜀，和凝应早先已入后晋，孙光宪已在南平，也就是说，极有可能当时这三人都不是南唐词人。看来后蜀人民不厚道啊，尽管南唐之词妙绝天下，但他们就是死也不肯收录。敌人就是敌人嘛，谁让他们词写得比大家都好，我就是不肯长他人气势，灭自己威风，呵呵。

这样看起来，李璟和冯延巳的词作不入选《花间词》是有政治因素的，而并非它们不佳。不知道这个解释，老王是否能满意呢？

·《人间词话》之七·

【大家之作，其言情也必沁人心脾，其写景也必豁人耳目，其辞脱口而出无矫揉装束之态。以所见者真，所知者深也。持此以衡古今之作者，百不失一。此余所以不免有北宋之后无词之叹。】

老王看词人眼光独到，想来是有道理的。这段话就是老王评词的标尺。老王尤其不喜欢过于雕琢的作品，感情真挚、境界开阔、清朗自然之作在他眼中才是上上之选。

北宋之后无词这句话恐怕很多人都不能接受。李易安之“寻寻觅觅，冷冷清清，凄凄惨惨戚戚”“云中谁寄锦书来？雁字回时，月满西楼”、辛幼安之“众里寻他千百度，蓦然回首，那人却在，灯火阑珊处”“江晚正愁余，山深鸣鹧鸪”、蒋胜欲之“流光容易把人抛，红了樱桃，绿了芭蕉”、姜白石之“二十四桥仍在，波心荡，冷月无声”、吴梦窗之“隔江人在雨声中，晚风菰叶生愁怨”，岂非好词？

·《人间词话》之八·

【美成词深远之致不及欧、秦,唯言情体物,穷极工巧,故不失为第一流之作者。但恨创调之才多,创意之才少耳。】

周邦彦(1057~1121),字美成,号清真居士,钱塘人。精通音律,常自创新曲。其词章法严密繁复,音律工整和谐,字句活脱浑融。

欧阳修(1007~1072),字永叔,号醉翁,晚号六一居士,庐陵人。欧阳修4岁丧父,其母以芦杆代笔,在沙上写字教他读书。他曾参加庆历新政,晚年官至参知政事。其词清新晓畅,真挚深婉。

秦观(1049~1100),字少游,一字太虚,高邮人,苏门四子之一,是苏轼最得意的弟子。其词清雅婉致,含蓄纤丽。

中国的古典诗词本来规矩就多,平仄对仗拗怒音律,让人眼花缭乱,头大如斗。这其实也无可厚非,因为这就是当时写诗词的规矩。古时词是用来唱的，不这么写唱出来不甚动听，不动听自然就不能流传四方。而精通音律的周大才子决心在“唱”上要更胜人一筹。的确，他做到了，前无古人，后无来者。

周邦彦追求在字词的语调平仄和音乐的音色上达到完美和谐，因此在选字上极为苛刻严格；在词的意境和音乐表现的意境上也力求统一一致，故而在选材和表达上也要小心谨慎。但是用心如此之细，苛求如此之严，再要追求通畅流丽，意境深远，几乎已经成了不可能完成的任务。戴着如此沉重的镣铐跳舞，也只有周邦彦才舞出了优美的舞姿。就算如此，他的词虽然工巧瑰丽，还是有人批其过于雕琢，有“意趣不高”之嫌。

周邦彦自创曲调很多，但是今天看来，他的词中脍炙人口广为流传的佳句不算多，一个重要原因就是他的字句远不如其他词人那样通顺流畅，琅琅上口。老王说他“创意之才少”，是说他用力多在字词音律，而不在开拓新的意境。现比较一下周、秦、欧三人写雨之词：

“雨过残红湿未飞，疏篱一带透斜晖。”（周邦彦《浣溪沙》）

“自在飞花轻似梦，无边丝雨细如愁。”（秦观《浣溪沙》）

“笙歌散尽游人去，始觉春空，垂下帘拢，双燕归来细雨中。”（欧阳修《采桑子》）

细细品之，比之秦词之纤丽，欧词之深婉，周词境界稍显凝厚。美成之词别有深致，但终归不如那些读起来通顺上口、景致如在眼前的句子更容易打动人的心灵。

还好老周也有“水面清圆，一一风荷举”这样的句子，要不然一世文采都埋没在音律之中了。但千载之下，我们是否也会怀念那种永远都无法再现的、词乐如水乳般交融的境界呢？

·《人间词话》之九·

【词最忌用替代字。美成《解语花》之“桂华流瓦”境界极妙，惜以“桂华”二字代替“月”耳。梦窗以下则用代字更多。其所以然者，非意不足，则语不妙也。故语妙则不必代，意足则不暇代。此少游之“小楼连苑横空”“绣毂雕鞍”所以为东坡所讥也。】

中国古代的文人向来都有典故痴迷症。所谓“不学诗，无以言”，经史子集是很多人的命根子，恨不得能倒背如流。但是典故也要用的是地方，用得太多太滥就完全失去了诗的本真。老王在这一点上无疑是清醒和正确的，过多地用典故来代替原字，难免会流于雕琢堆砌，甚至晦涩难明。“佳句本天成，妙手偶得之。”明白了这个道理，再看看“明月如霜，好风如水，清景无限”“知否、知否，应是绿肥红瘦”“落花流水春去也，天上人间”等词句，或随意挥洒，或直抒胸臆，所用字词浅近易懂，近似白话。但这样的句子，流传千古，至今颂之依然满口余香。反观那些堆砌典故之词，不仅读来拗口生涩，而且失去了诗词原应有的审美价值。老王在这里点名批评吴文英，其实他的词也并非一味零乱堆砌，而是有他自己的艺术风格，后面我们会讲到。

看看老王所举的周邦彦的《解语花》和秦观的《水龙吟》。

解语花·上元　　周邦彦

风销绛蜡，露浥红莲，花市光相射。桂华流瓦。纤云散，耿耿素娥欲下。衣裳淡雅。看楚女、纤腰一把。箫鼓喧、人影参差，满路飘香麝。

因念都城放夜。望千门如昼，嬉笑游冶。钿车罗帕。相逢处，自有暗尘随马。年光是也。唯只见、旧情衰谢。清漏移，飞盖归来，从舞休歌罢。

水龙吟　　秦观

小楼连苑横空，下窥绣毂雕鞍骤。朱帘半卷，单衣初试，清明时候。破暖轻风，弄晴微雨，欲无还有。卖花声过尽，斜阳院落，红成阵，飞鸳甃。

玉佩丁东别后，怅佳期，参差难又。名缰利锁，天还知道，和天也瘦。花下重门，柳边深巷，不堪回首。念多情，但有当时皓月，向人依旧。

苏轼（1036～1101），字子瞻，号东坡居士，眉州眉山人。22岁中进士。他反对王安石变法，后又反对对变法的全面否定，为新、旧两党所排挤，屡遭贬谪。苏轼是豪放词的代表，其词挥洒自如，热情澎湃，想象奇伟，妙语天成。“此少游之‘小楼连苑’‘秀毂雕鞍’所以为东坡所讥也。”指的是秦观入京见苏轼，苏轼问他近作何词，他举了这句“小楼连苑横空，下窥绣毂雕鞍骤”。苏轼就说：“十三个字，只说得一个人骑马楼前过。”

“风销绛蜡，露浥红莲，花市光相射。”这句写的是当夜街市灯烛通明的绚丽景象。绛烛即红烛，红莲是指当时流行的莲花灯。

上元即元宵。正如词中所说，宋代的元宵“金吾放夜”，宵禁解除，人们可以彻夜游玩。这个晚上不仅仅官家“放夜”，也是城里人家在一年之中唯一一个允许女孩儿们步出闺门、去红衢紫陌中尽兴游玩的夜晚。可想而知，在当时城中少年的心目中，这一晚该是何等绚丽繁华。对女孩儿而言，想必也会暗暗期望能遇上一位翩翩少年吧。“衣裳淡雅。看楚女、纤腰一把”，看来看美女的愿望，从古至今就没什么多大的改变。再回想辛弃疾那首同样写尽元夜绚烂光华的《青玉案·元夕》，也更容易理解小辛同学“众里寻他千百度”的那种焦急，因为今晚找不到，也许永生都再没机会见面了。但是美成兄就没有“那人却在，灯火阑珊处”的幸运了，只能回想起从前的同一个晚上，“暗尘随马去，明月逐人来”，只剩得“旧情衰谢”，一任他人鼓舞狂欢，“从舞休歌罢”。

“桂华流瓦”写月光在屋瓦上盈盈流动，境界确是极佳。老王说这里代用是个小小的技术缺陷，但“桂华”配合后面的“耿耿素娥欲下”，倒也自成机杼，容易理解。改了之后反而会失去其中的照应和韵味。只是秦观的“小楼连苑横空，下窥绣毂雕鞍骤”，想想苏轼的话，倒也真的让人解颐。这等繁复华丽之句，也真就是一人骑马楼前而过，雕琢之痕过于明显了。

·《人间词话》之十·

【沈伯时《乐府指迷》云:"说桃不可直说破桃,须用'红雨''刘郎'等字,说柳不可直说破柳,须用'章台''灞岸'等字。"若唯恐人不用替代字者。果以是为工,则古今类书具在,有安用词为耶?宜其为《提要》所讥也。】

北宋后期,所谓"雅词"开始在士大夫中兴起,至南宋,蔚然成风。"雅词"一词,最早见于南宋王灼在《碧鸡漫志》中的记载:"万俟咏初自编其集,分为两体,曰雅词,曰侧艳"。南宋所编的词选以及词学专著中,比如《乐府雅词》、《乐府指迷》、《词源》等等,都主张词以清空雅正为最高标准,而其他的所谓俚语艳词都是不入流的下等之作。周邦彦的词无疑成了这些人眼中的最高标准,南宋名家吴文英、周密、史达祖、张炎等莫不以其为宗。

"清、雅、正"是这些人眼中佳作的标准。清,即意味着词的意味要清淡,不能过于妍丽。只可惜清汤寡水,无甚滋味,也就怪不得少人品尝了。雅,即用词须雅,不能用所谓俗字,正如沈伯时在《乐府指迷》中所述,直说桃柳即为不雅。但也就像老王在上文所批的那样，古往今来类书（汇集资料，以利查检、引用的一种古典文献工具书）一大堆，那还要写词作甚？正，现代一点说就是词的主旨要正经，可惜人都有七情六欲，谁又会想去看一些没什么真情实感、味如嚼蜡的所谓雅词呢？词到了如此迂腐不堪的境地，也真就变成了陈词滥调，无可救药了。

老王说只有北宋有词而南宋无词，这话太绝对了，但也不是全然没有道理。南宋词人不乏杰出者，但在整体上，毕竟输了北宋一截。北宋开国之初，词风自由，涌现出了很多个性鲜明、才华横溢的词家，词坛气象万千，精彩纷呈；而南宋词相对风格单一，格调相似，鲜有与众不同者，词坛稍显沉闷单调。其实这也很好理解，名厨最在意的就是美食家们的感受，名设计师最在意的也是时尚杂志主编们的感受，长期不讨人喜欢、不上台面，还会有多少人记得呢？词评、词选家们的评语显然影响了部分词人的写作，久而久之，风气渐成，再也无法逆转了。

南宋词，最大的错就错在给词套上层层的枷锁束缚，规定了词应该这样写，不应该那样写。可悲的是，南宋词人中除了辛弃疾，鲜少有人跳出这些梏人心智的条条框框，直接导致词走进了一条死胡同。宋以后，词越发变得意境单一、语言呆板，再也没有了两宋时期的辉煌。词的衰亡，固然有其必然性，但这些将词套上不应有的枷锁的词论、词选家们，想必也是要负上一定责任的。

背景说得太多，有些喧宾夺主了。来看看《四库提要》是怎么说《乐府指迷》的不是的。《四库全书总目提要》卷十九《集部・词曲类二》沈伯约《乐府指迷》条下云："又谓说桃不可直说破桃，须用'红雨''刘郎'等字，说柳不可直说破柳，须用'章台''灞岸'等字，说书须用'银钩'等字，说泪须用'玉筋'等字，说发须用'绿云'等字，说簟须用'湘竹'等字，不可直说破。其（指《乐府指迷》）意欲避鄙俗，而不知转为涂饰，亦非确论。"这一段还真长知识了。语言高难到这种程度，只怕是做军中通讯密码都绰绰有余了吧。但写词时专用这样的文字，就难免会显得呆板生硬，晦涩难明了。

只可惜真正的宋词名篇里典故固然不少，但也没看到什么人专用典故，不言桃柳。的确，虽然以典入词不露痕迹自然是高明无比，但是凡用词必须用典故代替，过分追逐用词的典雅工丽，那就是舍本逐末了。说到底，语言原本只是助以表达的工具，词中的情感才是主体。欣赏画家们的杰作，都会去思考他所想表达的内涵和情绪，而谁又会去看颜色用得漂不漂亮呢？

·《人间词话》之十一·

【南宋词人,白石有格而无情,剑南有气而乏韵。其堪与北宋人颉颃者,唯一幼安耳。今人祖南宋而祧北宋,以南宋之词可学,北宋不可学也。学南宋者,不祖白石,则祖梦窗,以白石、梦窗可学,幼安不可学也。祖幼安者率祖其粗犷、滑稽,以其粗犷、滑稽处可学,而佳处不可学也。同时白石、龙洲学幼安之作且如此,况他人乎?其实幼安词之佳者,如《摸鱼儿》、《贺新郎·送茂嘉》、《青玉案·元夕》、《祝英台近》等,俊伟幽咽,固独有千古,其他豪放之处亦有"横素波,干青云"之概,宁梦窗辈龌龊小生所可语耶?】

"横素波,干青云"之概,引自萧统《陶渊明集序》:"横素波而傍流,干青云而直上。"

姜夔(约1125~约1221),字尧章,号白石道人,鄱阳人。一生清贫自守,诗词散文书法音乐无不精通。其词清健醇雅,幽冷悲咽,自成一格。

陆游(1125~1210),字务观,号放翁,越州山阴人。陆游一生坚持抗金复国的理想,屡受排挤。其词风格不一,既有飘逸奔放之作,亦有悲凉沉郁之音,是南宋辛派豪放词的中坚。

吴文英(约1207~约1269),字君特,号梦窗,又号觉翁,四明鄞县人。长期充任一些权贵的门客幕僚,却始终不仕,布衣终老。他的词语言瑰奇绚丽,意象变幻纷呈，含义隐晦曲折。其词被许多词论家指责为破碎迷离，不成片断。但《四库提要》中说："词家之有文英，亦如诗家之有李商隐。"

刘过（1154～1206），字改之，号龙洲道人，吉州太和人。屡陈恢复之计，却不为朝廷所用，一生浪迹江湖。以词名，喜以文入词，不守音律，其词豪壮激越，是辛派豪放词的代表之一。

老王批评后世词人不该学南宋，而在我看来，不是南宋词、北宋词应该学谁，而是谁都不该学。

古往今来，从未听说过有什么"学"出来的诗人，亦没有什么模仿出来的诗人。词的本质是诗歌，没有对自己内心的忠实、没有自由的表达自己的渴求而只有可悲的机械生硬的学习和模仿，要写出传世佳作那是绝无可能的。有宋一代，是为词坛盛世，天才词人灿若群星，佳作警句不绝于耳。后代词人高山仰止，不敢轻易为言。写词都写到不敢自由表达自己的地步，词的衰落就不可避免了。

既然要学，就不免会有速成的想法，这是人天生的惰性。既然南宋词有体有格，又有所谓的词论家的理论支持，显然比那些天马行空、气象万千、学起来不着边际的北宋词容易得多。开始就不该起了学的念头，尔后更是于宋词的皮毛之处下工夫。领悟不到宋词真正的神韵精髓，而皮毛亦只学个五六成，其结果可想而知。

老王对人的偏见是很难改变的，说来说去总是说那几个人的不好。他老人家是一代大家，却总是喜欢把自己的喜好和情绪带到词评中，显得有些孩子气。后面个别段落更是明显，甚至于说他一个朋友的词要介于大小晏之间。真若如此，中国古典诗词的历史都要改写了，老实说，这玩笑开得太过了点。当然了，老王可能不觉得是开玩笑，他老人家可是一本正经写出来的。不过他要这样写，我也没奈何，只能不辞辛苦地一一为好些人平反，浪费了无数原本可以用来看电影的美好时光。

其实姜夔词的好处，老王并未完全领会。其词好比深谷清泉，悲冷幽咽，一腔真情深藏于冷峻的表象之下，不深究是很难体会的。老王尤其喜欢批评吴文英，"梦窗"在《词话》里出现的频率甚至超过了苏轼，真可以说是三天一小批，五天一大批。这里更是称他为"龌龊小生"，心中的厌恶可想而知。虽然您老人家不屑一看，但也不必口吐恶言吧，这样比较失形象分的。事实上，吴文英的词，犹如一部后现代电影，意境变幻莫测，场景纷至沓来，但始终有一种饱满清晰的情绪在里面，《四库提要》的评价是比较中肯的。这样的词，爱者极爱，恶者极恶，基本上看个人的喜好了。但总的来说，他的词确实不失为别具一格的好词佳作。

老王所提及的三首辛词名作，正如他所言“俊伟幽咽，固独有千古。”满腔英雄热血，却化作片片飞花落去，让人不胜唏嘘。后文中会重析《贺新郎》，读者可加以印证。

摸鱼儿　　辛弃疾

（淳熙己亥，自湖北漕移湖南，同官王正之置酒小山亭，为赋）

更能消几番风雨？匆匆春又归去。惜春长怕花开早，何况落红无数。春且住。见说道、天涯芳草无归路。怨春不语。算只有殷勤，画檐蛛网，尽日惹飞絮。

长门事，准拟佳期又误。娥眉曾有人妒。千金纵买相如赋，脉脉此情谁诉？君莫舞。君不见、玉环飞燕皆尘土。闲愁最苦。休去倚危栏，斜阳正在，烟柳断肠处。

贺新郎　　辛弃疾

（送茂嘉十二弟。鹈鴂杜鹃实两种，见《离骚补注》）

绿树听鹈鴂。更那堪、鹧鸪声住，杜鹃声切。啼到春归无寻处，苦恨芳菲都歇。算未抵、人间离别。马上琵琶关塞黑，更长门翠辇辞金阙。看燕燕，送归妾。

将军百战声名裂。向河梁回头万里，故人长绝。易水萧萧西风冷，满座衣冠似雪。正壮士、悲歌未彻。啼鸟还知如许恨，料不啼清泪长啼血。谁共我，醉明月。

祝英台近·晚春　　辛弃疾

宝钗分，桃叶渡，烟柳暗南浦。怕上层楼，十日九风雨。断肠片片飞红，都无人管，更谁劝、啼莺声住？

鬓边觑。试把花卜心期，才簪又重数。罗帐灯昏，哽咽梦中语：是他春带愁来，春归何处，却不解、带将愁去。

·《人间词话》之十二·

【周介存谓：梦窗词之佳者，如“水光云影，摇荡绿波，抚玩无极，追寻已远。”余览《梦窗甲乙丙丁稿》中，实无足当此者。有之，其唯“隔江人在雨声中，晚风菰叶生愁怨”二语乎？】

周济（1781～1839），字保绪，一字介存，晚号止庵，荆溪人。清代常州派重要词论家、词人。

踏莎行　　吴文英

润玉笼绡，檀樱倚扇。绣圈尤带脂香浅。榴心空叠舞裙红，艾枝应压愁鬟乱。

午梦千山，窗阴一箭。香瘢新褪红丝腕。隔江人在雨声中，晚风菰叶生愁怨。

吴文英的词可谓变幻万千，难以捉摸，理解起来不是件容易的事情。他的词跳跃性极大，有时候完全没有清晰的条理和脉络可循，只看上阙，永远猜不到下阙会如何写。张炎批评他的词说："如七宝楼台，眩人耳目，拆碎下来，不成片断。"这个评语未免过于武断。吴文英的词言辞优美，宛如颗颗珠玉散落在前，但事实上，珠玉看似散乱，但是却被一根红线串起来的，成为完整的艺术品。吴文英就像一个极具天资的孩童，他只管按照自己的方式用跳跃的思维表达自己的情绪，而不管人家的思维是否会和自己一样。读他的词，也要将自己当做一个孩童，任那种情绪牵引着你走，不要考虑太多些衔接和过渡，因为那种情绪始终如一，情绪就是串起全词的那根红线。品他的词，其实就是品一种蕴涵在词里面的情绪和感受。大凡后世的较为出名的词评家，都不屑于他这种写法。这很正常，因为历来词的写作讲求章法、句法、字法，在运意布局方面要求脉络清楚、前后连贯、层次井然。这些人已经形成了一种思维定式，很难接受这么出格的表达方式，比如张炎，比如老王，都不能接受这种写法。也许可以这么说，吴文英是中国最早的也是唯一的朦胧派词人。

吴文英的这首《踏莎行》有很多种方式理解，正着理解也好，反着理解也好，最终所表达出来的感受却是一样的，这种感受一直贯穿词的始终。

"润玉笼绡，檀樱倚扇。绣圈尤带脂香浅。"乍一看，还以为是在读《花间词》里的温庭筠了。薄绡轻笼着莹润的玉肌，罗扇半掩着檀红的樱唇，衣袖的花边散发出淡淡香气，真是像极了温词。随后的一句"榴心空叠舞裙红，艾枝应压愁鬟乱"写小憩初起的伊人，舞裙空置，云鬟散乱，应是深愁婉转，无心歌舞。上阙句句写实，佳人如在眼前。下阙"午梦千山，窗阴一箭"笔锋忽然来了一个极大的转折。原来，玉人不在眼前，而是在午梦之中。"窗阴一箭"是指时间之短，窗前日影移一箭之地的时间，午梦却忽然已恍在千山之外。这句颇有"一枕黄粱"的意味，更加突出了午梦初回的怅惘与迷思。"香瘢新褪红丝腕"，这一句再次把人的思绪拉回梦境，回想梦中佳人的手腕因为消瘦而显现出来的丝带的勒痕，真是我见尤怜，不忍猝醒。最后一句"隔江人在雨声中，晚风菰叶生愁怨"实写眼前之景，"隔江"一句绝佳，和前面《蒹葭》中佳人可望不可及的那种韵致几乎同出一辙。"隔"字在这里用到了极致，既写出了眼前飘缈迷离的景象，又凸显了一种怅惘若失的情结。本已情思迷惘，恍见伊人宛在，更兼雨声迷离，江阔水远，不由得愁怨顿生，追思无极。

"愁怨"一作"秋怨"，亦通。但这里"艾枝"、腕上"香瘢"都写明是端午时节（旧时端午有系红丝线避邪之俗），应当还是以“愁怨”略好。

这首词上阙写梦境，笔笔写实；最后一句写实景，却显得恍惚蒙眬。以实笔写虚境，以虚笔写实景，全词显得亦真亦幻，曲致迷离。这也正是这首词的一大特色。梦窗词始终带有这种缥缈迷离的朦胧意味，这才是“水光云影，摇荡绿波”之所指。老王虽然还算欣赏“隔江”之句，却也没有体会到周济评词的真正含义。

最后补充一下，这首词据说是吴文英端午怀姬之作，但是词有千面，也不一定就要这样理解。假如把这首词里当成一首怨妇词，把“午梦千山”之人换成女主人公，理解起来也一样，甚至更加合情合理。上阙写女主人公小憩初醒的仪态，下阙写她梦醒之后，却见“香瘢新褪红丝腕”，相思几回瘦几回，不经意间却见“隔江人在雨声中”，不由得“晚风菰叶生愁怨”了。初醒时隔江听雨，似在梦境，却又真切，这意境亦是极妙。全词浑然一体，也更易理解。

·《人间词话》之十三·

【白石之词,余所最爱者亦仅二语,曰:“淮南皓月冷千山,冥冥归去无人管。”】

踏莎行　　姜夔

(自沔河东来,丁未元日,至金陵,江上感梦而作)

燕燕轻盈,莺莺娇软,分明又向华胥见。夜长争得薄情知?春初早被相思染。

别后书辞,别时针线,离魂暗逐郎行远。淮南皓月冷千山,冥冥归去无人管。

老王平素对姜夔不怎么感冒,这里说只爱姜夔词中二语,这不是没有来由的。我认为有两个原因，其一是因为这两句的确写得不错，语言浅近，意境深邃，正是老王喜好的类型；其二，也是更为重要的一点，是这两句刚好道出了他的心境。

姜夔词颇似其人，自有一种幽冷孤傲之态。老王生于封建王朝末世，颇不喜当时世人，兼之才学出众，他内心的自怜自叹落寞孤独，和这两句的意境极为契合，也难怪不喜欢白石词的他独推此句了。

姜夔这首词所怀的是他二十多岁在合肥时遇见的一名女子。上阙首句“分明又向华胥见”点题“感梦而作”。华胥，《列子·黄帝》云：“（黄帝）昼寝而梦，游于华胥之国”，后用华胥代指梦境。燕燕和莺莺是指往日的爱侣，苏轼有诗云：“诗人老去莺莺在，公子归来燕燕忙。”用“燕燕莺莺”称呼，更是充满了一种疼惜和怜爱之情。这里“燕燕莺莺”还有另外一层含义。“燕燕轻盈，莺莺娇软”看似写景，而实则写人。诗人眼中的她体态轻盈如燕，声音娇软如莺，写来如在眼前，用典妙绝而全无雕琢痕迹，细细品之可知用笔之妙。“夜长争得薄情知？”“争得”就是“怎得”。在梦中佳人嗔怪道，薄情人呵，你如何知道我在这漫漫长夜中绵绵无尽的相思之苦呢？“春初早被相思染”，姜郎你可知否，料峭的初春，早已被这无尽的相思染透。一个“染”字用得极为精妙。此情此景，早已融为一体，如风中笑、雨中泪，早已分不清道不尽。

下阙以“别后书辞，别时针线”起笔，别后的书信常阅常新，别时亲手缝制的衣袍余香宛在，佳人深情正蕴于其中。“离魂暗逐郎行远”此句极佳，相思苦楚无极，伊人芳魂也随书信衣物系于诗人身畔，随诗人远行万里。“离魂”之句，典自唐传奇《离魂记》，记中倩娘以出窍之灵魂追逐所爱者远游。用典恰如其分，不露一丝痕迹。末句“淮南皓月冷千山，冥冥归去无人管”写得动人之极。诗人遥想情人魂魄归去的情景：淮南路远，千山寂寂，一缕芳魂就这样在清冷的月光中孤独归去，无人照管。诗人把那一种对爱人想欲疼惜爱怜却又无能为力的失落和痛苦写得极为深切，感人至深。此句恰如其分地融合了杜甫《咏怀古迹》中“环佩空归月下魂”句意，其意境亦不在杜诗之下。淮南依旧路途遥遥，只是那千年后的月光是否依旧如昨？

这首词乃感梦之作，意境空灵悠远，下阙读来尤见幽邃清冷。词以梦见情人开头，以情人芳魂归去结尾，想象独特，构思巧妙，用典自然不露痕迹，是姜夔的代表作之一。词中大部分都描述情人，却无处不体现出作者自己对她的一番深情。

老王所喜爱的“淮南皓月冷千山，冥冥归去无人管”的意境，当是将自己比为那位痴心系于情郎的佳人。王国维一心想要恢复积弱不振的大清王朝，然而清王朝早已既不得人心，又不得大势，与他同道者寥寥无几。他所体会到就是那种痴心不改而孤独前行之中深深的痛苦和无奈。老王就是这样，性子过于耿直顽固，不肯转弯妥协，这不仅是他个人的悲剧，也是一个时代的悲剧。

·《人间词话》之十四·

【梦窗之词,吾得取其词中一语以评之,曰:"映梦窗,凌乱碧。"玉田之词,亦得取其词中之一语以评之,曰:"玉老田荒。"】

张炎(1248~约1321),字叔夏,号玉田,又号乐笑翁。先世凤翔府成纪人,居于临安。其词清雅疏朗,有类白石词,因著有《山中白云词》,故与姜白石并称"双白"。其词论对后世影响甚大。

"映梦窗,凌乱碧"一句出自吴文英的《秋思》。

秋思·荷塘为括苍名姝求赋其听雨小阁　　吴文英

堆枕香鬟侧。骤夜声、偏称画屏秋色。风碎串珠,润侵歌板,愁压眉窄。动罗箑清商,寸心低诉叙怨抑。映梦窗,凌乱碧。待涨绿春深,落花香汎,料有断红流处,暗题相忆。

欢酌。檐花细滴。送故人，粉黛重饰。漏侵琼瑟，丁东敲断，弄晴月白。怕一曲、霓裳未终，催去骖凤翼。欢谢客、犹未识。漫瘦却东阳，灯前无梦到得。路隔重云雁北。

“玉老田荒”出自张炎的《祝英台近》。

祝英台近·与周草窗话旧　　张炎

水痕深，花信足。寂寞汉南树。转首青阴，芳事顿如许。不知多少消魂，夜来风雨。犹梦到、断红流处。

最无据。长年息影空山。愁入庾郎句。玉老田荒，心事已迟暮。几回听得啼鹃，不如归去。终不似、旧时鹦鹉。

老王又来批判吴文英了，姑且看之。直接用人家词中的句子来评论其词，老王看来显然是姑苏慕容家的高手，很是懂得“以彼之道还彼之身”的道理。

把吴文英放在当代，应该也是一件很有意思的事情。如果吴文英在80年代，他也许会是朦胧诗的代表诗人，他的诗歌意境迷离，感情深挚；在90年代，可能会是电影导演，他的电影应该是情绪昂扬，意象纷呈的；但如果他到了现在呢，说不好，貌似现在的艺术家们似乎大多不是用笔创作的，估计不太善于粘贴复制、也不会写所谓“梨花体”的梦窗同学应该会被咱们的时代埋没了吧。

当然了，这些纯属玩笑话。看书久了，不妨调剂一下。按照老王的说法，吴词几无可看，但其实他的词是不应该被埋没的，因为千古词坛独此一家，别无分店。

老王说吴文英的词“映梦窗，凌乱碧”。的确，吴词很像一幅抽象画作，思绪跳跃性极大，让人不免有凌乱迷离之感。有人识货有人不识货，梵高当年也有很多画都被扔进了垃圾桶。周济在《宋四家词选目录序论》中说：“梦窗立意高，取径远，皆非余子所及。”吴词真是如前面所说，爱者极爱，恶者极恶。

人的思想并不是常常都能接受新事物的，尤其是当一些事情已经成为“常识”之后，突然冒出来一个另类，大部分人的心里都会犯嘀咕。像老王这样恪守传统的人就更不用说了，他又怎么可能会喜欢这样出格的写法呢？其实，心要放平才能得到内心的安宁。所谓天人合一的境界，也就是内心能真实地触摸到这个世界的脉搏。能比得上王老先生学问和成就的寥寥无几，加上自幼家教甚严，他有些不合群乃至孤僻固执也是可以理解的。但是当心中的世界无法维系平衡而骤然崩塌的时候，也许就只能采取最极端的方式来抒发自己对这个世界的不理解和不满了。《四库》中说："词家之有文英，犹如诗家之有李商隐。"这话相当中肯。李商隐的诗也写得晦涩迷离，只是律诗的体裁比词稍稍多了一份端庄。但是为什么不见有人批判李的写法而这么多人针对吴文英呢？这是一个很有意思的现象。其实文学批判是带有时代的色彩的。唐代诗风自由，即使李贺李商隐别树一帜，但只要写得好就有人喜欢，有人喝彩。而宋代理学盛行，礼教束缚比起唐代来更是要繁复得多，明清的约束更是数倍于宋。在这样的情形下，不难理解为什么南宋以及宋之后的词评家们会对与传统有别的写法大加鞭挞了。人的思维成了定势，必然会阻碍新事物的诞生，古今中外，莫不如此。可以这么说，老王的这些个看法，也潜移默化地受到了这种保守思潮的影响。

再来看看张炎。

厚道一点说，张炎的词其实是不错的。但这个不错是狭义的。说他的词不错，只能是说在某一段时期来说是佼佼者。放在整个宋代词坛来看，他的词显然与那些词坛大家有层次上的差距。事实上，即使与姜夔并称"双白"，他的词还是比白石词要逊色一些。

老王用"玉老田荒"来形容他的词。如果用书法来作比喻，就是笔法显得有些"枯"，其意不够丰腴，其境不够开阔。张炎一生凄凉，宋亡时祖父被元兵所杀，家产被抄。晚年更是穷困潦倒，一度曾摆设卜肆谋生。一代才子，到最后沦落到摆地摊为生的地步，写起词来也未免会显得凄凉愁苦，意境也不够开阔了。当然，这更重要的是和人的性格有关联。曹雪芹和张炎的经历有些类似，早年被抄家，晚年也极为贫苦，连最疼爱的小儿子也夭折了，但他写出来的《红楼梦》却是中国古代文学史的扛鼎之作。脱离了对个人命运的自怨自艾，雪芹先生下笔自然就会比张炎更加深刻、浑厚。

·《人间词话》之十五·

【双声、叠韵之论盛于六朝，唐人犹多用之。至宋以后则渐不讲，并不知二者为何物。乾嘉间，吾乡周松霭先生春著《杜诗双声叠韵谱括略》，正千余年之误，可谓有功文苑者矣。其言曰：“两字同母谓之双声，两字同韵谓之叠韵。”余按：用今日各国文法通用之语表之，则两字同一子音谓之双声。如《南史羊元保传》之“官家恨狭，更广八分”，官、家、更、广四字，皆从 k 得声。《洛阳迦蓝记》之“狞奴慢骂”，狞、奴两字，皆从 n 得声；慢、骂两字，皆从 m 得声是也。两字同一母音者，谓之叠韵。如梁武帝之“后牖有朽柳”，后、牖、有三字，双声而兼叠韵；有、朽、柳三字，其母音皆为 u。刘孝绰之“梁皇长康强”，梁、长、强三字，其母音皆为 iang 也。自李淑《诗苑》伪造沈约之说，以双声叠韵为诗中八病之二，后世诗家多废而不讲，亦不复用之于词。余谓苟于词之荡漾处用叠韵，促节处用双声，则其铿锵可诵，必有过于前人者。惜世之专讲音律者，尚未悟此也。】

要说双声和叠韵，要从词的构造说起。

任何形式的词可以分为合成词和单纯词。单就双音节词而言，除去拟声词、叠音词、译音词等特殊词之外，其他都可以分为合成词和连绵词，连绵词实际上也就是一种单纯词。简单点说，两个有意义的字合成的词叫做合成词，比如落日、寒冷、沙漠等等，两个字拆开来无意义（或是单个字的意义与原词无关联）、要合在一起才有意义的词叫做连绵词，比如慷慨、忐忑、琵琶等等。

连绵词可以分双声连绵词、叠韵连绵词和非双声叠韵词。双声词比如慷慨、参差、忐忑、琵琶等等，声母是起头的音，两个连续的声母读起来发声时顺溜易读，感受一下“忐忑”“参差”的读音，念起来就显得紧凑轻快、节奏感强；叠韵词比如依稀、徘徊、伶仃、窈窕等等，词中有两个相同或者相近的韵母，读起来收声时有个回应，感受一下“伶仃”“徘徊”的读音，念起来就感觉舒缓悠长。还有些词既是双声又是叠韵，比如玲珑、辗转、缱绻、氤氲等等。合成词中的双声和叠韵更多，就不一一列举了。

老王说词在音律悠扬之处用叠韵，在音律急促之处用双声，这样可以更加“铿锵可诵”，也就是这个道理。双声紧凑、叠韵悠扬，的确对表达有助益。这个论点前人所未能言，想必老王多少有些自得吧。但是从来写诗不能过于拘束，不能为了音节的优美牺牲了意境的优美，徒有音律是不够的。但凡有好句子，什么韵律都可抛除。所以说，这个论点可以作为很好的参考，但是不能作为写诗词的约束。

·《人间词话》之十六·

【世人但知双声之不拘四声，不知叠韵亦不拘平、上、去三声。凡字之同母者，虽平仄有殊，皆叠韵也。】

现代所说的叠韵已经是不限平仄了。

平上去入，是为四声。我们现在的普通话里已经只剩下三声了，就是平声（阴平，通常说的第一声；阳平，通常说的第二声）、上声（通常说的第三声）和去声（通常说的第四声）。入声在大多数北方方言中已经消失了六七百年，而在其余六大方言（吴方言、闽方言、湘方言、客方言、越佬方言、赣方言）中，都还保留着。

叠韵连绵词中两个字平仄不同的不多，像从容、迤逦、龌龊、葳蕤、彷徨、琢磨、蜿蜒等等都是平仄相同，而只有汹涌、淅沥、莽苍、崔嵬等少数叠韵连绵词是平仄不同的。至于合成词叠韵而平仄不同的例子就更多了。

老王在音韵学上亦是有研究的。音韵这东西,韵书几大本,本本不相同,很多字古音今音变了好几次,研究起来繁复无比。老王的同事陈寅恪更是个中高手,不能不佩服他们强大的记忆力和孜孜不倦阅遍那浩瀚如海的典籍的精神。

·《人间词话》之十七·

【诗至唐中叶以后，殆为羔雁之具矣。故五代北宋之诗，佳者绝少，而词则为其极盛时代。即诗词兼擅如永叔、少游者，亦词胜于诗远甚。以其写之于诗者，不若写之于词者之真也。至南宋以后，词亦为羔雁之具，而词亦替矣。此亦文学升降之一关键也。】

羔雁，原指卿大夫相见时所带的礼物。《礼记》有云："凡挚，天子鬯，诸侯圭，卿羔，大夫雁，士雉，庶人之挚匹。"羔雁之具在这里是指礼聘应酬之物。

老王对哲学研究颇深。大凡哲思之人，总是喜欢探索事物的普遍规律，老王也正是如此。

老王说唐诗和宋词在发展成熟之后成为上流社会士大夫们的应酬之作，从而导致被新的、更富有生命力的文学体裁所取代。这话看上去有一定道理，但其实这话我认为不对。改变文学体裁最终的决定性因素是文学所处的时代，而不是时代中的文人。

文学很多时候都像是当时那个时代的倒影。唐朝国力鼎盛，其强大的影响力辐射到整个东亚、东南亚、中东甚至欧洲，万国来朝的盛景让当时的国人胸怀宽广，乐天向上。唐诗大多气象宏大，想象绚丽，即使忧国忧民之作亦可见其宽阔胸怀。反观宋朝，强敌环伺，边疆战事不断，而朝廷又重文轻武，国人虽则富足安乐，却时常忧心不已。因此宋诗显得有些“小”，更多是侧重于表达内心的思索与感受。所以说唐诗中的气象和风骨是宋人学不来的，这不是人的原因，而是时代使然。

诗词的更替最主要的原因是时代和人民思潮的变迁，而并非是因为文学体裁变成文人雅士的应酬。“诗庄词媚”，从结构上来看，诗句式对称，格式严谨，如北京故宫，恢宏大气，自有一种庄严之相；而词长短不一，韵律流转，如苏州园林，清新婉约，自有一种隽秀之态。当然诗也可以写得清新可喜，词也可以写得气势恢宏，但从普遍意义上讲，即使最婉转的诗亦不及词所表达出来的那种流动深婉的神韵，最恢宏的词亦不及诗所表达出来的那种大气磅礴的气象。这是体裁所决定的。而为什么词会极盛于宋呢？因为词最符合那个时代的特性。宋代人民富足安乐，精神上却积弱不振，因此连诗也变得更侧重于个人情感和内心感悟的抒发和思索，没有了唐代的气魄与风骨。而词则应运而兴，成为中国古典文化中的另一朵奇葩。

历数在各自时代最具代表性的中国古典文学体裁，从最初的诗经、楚辞到汉魏六朝古诗，再从唐诗宋词到元曲和明清小说，中国的古典文学史就是一个从“雅”到“俗”的过程。语言越来越大众化、平民化，元曲取代宋词，是由于它更加通俗，更加受到人们的欢迎。再到半白话和白话的古典小说，这个趋势也越发明显。显然，大时代下人民大众的喜好在文学体裁更替中起了很重要的作用，时代思潮变更会导致旧的文学体裁不再盛行。

可以说，老王在这里刚好说反了。是因为那些前代的文学体裁不受欢迎所以才沦落到成为文人们的应酬之物，而并非成为应酬之物才导致文学体裁的衰落。

·《人间词话》之十八·

【冯正中词除《鹊踏枝》、《菩萨蛮》十数阕最煊赫外，如《醉花间》之“高树鹊衔巢，斜月明寒草”，余谓韦苏州之“流萤渡高阁”、孟襄阳之“疏雨滴梧桐”不能过也。】

醉花间　　冯延巳

晴雪小园春未到。池边梅自早。高树鹊衔巢，斜月明寒草。

山川风景好，自古金陵道。少年看却老。相逢莫厌金杯，别离多，相会少。

寺居独夜寄崔主簿　　韦应物

幽人寄不寐，木叶纷纷落。寒雨暗深更，流萤渡高阁。

坐使青灯晓，还伤夏衣薄。宁知岁方晏，离居更萧索。

"疏雨滴梧桐"只余残句。《全唐诗》卷六载:孟浩然诗句"微云淡河汉,疏雨滴梧桐。"另唐《孟浩然集》序云:"浩然尝闲游秘省,秋月新霁,诸英华赋诗作会,浩然句云:'微云淡河汉,疏雨滴梧桐',举座嗟其清绝,咸搁笔不复为继。"

韦应物(737～约790),京兆万年人。少年侠气,十五岁成为唐玄宗近侍,后因遭人轻视,入太学折节读书。二十七岁出任洛阳丞,后因得罪权贵被迫辞职。后历任滁州、江州、苏州刺史,世称韦苏州。韦应物少年诗作张扬刚健,中晚年作品则冲淡平和,是中唐著名山水田园派诗人。

孟浩然(689～740),襄阳人。年轻时隐居家乡鹿门山。后往长安,然屡试不第。随后南下吴越,寄情山水。孟浩然布衣终老,其诗作自然平淡,与王维并称"王孟"。

老王说"高树鹊衔巢,斜月明寒草"胜于"流萤""疏雨"句,这个是有他的说法的。

"寒雨暗深更,流萤渡高阁。""渡"字是颇见功夫的。船渡于水,船尾的水面会有一道水波,但船过就消失了。萤光也正是这样。飞萤是留下一道微光,而非一个光点,正类船渡于水的情形。另外,萤光"渡"是在楼阁之间的高处平平滑过,而非上下纷飞。古人的用词,是很有意思的,仔细想想,这个字一用,成千上万个汉字里就再也寻不出个更好更形象的。寒雨入夜,高处的楼阁之间萤光滑过飘逝,雨声与流光交错,让人怔怔入定。"流萤渡高阁"让人如临其境,不愧为韦氏名句。

"微云淡河汉,疏雨滴梧桐。"这句写得近似白描,但也最见功夫。夜雨初霁,夜空中只留下几抹微云飘在银河之间,疏落的雨滴偶尔滴落在梧桐叶子上,静谧中天地更显旷远清朗。这句笔调清和平淡,但意境极佳,纵观孟浩然诗句,此句也是上上之作。难怪一时间"举座嗟其清绝,咸搁笔不复为继。"其实纯以写景而论,此句当为三句中最佳者。

"高树鹊衔巢,斜月明寒草。""高树鹊衔巢",细微的声响和动作更显出静谧的氛围,与"疏雨滴梧桐"有异曲同工之妙,而此句稍显生机,更衬清寂;"斜月明寒草",清冷的月光落在依依寒草上,冷清凄美。仔细体味一下,清冷宁谧的意境之中浸透着一种无法言说的落寞与孤独,这种带有情绪的氛围正是前面两句写景之作所没有的。冯正中落笔举重若轻,白描之中蕴藏极深的情致,非因景而生感,而是将情带入景中,这是与前两句最大的不同。

总的来看,流萤句意韵流动,但境界稍小,未有悠长疏远之感;疏雨句意境疏朗高远,景致清新如画,但却稍显静寞,少了一份生机。唯有“高树鹊衔巢,斜月明寒草”集二者优点于一句,意境超然而不失生机。如果把这三种境界画成国画,三幅画中的动静生机就会体现得很明显了。而更深层次的原因在于老王极推崇“一切景语皆情语”。前两句景致清朗,但有所感而无所悟,“景”未落实到“情”上。冯词在清静之中更蕴含无言的落寞,深情款致,暗藏于近似白描的画境之中。这应当就是老王推崇此句的原因。

·《人间词话》之十九·

【欧九《浣溪沙》词:"绿杨楼外出秋千。"晁补之谓只一"出"字,便后人所不能道。余谓此本于正中《上行杯》词"杨柳秋千出画墙",但欧语尤工耳。】

晁补之(1053~1110),字无咎,号归来子。济州钜野人。曾以文章受知于苏轼,与秦观同为"苏门四学士"之一。

浣溪沙　　欧阳修

堤上游人逐画船,拍堤春水四垂天。绿杨楼外出秋千。

白发戴花君莫笑,六幺催拍盏频传。人生何处似樽前。

上杯行　　冯延巳

落梅著雨消残粉,云重烟轻寒食近。罗幕遮香,柳外秋千出画墙。

春山颠倒钗横凤，飞絮入帘春睡重。梦里佳期，只许庭花与月知。

把《人间词话》当做一部电影来看的话，主角有好几位，第一男主角应该就是冯延巳了，他上镜多，特写也给得很多；最大的反角就是吴文英了，他上镜也很多，当然了，老王让小吴同学上镜完全是为了显现他作为反面角色的种种不良品性。没办法，老王作导演，就是这么偏心。

欧阳修的这首《浣溪沙》写得春意盎然。“堤上游人逐画船”，一个“逐”字生动传神地写出了游人喜悦欢庆的心情；“拍堤春水四垂天”，春水拍堤，天幕四垂，好一幅春意图。“绿杨楼外出秋千。”前两句写全景，这句写细节，正是春景的点睛之笔。“出”字用得相当精彩，杨柳蕴含春意，秋千上的少女青春娇美，动静之间似乎让人隐约听到远处春天的喧闹笑语。上阙运笔自然流畅，轻轻落笔却已是生动之极。

“白发戴花君莫笑”，白发就是指诗人自己（古代男人也戴花吗，汗一个），老欧已经豪兴大发，乐而忘形，丝毫不顾他人窃笑了；“六幺”即“绿腰”，曲调名，急管繁弦，觥筹交错，欢畅无极。最后一句笔锋陡然一转，“人生何处似樽前”，一生之中又有什么时候能欢乐如此呢？全词由欢快骤然转入沉郁，对比之鲜明，感慨之深沉，给人的印象极深。

“出”字的精彩在于写出了春天特有的活泼欢快的气息。相形之下冯词用此字显得就不那么出彩了。这里老王犯了一个小小的错误，“出”字所用本不是冯词，而是唐代王维的《寒食城东即事》：“清溪一道穿桃李，演漾绿蒲涵白芷。溪上人家凡几家，落花半落东流水。蹴鞠屡过飞鸟上，秋千竞出垂杨里。少年分日作遨游，不用清明兼上巳。”这首诗里的“出”字用得活泼，倒是和欧阳修词中的“出”字有异曲同工之妙。老王比较喜欢往冯延巳头上戴花环，这次却是戴错了。

·《人间词话》之二十·

【美成《青玉案》词“叶上初阳干宿雨。水面清圆,一一风荷举。”此真能得荷之神理者。觉白石《念奴娇》、《惜红衣》二词,犹有雾里看花之恨。】

苏幕遮　　周邦彦

燎沉香,消溽暑,鸟雀呼晴,侵晓窥檐语。叶上初阳干宿雨,水面清圆,一一风荷举。

故乡遥,何日去。家住吴门,久作长安旅。五月渔郎相忆否?小楫轻舟,梦入芙蓉浦。

念奴娇　　姜夔

闹红一舸,记来时尝与鸳鸯为侣。三十六陂人未到,水佩风裳无数。翠叶吹凉，玉容消酒，更洒菰蒲雨。嫣然摇动，冷香飞上诗句。

日暮青盖亭亭，情人不见，争忍凌波去。只恐舞衣寒易落，愁入西风南浦。高柳垂荫，老鱼吹浪，留我花间住。田田多少，几回沙际归路？

惜红衣　　姜夔

（吴兴号水晶宫，荷花盛丽。陈简斋云："今年何以报君恩。一路荷花相送到青墩。"亦可见矣。丁未之夏，予游千岩，数往来红香中。自度此曲，以无射宫歌之。）

簟枕邀凉，琴书换日，睡余无力。细洒冰泉，并刀破甘碧。墙头唤酒，谁问讯、城南诗客。岑寂。高柳晚蝉，说西风消息。

虹梁水陌，鱼浪吹香，红衣半狼藉。维舟试望故国，眇天北。可惜渚边沙外，不共美人游历。问甚时同赋，三十六陂秋色？

先且慢下结论，来看看姜夔和周邦彦是如何写荷花的。

《念奴娇》以荷花喻美人，写她"玉容消酒，更洒菰蒲雨"，又写她"情人不见，争忍凌波去"，更写她"只恐舞衣寒易落，愁入西风南浦"。在白石眼中，荷花已经不是荷花，是那位他朝思暮想的合肥女子。荷花的摇曳清香，早已化成伊人的一颦一笑。

"水佩风裳"，全词仅此一句才真写荷花风韵。荷花之美，正是因水而生，因风而起。水为佩风为裳，风姿绰约，亭亭而立，此种风致非荷花不能有。但是后面的数句并不太能彰显荷花特有的品格。"翠叶吹凉，玉容消酒，更洒菰蒲雨"此句以美人喻花，如果不看前后，这句用在哪一种花上其实都是可以的。"嫣然摇动"则稍显柔媚，不似荷花，更似水仙。花与花各有个性，荷花清雅端秀，水仙清秀柔美，这句写水仙应更恰如其分。"日暮青盖亭亭"倒是写荷花美态，但却只是为"情人不见，争忍凌波去"做一个注脚。白石以花写人，花是虚的，人是实的，花只是人身后那个虚幻的影子。词中之花不似荷花亦不似水仙，似的只是那位欲见之而不得的佳人罢了。这首词是不能当做荷花词来读的，白石本意就不是写荷花。词中写尽佳人思念之苦，荷花只是个承受相思的寄托罢了。

王国维(1877～1927)，字静安，晚号观堂，浙江海宁人。王国维出身于书香门第，然而他不喜欢科举时文，参加科举考试时“不终场而归”。作为中国近代的杰出学者，王国维在文学、美学、史学、古文字学等领域的成就极为卓著，对学术界影响之大，为近代以来所仅见。

王国维是中国近代最后一位重要的美学和文学思想家。他第一个试图把西方美学、文学理论融于中国传统美学和文学理论中，构成新的美学和文学理论体系。从某种意义上说，他既集中国古典美学和文学理论之大成，又开中国现代美学和文学理论之先河。在中国美学和文学思想史上，他是从古代向现代过渡的桥梁，起到了承上启下，继往开来的作用。

《惜红衣》中荷花也成了陪衬，仅有一句“红衣半狼藉”。“红衣半狼藉”颇有点“菡萏香消翠叶残”之感。荷花风致高洁，但到了秋天花落时节，残败之景让人不忍卒睹。《念奴娇》中也写“只恐舞衣寒亦落，愁入西风南浦”，美人只恐红颜老去，以荷花作喻，也是很贴切的。

周邦彦《苏幕遮》中的“叶上初阳干宿雨。水面清圆，一一风荷举”清新简练，寥寥数字勾勒出荷花独有的风韵。荷叶上昨夜雨后的水珠，在晨光中慢慢地变小、消失。清风徐来，清澈的水面泛起涟漪，一枝一枝、一片一片的荷花、荷叶在风中轻轻摆动。“举”字用得极好，把荷花在风中的仪态极为传神地表现了出来，相当出彩。这两句先细节后场景，写得生动自然。周邦彦观察细致，体物入微，造句简练容融，大家风范显露无遗。顺便说一下，这里应该是老王一个小小的笔误。这首词应是《苏幕遮》而非《青玉案》。

姜夔笔下的荷花，并非写荷花给人的感触，而是他自己赋予花以个性，其意颇深，但是感觉上就失去了荷花原有的本真。这已经不是写花，而是写人了。花既然成了美人身后的影子，看到的就不是花了，品读起来自然也就会觉得有“雾里看花”之感了。就荷花而论，美成所写荷花是以客观的视角写的，白石所写荷花是以主观的视角写的。周邦彦看到的就是本真之态的荷花，姜夔则是透过荷花看到那位巧笑嫣然的佳人。想要表现的内容不一，导致了读起来感受上的差异。姜夔意不在荷花，拿这两首词来与美成之词比较其实并不是十分恰当。

·《人间词话》之二十一·

【曾纯甫中秋应制作《壶中天慢》词，自注云："是夜，西兴亦闻天乐。"谓宫中乐声闻于隔岸也。毛子晋谓："天神亦不以人废言。"近冯梦华复辨其诬。不解"天乐"两字文义，殊笑人也。】

曾觌(1109～1180)，字纯甫，汴京人。南宋词人。绍兴中，为建王内知客。淳熙初，除开府仪同三司，加少保、醴泉观使。与奸臣龙大渊朋比为奸，为人不齿，《宋史》将其列入《佞律传》中。词多应制之作。其词语言婉丽，风格柔媚。

壶中天慢　　曾觌

（此进御月词也。上皇大喜曰："从来月词，不曾用'金瓯'事，可谓新奇。"赐金束带、紫蕃罗、水晶碗。上亦赐宝盏。至一更五点回宫。是夜，西兴亦闻天乐焉。）

素飙漾碧，看天衢稳送、一轮明月。翠水瀛壶人不到，比似世间秋别。玉手瑶笙，一时同色，小按霓裳叠。天津桥上，有人偷记新阕。

当日谁幻银桥，阿瞒儿戏，一笑成痴绝。肯信群仙高宴处，移下水晶宫阙。云海尘清，山河影满，桂冷吹香雪。何劳玉斧，金瓯千古无缺。

毛晋说“天神亦不以人废言”，是指天神不恶曾觌其人，反而因其词降下天乐。其实天乐是指宫中乐声。毛晋望文生义，不了解“天乐”在这里的真正含义，被老王取笑了。

历来应制之作，即便其语句华美，却大多是为皇帝皇后歌功颂德吹须拍马的，几无个人真情实感，因此流传开来的极少。李白“云想衣裳花想容”、夏竦“水殿按凉州”都是句意出奇，才能流传。看曾觌注中说“上皇大喜……赐金束带、紫蕃罗、水晶碗。上亦赐宝盏”云云，洋洋自得之情溢于言表，一副小人嘴脸，未免让人望之生厌。

前面老王说夏竦的应制词《喜迁莺》气象上还能勉强继承《忆秦娥》，已是很抬举夏相国了。这里再次出现应制词，看来老王对于应制词还是比较关注的。应制词好词极少，流传下来的也不多。而且即便是好词，也远不及那些名家佳作。《人间词话》里面好词多了去了，应制之作按理是排不上号的。老王有意无意间提及这两首应制之作，隐然间还是显出他对于帝制传统的向往。

·《人间词话》之二十二·

【古今此人格调之高，无如白石。惜不于意境上用力，故觉无言外之味，弦外之响。终落第二手。其志清峻则有之，其旨遥深则未也。】

姜夔生性清高自许，落笔自然不愿落于俗套。老王说他“不于意境上用力”，但实际上白石词在意境上是颇为用功的。白石之词多以晦暗幽冷之境，表凄苦落寞之情。如“淮南皓月冷千山，冥冥归去无人管”“二十四桥仍在，波心荡，冷月无声”“竹外疏花，香冷入瑶席”“衰草愁烟，乱鸦送日，风沙回旋平野”“池面冰胶，墙阴雪老，云意还又沉沉”“想佩环月夜归来，化作此花幽独”等等，莫不如此。若论旨趣之深，白石亦非老王所说的那样欠缺，而正相反，白石词用意是颇为深刻的。但其意较为执著单一，用情境表现时意味比较明显；而在意境上又有很多时候过于枯败萧索，这样就稍嫌单薄而无宏阔深远之致。这应该就是老王所说的“无言外之味，弦外之响”“其旨遥深则未也”之所指吧。

人的性格经历各不相同,所欣赏和喜爱的意境自然也不尽相同。白石词还是颇受不少人喜爱的,这正是所谓“仁者见仁,智者见智”。词人之成为大家,历经数百年被人称许,自有他的道理。个人可以不喜欢某一位词家,但是尊敬还是应该要有的。

·《人间词话》之二十三·

【梅溪、梦窗、中仙、玉田、草窗、西麓诸家，词虽不同，然同失之肤浅。虽时代使然，亦其才分有限也。近人弃周鼎而宝康瓠，实难索解。】

史达祖(1163～约1220)，字邦卿，号梅溪，汴人。曾为太师韩侂胄最亲信堂吏，后韩侂胄北伐失败被杀，史达祖被贬谪流放。史达祖尤擅咏物，自度曲《双双燕》为咏燕绝唱。其词用语精炼新巧，但部分词雕琢太过，境界不高。存世《梅溪词》一卷。

王沂孙(约1230～约1291)，字圣与，又字咏道，号中仙，又号碧山、玉笥山人，会稽人。宋亡后被迫出任元庆元路学正。王沂孙长于咏物，善用典故，为清常州派所推崇。其词深雅含蓄，多借物发遗民哀怨之音。存《花外集》，又名《玉笥山人集》、《碧山乐府》。

周密(1232～约1298)，字公谨，号草窗，又号箫斋、苹洲、四水潜夫、弁阳老人、华不注山人，祖籍济南，流寓吴兴。宋末为义乌县令，入元后不仕。其词格律严谨，早期词淳雅精致，宋亡后转为凄苦幽咽。与吴文英交往密切，并称“二窗”。有《草窗集》二卷，又编有南宋词集《绝妙好词》。

陈允平（约1205～约1280），字君衡，一字仲衡，号西麓，四明人。南宋词人。

康瓠，空罐、破瓦壶，比喻庸才。周鼎，周代鼎为国之重器，喻不可多得的良才。

南宋词人的风格评述，多有一个“雅”字。南宋词人多学周邦彦，追求雅致精美的词风。然而即便美成才情高绝，遣词造句能举重若轻，也终究逃不过后人对其多雕琢而少天真的评断，又更何况南宋那些学他的词人呢？正如前面所说，诗是无可学的。本为心声，又何能梏之以太多的条条框框。反倒是不学清真、被人贬为“词旨鄙俚”的蒋捷能给人带来惊喜。

宋末词人多结社唱和，虽然作词字句精美，音律和谐，然而多数意境狭小，格调不高。宋亡之后其声反而一振，多悲凉哽咽，抒发亡国之痛，比起宋末那些缺乏真情实感的靡靡之音反而进了一步。但这已是回光返照，词辉煌煊赫于大宋三百余年，终究如落花飘去，不复重来。及到后世，词终不复两宋之气象，词坛消沉，佳作寥寥，让人不胜唏嘘。

老王这段论述，精辟。南宋词越至后来越显得只有语言音律而无意韵情境，白石学美成，后人又学白石，越学越无长进。词空有其表，架子搭得好看，内容则空洞无物。这样的词实在是无以为观。

老王原稿把“中仙”删去，不与其他数人并列，就是因为其词含蓄婉转，沉郁悲苦，有如孤雁之哀声，可算言之有物。其实王国维本人之词也正是如此，想来遗民之叹古今相类吧。

·《人间词话》之二十四·

【余填词不喜作长调，又不喜用人韵。偶尔游戏，作《水龙吟》咏杨花用质夫、东坡唱和韵，作《齐天乐》咏蟋蟀用白石韵，皆有与晋代兴之意。然余之所长殊不在是，世之君子宁以他词称我。】

这两首词老王说有“与晋代兴”之意，也就是想与原作比试较量一下。《水龙吟》这里就不做比较了，后文很快就会提到，到时一并相比。

先来看看姜夔和王国维的《齐天乐》。

齐天乐·蟋蟀　　姜夔

（丙辰岁，与张功父会饮张达可之堂。闻屋壁间蟋蟀有声，功父约予同赋，以授歌者。功父先成，辞甚美。予徘徊茉莉花间，仰见秋月，顿起幽思，寻亦得此。蟋蟀，中都呼为促织，善斗。好事者或以三、二十万钱致一枚，镂象齿为楼观以贮之。）

庾郎先自吟愁赋,凄凄更闻私语。露湿铜铺,苔侵石井,都是曾听伊处。哀音似诉。正思妇无眠,起寻机杼。曲曲屏山,夜凉独自甚情绪?

西窗又吹暗雨,为谁频断续,相和砧杵?候馆迎秋,离宫吊月,别有伤心无数。豳诗漫与,笑篱落呼灯,世间儿女。写入琴丝,一声声更苦。

齐天乐·蟋蟀　　王国维

天涯已自愁秋极,何须更闻虫语。乍响瑶阶,旋穿绣闼。更入画屏深处。啁啁似诉。有几许哀丝,佐伊机杼。一夜东堂,暗抽离恨万千绪。

空庭相和秋雨。又南城罢柝,西院停杵。试问王孙,苍茫岁晚,哪有闲愁无数。宵深谩与。怕梦稳春酣,万家儿女。不识孤吟,劳人床下苦。

白石此篇,向来被视为名作,这绝非虚誉。一声虫鸣,穿越了沉寂的时光,那种凄切孤零的声音正如家国之恨,直刺人心扉。

起句“庾郎先自吟愁赋,凄凄更闻私语”。庾郎即庾信,曾作《愁赋》。“凄凄更闻私语”,词人国仇家恨满怀,正思庾郎之愁赋,幽幽虫声,却宛若私语,声声在耳,更是愁意郁结,不忍听闻。“露湿铜铺,苔侵石井,都是曾听伊处。”铜铺,铜做的铺首,即古时门上的衔门环。虫声门外井边,无处不闻。这句看似平淡,明写虫声无处可逃避,其实是暗指愁无可避,也为下面“思妇无眠”句埋下伏笔。“哀音似诉”,虫声哀怨如诉,但却是无人可诉,只能独自哀鸣,一如私语。此句上承“私语”,下开“无眠”,其意紧密连环。“思妇无眠,起寻机杼”,蟋蟀又名促织,想来古时很多女子都是伴着这一声声无眠的虫鸣织布纺纱,思念良人吧。促织这个名字当是由此而来。这里由促织声到夜起织布,情境过渡得很自然,毫无突兀之感。思妇本正辗转,闻声更加无法入眠,只有起床织布。“曲曲屏山,夜凉独自甚情绪?”而到了织机边上,怔怔对着屏风上的遥山远水,想起远方的良人,思念之苦依旧逃不开避不掉。在这个夜凉如水的晚上,独自一人,孤灯无眠,又想起远隔的良人秋凉更甚,冬衣未织,这种愁肠百结的情绪,也许只有思妇才能深深体会得到吧。上阕末句语言甚浅，感触却极深。

下阙以“西窗又吹暗雨，为谁频断续，相和砧杵？”起笔，深得转承之妙。作者笔锋轻轻一转，从织妇到捣衣女，从屋内到屋外，境转而意连，而促织声则是串起这一连串意境的关键。西窗暗雨，思念良人的又何止是织机边上一人而已呢？李白《子夜吴歌》有云：“长安一片月，万户捣衣声。秋风吹不尽，总是玉关情。何日平胡虏，良人罢远征？”织衣和捣衣都让人顿起别离之叹，无论是织衣还是捣衣，都深深浸透着一种别离之苦。这句上承“夜凉独自甚情绪”，下开“别有伤心无数”。孤灯寒窗，秋风暗雨，那一声声的虫声是在为谁与捣衣的砧杵声相和呢？虫声与捣衣声断续相闻，更显孤独寂寥，相思苦无极。“候馆迎秋，离宫吊月，别有伤心无数”，正是“天涯共此声”，伤心之人，哪里又没有呢？候馆中的迁客谪人，离宫中的帝王妃子，此时大约都在静静聆听这悲愁无极的虫鸣之声，都在感受那一份共同的离愁别怨吧。“离宫吊月”别有深意，暗写国恨。此句场景豁然间变得开朗宏大，那无声之悲伴着这一声声虫鸣在思妇房中、在捣衣河畔、在候馆离宫、在这世间每一个伤心角落弥漫萦回，挥之不去。“豳诗漫与，笑篱落呼灯，世间儿女。”《诗经·豳风·七月》中有“七月在野，八月在宇，九月在户，十月蟋蟀，入我床下”的句子，这句思绪回到了词人本身，词人感于蟋蟀即席成诗，然而却见小儿女呼灯捕捉蟋蟀，笑闹喧哗。此句与前景迥然相异，似是呼灯儿女的欢笑打断了词人的愁思。以无心反衬有心，天真孩童的欢喜却更深刻地反衬出词人之愁。陈延焯《白雨斋词话》中说：“以无知儿女之乐，反衬出有心人之苦，最为入妙。”末句“写入琴丝，一声声更苦”，暗承前句，眼前儿女天真烂漫，不识愁滋味，词人之愁无人可说，只得谱入乐章。那一声声琴声自然也更是幽怨苦楚之极了。

全词以自闻促织声起笔，场景层次展开，到最后两句因儿女欢笑之声打断思绪又重回词人本身。而末句词人独自将愁“写入琴丝”正与首句“先自吟愁赋”遥相呼应。全词结构严谨，流畅自然。长调最讲究意不断，就是整阙词不管意境如何变幻，意一定要连绵不绝，不能乱。姜夔的这首词是个典范。词人之悲，寄托在小小蟋蟀的鸣声之中，一个个意象层次触发，由微及远，由小及大，这种悲伤一步步被烘托得更加深刻沉重，让人深有所感。冷窗孤灯、凄风苦雨、秋风候馆、月下离宫，场景纷至沓来而丝毫不显乱象；蛩鸣声、机杼声、风雨声、捣衣声、笑语声、琴声应和和谐，极富音乐美。白石此词，丝丝相接环环相扣，转承自然顺畅，意境变幻错落纷呈而丝毫不觉突兀，大家风范显露无遗。

看老王的词，意相连堪堪做到，但是转承、伏笔、呼应、展开就明显不如白石词了，氛围也稍逊一筹。意是到了，但是比起姜夔词中构造的氛围、极为严谨的结构和那种远近疏落而又过渡自然的情境之美，老王到底还是不如。

老王此词，虽亦可算中上之作，但总归难及白石名篇。王老先生一向孤高自许，不屑拾人牙慧，这是他性格使然。然而这首“游戏之作”沿用前人之意，亦可称佳作。不过老王在这方面颇有自知之明，本来他才学的长处也不在此。即便是词，也是他的那些直诘命运的悲咽之声更有艺术价值，而不是这些游戏之作。

·《人间词话》之二十五·

【余友沈昕伯自巴黎寄余蝶恋花一阕云:“帘外东风随燕到。春色东来,循我来时道。一霎围场生绿草,归迟却怨春来早。锦绣一城春水绕。庭院笙歌,行乐多年少。著意来开孤客抱,不知名字闲花鸟。”此词当在晏氏父子间,南宋人不能道也。】

老王亲疏太过分明了,这首词语言、境界都稀松平常,别说大小晏,就是离老王顶瞧不起的周密、张炎都差得很远。老王孤高自许,目下无尘,能承他青眼、被他看得起的朋友又有几人?在他眼里自然他的朋友们也俨然都是了不得的人物。其实人都是有弱点的。大师也是凡人,很多时候都不能例外。

·《人间词话》之二十六·

【樊抗夫谓余词如《浣溪沙》之“天末同云”、《蝶恋花》之“昨夜梦中”“百尺高楼”“春到临春”等阕，凿空而道，开词家未有之境。余自谓才不若古人，但于力争第一义处，古人亦不如我用意耳。】

人如果做了件比较得意的事情，内心中都隐隐渴望人家称赞一下他的得意之处。你我如是，大师亦如是。樊抗夫是老王就读于东文学社时的同学。他这番好话刚刚好说到了点子上，老王照单全收也在情理之中。

这几首词中，说到新颖，非《浣溪沙》“天末同云”莫属。且先观之。

浣溪沙　　王国维

天末同云暗四垂，失行孤雁逆风飞。江湖寥落尔安归？

陌上金丸看落羽，闺中素手试调醯。今朝欢宴胜平时。

上阙中孤雁悲戚难飞，直让人心生哀怜。天阔水远，云暗风急，这茫茫天地间何处是它的归处呢？读上阙，只觉人生寂寥，意兴萧索，悲从中来。下阙笔锋蓦然一转，忽写孤雁已成落羽，烹雁入席，欢宴更胜平时。下阙节奏忽然变得明朗轻快，情绪也似乎变得高昂。然而，这正是以极乐写极悲，以极乐极欢畅之景致反衬极苦极悲凉的心境。人笑我哭，本已悲鸣无人理会，更加被人所猎，只当做增其乐、畅其怀的区区盘中之物，这难道就是不可逃脱的宿命的结局，难道人生就理当是一场无法挽回的悲剧吗？此词当真有直问命运之意。而词中流露出来的人生命运的沧桑变化，让人感叹。老王此词，“力争第一义”当真不假，上下阙风格迥异，尤其下阙转变极大，忽而由悲转欢，用极欢畅之景将极悲怆之意更推进一步，这种写法可说是前无古人了。

《蝶恋花》“昨夜梦中”这首词是老王列举的几首里面写得最好的一首。

蝶恋花　王国维

昨夜梦中多少恨。细马香车，两两行相近。对面似怜人瘦损，众中不惜搴帷问。

陌上轻雷听隐辚。梦里难从，觉后哪堪讯？蜡泪窗前堆一寸，人间只有相思分。

这首词是一首悼亡词，而不是很多人所说的偶遇词。把它当做少男少女偶遇词的话，第一句就说不通。如果是偶遇的话，“梦中多少恨”点明时间是昨夜，昨天人都还未曾见，又何恨之有？“对面似怜人瘦损，众中不惜搴帷问”这句就更加明显了。如果不是长期在一起相知相爱的话，是不会“怜人瘦损”的。偶然相遇的人初次见面，如何知道人家比以前瘦了呢？而且也只有长期一起生活，才会有那种在相别甚久时对对方关心和疼惜的特殊感受。

悼亡词中最负盛名的当属苏轼的《江城子》和贺铸的《鹧鸪天》，这两首可称为悼亡词中的双璧。老王这首词不比前人，但也堪称佳作。

老王是个可怜人，原配莫氏去世得早，对性格内向不善于与人打交道的他来说，这是一个沉重的打击。其后不久武昌起义爆发，溥仪被迫逊位。老王于学术上奋发，在《人间词》中也多发悲愤之音，也许正与于家于国的失意愤懑有关。

“昨夜梦中多少恨”首句写明是梦遇亡人，这和苏轼“夜来幽梦忽还乡”

有些类似。“细马香车，两两行相近。”行相近，其实似近实远，爱人在眼前，其实却是渐行渐远，后面“听隐辚”“梦里难从”可作佐证。“对面似怜人瘦损，众中不惜搴帷问。”一个“似”字写出了爱人问询，自己于人海中却茫然间听不到的特殊感受。人在对面，仿佛触手可及，但却听不到，活生生地表现出那种彷徨与无助，此句颇有种后现代感。“陌上轻雷听隐辚”，爱侣已远逝而去，“梦里难从，觉后哪堪讯？”梦中都难相从，醒后更觉渺渺。“蜡泪窗前堆一寸，人间只有相思分”，烛泪非烛泪，乃心泪也。茫然四顾，偌大人世间再无爱侣，空余相思无尽，恍然间一时无我。

再看看《蝶恋花》“百尺朱楼”阕和“春到临春”阕。

蝶恋花　　王国维

百尺朱楼临大道，楼外轻雷，不问昏和晓。独倚阑干人窈窕，闲中数尽行人小。

一霎车尘生树杪，陌上楼头，都向尘中老。薄晚西风吹雨到，明朝又是伤流潦。

蝶恋花　　王国维

春到临春花正妩，迟日阑干，蜂蝶飞无数。谁遣一春抛却去，马蹄日日章台路。

几度寻春春不遇，不见春来，那识春归处。斜日晚风杨柳渚，马头何处无飞絮。

“百尺朱楼”中上阕写闺中人朱楼独倚，望穿秋水，痴痴等待郎君而不至。下阕首句甚佳，“一霎车尘生树杪，陌上楼头，都向尘中老”。陌上过来一辆车，她满怀期望希望是郎君，然而那车却丝毫没有停留之意，倏尔远逝，只留下漫起树梢的尘埃。万般失意之余，不禁想到这楼上的佳人和那路上的少年，都会在这烟尘中慢慢老去。读到此句，蓦然间有种时光忽然停止，悲伤却无由而起的感觉。末句“流潦”指地面流动的积水，今日已是伤情，更何奈骤雨晚来，明朝想必是阴霾如罩，积水四流，对此敢不神伤？

“春到临春”中佳句在最末。寻春不遇，蓦然却见斜阳下依依杨柳，漫天飞絮，马上人直觉得时光已凝滞不前，一霎那间有忘记身在何处，来自何方的感叹。

老王说他自己《浣溪沙》“天末同云”、《蝶恋花》“昨夜梦中”、《蝶恋花》“百尺朱楼”这三首词“意境两忘，物我一体：高蹈乎八荒之表，而抗心乎千秋之间”（《〈人间词乙稿〉序》）。这几首词中的佳处都有种超然物外的默然思索，甚至这种思索也超于词人本身，隐隐然有一种思考宇宙与时间的哲学意味。开词家未有之境，当是指此。

·《人间词话》之二十七·

【东坡杨花词和韵而似原唱，章质夫词原唱而似和韵。才不可强也如是。】

刚好前面老王曾说起他的词有“与晋代兴”之意，那就拿来一并观之。先看看章楶的《水龙吟》。

章楶(音 jié)(1027～1102)，字质夫，建州浦城人。进士出身，曾任环庆经略史，大败西夏军，有战功。《宋史》有传。《全宋词》录其词二首。

水龙吟　　章楶

燕忙莺懒芳残，正堤上、杨花飘坠。轻飞乱舞，点画青林，全无才思。闲趁游丝，静临深院，日长门闭。傍珠帘散漫，垂垂欲下，依前被、风扶起。

兰帐玉人睡觉，怪春衣、雪沾琼缀。绣床渐满，香球无数，才圆却碎。时见蜂儿，仰粘轻粉，鱼吞池水。望章台路杳，金鞍游荡，有盈盈泪。

章楶文武双全，他不仅胆识谋略过人，写词亦是文采斐然。

首句“燕忙莺懒芳残，正堤上、杨花飘坠”，点题。“轻飞乱舞，点画青林，全无才思”绘出杨花于青青春林中轻盈飞舞之景。“全无才思”引自韩愈《晚春》，诗云：“草树知春不久归，百般红紫斗芳菲。杨花榆荚无才思，惟解漫天作雪飞。”黎昌先生写杨花榆荚一无才华二无心思，不与群芳争艳，明贬暗褒，实则称许杨花榆荚不工心计，质朴洒脱。“闲趁游丝，静临深院，日长门闭”写活了杨花。这句承接上句之意，亦为后文打下伏笔。杨花既无心思，又任随游丝飘落深院，院内虽是大好春光，却只见房门深闭，隐现闺中之怨。“傍珠帘散漫，垂垂欲下，依前被、风扶起”，帘上杨花轻轻触落，一次次快要落地，却又被风扬起。这句把杨花那种轻盈飘洒之态写得极为生动传神。此句历来被人称颂为写杨花的名句，深得杨花神韵。南宋魏庆之在《诗人玉屑》中说此句“曲尽杨花妙处”，诚非过誉。

下阕一转，“兰帐玉人睡觉，怪春衣、雪沾琼缀。”（觉是觉醒，醒来之意。）美人醒来，却怪春衣上沾落的杨花似雪。“绣床渐满，香球无数，才圆欲碎”，闺中绣床上渐渐被杨花所覆，只见片片杨花结成香球随风翻滚，却又倏忽破碎。此句以景写心声，杨花迷离易碎，闺中少妇的心情又何尝不是这般迷离惝怳呢？此句深意在“才圆却碎”，暗喻人难长久月难常圆，情碎心亦碎。“时见蜂儿，仰粘轻粉，鱼吞池水。”抬眼望去，只见杨花飘落空中水面，蜂儿仰粘，鱼儿轻吞。杨花都能为蜂鱼所爱，而闺中人却只能形只影单，寂寞凝眸。“望章台路杳，金鞍游荡，有盈盈泪。”章台走马，典自《汉书·张敞传》：“时罢朝会，过走马章台街，使御吏驱，自以便面拊马。”章台，又有“章台柳”之谓，暗含离别之意。美人遥望，不见章台路上春风得意、策马游走的郎君，只余清泪盈盈，双眸似水。以“金鞍游荡”之洋洋自喜比照“有盈盈泪”的黯然神伤，写来犹为动人。

章楶此词，言辞精美绝伦，杨花之态写得轻灵生动，极为传神，不愧为咏杨花名作。但总体上看，上阕和下阕虽隐含连接，但却主旨不一，读来稍觉不自然，是个小小的硬伤。

再看看苏轼的次韵之作。

水龙吟·次韵章质夫杨花词 苏轼

似花还似非花，也无人惜从教坠。抛家傍路，思量却是，无情有思。萦损柔肠，困酣娇眼，欲开还闭。梦随风万里，寻郎去处，又还被、莺呼起。

不恨此花飞尽，恨西园、落红难缀。晓来雨过，遗踪何在，一池萍碎。春色三分，二分尘土，一分流水。细看来，不是杨花，点点是离人泪。

所谓次韵，是和韵中最难的一种。韵脚全部相同，而且韵脚的顺序也要完全相同。东坡大家之笔，举重若轻，自然浑成，全无强拼硬凑之嫌。

“似花还似非花，也无人惜从教坠。”起句不凡，章词首句相形之下则稍显得平淡。似花而非花，独自飘零却无人怜取，杨花的落寞孤单跃然纸上。“无人惜”，世人不惜唯诗人自惜之，颇有自慨身世飘零、命途多舛之意。苏轼当时正被贬谪黄州，想来当是有感而发。“惜”字是全词词眼，全词莫不紧扣这一“惜”字。“似花非花”之语让人不由得想起白乐天的《花非花》，诗云：“花非花，雾非雾，夜半来，天明去。来如春梦不多时，去似朝云无觅处。”杨花蒙蒙飘落，正和诗中迷离之境隐然相合。“抛家傍路，思量却是，无情有思。”这里反用“全无才思”之意，写杨花虽然抛家傍路，然而飘落之际却仍随风依依萦回，思量起来却是杨花不舍离去，正有“道是无情却有情”之意。“萦损柔肠，困酣娇眼，欲开还闭”，诗人已被这小小的杨花所深深吸引，细看之，却见迷蒙中一片片倏忽飘动的杨花，恍若美人春困，在思念中柔肠千转，双眸霎合，欲睡还醒。“梦随风万里，寻郎去处，又还被、莺呼起”，语意承上句。美人如杨花，随风飘荡，一梦万里，只为追寻心上人的踪迹。然而可恼不解人意的黄莺儿，将人从这幻梦中猛然惊醒。此句话用唐代金昌绪《春怨》之意，诗云：“打起黄莺儿，莫教枝上啼。啼时惊妾梦，不得到辽西。”

由上阙末尾“起”字一转，下阙意境由迷离转而变得清冽，愁思由惘然转而变得深刻，由风中之思变换成为雨后之愁。“不恨此花飞尽，恨西园、落红难缀。”诗人仿佛猝然间警醒，惊觉繁花已落尽。不恨花飞，但恨此花已零落成泥，再也不能重上枝头。“晓来雨过，遗踪何在，一池萍碎。”雨后芳踪何在？漫天杨花只化作眼前满池零碎浮萍。“春色三分，二分尘土，一分流水。”诗人眼中，春色一如杨花，三分中二分落入尘土无迹可循，一分却随流水黯然逝去。此句不言“惜”字而痛惜之情跃然纸上，才思巧妙，不落窠臼。末句极佳，与首句相映生辉。“细看来，不是杨花，点点是离人泪。”细细看来，那哪里是杨花，分明是离人之泪。点点滴滴，零零碎碎，那种蓦然而来的感伤似这满池杨花，落满了心间。末句将下阙轻轻一收，干净利落而余味无穷。“不是杨花”与首句“似花非花”遥相呼应，“离人泪”也隐含上阙中的离思别苦，情思婉转，收放自如。

总的来看，结构上苏词浑然一体，转承、呼应都较章词为佳，而章词词意则稍稍显得不够连贯顺畅。章词本是原作，却有点像因步韵他词而致使全篇不够紧凑浑融。其实正如老王所说，这不是原韵和次韵的原因，而是二人才力上的差别所致。

最后来看看老王的《水龙吟》。

水龙吟·杨花　　王国维

开时不与人看，如何一霎蒙蒙坠。日长无绪，回廊小立，迷离情思。细雨池塘，斜阳院落，重门深闭。正参参欲住，轻衫掠处，又特地，因风起。

花事阑珊到汝，更休寻满枝琼坠。算人只合，人间哀乐，者般零碎。一样飘零，宁为尘土，勿随流水。怕盈盈，一片春江，都贮得，离人泪。

这首词比起前两首，稍显平平。“重门深闭”与章词“日长门闭”意思相类；“宁为尘土，勿随流水”“都贮得，离人泪”有借用苏词“二分尘土，一分流水”“点点是离人泪”之意，而意境逊之。全词未有如章词那般精巧生动的语言，亦稍逊于苏词浑融悠长的意味。老王写词的才华，毕竟不如在史学方面了，正像他自己所说“余之所长殊不在是”。

·《人间词话》之二十八·

【叔本华曰:“抒情诗,少年之作也。叙事诗及戏曲,壮年之作也。”余谓:抒情诗,国民幼稚时代之作,叙事诗,国民盛壮时代之作也。故曲则古不如今,(元曲诚多天籁,然其思想之陋劣,布置之粗笨,千篇一律令人喷饭。至本朝之《桃花扇》《长生殿》诸传奇,则进矣。)词则今不如古。盖一则以布局为主,一则须伫兴而成故也。】

叔本华是德国哲学家,老王受其影响极深。叔本华所说的诗歌创作是对于人而言的。少年多天真热情,感情澎湃真挚;而人成熟之后多半变得冷静理性,感情内敛深沉。

老王说国民处于幼稚时代的诗词胜于盛壮时代,而戏曲则相反。这个观点颇新颖,但值得商榷。

中华古文明源头在前秦,发展于汉晋,盛于唐宋,至明清则已发展缓慢,几乎停步不前。唐宋是中华古文明极盛的时代,及至明清,社会比前代略有发展,但统治集团的专制残忍和对人们思想的禁锢远胜前朝。中华古文明至此应是进入了垂垂暮年,逐渐日薄西山,只是“百足之虫,死而未僵”而已。

所谓的“康乾盛世”顶多只能算是回光返照，即使没有列强入侵，古老的文明形态也迟早会分崩离析。宋代不是像老王所说的那样是“国民幼稚时代”，而清代则更不是“国民盛壮时代”。

文学体裁的盛衰变化远比人从幼稚到成熟的过程要来得复杂得多。总体上看来，在古文学成型之后文体是从“雅”向“俗”、题材是从“窄”到“宽”逐渐过渡的。先来看看各时代有代表性的文学体裁。唐诗气象庄严，但是缺少变化；宋词因为曲调音律的变化很多，其体裁、表现手法和形式都比唐诗要来得更加活泼；元代小曲体式更自由，题材更宽泛，甚至生活中的琐事都可入曲，而更贴近生活的戏曲也在这个时代逐渐兴起；到明清小说，从文言文、半文言文最终到古白话文，更加通俗，表现的内容也更多。这说明了什么呢？这说明了大众对文学的影响力越来越大，他们对文学的态度逐渐决定了文学的发展方向。文学从案头到坊间，人民思潮的变更导致了文学体裁的盛衰。

老王以人的人生时期比喻国民时代，想象力颇为丰富，但我认为这个观点浪漫有余而理性不足。而说清代戏曲胜于前代，也显得很牵强。无论从哪方面看，《西厢记》、《牡丹亭》和《窦娥冤》都是古代戏曲无可争议的扛鼎之作，“良辰美景奈何天，赏心乐事谁家院”这样慢如行板的哀愁只怕是后来者所远不能及的了。

·《人间词话》之二十九·

【北宋名家以方回为最次，其词如历下、新城之诗，非不华赡，惜少真味。至宋末诸家，仅可譬之腐烂制艺，乃诸家之享重名者且数百年，始知世之幸人不独曹蜍、李志也。】

贺铸（1052～1125），字方回，自号庆湖遗老，共州卫城（今河南辉县）人。为人豪侠尚气，才情出众。其词或豪气激荡，或深情婉至，境界自然浑成，有若唐人风范。

李攀龙（1514～1570），字于鳞，号沧溟，历城（今山东历城）人。明“后七子”之一。

王士祯（1634～1711），字贻上，号阮亭，别号渔阳山人，新城（今山东桓台）人。出身望族，论诗主张“神韵说”，在清初文坛深具影响。

曹蜍、李志典自《世说新语》，其中记载：庾道季云：“廉颇、蔺相如虽千载上死人，懔懔恒如有生气；曹蜍、李志虽见在，厌厌如九泉下人。”

老王说方回词和李攀龙、王士祯的诗相类，这个有欠公允。方回词华赡工丽，但并非“少真味”的虚情之作。恰恰相反，其词动人处深情婉结，有若风中絮语，闻之不忍离去。

贺铸最负盛名的词莫过于《青玉案》（凌波不过横塘路），一句“一川烟草，满城风絮，梅子黄时雨”为他赢得了“贺梅子”的雅号。但他最能打动人心的词作，是悼亡词《鹧鸪天·半死桐》。

鹧鸪天·半死桐　　贺铸

重过阊门万事非。同来何事不同归。梧桐半死清霜后，头白鸳鸯失伴飞。

原上草，露初晞。旧栖新垄两依依。空床卧听南窗雨，谁复挑灯夜补衣。

“重过阊门万事非。同来何事不同归。”阊门是苏州西城门，贺铸夫妇曾旅居苏州，其妻赵氏客死于此。词人故地重游，景致虽依旧，人事却全非，不禁发出“同来何事不同归”的诘问。这是问词人自己，还是问逝去的妻子，抑或是在问这让人无法抗拒、徒能独自伤神的命运呢？首句平平而起，却饱含深情，让人心生悲戚，对命运的无奈和人生的感叹尽在其中。“梧桐半死清霜后，头白鸳鸯失伴飞。”这句化用了孟郊《烈女操》“梧桐相待老，鸳鸯会双死”之意。中年丧妻，人生至哀之一。霜后梧桐叶已落尽，只剩下枯枝于凛冽寒风之中，形如半死。鸳鸯头白却失去厮守终生的伴侣，只能孤身远行。天涯哀声，谁又曾理会？说梧桐半死，实则写词人自己心已半死，其哀之深，难以言表。这句用典自然，平淡之中别具深意，其意更胜原诗一筹。

“原上草，露初晞”，原上之草，露珠在日光下逐渐消逝。这句饱含对人生无常的喟叹。用的是古乐府《薤露歌》中“薤上露，何易晞！露晞明朝更复落，人死一去何时归？”句意，用在下阕开头恰如其分，而兼有《诗经》中“起兴”之妙。“旧栖新垄两依依”，面对旧居和新垄，想起往日相偎的深情，又何忍离去？末句“空床卧听南窗雨，谁复挑灯夜补衣”将感情带至高潮。词人独卧空床，听得窗外凄风冷雨，回想起往日灯下熟悉的身影，而此时此刻，爱侣又在何处？又有谁还会起身在这孤灯下辛劳补衣呢？此句将那种失却的痛苦，写得极为深沉。此情不泯，天地可鉴。

全词突出了一个“失”，已经习惯了数十年的相对相依，蓦然间身边忽然少了那个人，那种锥心之痛无以言说。这首词恍若是对听词人喃喃低语，读来让人黯然无言，感伤不已，与苏轼《江城子》“十年生死两茫茫”的那种天遥地远的怅然追思比起来又是另一番滋味。

这首词语言极为质朴，也无甚技巧。想来情至深处，平淡叙之已动人之极，其他的只会显得多余。读过的绝大多数感人至深之语，莫不如此。

这首词语言质朴而情意深挚，刚好是老王评论的一个反面，说方回词“华赡而少真味”的结论，未免下得过于武断了。贺铸为人胸怀坦荡，耿直重义，博闻强识，是以其词中多引典故且多有豪言，老王想必是因此而说他言语华赡而少了真味。但方回词用典大多都自然贴切，没有突兀之感，其词豪言婉语都能收放自如。在这一点上，其实辛弃疾和他是有些相像的。

·《人间词话》之三十·

【散文易学而难工，骈文难学而易工。近体诗易学而难工，古体诗难学而易工。小令易学而难工，长调难学而易工。】

散文、小令都是很容易写的，因为规矩少，比较自由，但正因为这样，所以往往难以搭建成形，通常会犯诸如语言随意、结构松散、意境单薄等等毛病；骈文和长调规矩繁多，不容易写，但是因为条条框框已经在下笔之前定好，所以一旦学好，运笔下来，不会有太多毛病，立意高远的，即可成为佳作。词的长调尤其如此，不仅仅是在句式平仄方面的限制，在运意的转承呼应方面才是最难也最见功夫的。当然了，像吴梦窗那样不受约束地写也无不可，但是那种境界不是初学者能学得来的。就像梵高的油画，不识者认为笔触粗糙无以为观，但实际上色彩和构图中所蕴含的情绪才是最震撼人心的地方。

近体诗格律甚严，是难学的；古体诗不限格律，是易学的。按照一三句的理解，第二句明显不对。应该是“古体诗易学而难工，近体诗难学而易工。”老王应当是笔误了。

·《人间词话》之三十一·

【词以境界为最上。有境界则自成高格,自有名句。五代北宋之词所以独绝者在此。】

老王在将自己的手稿付梓时,这条排在第一位,足可见他对"境界"的重视。

何为境界?"境界"的意思接近于"意境",但不全是。《人间词话》中用"意境"一词的地方仅有一条("古今词人格调之高者无如白石,惜不于意境上用力,故觉无言外之味,弦外之响,终不能与于第一流之作者也"),而用"境界"和"境"的地方却比比皆是。

"境"可以说就是意境,"界"则是指一种精神上的高度。"境界"合起来,当是指具有深度和高度的意境。这样理解,对于通篇《人间词话》都是适合的。

上面说的白石“格调高”，但“不于意境上用力”，这里的“意境”很明显不能被“境界”一词所代替，替换之后全句就说不通了。依照老王的意思，白石词有高度而少意境，于“境界”这个要求有所欠缺。这样理解，应当是合理的。对于开篇更偏重于精神高度的“人生三境界论”，此说亦可通。除了“三境界论”，后文绝大多数篇幅中的“境界”都偏指“意境”，尤其是意蕴深含、情致流转的意境。

意境说是老王首先提出来的。直到现在，古典诗词的品读，基本上都离不开意境之说。老王可以说是隐约间触到了古典诗词之魂。与之相比，“格调说”显得空洞，“神韵说”显得虚渺，只有“意境”是可以被实实在在认知和感受到的。

老王说“五代北宋之词”独绝于意境，是说五代北宋之词意境优美而深远，因此而胜于后代。此言不虚。纯以技巧论之，后世或有发展，但以“境界”而论，后世词人尤其南宋之后的词人是难以企及的。试问北宋后又有谁唱出“大江东去”的豪情，又有谁能写出“自在飞花轻似梦，无边丝雨细如愁”的深婉，又有谁能吟出似“对潇潇暮雨洒江天，一番洗清秋”这等壮美无俦的胜景呢？

·《人间词话》之三十二·

【有造境，有写境。此理想与写实二派之所由分。然二者颇难区别。因大诗人所造之境，必合乎自然，所写之境，必邻于理想故也。】

写境者，即以客观之笔写现实之境。譬如“缺月挂疏桐，漏断人初静”“雾失楼台，月迷津渡”“对潇潇暮雨洒江天，一番洗春秋”“碧云天，黄叶地，秋色连波，波上寒烟翠”“小径红稀，芳郊绿遍，高台树色阴阴见”“楚天千里清秋，水随天去秋无际”等等。造境者，即以主观之笔写虚拟之境，譬如“当时明月在，照得彩云归”“料得年年肠断处，明月夜，短松冈”“天接云涛连晓雾，星河欲转千帆舞”“淮南皓月冷千山，冥冥归去无人管”等等。

然而写境造境大多数都难以分别。因为写境中，诗人敏锐的笔触已经将浓浓的情绪融入其中；而造境中，又是诗人基于对自然之境的观察揣摩后提炼出来的。试看“自在飞花轻似梦，无边丝雨细如愁”“落花人独立，微雨燕双飞”“今宵酒醒何处？杨柳岸，晓风残月”“一川烟草，满城风絮，梅子黄时雨”等等，这些是写境还是造境呢？

诗有叙事诗，词却无叙事词。因为词之体裁不适合叙事，却非常适合抒情。因此词中之境，很多都蕴含情致在里面。前面第十八条老王说冯词“高树鹊衔巢，斜月明寒草”胜于“流萤渡高阁”和“疏雨滴梧桐”，道理也正在这个地方。

·《人间词话》之三十三·

【有有我之境,有无我之境。“泪眼问花花不语,乱红飞过秋千去”“可堪孤馆闭春寒,杜鹃声里斜阳暮”,有我之境也。“采菊东篱下,悠然见南山”“寒波澹澹起,白鸟悠悠下”,无我之境也。有我之境,物皆著我之色彩。无我之境,不知何者为我,何者为物。此即主观诗与客观诗之所由分也。(此句原已删去)古人为词,写有我之境者为多,然非不能写无我之境,此在豪杰之士能自树立耳。】

有我之境,即意境中融入了强烈的主观情绪,我在境故在,境是为我而设;无我之境,则是只有意境而无情绪,“我”已消弭在这茫茫天地之间,物我一体,有境而无我。无我之境在古体诗中尤多,陶渊明、大小谢,及至唐代的山水田园诗人,都是个中高手。

看看老王所举的例子。

“泪眼问花花不语,乱红飞过秋千去”,引自欧阳修的《蝶恋花》(一说为冯延巳所作)。词云:“庭院深深深几许?杨柳堆烟,帘幕无重数。玉勒雕鞍游冶处,楼高不见章台路。雨横风狂三月暮,门掩黄昏,无计留春住。泪眼问花花不语,乱红飞过秋千去。”此词极悲极苦极无奈之意,全都化入境中。首句深愁凝聚，庭院深深、烟柳帘重，非言庭院深而柳叶浓，实言愁极深极浓。及至下阙，“雨横风狂三月暮，门掩黄昏，无计留春住”，狂风急雨隐现诗人心境，读来只觉无尽愁苦几使人抑郁成狂。末句“泪眼问花花不语，乱红飞过秋千去”，倍极哀怜，人生无奈，又何过于此？全词之境宛若全随情绪而设，思之所及，境之所在，有我方有此境，此即“有我之境”。

“可堪孤馆闭春寒，杜鹃声里斜阳暮”，引自秦观的名作《踏莎行》：“雾失楼台，月迷津渡。桃源望断无寻处。可堪孤馆闭春寒，杜鹃声里斜阳暮。驿寄梅花，鱼传尺素。砌成此恨无重数。郴江幸自绕郴山，为谁流下潇湘去？”此词上下阙意境有分别。上阙迷茫失我，一种极为凄婉深切的苦痛在残阳下的杜鹃啼声中浸入骨髓；下阙愁绪转为深长，人生的苦痛无奈如远去不回的流水般绵延难尽。一句“可堪孤馆闭春寒，杜鹃声里斜阳暮”可以说浸透了词人的痛楚和无奈，境中的寒春、孤馆、鸟啼、斜阳，无不深深印刻着词人的哀痛。无我则已不成此境，此亦“有我之境”。

“采菊东篱下，悠然见南山”引自陶潜《饮酒·二十首其五》：“结庐在人境，而无车马喧。问君何能尔，心远地自偏。采菊东篱下，悠然见南山。山气日夕佳，飞鸟相与还。此中有真意，欲辨已忘言。”“采菊”句为千古佳句，历来被人传诵称许。诗人悠然采菊，不经意间却望见淡淡的青色山影。心无所想，方有此境，一切在不经意间。对此欲何求？应当是无所求，亦无须求。如果把“见”改为稍微主观的“望”，则变得索然无味。此境无情绪无想念，以境为主以我为次，乃“无我之境”。

“寒波澹澹起，白鸟悠悠下”引自金代元好问《颖亭留别》：“临流驻归驾。乾坤展清眺，万景若相借。北风三日雪，太素秉元化。九山郁峥嵘，了不受陵跨。寒波澹澹起，白鸟悠悠下。怀归人自急，物态本闲暇。壶觞负吟啸，尘土足悲咤。回首亭中人，平林澹如画。”金代在古代文学中是一个被忽视的朝代，元好问是一个被忽视的天才，甚至远不如他的明清诗人都比他有名。“寒波澹澹起，白鸟悠悠下”此等佳语，非有大才不能得之。寒波澹澹，随风而起；白鸟御风，悠悠而下。“风”其实是一个隐含的意象。对此景，不由得只觉天地茫茫，已不知身之所在，心之所想，恍若心已随这亘古不变的风在这浩渺烟波和成群白鸟中穿行不息。此境使人忘我，属“无我之境”。

诚如老王所言：“有我之境，物皆著我之色彩。无我之境，不知何者为我，何者为物。”有我、无我的分别是很明显的。老王说：“古人为词，写有我之境

王国维从小聪颖好学，但后来两次赴杭应科试不第。他自从考入州学后，并未用主要精力准备应试，而是从博览群书中产生了对史学、校勘、考据之学及新学的兴趣。1894年甲午战争以后，大量的西方文化科学向中国输入，王国维接触到新的文化和思想，产生了追求新学的强烈愿望。

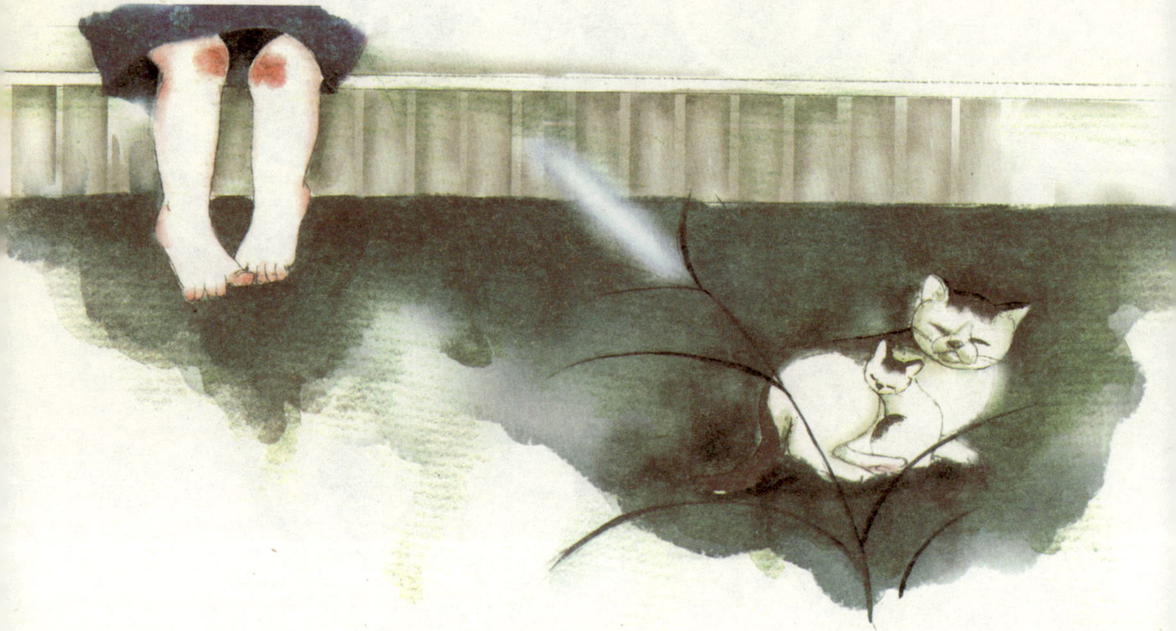

者为多。”其实于词而言，无我之境是极为难寻的。这是词的抒情特性所决定的。如果非要在词中求之，苏轼之“缺月挂疏桐，漏断人初静”，张效祥之“素月分辉，明河共影，表里俱澄澈”也许才有些微“临境忘我”之意吧。名家大笔，自能游走自如，不囿于此。

·《人间词话》之三十四·

【古诗云:“谁能思不歌?谁能饥不食?”诗词者,物之不得其平而鸣者也。故“欢愉之辞难工,愁苦之言易巧。”】

“谁能思不歌?谁能饥不食?”引自《乐府诗集·子夜歌》:“谁能思不歌?谁能饥不食?日冥当户倚,惆怅底不忆?”

“欢愉之辞难工,愁苦之言易巧”引自韩愈《荆谭唱和诗序》:“夫平和之音淡薄,而愁思之声要妙,欢愉之辞难工,愁苦之言易巧。”

这个世界上,欢愉只有一种,而愁苦却有千种万种。

快乐如此单纯,描来摹去感受总是相若,而这世间之愁苦,千百年来诗人之笔却都写不清道不尽。同悼亡人,有“料得年年肠断处,明月夜,短松冈”,亦有“梧桐半死清霜后,头白鸳鸯失伴飞”;同怀故国,有“雕栏玉砌应犹在,只是朱颜改”,亦有“天遥地远,万水千山,知他故宫何处”;同是相思,有“衣带渐宽终不悔，为伊消得人憔悴”，亦有“眉上心间，无计相回避”；同为离别，有“执手相看泪眼，竟无语凝噎”，亦有“对别酒，怯流年”；同抒春恨，有“满目山河空念远，落花风雨更伤春”，亦有“知否知否，应是绿肥红瘦”；同慨人生，有“欲说还休，却道天凉好个秋”，亦有“悲欢离合总无情，一任阶前点滴到天明”；同伤情逝，有“不见去年人，泪湿春衫袖”，亦有“世情薄，人情恶，雨送黄昏花易落”；同感乡愁，有“黯乡魂，追旅思”，亦有“故乡何处是，忘了除非醉”。千样心情，万般意绪，正应了那一句“怎一个愁字了得？”

正是因为愁苦如此之多之沉，才如此轻易地触动了诗人敏感的心灵，他们也才如此深刻地将这永不宁息的意绪凝结在那些华美的篇章之中。也正如老王所言，诗词者，物之不得其平而鸣者也。也正是诗人的善感轻轻捕捉了这世上无尽的愁绪，因思而歌，才会有如此之多的名篇佳作流传于世。

·《人间词话》之三十五·

【境非独谓景物也。感情亦人心中之境界。故能写真景物，真感情者，谓之有境界，否则谓之无境界。】

“境由心生”。老王这里指出来的，其实有三个方面。有景有情，即是意境；而景情皆真切，方可谓境界。

“真”是构建“境界”的关键所在，如词中是虚情假意，纵使词藻华丽，结构工整，也是空中楼阁，虚有其表。真正能触动人心灵的诗歌，其情必定极真切，像“林花谢了春红，太匆匆，无奈朝来寒雨晚来风”“梧桐更兼细雨，到黄昏、点点滴滴”“凝泪眼，杳杳神京路，断鸿声远长天暮”等等，情真意切，境界自成。

老王对于“真”，是极为看重的，后文有很明显的体现，而且他也特别喜爱那种真情自然流露而丝毫不隐讳的抒情方式。词人中他所力举的李煜、秦观和苏轼，其作品抒情风格都是此类。而老王所认为“雾里看花，终隔一层”的白石词，非情不真，而是抒发的方式稍显婉转。也许是老王因此认为白石词微有矫情之瑕，才做“雾里看花”之评吧。

·《人间词话》之三十六·

【无我之境，人惟于静中得之。有我之境，于由动之静时得之。故一优美，一宏壮也。】

心动则生情，心静则忘我。

如果是“从来无一物，何处染尘埃”那样的禅意心情，所观的景物则无不平和悠然。这样的“无我之境”只能当人平静下来，心绪安宁的时候才能望见。此时心无所想，已不知我之所在，世间所谓的怅惘、抑闷、欢欣、落寞，都已与我无干。这就是“无我之境于静中得之”的含义。

当人心绪不宁之时，此时或惆怅、或悲抑、或欣喜、或感伤，而世间万象，则无不染上浓重的感情色彩。我喜则境跃然，有若“红杏枝头春意闹”；我怅则境深远，有若“断鸿声远长天暮”；我愁则境黯淡，有若“伫倚危楼风细细，望极春愁，黯黯生天际”；我慨则境广阔，有若“楚天千里清秋，水随天去秋无际”;我惘则境迷离,有若“雾失楼台,月迷津渡”;我悲则境凄冷,有若“料得年年肠断处,明月夜,短松冈”。总而言之,在情绪激荡、意绪纷扰之时,诗人笔下就会呈现有强烈感情色彩的“有我之境”。“有我之境”不会在安宁平和中取得,而会在从动到静的过程中取得。

正是基于上面所说的,无我之境让人觉得恬淡悠然,有我之境让人觉得宏阔壮美,老王才说“故一优美,一宏壮也。”其实优美与宏壮指意境,也是指情绪。泰戈尔在《飞鸟集》里写道:“生如夏花般绚烂,死如秋叶般静美。”也许,夏花与秋叶正是这两种意境的最好比照吧。

·《人间词话》之三十七·

【自然中之物,互相关系,互相限制,故不能有完全之美。然其写之于文学中也,必遗其关系、限制之处,故虽写实家亦理想家也。又虽如何虚构之境,其材料必求之于自然,而其构造亦必从自然之法则,故虽理想家,亦写实家也。】

世无完美之物,亦无完美之景,诗人写下的永远只是其中的一面。

先看看写实之境。以落日为例,“西风残照,汉家陵阙”取其壮美,“斜阳却照深深院”取其悠长,“落日熔金,暮云合璧”取其华彩,“杜鹃声里斜阳暮”取其凄切。这即是所谓“必遗其关系、限制之处”。虽为写实,其实是融合了自身的感受和喟叹,舍弃了事物的某些特性,就是老王所说“写实家亦理想家”。

再看看虚构之境。比如“料得年年肠断处,明月夜,短松冈”这一句,明月、短松、小山,构成了一幅凄冷的画面,境中的景物都是取材于平时所见,读来如身临其境。如果不是取材于生活和自然中,不是可以想见的景观,那就无法让人感同身受,引起读者感情上的共鸣了。这就是“其材料必求之于自然,而其构造亦必从自然之法则”,如上所言“理想家亦写实家”了。

·《人间词话》之三十八·

【社会上之习惯，杀许多之善人。文学上之习惯，杀许多之天才。】

名家为诗为文，必有自己的性情风格。一味地尊崇前人古训，没有创见，没有自己鲜明的风格，是没有可能写出好诗文的。韩愈“文起八代之衰”正是如此，没有他敢于突破浮靡之风的创举，就不会有古文的新局面。很多人的才华也许不在韩昌黎之下，但是敢于改变风气的就只有他一人而已。天才正由于此而被扼杀。

对词来说更是如此。宋以后词派纷呈，各有各主张，然却均以前人为宗，而独有一个纳兰性德不泥古为词，才唱出了宋以降数百年来的最强音。各类词论也害人不浅，把词的写法拟为定式，后世词家依此学词，谁知道画虎不成反类犬，糟踏了好文采。好词总似天籁，有若心灵的低语。词发乎心声，而依葫芦画瓢又如何能自如地表达自己呢?

但是老王可能没想过,自己某些时候也是如此。对不按常理写词的吴文英,也应当换个角度欣赏才是。梦窗词就像李商隐的诗一样,同为隐晦迷离,于诗于词只是各有风格罢了。

·《人间词话》之三十九·

【诗之三百篇、十九首，词之五代、北宋，皆无题也。非无题也，诗词中之意不能以题尽之也。自《花庵》、《草堂》每调立题，并古人无题之词亦为之作题，其可笑孰甚。】

诗之三百篇、十九首分别指《诗经》和《古诗十九首》。《花庵词选》是南宋黄升所编的一部词选，《草堂诗馀》编于宋代，编者不详。

写诗最重要的就是自由，没有自由的表达，那诗也会行将就木，变成腐草。有题无题并不重要，重要的是不要强给诗词加标题。词的主旨不限于题，意蕴更是不限于题。强行给词加上标题，活水变成了死水，又怎能欣赏到词本真的意蕴呢？《花庵》、《草堂》之举，有若狗尾续貂、画蛇添足，也难怪老王要嗤笑他们了。

·《人间词话》之四十·

【诗词之题目本为自然及人生。自古人误以为美刺投赠咏史怀古之用，题目既误，诗亦自不能佳。后人才不及古人，见古名大家亦有此等作，遂遗其独到之处而专学此种，不复知诗之本意。于是豪杰之士出，不得不变其体格，如楚辞、汉之五言诗、唐五代北宋之词皆是也。故此等文学皆无题。（“诗词之题目……故此等文学皆无题”一段，原已删去）诗有题而诗亡，词有题而词亡，然中材之士，鲜能知此而自振拔者矣。】

诗词是对自然的感悟，亦是对人生的咏叹。所谓“美刺、投赠、咏史、怀古”并非不可，但凡诗都强行牵扯进去，掺入过多不必要的的政治和社会色彩，就会失去诗歌的本真。只有发乎心声，才能有动人心魄的力量。文学是需要自由呼吸的，诗歌尤其如此。给诗歌的主旨加上种种不确的臆想，以此为诗，犹若带上沉重的枷锁，又如何能自由表达呢？

老王颇为欣赏“振拔者”，他自己的《人间词》也多有奇语，力求不落窠臼。然而老王还是过于相信天才们的力量。事实上时代的变更是个人难以阻挡的，后世人非才能不及古人，而是时代变迁，文学体裁也随之而变，所谓豪杰，也都是因势而起，应运而生的。诗歌就像是诗人在舞台上的心灵独舞，但如果观众已无心欣赏，那么舞姿再优美也难以打动他人。文学史不是只由天才们推动的，时代和大众的思潮变更更是直接推动了文学的发展。文学最终是属于它所在的时代的。那个年代已如孤帆一般在历史的烟波中离我们远去，只留下了一个遥远而优美的影像。现在假使有人写诗有若太白、填词比肩东坡，就算是诗词华章美绝、题目不误，亦已经无法引领这个时代的文学大潮了。

·《人间词话》之四十一·

【冯梦华《宋六十一家词选序》谓:“淮海、小山古之伤心人也。其淡语皆有味,浅语皆有致。”余谓此唯淮海足以当之。小山矜贵有余,但稍胜方回耳。古人以秦七、黄九或小晏、秦郎并称,不图老子乃与韩非同传。】

从这里可以看出老王的某些审美倾向。小山词对他来说,意境稍显狭小而不够开阔,抒情略显矜持而不够挥洒。其实这是仁者见仁,智者见智了。小晏之词幽婉缠绵,一步一伤情,其词才也是不可多得的。

看看历来为人所赏的一首《临江仙》。

临江仙　　晏几道

梦后楼台高锁,酒醒帘幕低垂。去年春恨却来时。落花人独立,微雨燕双飞。

记得小蘋初见,两重心字罗衣。琵琶弦上说相思。当时明月在，曾照彩云归。

首句“梦后楼台高锁，酒醒帘幕低垂”别有深意，值得玩味。梦见何人，又因何醉酒呢？梦是甜蜜的，而醒来后却是“楼台高锁，帘幕低垂”，空见旧居不见旧人，其伤可知，其情可悯。“梦”是这首词一条暗藏的线索，也是全词迷离怅惘基调的根基。“去年春恨却来时。”语承“梦”字，词人像是要开始缓缓叙说这个梦境，但他并未开始就明说，只是说去年春恨再上心头。春恨为何？当是离别。“落花人独立，微雨燕双飞”此句妙绝。花落伤春，正合春恨，和上句接得巧妙。落花纷飞，雨中人孤单伫立，望燕子双双飞去，更添感伤。落花无语，微雨有声，词人形单影只，燕子缱绻双飞，对比极鲜明。此句意境极美而蕴含着无尽的落寞孤独，历来为人称许。其实这句并非小晏首作，五代翁宏《春残》有“又是春残也，如何出翠帏？落花人独立，微雨燕双飞”的句子。但这首词让“落花人独立，微雨燕双飞”仿佛重获新生，那种永恒的意象承载了词人无尽的思念苦楚，由此方始成为传世佳句。

“记得小蘋初见，两重心字罗衣”意承上阙，词人始解鸳梦。欧阳修《好女儿令》有“一身绣出，两重心字，浅浅金黄”的句子。小蘋是词人友人家的歌伎。初见倾心，更着“两重心字”之衣来表现爱意之笃。“琵琶弦上说相思”，缠绵过后只是离别，寄情琴弦，相思无尽。末句“当时明月在，曾照彩云归”，暗隐此境即首句“梦”之境，梦境中饱含怅惘感伤之情。夜空的云是没有色彩的，“彩”当指衣裳之彩。当时明月悬空，佳人身影若彩云般归去。而一夕归去，却是不复重返。用“彩云”作喻，正是说伊人飘忽不定，踪迹难寻，而又亦幻亦真，让人欲喜还悲。全词结构紧密，意境浑然，语言浅近却蕴意极深。说小山词“淡语皆有味，浅语皆有致”非无来处。

小山词语言浅淡，亦意蕴婉转，情致动人。淮海词与小山词相比，语言更显工丽，“淡语皆有味，浅语皆有致”的评价反而更适合小山词。淮海词意境更悠远，抒情更洒落，相形之下小山词的蕴意显得含蓄，因而老王说他“矜贵有余”，但这不算是什么缺点，而更应该说是他的风格。两人词作均情意深挚，其中的清丽可人之态多有相似，说他们同为“古之伤心人”也恰如其分。由此看小晏秦郎并列也并未有太大不当。但我觉得黄庭坚的词确逊于秦观，秦七黄九不止是数字上的差别，而且更是级别上的差别。

·《人间词话》之四十二·

【人能于诗词中不为美刺投赠之篇，不使隶事之句，不用粉饰之字，则于此道已过半矣。】

诗歌因心而发，而不是单纯因事而发。诗歌最动人之处在于心灵的感悟与哀痛。美刺投赠并非不可，但终究难以触及诗歌的内在之美。

而隶事之句，化用无痕则添彩，生搬硬凑则失色，而要高于古人意境或者能发掘新意者，非有大才而不能用。稼轩、小山、方回、白石均是此道高手，但以其才力，自能驾驭自如，不着痕迹。后人画虎不成反类犬，徒劳无益，诚不若发己之声，畅己之想。

粉饰则为诗词大病，想美成大才若是，犹被人指难避雕琢之嫌，而后学者强学此道，未免陷于泥沼而不能自拔。

诗词之道，强学不来。诗人最重要的是要忠实于自己的内心，对花巧精致的追求实为其次。这也正是老王此条深意。

·《人间词话》之四十三·

【以《长恨歌》之壮采，而所隶之事，只“小玉双成”四字，才有余也。梅村歌行，则非隶事不可。白、吴优劣，即于此见。不独作诗为然，填词家亦不可不知也。】

白居易《长恨歌》和吴伟业《圆圆曲》语言风格各有千秋，《长恨歌》独有千古，但《圆圆曲》亦可谓“雄气骏骨”之作。

《长恨歌》晓畅流丽，文采斐然。起初写杨玉环入宫，铺陈华彩，可谓字字珠玑。“回眸一笑百媚生”“天生丽质难自弃”“温泉水滑洗凝脂”“三千宠爱在一身”均是流传千古的佳句。而后一句“渔阳鼙鼓动地来”急转直下，短短七字，直若霹雷乍起，读来极为惊心动魄。及至“宛转娥眉马前死”，人死情犹在，“蜀江水碧蜀山青，君王朝朝暮暮情”“夕殿萤飞思悄然，孤灯挑尽未成眠”，字字思，声声苦。其后诗人想象“忽闻海上有仙山”，重见之时“玉容寂寞泪痕干，梨花一枝春带雨”。终别之时所寄之词，倍极哀婉，是千古传颂的爱情咏叹:"七月七日长生殿,夜半无人私语时。在天愿作比翼鸟,在地愿为连理枝。天长地久有时尽,此恨绵绵无绝期。"全诗亦华丽、亦深婉,亦叹喟、亦多情,妍丽处顾盼生姿,情深处真切动人,"壮采"之誉绝不过分。

《长恨歌》极少用典,绮丽华美之语几乎全出自诗人生花之笔,仅有"金阙西向扣玉扃,转教小玉报双成"引用"小玉""双成"之典。"小玉"典自《搜神记》:吴王夫差小女紫玉,爱慕韩重,不得成婚,气结而死。韩重游学归来,于其墓哀吊。玉现形,赠之明珠,并作歌。韩重欲抱之,玉如烟而没。"紫玉成烟"后用来比喻少女之逝。"双成"指董双成,传说为西王母侍女。《汉武帝内传》载:双成炼丹宅中,丹成得道,自吹玉箫,驾鹤飞升。"小玉""双成"用来指代太真(杨玉环)侍女。《长恨歌》不用典,其佳句却句句成典。白傅之才,让人叹服。

吴伟业的《圆圆曲》华美精工,婉转之余更显历史的冷峻无情。诗中写陈圆圆之处,"家本姑苏浣花里,圆圆小字娇罗绮""何处豪家强载归""明眸皓齿无人惜""早携娇鸟出樊笼""啼妆满面残红印""错怨狂风扬落花""一带红妆照汗青""越女如花看不足"等等,每以西施相喻,慨叹个人在历史洪流中的渺小与无力,对在历史漩涡中身不由己的她深掬一把同情泪。陈圆圆对吴三桂更多的不是爱情,而更像是盼望"娇鸟出樊笼",是在流离中一种对安定生活的向往。而写吴三桂之处,"冲冠一怒为红颜""哭罢君亲再相见""白皙通侯最少年""翻使周郎受重名""英雄无奈是多情""汉水东南日夜流"多有讽刺之语,多处以沉湎声色以致国破身死的吴王夫差作喻,显其虚伪自私之态。《圆圆曲》是古体诗,却多律句、多对仗,转韵顶针运用自如,不仅端丽工整,而且读来抑扬顿挫,琅琅上口。《圆圆曲》的叙事安排得当,结构开阖自如。全诗对仗精巧工整,语言华赡富丽,叙事清楚得当,诚为传世佳作。"恸哭六军俱缟素,冲冠一怒为红颜"全诗点睛之笔,更是巧思精构的千古佳句。

《圆圆曲》用典很多,"鼎湖当日弃人间",相传黄帝铸鼎于荆山下,鼎成后乘龙升天,后人用"鼎湖龙去"指帝王之死;"冲冠一怒为红颜"用《史记·廉颇蔺相如列传》中"相如因持璧却立,倚柱,怒发上冲冠"之典;"电扫黄巾定黑山",用东汉起义中的黄巾军和黑山军指代李自成的农民起义军;"家本姑苏浣花里",唐代薛涛居浣花溪,此处借用;"梦向夫差苑里游,宫娥拥入君王起"用吴王夫差与西施之典;"待得银河几时渡"用牛郎织女七夕渡银河相会之典，“遍索绿珠围内第”，绿珠，西晋石崇家妓，此处指美女；“蜡烛迎来在战场”，用魏文帝点烛娶薛灵芸的典故；“浣纱女伴忆同行”，用西施未入吴宫前在若耶溪浣纱之典；“有人夫婿擅侯王”用唐王昌龄“悔教夫婿觅封侯”之句；“翻使周郎受重名”用三国周瑜比喻吴三桂；“为君别唱吴宫曲，汉水东南日夜流”，吴宫曲指吴王夫差时的曲子，“汉水东南流”用李白《江上吟》中“功名富贵若长在，汉水亦应西北流”之意。诸多典故，尤其吴王夫差与西施典故的多次运用，给全诗添上了深沉厚重的历史感。

吴伟业“非隶事不可”，但这应当属于他诗歌风格的一部分。老王其实也对吴伟业另有评价，他在《致豹轩先生函》中说：“盖白傅能不使事，梅村则专以使事为工。然梅村自有雄气骏骨，遇白描处犹有深味。”

其实词中用典好与不好存乎一心，典故好比调料，用得好自然味道好，强用乱用自然味道欠佳。辛弃疾直接用《论语》句子入词：“不恨古人吾不见，恨古人、不见吾狂耳。知我者，二三子”，姜夔化用杜牧诗句入词：“二十四桥仍在，波心荡，冷月无声”，晏几道以前人诗句入词“落花人独立，微雨燕双飞”，或化用无痕，或别具深意，或青出于蓝，亦可称绝妙好词。为抒怀畅意而隶事，非为隶事而隶事，则隶事亦无不可。

·《人间词话》之四十四·

【词之为体,要眇宜修。能言诗之所不能言,而不能尽言诗之所能言。诗之境阔,词之言长。】

正如前文所说,诗如皇宫词似园林,前者大气端庄,后者婉转清秀。

诗有“无边落木萧萧下,不尽长江滚滚来”的壮阔悲戚,却难以写出“问君能有几多愁,恰似一江春水向东流”的绵绵意蕴。而诗中“明月松间照,清泉石上流”的疏朗清峻,到了词中,就变成了“自在飞花轻似梦,无边丝雨细如愁,宝帘闲挂小银钩”的婉转迷离。所以说词体是窈窕优美的,能道出诗所不能言的缠绵深长的意绪,但却难以道出诗的清朗壮阔的景致。这就是“(词)能言诗之所不能言,而不能尽言诗之所能言”和“诗境阔,词言长”之意。

·《人间词话》之四十五·

【“明月照积雪”“大江流日夜”“澄江静如练”“山气日夕佳”“落日照大旗”“中天悬明月”“大漠孤烟直，长河落日圆”，此种境界可谓千古壮语。求之于词，唯纳兰容若塞上之作，如《长相思》之“夜深千帐灯”，《如梦令》之“万帐穹庐人醉，星影摇摇欲坠”差近之。】

“明月照积雪”引自谢灵运《岁暮》，诗云：“殷忧不能寐，苦此夜难颓。明月照积雪，朔风劲且哀。运往无淹物，年逝觉已催。”

“明月照积雪”一句，清冽空远之境似在眼前。皎皎月轮当空，漫野积雪映辉，此情此景清冷得让你仿佛听见了诗人心底的喃喃低语。大巧则拙，此之谓也。

“大江流日夜”引自谢朓的《暂使下都夜发新林至京邑赠西府同僚》：“大江流日夜，客心悲未央。徒念关山远，终知反路长。秋河曙耿耿，寒渚夜苍苍。引领见京室，宫雉正相望。金波丽鳷鹊，玉绳低建章。驱车鼎门外，思见昭丘阳。驰晖不可接，何况隔两乡。风云有鸟路，江汉限无梁。常恐鹰隼击，时菊委严霜。寄言罻罗者，寥廓已高翔。”

“大江流日夜”，昼夜交替无休，大江奔流不止。我从何处来，又往何处去？时光永是流逝，而世界却默然不语。极为质朴的语言给人无尽的思索，诗之真谛即在于此。

“澄江静如练”引自谢朓的《晚登三山还望京邑》，诗云：“灞涘望长安，河阳视京县。白日丽飞甍，参差皆可见。余霞散成绮，澄江静如练。喧鸟覆春洲，杂美满芳甸。去矣方滞淫，怀哉罢欢宴。佳期怅何许，泪下如流霰。有情知望乡，谁能鬒不变？”

“澄江静如练”真乃传世佳句。“余霞散成绮，澄江静如练。”登高望去，绚烂夺目的晚霞下，澄江静如丝带一般卧在天地之间。其景壮阔清空而又绮丽多姿。晚霞本静，江河本动。以动写晚霞，凸显晴空之绚丽；以静写江河，顿显天地之壮阔。轻轻落笔而如此多姿，难怪连诗仙李白也为小谢所折服。

“山气日夕佳”引自陶潜《饮酒·二十首其五》，云：“结庐在人境，而无车马喧。问君何能尔，心远地自偏。采菊东篱下，悠然见南山。山气日夕佳，飞鸟相与还。此中有真意，欲辨已忘言。”

“山气日夕佳，飞鸟相与还。”傍晚的南山山岚氤氲，鸟儿们结伴归去。山是沉静的，岚是升华的，而飞鸟将此境拓展延伸，更给夕照下的隐约青山增添了无穷的生机。万物是自由的，心灵也是自由的。读此句，仿佛诗人之心也如飞鸟般自由随风，翔于青山之间。至美若是，怎不令人悠然心往？

“落日照大旗”“中天悬明月”引自杜甫的《后出塞·五首之二》，诗曰：“朝进东门营，暮上河阳桥。落日照大旗，马鸣风萧萧。平沙列万幕，部伍各见招。中天悬明月，令严夜寂寥。悲笳数声动，壮士惨不骄。借问大将谁？恐是霍嫖姚。”

“落日照大旗，马鸣风萧萧”，一种悲壮肃杀之气扑面而来。在苍茫落日的映照下，大旗猎猎飘扬，战马长嘶在塞外的萧萧风中。落日苍茫，大旗扬起，其悲壮之情直触心底；而马嘶悲风更将这种悲凉的气氛推至极深极远处。“中天悬明月”则刚好相反，寂寥的夜空中，一轮明月孤悬，极为简单的句子构造了一种极为深刻的意象。与“落日照大旗”句那种浓厚深沉的悲壮感相比，这句更凸显出一种寂寥清冷的悲凉之意。后一句中呜咽的数声悲笳，更加深了这种寂寥和悲戚。

诗人的感触是敏锐的。就像画家是忠实于自己的内心去作画，而不是按照构图理论作画一样，诗人凭着他们天生的敏感捕捉到了眼前的这个世界给他们最深沉的感触。即使是最简单的言辞，也能给人极为强烈的震撼。

“大漠孤烟直，长河落日圆”出自王维的《使至塞上》：“单车欲问边，属国过居延。征蓬出汉塞，归雁入胡天。大漠孤烟直，长河落日圆。萧关逢侯骑，都护在燕然。”

“大漠孤烟直，长河落日圆”此句对仗工整，那种独特的景象似在眼前。大漠苍远，烽烟劲拔，凸现出一种苍廓而孤独的境界；悠长大河流向天际，落日苍茫而又显得温暖亲近。“直”字极写远观烽烟直上的景象，在荒凉无物的大漠之中尽显一种苍凉之美；而“圆”字则把苍茫的落日写得温暖可亲，一个极普通的字在这里孕育了不寻常的含义。整句很好地体现了诗人孤独寂寞的心境，不愧为千古佳句。

老王说只有《长相思》之“夜深千帐灯”，《如梦令》之“万帐穹庐人醉，星影摇摇欲坠”能勉强及得上以上“千古壮语”。但这两句仍显偏弱，远不如换成耆卿《八声甘州》之“对潇潇暮雨洒江天，一番洗清秋”、东坡《卜算子》之“缺月挂疏桐，漏断人初静”来得合适。

·《人间词话》之四十六·

【言气质、言格律(此三字原稿删去)、言神韵,不如言境界。有境界,本也。气质、格律、神韵,末也。有境界而三者随之矣。】

“气质”“格调”“神韵”都是古人所倡的诗词创作主张。

所谓气质,是一种注重诗文精神的提法。关于“气”的提法,久已有之。曹丕提出“文以气为主”,成为建安风骨的标志性特征。清黄叔琳在《文心雕龙》批语说:“气是风骨之本。”《隋书》中说北朝文学“词义贞刚,重乎气质”。清健有力的诗文是气质说所提倡的。事实上,气质是指精神上的一种美态。联系上文对“境界”的解释,气质比较接近于“境界”的“界”,类于一种精神的追求。同时也不难看出精神达到了一定高度的“境界”,也会具有气质之美。

“格调”之论始于明代七子提倡的“格调高古”,要求发乎情性,意境浑成,声调宛亮,气势雄浑。清代沈德潜提出“格调说”,但他的学说提倡以唐

“格调”为尊，兼以“温柔敦厚”的诗风，其实已经有别于明七子之说。有境界之作，意蕴流动，变化自如。雄浑之作如朔北悲风，自有铿锵之响；深婉之作如山间清泉，自有幽咽之声。此是格调当随境界高下而出之由。

“神韵”之说由来已久，最早是对于画的评论，南朝齐代谢赫《古画品录》中有“神韵气力”的说法。宋代严羽说：“诗之极致有一，曰入神。”而后明代胡应麟、王夫之等人诗评中多引用“神韵”的概念。至清代王士祯提出“神韵说”作为写诗的标杆。其实王士祯的“神韵说”有失偏颇，他以“无香火气”为标准来评判有无神韵。在唐诗中他排斥李白、杜甫、白居易，而推崇山水田园派诗人。唐代三位最富有才华和影响力的诗人都被他排斥，可见其偏。“神韵”说并非不可取，而是王士祯的评诗标准不可取。其实任何诗词都有“神韵”，而并非那些冲淡超逸的诗作才有。“神韵”的意思近于“意境”中那种独特的神髓和韵致。意境优美之作，宛如有悠远之致的国画，“神韵”俱在其内。

“境界”是一个可以于诗词中具体感知具体分析的概念，而“气质”“格调”“神韵”都是附于诗词的描述性概念，因而有内质和外表的区别。正如前文所说，“意境”可以说触到了古典诗词之美最深刻的部分，这应当就是老王说“气质”等三者随境界而出的依据。

·《人间词话》之四十七·

【“红杏枝头春意闹”，著一“闹”字而境界全出。“云破月来花弄影”，著一“弄”字而境界全出矣。】

天然的美景一般都很容易博得人们的赞赏，而人工的景致人们一般都会有诸多挑剔。词也是一样。自然天成的词让人一见倾心，而带有修饰之痕的词除非有极特别的新巧精致才能得到人们的青睐。“红杏枝头春意闹”“云破月来花弄影”正是这一类的词。

先看看宋祁的《玉楼春·春景》

玉楼春·春景　宋祁

东城渐觉风光好，縠皱波纹迎客棹。绿杨烟外晓寒轻，红杏枝头春意闹。

浮生长恨欢娱少，肯爱千金轻一笑。为君持酒劝斜阳，且向花间留晚照。

这首《玉楼春》写得极为轻快明朗，这在词中是不多见的。正如前面所言“欢愉之辞难工，愁苦之言易巧”，要写好这一类的词是不太容易的。这也是这一类词佳作较少的原因之一。

“东城渐觉风光好，縠皱波纹迎客棹。”旖旎春光正好，水面涟漪泛起，正是客船到临。縠，有皱纹的纱，用来形容水波。“绿杨烟外晓寒轻，红杏枝头春意闹。”此句上联迷蒙清冽，下联热烈生动，越发突出在漠漠春寒中挡不住的浓浓春意。一个“闹”字好似画龙点睛，把盎然生机表现得淋漓尽致。“闹”本为耳闻，然而却把枝头红杏烂漫缤纷之态写得极为传神。其他字句均可改，唯独这个“闹”字却无可更替。“浮生长恨欢娱少，肯爱千金轻一笑。”人生苦短，当及时行乐。千金又为何物？远不及佳人一笑，让人心感世间美好。“为君持酒劝斜阳，且向花间留晚照。”是杯中的美酒，还是眼前的春色使人醉了呢？词人都要举酒劝斜阳，劝说它留下晚照，映衬这花间极美的春色了。在大好春光中，原来斜阳也可以变得如此可爱。全词清新流畅，如画之景似在眼前。“闹”字点睛之笔，为此词增辉不少，三分春色，自此变成十分。

再看看张先的《天仙子》。

天仙子　　张先

（时为嘉禾小倅，以病眠，不赴府会。）

水调数声持酒听，午醉醒来愁未醒。送春春去几时回？临晚镜，伤流景，往事后期空记省。

沙上并禽池上暝，云破月来花弄影。重重帘幕密遮灯。风不定，人初静，明日落红应满径。

此词名为伤春，实乃伤己。词人仕途不得志，序中已言明托病不愿赴府会。“水调数声持酒听，午醉醒来愁未醒。”水调歌传为隋炀帝开凿运河时所制。午醉醒来愁思依旧，悲声不忍听闻，只能再持杯浇心中块垒。“送春春去几时回？”此句承首句，直解为何而愁。春逝去其实亦有重来之时，但年华老去却无从挽回。此句别有深意。“临晚镜，伤流景，往事后期空记省。”意接上句，更深一层。晚镜独照，却见青丝早成白发，往事可堪回首？流年似水而逝，对此敢不伤怀？下阙轻轻一转，似词人不堪再望镜中人而转向窗外。沙上水鸟双双，池中暮色深沉，忽而云破月开，却见风过花影，婉转婀娜。此句佳处在于昏暝之中，月光忽明，花的娇柔之态乍现于眼前。前为铺叙，后为高潮，极好地突出了花顾影自怜的仪态。“弄”字传神之笔，顿生一种自怜之态。“重重帘幕密遮灯”，孤灯相对，帘幕重重，似写不愿再睹春伤情。“风不定，人初静，明日落红应满径。”而这伤春的愁绪却似永难拂去，人欲静而风不止，想来明日又是落红满径吧。“落红满径”与首句伤春之愁正相应。全词意韵连绵，意境深切动人。著一“弄”字笔则让人有豁然间境界全开之感，诚为妙笔。

说起这两首词的作者，还有一则趣事。

宋胡仔《苕溪渔隐丛话》中载：“张子野（张先）郎中以乐章擅名一时。宋子京（宋祁）尚书奇其才，先往见之，遣将命者，谓曰：‘尚书欲见“云破月来花弄影”郎中乎？’子野屏后呼曰：‘得非“红杏枝头春意闹”尚书邪？’遂出，置酒尽欢。盖二人所举，皆其警策也。”两人正是所谓的惺惺相惜了。不知道老王是不是恰好看到这一段轶事后有所感触，才写下这一条呢？

·《人间词话》之四十八·

【“西风吹渭水，落日满长安。”美成以之入词，白仁甫以之入曲，此借古人之境界为我之境界也。然而非自有境界，古人亦不为我用。】

“西风吹渭水，落叶满长安”出自唐代贾岛的《忆江上吴处士》。而周邦彦“渭水西风，长安乱叶”句出自《齐天乐·秋思》，白朴的“伤心故园，西风渭水，落日长安”出自《梧桐雨》杂剧第二折《普天乐》。对于探究意境而言，只看只字片语或许有些失真，把握全诗会来得更加准确。

先来看看贾岛的《忆江上吴处士》。

忆江上吴处士　　贾岛

闽国扬帆去，蟾蜍亏复圆。秋风吹渭水，落叶满长安。

此地聚会夕，当时雷雨寒。兰桡殊未返，消息海云端。

这首诗说的是贾岛对友人的怀想。“闽国扬帆去，蟾蜍亏复圆”即言友人去福建，久已未见。“蟾蜍”指月亮，“亏复圆”非实指一个月的时间，而是指数月这一比较长的时间。“秋风吹渭水，落叶满长安”突出了一种对好友的感怀之情。渭水本是旧时送别好友之地，本就不由得感伤怀念。此时秋风瑟瑟，吹动水波，满城落叶飞扬，铺满街道路旁，更映衬出一种怅然的感触。“此地聚会夕，当时雷雨寒。”相会畅谈至晚，犹忆当时窗外雷雨交加的情景。“兰桡殊未返，消息海云端。”桡是船桨，是说朋友未归，只能遥望天边海云，期望能得到朋友的消息。

“秋风吹渭水，落叶满长安”句所选取的景象极具代表性，给人留下深刻印象，对全诗的主旨是一个非常好的烘托，无怪乎后世诗人多有借用。

再看看两首借用之作《齐天乐·秋思》和《梧桐雨》第二折《普天乐》。

齐天乐·秋思　　周邦彦

绿芜凋尽台城路，殊乡又逢秋晚。暮雨生寒，鸣蛩劝织，深阁时闻裁剪。云窗静掩。叹重拂罗裀，顿疏花簟。尚有綀囊，露萤清夜照书卷。

荆江留滞最久，故人相望处，离思何限？渭水西风，长安乱叶，空忆诗情宛转。凭高眺远。正玉液新篘，蟹螯初荐。醉倒山翁，但愁斜照敛。

周邦彦的这首词亦有怀故人之意，但词中更深的是一种对时光流转而不觉岁暮的人生感慨。

“绿芜凋尽台城路，殊乡又逢秋晚。”台城原是东晋和南朝的宫殿所在地，故址在江宁，这里是代指江宁。江宁的故宫荒芜凋零，而颇有《诗经·王风·黍离》之感，更加托出萧索之意。本已人在异乡，不胜感叹，更逢秋晚，萧瑟之景更是触动离愁。“暮雨生寒，鸣蛩劝织，深阁时闻裁剪。”暮雨中寒意袭来，促织声似催人纺纱，诗人不时听到深阁中裁剪之声。此句写暮雨之寒、促织之声，具体写“殊乡秋晚”之景，将上句中的秋意推进了一层。诗人深感寒意却听到他人裁剪之声，而异乡谁又为我裁衣呢？此处将客居的寂寞凄苦更推进了一层。美成词落笔多有深意，不直叹客子无衣，而写促织声、裁剪声，其意正在于此。“云窗静掩”，明写云窗难掩上句中寒意和秋声，实则悲秋之意无处不在，难以隔绝。句意连绵，并以“云窗”将视线拉回屋内，拓开下句。“叹重拂罗裀，顿疏花簟。”花簟即夏天的竹席，罗裀是秋冬所用夹褥。撤去凉席，重新将夹褥拂去尘埃垫上。诗人心细如发，极为细微平常的举动都能引起诗人的感叹。这句其实有感慨世态炎凉之意，人情的亲近疏远，似乎也如这花簟罗裀一般。此句和上句都是从“生寒”而来，身感寒热，心知冷暖。“尚有練囊，露萤清夜照书卷。”此句典出《晋书·车胤传》：“家贫不常得油，夏月则练囊盛数十萤火以读书。”“尚有”二字有两重意思。其一是席褥置换之时还留下練囊，预示不忘旧情；其二有“幸好还有”練囊和书卷之意，还能在清冷的秋夜中读书，这似乎已成诗人莫大的慰藉。夜色中的微光，仿佛是支撑诗人的希望，这是“練囊”“露萤”之所指。也只有这读书的微光才能支撑得起这如夜的哀愁吧。此句颇有坚忍之意。

“荆江留滞最久，故人相望处，离思何限？”下阙起头，荡开一笔。在荆州停留久，与友人友情深厚，现在想来应在遥遥相望，别情尤深。此句与“疏乡”正应，异乡之叹，最主要只在孤寂，有亲情友情则无谓异乡。“渭水西风，长安乱叶，空忆诗情宛转。”此句是全诗高潮。诗人心绪难宁，追忆当年临长安渭水，对秋风乱叶，抒怀畅意的倥偬岁月。长安实指汴京。当年清秋之景，现在回想起来，又别是一番滋味。“凭高眺远。”回结上句，西风渭水实为登高远望之怀想。这是遥望汴京回忆当年，抑或是望这不尽的悲秋呢？兼而有之。“正玉液新篘，蟹螯初荐。”篘，滤酒之意。玉液新篘，即美酒新酿。人生不畅意，唯有寄情于杯中之物了。末句“醉倒山翁，但愁斜照敛”诚为佳句，已然大醉却难逃愁思笼罩，斜阳余晖渐敛，想要挽回却是无可奈何。明写斜阳已暮，实为慨叹岁月逝去无法留住。“斜照敛”与首句“绿芜凋尽”暗相呼应，而更有感叹一种人生无奈岁月蹉跎的不尽之愁言于意外，周氏顿郁内敛之风可见一斑。

这里“渭水西风，长安乱叶”是回忆之境，也是一种混杂着感念与失落情愫的境界，比之“秋风吹渭水，落叶满长安”的感受又是不同。

《唐明皇秋夜梧桐雨》（第二折节录）

〔普天乐〕恨无穷，愁无限。争奈仓卒之际，避不得蓦岭登山。銮驾迁，成都盼。更那堪浐水西飞雁，一声声送上雕鞍。伤心故园，西风渭水，落日长安。

《梧桐雨》，全名《唐明皇秋夜梧桐雨》，以李隆基和杨玉环的爱情故事为主线，反映安史之乱这一历史事件。《普天乐》一调是李隆基决定弃长安西进之时所唱的。仓然回望，故园的西风渭河，在落日下更加只显得倍加萧索悲凉。此境反映了李隆基当时离去之时惜别痛切的感受，与前两首别有不同。

从上面的对照我们也可以看出，唐诗的境界与宋词很有些不一样，即便感伤，也大多或淡然，或磊落，不像后者那样深刻幽微。而元曲则多了一分圆融通透的世俗味，这也是戏曲的表达需要所致。因为表达上的差异，类似的化用其实大多不会与原诗之境相同，但有可能会有近似之处。化用前人诗句，一定要得当。意境相同或者类似就难免会有抄袭的嫌疑。所以化用之境一定要有自己的境界，或另出新意，或青出于蓝，照搬不仅难以达到“借古人之境界为我之境界”的目的，还会落入俗套，因而被人指摘。这就是老王所说“非自有境界，古人亦不为我用”的含义。

·《人间词话》之四十九·

【境界有大小，然不以是而分高下。“细雨鱼儿出，微风燕子斜”，何遽不若“落日照大旗，马鸣风萧萧”。“宝帘闲挂小银钩”，何遽不若“雾失楼台，月迷津渡”也。】

优美或壮阔的境界一样都能给人美感，这两种境界是没有高下之分的，只有个人的好恶会对这两种境界的评判产生影响。

“细雨鱼儿出，微风燕子斜”和“落日照大旗，马鸣风萧萧”都是杜甫的诗。前者出自《水槛遣心·二首之一》，后者出自《后出塞·五首之二》。

水槛遣心·二首之一　　杜甫

去郭轩楹敞，无村眺望赊。澄江平少岸，幽树晚多花。

细雨鱼儿出，微风燕子斜。城中十万户，此地两三家。

1898年正月，王国维踏上了赴上海求学的航程。1900年12月赴日本学习，因病于次年返家养病。日本留学后，他在罗振玉办的《教育世界》发表了大量译作，通过编译，并加以自己的论述，介绍了大量近代西方学人及国外科学、哲学、教育学、美学、文学等领域的先进思想。同时，王国维还对美学、词学进行研究，写出了著名的《人间词话》，对中国戏曲史进行研究，撰有《曲录》等多部著作，为《宋元戏曲考》的完成奠定了基础。

后出塞·五首之二　　杜甫

朝进东门营，暮上河阳桥。落日照大旗，马鸣风萧萧。平沙列万幕，部伍各见招。

中天悬明月，令严夜寂寥。悲笳数声动，壮士惨不骄。借问大将谁？恐是霍嫖姚。

“细雨鱼儿出，微风燕子斜”的清新可喜和“落日照大旗，马鸣风萧萧”的苍远悲壮确是对比的鲜明。“细雨”句目光所及，十步之内即有境界。微风细雨中，鱼儿出水，燕子斜掠，三言两语构建出一幅生机盎然的春景图，更于其中洋溢着一种喜悦闲适的心境。

“落日照大旗，马鸣风萧萧”则有一种望不到边的悲戚壮美。落日本已苍茫，而西风萧萧，战马的嘶鸣又将人心中之悲带至远处，似有无穷无尽之感。此境宏远壮阔，天地之间，无不是境界所包。

正如上面所言，“细雨鱼儿出，微风燕子斜”和“落日照大旗，马鸣风萧萧”有不同风格的美。然而壮阔不能成为后者压倒前者的理由。因为两者同是诗人心底对这个世界的感触。世界不仅有大美存于天地之间，亦有细微处的心灵感悟让人心动。这里引用得很聪明，如果引用的是不同人所作，其高下或会起争辩。而同为一人所作，同是一人之感，则无可辩驳，亦无须辩驳。

“宝帘闲挂小银钩”“雾失楼台，月迷津渡”分别引自秦观的《浣溪沙》和《踏莎行》。

浣溪沙　　秦观

漠漠轻寒上小楼，晓阴无赖似穷秋。淡烟流水画屏幽。

自在飞花轻似梦，无边丝雨细如愁。宝帘闲挂小银钩。

踏莎行　　秦观

雾失楼台，月迷津渡。桃源望断无寻处。可堪孤馆闭春寒，杜鹃声里斜阳暮。

驿寄梅花，鱼传尺素。砌成此恨无重数。郴江幸自绕郴山，为谁流下潇湘去？

《浣溪沙》为秦观最有代表性的作品之一，其词清凄幽美，恬淡婉静。“宝帘闲挂小银钩”，珠帘挂起，所见为何？应是“自在飞花轻似梦，无边丝雨细如愁”之景。“闲挂”似是淡定，但那一缕清愁总是从心底无由升起，如飞花丝雨一般在心中轻扬，挥之不去，令人感伤不已。

“雾失楼台，月迷津渡”是秦观词中较为少见的空阔之境。楼台隐于弥漫的雾中，津渡没于凄迷的月下。世间之大，却无处归去，引出下句“桃源望断无寻处”的感叹。此境空远迷蒙，正应了诗人迷惘伤情的心境。

其实，每个人的心中都有各种各样的情绪和感受。“宝帘闲挂小银钩”的境界远不如“雾失楼台，月迷津渡”阔远，但其感触却是一样深沉动人的。由此可见，诗词的境界中，无论宏壮和清幽都可以成为至美之景。诗人把幽微处或是壮阔处的感受融于景致之中，我们因此才发现了深藏这个世界之中的美和世界带给我们的独特感受。

·《人间词话》之五十·

【昔人论诗词,有景语、情语之别。不知一切景语,皆情语也(此条原稿删去)。】

诗词以景抒情,古已有之。

所谓景语,在古典诗词渊源之一的《诗经》之中就多有体现。其一是比兴之句。看似直接写景,但其实是因为景致触动了歌者内心深处的感情,或悲或喜,不一而足。类似“关关雎鸠,在河之洲”即有向往之情,“彼黍离离”有悲戚叹息之意,“桃之夭夭,灼灼其华”含喜悦和祝福之情等等。其二是诗中出现的景致,多用来映衬情感,最著名的当属“昔我往矣,杨柳依依;今我来兮,雨雪霏霏”,以喜景写悲,以悲景写喜,比起比兴句,这是更为明显的“景语皆情语”。而楚辞中景语亦多,《九章·涉江》中“霰雪纷其无垠兮,云霏霏而承宇”、《九歌·湘夫人》中“袅袅兮秋风,洞庭波兮木叶下”、《九章·怀沙》中“滔滔孟夏兮，草木莽莽”等等都是，诗人有感而发，其中多有深情。

及至汉诗，典型的像“秋风起兮白云飞，草木黄落兮雁南归”“青青河畔草，郁郁园中柳”“处所多霜雪，胡风春夏起”等等，莫不以景抒怀，或是因景起意。而后魏晋南北朝时期，景语更多。建安风骨至今让人向往，譬如“月明星稀，乌鹊南飞”“秋风萧瑟，洪波涌起”“山冈有余映，岩阿增重阴”“秋风萧瑟天气凉，草木摇落露为霜”“高树多悲风，海水扬起波”“明月照高楼，流光正徘徊”等等，都在此列。晋代南北朝时期，景语蔚为大观，陶渊明、大小谢等一大批杰出的诗人莫不是以景抒怀的高手，除去第四十五条中所举“千古壮语”外，还有“暖暖远人村，依依墟里烟”“白日沦西阿，素月出东岭”“析析就衰林，皎皎明秋月”“孤月出北山，宿鸟惊东林”等等，都是情绪暗藏，为抒情之用。

唐诗宋词大兴于当时之世，自然与之前以景抒情之作一脉相承。先说唐诗，例子就不胜枚举，若前条中“秋风吹渭水，落叶满长安”景中的感怀之情，“山光悦鸟性，潭影空人心”景中的禅意心境，“星垂平野阔，月涌大江流”景中的寥廓悲戚之意，“天阶夜色凉如水”景中的幽怨之叹等等。于词则更多，词体更适合抒情，而其景之中更是情致款款，例如“碧云天，黄叶地，秋色连波，波上寒烟翠”“一望关河萧索，千里清秋”“渡头杨柳青青，枝枝叶叶离情”“数点雨声风约住，朦胧淡月云来去”“斜阳外，寒鸦万点，流水绕孤村”等等，无不是饱含情绪。

究其原因，诗本是心声，诗人的心灵好比多棱镜，万物都是通过诗人的心灵折射到诗中，呈现出不同的色彩。我悲则无景不悲，我喜则无物不喜。“一切景语皆情语”，此之谓也。

·《人间词话》之五十一·

【“岂不尔思，室是远而。”孔子讥之。故知孔门而用词，则牛峤之“甘做一生拚，尽君今日欢”等作，必不在见删之数(此条原稿已删去)。】

牛峤，生卒年不详，字松卿，一字延峰，临州狄道(今甘肃临洮)人。唐宰相牛僧儒之孙，前蜀王建拜为给事中，又称“牛给事”。其人博学多才，以诗词闻名。

“岂不尔思，室是远而”引自《论语·子罕》：“‘唐棣之花，偏其反尔，岂不尔思，室是远尔。’子曰：‘未之思也，夫何远之有？’”

菩萨蛮　　牛峤

玉楼冰簟鸳鸯锦，粉融香汗流山枕。窗外轱辘声，敛眉含笑惊。
柳荫烟漠漠，低鬓蝉钗落。须作一生拚，尽君今日欢。

乍看牛峤此词，竟然有些像元曲，如此热辣大胆的言辞在词中实属少见。看得出来老王对言之无物的“雅词”是非常反感的。只要情真，如此直率冶艳的词都能入他法眼。牛峤此词是不折不扣的“艳词”，甚有民歌之风，写得极为直白。礼教是什么，规矩是什么，喜欢就是喜欢，就是为你付出所有而心甘情愿。

老王引用孔夫子说的那番话很有意思。“唐棣之花，偏其反尔，岂不尔思，室是远尔。”其未见于现存版本的《诗经》，应当是逸诗。唐棣即棠棣，其花先开后合。那位写诗的青年想念佳人，却又说路途遥远。所以孔子嘲笑他说：“哪里有什么路远，是他根本就没有相思而已。”真正相思起来，口干舌燥，坐立难安，宛如得了病一般，又怎么还会借口什么路途遥远不去见她呢？为了心爱的恋人，赴刀山下火海都会在所不辞，区区长路实在是算不得什么。只是孔子难说不会删“须做一生拚，尽君今日欢”这样露骨的句子，他所说的，应当是为了劝学。学习也要有一种愿望和动力，真的想学，又“何远之有”呢？

“真”是诗词的第一要素，来不得半点惺惺作态。老王对于诗词中“真”的重视，也是他人生态度的一种体现。

·《人间词话》之五十二·

【词家多以景寓情。其专作情语而绝妙者，如牛峤之“甘作一生拚，尽君今日欢。”顾夐之“换我心，为你心，始知相忆深。”欧阳修之“衣带渐宽终不悔，为伊消得人憔悴。”美成之“许多烦恼，只为当时，一饷留情。”此等词古今曾不多见，余《乙稿》中颇于此方面有开拓之功。】

顾夐，生卒年不详。曾仕于前蜀，后为后蜀太尉，又称“顾太尉”。顾夐生性诙谐，擅长小词。

诉衷情　　顾夐

永夜抛人何处去？绝来音。香阁掩，眉敛，月将沉。争忍不相寻？怨孤衾。换我心，为你心，始知相忆深。

庆宫春　　周邦彦

云接平冈，山围寒野，路回渐转孤城。衰柳啼鸦，惊风驱雁，动人一片秋声。倦途休驾，淡烟里，微茫见星。尘埃憔悴，生怕黄昏，离思牵萦。

华堂旧日逢迎，花艳参差，香雾飘零。弦管当头，偏怜娇凤，夜深簧暖笙清。眼波传意，恨密约，匆匆未成。许多烦恼，只为当时，一饷留情。

牛峤的“须作一生拼，尽君今日欢”情意真挚，直白大胆。此词上文已说，不复多言。

顾敻的《诉衷情》两首小词，情深动人，其中尤以“换我心，为你心，始知相忆深”一句为最。夜漫长，月冷清，爱侣不见，徒有孤衾，香阁难掩那一份刻骨的相思寂寞。也许只有换我的心，变成你的心，你才能知道那种思念是多么深沉苦楚吧。此句情深意切，哀怨动人，让人直为之心恻。

“衣带渐宽终不悔，为伊消得人憔悴。”柳永之词，真切得仿佛能让你看到他深挚哀痛的眼神。千古的寂寞孤独、相思苦恨，都在这一句中缓缓沉淀下来。此句应为当之无愧的古今相思第一名句。

“许多烦恼，只为当时，一饷留情。”诗人的一颗心在不经意间遗落在佳人身边。心有挂牵，则必有烦恼。那一刹那的美好，也许将永存于心而不复再得。命运总是给人莫名的喜悦和痛楚，为何会相见，又为何要分开？曾经的美好散落在记忆之中，越想追寻却越是追寻不到。此种烦恼，也只有自己才能知道其中的滋味。未有真情，难出此言。情之所至，仿若心中抑闷冲口而出，才让此句有了感人肺腑的力量。

专作情语，直抒胸臆，在词中的确很少见。词中多言愁，但多不言愁为何物。类似于这样直白的爱情宣言，从来都被视为冶艳之词，不登大雅之堂。其实情至深处，又何需隐晦呢？中国古代文明虽至大盛美，但对于人性有压抑的一面，爱情向来都是奢侈物。这也正是这类词较少见的主要原因。老王说在自己的《人间词》中多有留意借鉴此类词，莫非是“拼取一生肠断，消他几度回眸”“厚薄不关妾命，浅深只问君恩”“独有倚阑人，断肠君不闻”等句子吗？这些句子的确是对以上情语多有借鉴，但开拓也就未必有了。不是说老王的词不好，而是词在当时都早已式微，白话文兴起后更是已成过往。到现在我们也只能在那典秀清丽的字间，寻求那种能给我们倦怠的心灵带来一丝慰藉的永恒之美了。

·《人间词话》之五十三·

【梅圣俞《苏幕遮》词:“落尽梨花春又了。满地残阳,翠色和烟老。”刘融斋谓:少游一生似专学此种。余谓:冯正中《玉楼春》词:“芳菲次第长相续,自是情多无处足。尊前百计得春归,莫为伤春眉黛促。”永叔一生似专学此种。】

梅尧臣(1002~1060),字圣俞,宣州宣城(今安徽宣城)人。宣城古称宛陵,世称宛陵先生。梅尧臣诗风质朴,其主张对宋诗影响甚大,开宋一代诗风。

“落尽梨花春又了。满地残阳,翠色和烟老。”此词虽为伤春,但写得境界开阔,有感怀之伤,却无幽微之恨。下文会作详解。而冯延巳《玉楼春》写道:“雪云乍变春云簇,渐觉年华堪纵目。北枝梅蕊犯寒开,南蒲波纹如酒绿。芳菲次第长相续,自是情多无处足。尊前百计得春归,莫为伤春眉黛促。”其境多幽微深婉,其叹亦深沉悠长。试看“自在飞花轻似梦,无边丝雨细如愁”“无奈归心,暗随流水到天涯”“困倚危楼,过尽飞鸿字字愁”等句,幽恨横生。说秦词承冯词而来,的确比说承梅词更有道理。老王品词,的确深得其味。

·《人间词话》之五十四·

【人知和靖《点绛唇》、圣俞《苏幕遮》、永叔《少年游》三阕为咏春草绝调，不知先有正中“细雨湿流光”五字，皆能写尽春草之魂者也。】

林逋(967～1028)，字君复，钱塘(今浙江杭州)人。长年隐居于杭州孤山，不娶不仕，种梅养鹤，号称“梅妻鹤子”。谥和靖先生。有《林和靖诗集》传世。

林逋的《点绛唇》、梅尧臣的《苏幕遮》和欧阳修的《少年游》历来被称为咏春草的佳作，老王又再添上冯延巳的《南乡子》中的“细雨湿流光”五字。试观之，看这些词句如何“写尽春草之魂”。

点绛唇　　林逋

金谷年年，乱生春色谁为主？余花落处，满地和烟雨。

又是离歌，一阕长亭暮。王孙去。萋萋无数，南北东西路。

"金谷年年,乱生春色谁为主?"金谷,西晋富豪石崇在洛阳所建的豪宅。石崇在《金谷诗序》里说,他曾在金谷涧为征西将军祭酒王诩饯行。江淹《别赋》中即有"送客金谷"之说,后指送别之所。金谷芳草,均含离别之意。而"乱生"写其荒芜,亦有如意绪的迷离,不仅仅喻离别之愁,更有一种沧海桑田的深沉感慨。"谁为主",其人已去,徒留空园。曾经的富丽繁华如云烟消散,到如今只剩得断壁残垣。春草无情,年年还生。"余花落处,满地和烟雨。"早过花开之时,只剩下星星点点余花随春雨凋落。满地的春草青青,随烟雨摇荡轻摆。"满地"犹写遍地春草给人带来的离愁之多之密。此句亦惜春,亦伤别。"满地和烟雨"真是佳句。不言愁而遍地皆愁,将一个大写的愁字轻轻铺满心间。诗人的惆怅如同春草,随烟雨飘摇不定。

"又是离歌,一阕长亭暮。"回望上阙,蓦然惊觉其中离愁不显而其实处处皆写离愁。骊歌可堪听?长亭又日暮。此时此景,倍添感伤情绪。"王孙去。萋萋无数,南北东西路。"王孙,指贵族,诗词中往往指代出门外游的人。远行之人决绝而去,渐已不见,只剩得这无数不解人哀愁的春草,长满东西南北的道路。天地苍远,那无处不在的萋萋春草,在每一个人眼中和心底,都染上了离别伤感的翠色。

此词不言春草不言愁,却是处处春草处处愁。写春草,亦让人心旌为之摇摆。

苏幕遮　　梅尧臣

露堤平,烟墅杳。乱碧萋萋,雨后江天晓。独有庾郎年最少。窣地春袍,嫩色宜相照。

接长亭,迷远道。堪怨王孙,不记归期早。落尽梨花春又了。满地残阳,翠色和烟老。

"露堤平,烟墅杳。"堤上青草平整,露珠隐约;远处乡间宅屋在如烟的迷蒙春色中若隐若现。"乱碧萋萋,雨后江天晓。"此句以雨后天晓的清朗澄澈之境来衬托萋萋春草的盎然生机,尤显春草绵郁可爱。"独有庾郎年最少。窣地春袍,嫩色宜相照。"庾信是南朝梁代名士,成名甚早,"年十五,侍梁东宫讲读"。后出使北朝之时被强留,被迫仕于魏。这里借指离乡为官的青年才俊。窣地春袍,窣地,长袍及地;春袍,指宋代官服,年轻官员初入仕时一般身着青色章服。嫩色宜相照，即言宦游少年英姿勃发，所着青袍正与遍地青草的嫩色辉映生彩。

“接长亭，迷远道。”下阙笔调一转，从春风得意到倦鸟思归。此句用李白《菩萨蛮》“何处是归程？长亭连短亭”之意，凸显一种迷途思归的情思。“堪怨王孙，不记归期早。”诗人以王孙自指，深为厌倦宦海沉浮，早该归去。“落尽梨花春又了”，用唐代李贺《河南府试十二月乐词·三月》之句：“曲水飘香去不归，梨花落尽成秋苑。”春已归去，梨花凋尽，落英缤纷，恍若悲秋将至。“满地残阳，翠色和烟老。”末句更是突出了这种悲意。残阳余晖满地，青青春草的翠色在夕照烟光中似乎也慢慢老去。日光渐黯，暮色渐起，草色也因此变得不再翠绿欲滴，而是开始变得凝重，正似“老去”之语。诗人可谓观察细致入微，写得异常生动传神，极衬此刻心境，真为神来之笔。此句日暮时的凄迷黯淡与上阙中“雨后江天晓”的清朗澄澈形成了极其鲜明的对比，“翠色和烟老”又呼应上句中的“嫩色宜相照”，令全词浑然一体。

此词上下阙对比鲜明，读来让人深为感慨。“满地残阳，翠色和烟老”乃神妙之笔，更为此词增色良多。

少年游　　欧阳修

阑干十二独凭春，晴碧远连云。千里万里，二月三月，行色苦愁人。

谢家池上，江淹浦畔，吟魄与离魂。那堪疏雨滴黄昏，更特地、忆王孙。

“阑干十二独凭春，晴碧远连云。”独自凭栏，遥望春色，春草碧色连绵，直到天边，似与云连。“十二”言栏杆多，更言十二栏杆都凭遍，意凭栏之久，暗喻怀人。晴碧，天气晴朗则草色亦明。“千里万里，二月三月，行色苦愁人。”千里万里，与“连云”意相接；二月三月，意承上句“春”字，极言春草繁茂绵延，无边无际，对此更加勾起思念，愁苦无极。

“谢家池上，江淹浦畔，吟魄与离魂。”“谢家池上”指谢灵运《登池上楼》中名句“池塘生春草”。这句极妙，似写出池上春草之魂魄，故谓之“吟魄”。“江淹浦畔”指江淹的《别赋》中“春草碧色，春水渌波，送君南浦，伤如之何”，写浦畔春草含别离之意；又因为赋中有“知离梦之踯躅，意别魂之飞扬”，所以说“离魂”。末句“那堪疏雨滴黄昏，更特地、忆王孙。”景致不堪看，更兼黄昏疏雨，滴落人心头，不由得忆起远人。由景入情，极其自然。此句与首句怀人之意暗中呼应相连，情景相生，浑然一体。

此句写思妇怀人，却一改花间习气，写得意境开阔辽远，语言质朴可亲，读来让人有耳目一新之感。

南乡子　　冯延巳

细雨湿流光，芳草年年与恨长。烟锁凤楼无限事，茫茫，鸾镜鸳衾两断肠。

魂梦任悠扬，睡起杨花满绣床。薄幸不来门半掩，斜阳，负你残春泪几行。

“细雨湿流光，芳草年年与恨长。”春草甫长，正是青翠欲滴。细雨蒙蒙，沾湿春草，轻轻摇曳，流光盈动。其境界之美，只可意会，难于言传。无情芳草，年年勾起旧恨，雨中平添翠色，望之更觉惊心。词人体物入微，此句与“翠色和烟老”各写不同时候的春草，亦各尽其妙。“细雨湿流光”确是佳句，难怪老王欣赏。“烟锁凤楼无限事，茫茫，鸾镜鸳衾两断肠。”窗外不堪看，转对花镜罗衾。烟锁阁楼，无限往事涌上心头，让人茫然失我。对镜人憔悴，罗衾独卧寒，对此如何不断肠？

“魂梦任悠扬，睡起杨花满绣床。”下阙暗接“鸳衾”。魂梦任悠扬，醒后才倍感悲戚。杨花铺满绣床，春恨袭上心头。“薄幸不来门半掩，斜阳，负你残春泪几行。”门半掩，主人公犹在痴心等待薄幸之人。人不至，只好对斜阳。斜阳难以挽留，正如那薄幸之人，可知你负我相思泪几行？

此词妙处还在“细雨湿流光”。春草恰似闺中人：盼归之意正如青草流光隐现；雨润湿春草，如一种恨人不归之怨蒙于心头；愈恨愈盼归，犹如雨湿青草却难掩其流光，反增其亮色。此句之妙，恒可玩味。由是观之，本句中所谓春草之魂，亦思妇之魂也。

以上词句，摹春草之态得其态，写春草之神得其神，正如王氏所言“皆能写尽春草之魂也。”其中各有妙笔佳处，风格亦各不相同，高下之分还是留给读者自去研判吧。

·《人间词话》之五十五·

【诗中体制以五言古及五、七言绝句为最尊，七古次之，五、七律又次之，五言排律最下。盖此体于寄兴言情均不相适，殆与骈体文等耳。词中小令如五言古及绝句，长调如五、七律，若长调之《沁园春》等，则近于五排矣。】

诗人的心是自由的，诗也如此。越多限制，越少佳句，诗的表达和限制是成反比的。

五言、七言绝句限制不多，既适合吟唱，又不失音律，因此佳句极多，为唐诗最上品者。老王将绝句列为“最尊”在情理之中。五言、七言古诗最为自由，其风格更加多样化，佳作也多。五、七言古诗区别在于五言古诗更加洗炼，意境更为集中（如陶渊明、大小谢之诗）；七言古诗抒情更加通畅，其长篇之作，或汪洋恣肆（如李白《梦游天姥吟留别》），或华美流畅（如白居易《琵琶行》、《长恨歌》），或工丽庄严（如李商隐《韩碑》），其艺术价值也是很高的。至于为什么老王把七古排在五古之后，也许是个人喜好的原因吧。五律、七律中间两联必须对仗，而平仄上要求也更多，这对诗人的表达又多了限制。即使有好句子，因为音律对仗不合，也许就转为五古和七古了。五、七言律诗佳作也是不少的，但因为表达上的限制，因而排在了后面，也就是老王所说的“又次之”。而五言排律向来被视为畏途，除首尾两句，中间全部要求对仗，还必须符合字句的平仄要求。如此苛求，佳作少也就不奇怪了。这就是老王所说五排“寄兴言情均不相适”的原因。此种诗体已经类似骈文，诗人按此写诗难免就会流于形式，追求字句工丽而失去了表达的诉求，说此体“最下”应属合情合理。

比之于词，老王说“词中小令如五言古及绝句”值得商榷。其实五言古诗应该不能和小令相比较，因为一则五言古诗几无约束，而小令还有句式平仄；二则五言古诗篇幅可以很长，而小令则有字数限制。再有“长调如五、七律”也不妥，中调字数应该与律诗更加相近。“小令如绝句、中调如律诗、长调如排律”这样说应该更合理。

词之为体，其实较格律诗的表达更加自由，因为可以选择不同的词体来表达，而不是每句一定要有五、七言的限制。这也就是长调比排律佳作多很多的重要原因。

·《人间词话》之五十六·

【长调自以周、柳、苏、辛为最工。美成《浪淘沙慢》二词，精壮顿挫，已开北曲之先声。若屯田之《八声甘州》，东坡之《水调歌头》，则佇兴之作，格高千古，不能以常调论也。】

苏轼《水调歌头》和柳永《八声甘州》两词，壮采高格，实为长调冠冕。

水调歌头　　苏轼

（丙辰中秋，欢饮达旦，大醉。作此篇，兼怀子由）

明月几时有？把酒问青天。不知天上宫阙，今夕是何年？我欲乘风归去，又恐琼楼玉宇，高处不胜寒。起舞弄清影，何似在人间。

转朱阁，低绮户，照无眠。不应有恨，何事长向别时圆。人有悲欢离合，月有阴晴圆缺，此事古难全。但愿人长久，千里共婵娟。

“明月几时有？把酒问青天。”首句真可谓奇语破空而来。诗人仰望长空那一轮似乎亘古以来就不曾改变的皎皎孤月，在赞叹造化神奇之余，不禁发出何时有此明月的感问。人是如此渺小，人生是如此短暂。在叹喟中，诗人仿佛窥见了宇宙那永恒而深邃的眼神。把酒问青天，如此浪漫情怀，千百年来，也只有苏轼和诗仙李白才有吧。李白在《把酒问月》中写道：“青天有月来几时，我今停杯一问之。”而苏轼豪兴逸发，直问苍天，此问如奇峰突起，给人的感受和震撼更加深沉和强烈。“不知天上宫阙，今夕是何年？”奇思妙想，佳句仿佛顺手拈来。首句的感问中已经隐现向往之情，而这句更是探问天宫年月，言下有欲往之意。“天上宫阙”对应“明月”，“今夕何年”对应“几时”，紧密相连而意蕴流畅。“我欲乘风归去，又恐琼楼玉宇，高处不胜寒。”人生不如意十之八九，难怪诗人欲归去遁世。苏轼以“谪仙”自许，因此有“归去”之说。正言欲随风直入天宫，然而语意急转直下：“又恐琼楼玉宇，高处不胜寒。”明言恐天宫寒冷，实乃诗人在出世与遁世间矛盾徘徊，但他最终做出了选择。“起舞弄清影，何似在人间。”与其飞往寒冷莫测的天宇，不如留在人间。月下起舞，清影相伴，亦足以抚慰心灵的创伤。人世间纵有百般无奈，诗人还是依旧不忍归去。罗曼·罗兰曾说：“生活中只有一种英雄主义，那就是认清了生活的真相之后依然热爱生活。”此句深意，正在于此。苏子情怀，让人感佩不已。

“转朱阁，低绮户，照无眠。”明月辗转，穿阁越户，终照无眠之人。诗人酒醒平静下来，再望明月，却又是别样的感受。“不应有恨，何事长向别时圆。”明月不应有恨，却为何偏偏别时更圆，勾起无数别愁恨意。“人有悲欢离合，月有阴晴圆缺，此事古难全。”苏轼毕竟是豁达的。明月本无错，又何故怨它？人生的欢乐悲伤，聚散离合，正如月轮的阴晴圆缺一样，本就是无可避免的。世间的种种欢笑与悲歌，狂喜与清愁，都沉淀在这短短的十七字之中了。“但愿人长久，千里共婵娟。”在这样的月下，总是让人回想起万无所求、唯愿家人平安的朴素期望。明月初升，光华普照天地，宛如一种平和的希翼在每个人的眼帘心底浮现，那种淡淡的温馨和浓浓的情思同感于每一个望月之人的心灵深处。此句流传千古，将那种思念亲人、祝福亲人的情怀深深地刻在了每一个华夏儿女的心头。

苏轼此词，直如行云流水一般，浑若天成。一种浪漫情怀和深沉感喟在千古以来默默不语的月华之中弥漫隐现，时时触动我们的心灵。此非人言，已近乎神语。

八声甘州　　柳永

对潇潇暮雨洒江天，一番洗清秋。渐霜风凄紧，关河冷落，残照当楼。是处红衰翠减，苒苒物华休。惟有长江水，无语东流。

不忍登高临远，望故乡渺邈，归思难收。叹年来踪迹，何事苦淹留。想佳人、妆楼颙望，误几回、天际识归舟。争知我、倚阑干处，正恁凝愁。

“对潇潇暮雨洒江天，一番洗清秋。”起句气势不凡。清秋时节，潇潇暮雨过后，江天澄澈如洗。“洒”“洗”二字佳妙，一写雨态飘洒，一写江景清朗，摹之入神。明朗阔远，清景毕现于眼前。“渐霜风凄紧，关河冷落，残照当楼。”雨后景致为之变化，“渐”字意承上句，犹言霜风一阵紧似一阵，关河随着日暮逐渐显现凄凉冷落之态。秋意逼人，直让人无可抵御。“渐”之意收于“残照当楼”，此四字可谓笔力千钧，撼人心魂，悲秋之意骤然袭来，诚有太白《忆秦娥》之古风。此句意境宏壮，悲秋之意瑟瑟而来，而后更是如残照般深印心间。其境界辽阔苍远，恢宏大气，甚有唐诗之风。宋代赵令畤《侯鲭录》引苏轼语：“世言柳耆卿曲俗，非也。如《八声甘州》云：‘霜风凄紧，关河冷落，残照当楼。’此语于诗句不减唐人高处。”的确是独具慧眼。“是处红衰翠减，苒苒物华休。”秋意萧瑟如此。雨后红花绿叶凋尽，举目四望，万物皆休。“苒苒”，缓慢却又无力挽留，让人顿生悲叹，与“渐”之意隐然相连。“惟有长江水，无语东流。”江水不解人意，依旧默然流去。“无语”即不语，实为“无情”之举。天地邈远，谁解此悲？世界却依然故我，静默而行。茫茫宇宙之中，那种永恒的思索和悲情如江水东去，悠远不尽。

“不忍登高临远，望故乡渺邈，归思难收。”登高一望，萧瑟秋景让人不忍相对，不由得思念起故乡，那是诗人心灵永恒的归处。但故乡既远，乡愁更长，易发难收。“叹年来踪迹，何事苦淹留。”乡思既起，怎不慨叹自己为何被世间琐事淹留不及早归去。“想佳人、妆楼颙望，误几回、天际识归舟。”推己及人，故园闺中，佳人也应是登楼遥望，期盼游子归来吧。“误几回”言盼意之苦楚难挨，平添款曲。此句颇有以我心换卿心之意，真挚感人。“争知我、倚阑干处，正恁凝愁。”怎知道我也是这般阑干独倚，愁思百结呢？读此句，遥遥相望之情溢于言表，更衬“归思渺邈”之意。从首句“对”至“当楼”，再至“登高临远”“望故乡”，至最后“倚阑干”，呼应转承，结构缜密而运意流畅。全词之悲愁，凝于此句，以“凝愁”二字轻轻一收，干净利落而别具深意。

柳永此词，意兴高远，悲凉沉郁，有如清风过悲林，既具流转之姿，亦深有动人之致。词中能与之比肩者寥寥。这首词真情吐露，浑出自然，隐约间我们仿佛触到了那个孤独而真实的灵魂。

周邦彦的《浪淘沙慢》二首，亦属佳品。

浪淘沙慢　　周邦彦

晓阴重，霜凋岸草，雾隐城堞。南陌脂车待发，东门帐饮乍阕。正拂面、垂杨堪揽结，掩红泪、玉手亲折。念汉浦离鸿去何许？经时信音绝。

情切。望中地远天阔。向露冷风清，无人处、耿耿寒漏咽。嗟万事难忘，唯是轻别。翠尊未竭，凭断云留取、西楼残月。

罗带光销纹衾叠。连环解、旧香顿歇，怨歌永、琼壶敲尽缺。恨春去、不与人期，弄夜色、空余满地梨花雪。

《浪淘沙慢》（晓阴重）分三片。上片写女子在秋晨雾浓之际送别情人。“晓阴重，霜凋岸草，雾隐城堞。”秋晨寒草依稀，浓雾迷离，此景喻主人公抑郁沉重的心情，亦暗含前程未明让人迷惘忐忑之意。“南陌脂车待发，东门帐饮乍阕。”脂车，车新上油脂，即准备远行。帐饮，临别饮宴。乍阕，刚刚结束。即言远行人已整装待发。“正拂面、垂杨堪揽结，掩红泪、玉手亲折。”垂柳依依，掩泪折之，一种不忍离别之意。红泪，言泪冲胭脂染红而流，有似泣血，亦如心泪，极言其伤痛。玉手，言人之娇美，亦喻心思单纯，暗引后文痴心苦盼之意。相思之人神态心境毕现。“念汉浦离鸿去何许？经时信音绝。”情人远去何方？是否如雁飞高远，一去杳无音讯？

中片写离别时伤怀落魄之情。“情切”，言离别之时，两人依依惜别，情真意切。直书心声，总领全片意绪。“望中地远天阔。”地远天阔，情人明日人在何处？“向露冷风清，无人处、耿耿寒漏咽。”想来只剩我在夜阑人静时独自伤悲哭泣。“露冷风清”，秋景正凄凉；“耿耿寒漏咽”言泪似沙漏般簌簌而下，夜长泪亦长。此句思来尤为真切动人。“嗟万事难忘，唯是轻别。”由上句所想，方叹万事刻骨难忘者，莫如别离。“翠尊未竭，凭断云留取、西楼残月。”念及此后光景，唯以酒对月。酒杯未干，似待人归来；人凄苦无依，唯有残月相伴，因而请断云留其不落，以慰相思之意。“断云”“残月”意喻往后之生活不再完整，只有别后之悲而无欢会之乐。

下片言离别后苦思无极，愁肠百转。“罗带光销纹衾叠。连环解、旧香顿歇，怨歌永、琼壶敲尽缺。”两句均为触景伤情，排比而下，甚为惊心。好似积怨喷涌而出，让人不胜其悲。“罗带光销”，丝织的衣带光泽尽失；“纹衾叠”，华美的衾被横生褶皱。罗带纹衾皆隐玉容憔悴之意。“连环解、旧香顿歇”，玉连环散成两半，情人所赠香囊亦芬芳渐消。此景意含生怕情人负心离散难合，是相思中一种特有的忐忑揣摩心情。“旧香”用西晋韩寿偷香之典，指恋人所赠香囊。“怨歌永、琼壶敲尽缺”，哀歌似诉，永夜不断。“琼壶敲尽缺”，东晋王敦敲壶当歌，直将壶口敲缺。这里比喻哀歌之长，怨意之深。“恨春去、不与人期，弄夜色、空余满地梨花雪。”昔人一别，原来已是春秋辗转而过，幡然回顾，前句说罗带、纹衾、玉连环、香囊、琼壶等，都言时间之长。现在点明，果然是岁月匆匆。闺中人恼恨春去匆匆，不让人预知，只于夜色中空留满地梨花胜雪。此恨无理，尽显其痴，而那种无可奈何的悲伤如同梨花满地，不可收拾。“满地梨花”与首句“霜凋岸草”暗合，草凋花落，两种境界，一样伤情。末句亦总领全篇，自离别以来的伤悲恰似梨花点点，铺满心间。

全篇曲折回环，极富层次感和意蕴的和谐之美，显示了作者的深厚功力。清代陈廷焯尤其欣赏下片开头的句子。他说：“蓄势在后，骤雨飘风，不可遏抑。歌至曲终，觉万汇哀鸣，天地变色，老杜所谓‘意惬关飞动，篇终接混茫’也。”的确如是。

浪淘沙慢　　周邦彦

万叶战，秋声露结，雁度沙碛。细草和烟尚绿，遥山向晚更碧。见隐隐、云边新月白。映落照、帘幕千家。听数声、何处倚楼笛？装点尽秋色。

脉脉。旅情暗自消释。念珠玉、临水犹悲感，何况天涯客？忆少年歌酒，当时踪迹。岁华易老，衣带宽、懊恼心肠终窄。

飞散后、风流人阻。兰桥约、怅恨路隔。马蹄过、犹嘶旧巷陌。叹往事、一一堪伤，旷望极。凝思又把阑干拍。

上片首句“万叶战，秋声露结，雁度沙碛。”天地间万叶瑟瑟战栗，寒意袭来露凝成霜，秋声似乎亦为之滞结，群雁飞度沙滩。一种萧索之意从心底升起。“细草和烟尚绿，遥山向晚更碧”，秋草尚绿，掩于暮烟之中；余晖渐敛，远山愈见深碧。绿草掩烟，颜色愈加惨淡，青山夕照，碧色更显沉郁。所见皆使悲秋之感逐渐加深。李白《菩萨蛮》有“平林漠漠烟如织，寒山一带伤心碧”之句，正含此意。“见隐隐、云边新月白。”云边隐约月轮升起，仿佛这无边秋景中又将有新的光芒。新月给人希望，暗喻在这无尽悲索之中能带给诗人平静与向往的故乡，而“隐隐”犹言渺茫之意。“映落照、帘幕千家。”残阳余晖映照千家万户，此景悲凉中亦有安详之意，对故乡的向往之情越发明了。“听数声、何处倚楼笛？装点尽秋色。”数声横笛将诗人的思绪拉回，秋意仍在，此声更添萧瑟悠远之情。

中片开言“脉脉”，“脉脉”意为凝视，诗人从感受秋声秋景转入沉思，承上启下。“旅情暗自消释”，羁旅之悲只能自己暗自消解。此时黯然无语，正合“脉脉”之态，是为上句的注解。“念珠玉、临水犹悲感，何况天涯客？”“珠玉”，风姿俊秀之人，尤指少年。典出自晋代有名的美男子卫玠。当时的骠骑将军王济，是卫玠的舅舅，“俊爽有风姿”。但他每次见到外甥，总是感叹：“珠玉在侧，觉我形秽。”（“每见玠，辄叹曰：‘珠玉在侧，觉我形秽。’”语出《世说新语·容止篇》）这里指少年意气风发之时，临秋水犹感其悲，更何况现在两鬓苍苍的天涯游子呢？“忆少年歌酒，当时踪迹。”承上句而来，回忆起少年那种歌酒行乐、欢畅无极的时光，当时之乐，更衬此刻之悲。“岁华易老，衣带宽、懊恼心肠终窄。”年华逝去，衣带渐宽，烦闷心情终究难以释怀。“衣带宽”，借用柳永“衣带渐宽终不悔，为伊消得人憔悴”之句。此句意相连而总结中片，“懊恼”与中片开头“脉脉”凝愁之态相对应。

“飞散后、风流人阻。”中片结句说此种心情难以释怀，下片仍回忆少年。与佳人分别后，人相阻隔，只有风能自由来去。颇多落寞，蕴含其中。“兰桥约、怅恨路隔。”与佳人纵有蓝桥之约，却只能怅恨路途远隔。蓝桥，蓝溪之桥，位于陕西蓝田县。唐代裴航科考落第后在此地遇仙女云英。后常以蓝桥喻指男女约会之处。比如黄梅戏《蓝桥会》，电影《魂断蓝桥（Waterloo-Bridge）》的翻译即来源于此。“马蹄过、犹嘶旧巷陌。”马蹄声过，嘶鸣中恍惚间仿佛又见旧时熟悉的巷陌。“叹往事、一一堪伤，旷望极。凝思又把阑干拍。”末尾两句诚可玩味。往事只堪伤，不由得举目而望；望尽秋景益发使人孤苦哀痛，凝思间又把阑干拍遍。伤悲之情，难以言表。结尾感伤之意总结全词。“叹往事、一一堪伤”总揽下片之意韵；“旷望极”，犹见上片之景致；“凝思又把阑干拍。”凝思的当是中片“脉脉”之时所凝的离愁别绪吧。诸多叹喟，万般情绪，都锁在这末尾之句。收得有力而余韵悠长，让人深为赞叹。

这首词意韵流动，章法严谨，结构缜密，曲致回环，各尽其妙。美成大家之笔，让人叹服。

总的来看，美成二首虽则沉郁典丽，但苏柳二词格调之高远古朴，境界之宏阔壮美，意旨之深沉悠长，仍稍胜之。其中的清朗健拔之气，颇令美成词失色。《水调歌头》、《八声甘州》“不能以常调论”，为不易之说，此乃天才之词，已近乎神品。

·《人间词话》之五十七·

【稼轩《贺新郎》词(送茂嘉十二弟),章法绝妙。且语语有境界,此能品而几于神者。然非有意为之,故后人不能学也。】

辛弃疾的《贺新郎》(绿树听鹈鴂)第十一条曾经提到过,老王在这里说辛弃疾对意境的理解臻于神妙,那就来看看这首“章法绝妙”“语语有境界”的佳作吧。

贺新郎　　辛弃疾

(送茂嘉十二弟。鹈鴂杜鹃实两种,见《离骚补注》)

绿树听鹈鴂。更那堪、鹧鸪声住,杜鹃声切。啼到春归无寻处,苦恨芳菲都歇。算未抵、人间离别。马上琵琶关塞黑,更长门翠辇辞金阙。看燕燕,送归妾。

将军百战声名裂。向河梁回头万里，故人长绝。易水萧萧西风冷，满座衣冠似雪。正壮士、悲歌未彻。啼鸟还知如许恨，料不啼清泪长啼血。谁共我，醉明月。

稼轩之词，多现炫目之色，发聩之声，以辅拔峭之言，慷慨之气。悲歌击于长空，震人心魂。这是他独一无二的艺术特色。

“绿树听鹈鴂。更那堪、鹧鸪声住，杜鹃声切。”鹈鴂鸣于绿树，闻之本已让人心生悲戚。奈何鹧鸪声刚停，杜鹃凄切之声又起。杜鹃声若“不如归去”，归去何方，诚然未明，徒增萧索落拓之意。“啼到春归无寻处，苦恨芳菲都歇。”鸟啼声凄婉，让芳菲落尽，春归无处。此句化用《离骚》“恐鹈鴂之先鸣兮，使夫百草为之不芳”之意。“算未抵、人间离别。”即便鸟啼声如此，也比不上人间离别之苦恨绵长。“马上琵琶关塞黑，更长门翠辇辞金阙。看燕燕，送归妾。”马上琵琶关塞黑，用王昭君出塞之典；长门翠辇辞金阙，用陈后被黜于长门宫辞别汉武帝刘彻之事。“看燕燕，送归妾。”《诗·邶风·燕燕》载卫庄姜送戴妫归陈事。据汉郑玄解说，此诗是卫庄公夫人庄姜送庄公妾戴妫归陈时所作。庄姜无子，把戴妫的儿子视如己出。庄公死后，戴妫儿子为卫君州吁所杀，庄姜迫不得已把戴妫送回娘家陈国。上阙末尾这两句进一步以史事说明“人间离别”之悲。乍看似写离别之悲，细究之，昭君、陈后、戴妫均是或遭嫉妒，或受排挤，此处其实是词人以美人暗喻自己。明写离别，实为伤己。

“将军百战声名裂。向河梁回头万里，故人长绝。”诗人心绪难平，此意直承上阙末两句而来。将军，指汉将军李陵。他身经百战，功名赫赫。后来为保全部将投降匈奴，却让皇帝震怒，身败名裂。后来同苏武长别时仍不忘故国。回头万里，故人长绝，无尽悲戚感慨。“易水萧萧西风冷，满座衣冠似雪。正壮士、悲歌未彻。”燕国荆轲易水别太子丹西去刺秦，别时悲歌未尽，远远闻于萧萧西风之中。这四句引壮士之悲，写自己虽则备受排挤，却仍有一颗不忘报国的拳拳之心。“啼鸟还知如许恨，料不啼清泪长啼血。”诗人思绪从对历史和自己遭遇的思索中回来。如果鸟儿们也能明白如此之多的苦恨悲愁，应当不啼清泪而啼血吧？此句亦引杜鹃啼血之典。此悲因鸟啼而起，此处亦以鸟啼做结，既呼应开头，又使悲意更进一层。“谁共我，醉明月。”最末一句将此愁进一步升华，此时才让人恍然明白送别之意。十二弟远行，此后悲吟还有谁听取？今夜与我共醉的，是那耳中鸟啼，还是心中往事，抑或是眼中那一轮明月呢？明月如美玉无人识得，孤悬于浩浩天地。也许只有明月才是诗人的知己和寄托，才能慰藉诗人心中那难以抹去的伤痕吧。此句读来有若灵魂在高处，孤独远行而不知何归。

词中鹈鴂声、鹧鸪声、杜鹃声，声声如泣血，马上琵琶悲切声远，兼有西风呜咽，悲歌彻于天际，声声相接，撼人心魄；绿树寒碧之色，关塞黑影、宫阙金辉，衣冠胜雪白，杜鹃泣血赤，种种惊心之色，纷至沓来，让人如眼见其悲。这即是前文所说的“多现炫目之色，发聩之声，以辅拔峭之言，慷慨之气”。真是字字有悲意，兼之境界高远，情致深沉，是为“语语有境界”。而词似不刻意安排而章法自成，意蕴流转，承接呼应，错落有致，是为“章法绝妙”。这是稼轩性情所致，不是能学得来的。所以老王才说：“然非有意为之，故后人不能学也。”

·《人间词话》之五十八·

【“画屏金鹧鸪”，飞卿语也，其词品似之。“弦上黄莺语”，端己语也，其词品亦似之。若正中词品，欲于其词句中求之，则“和泪拭严妆”殆近之欤？】

“画屏金鹧鸪”引自温庭筠《更漏子》，“弦上黄莺语”引自韦庄《菩萨蛮》，“和泪拭严妆”引自冯延巳《菩萨蛮》。

更漏子　温庭筠

柳丝长，春雨细。花外漏声迢递。惊塞雁，起城乌，画屏金鹧鸪。

香雾薄，透帘幕，惆怅谢家池阁。红烛背，绣帘垂，梦长君不知。

菩萨蛮　　韦庄

红楼别夜堪惆怅，香灯半卷流苏帐。残月出门时，美人和泪辞。

琵琶金翠羽，弦上黄莺语。劝我早还家，绿窗人如花。

菩萨蛮　　冯延巳

娇鬟堆枕钗横凤，溶溶春水杨花梦。红烛泪阑干，翠屏烟浪寒。

锦壶催画箭，玉佩天涯远。和泪试严妆，落梅飞夜霜。

事实上，从上面这三首作品的风格中就可以窥见一些端倪。

“画屏金鹧鸪”，屏上鹧鸪精致华美，但终究失之神采和活力。比之于词，好似词藻华美，意蕴婉腻，但终究徒有外表而内里空乏。此正是温词的风格。画屏为闺中之物，亦与温词通常的主旨相吻合。

“弦上黄莺语”，活泼娟秀，有生机亦有意蕴。比之于词，正与韦词婉转清新、自然跳脱的风格相若。这一首《菩萨蛮》也正如此。

“和泪拭严妆”，“拭严妆”犹言冯词多写闺中之怨，“和泪”则别具深意，正是说冯词风格虽不脱风月之气而别有忧苦之叹喟。“严妆”亦可说是其词深具端容清丽，品格自成，比之温韦，格调又高了一层。

·《人间词话》之五十九·

【“暮雨潇潇郎不归”当是古词，未必即白傅所作。故白诗云：“吴娘夜雨潇潇曲，自别苏州更不闻”也。（此条原稿已删去）】

“暮雨潇潇郎不归”引自白居易的《长相思》，词云：“深画眉，浅画眉，蝉鬓鬅鬙云满衣。阳台行雨回。巫山高，巫山低，暮雨潇潇郎不归。空房独守时。”

“吴娘夜雨潇潇曲，自别苏州更不闻”应为“吴娘暮雨潇潇曲，自别江南更不闻”。此句引自《寄殷协律》：“五岁优游同过日，一朝消散似浮云。琴诗酒伴皆抛我，雪月花时最忆君。几度听鸡歌白日，亦曾骑马咏红裙。吴娘暮雨潇潇曲，自别江南更不闻。”

老王很有意思，又有新发现。

白居易在自己诗中说自己曾听过“暮雨潇潇曲”，老王认为这也许可以证明“暮雨潇潇郎不归”此句是古词，或是乐天将此古曲重新按《长相思》之调作成词。

“长相思”之语于汉魏六朝古诗中常见，如“客从远方来，遗我一书札。上言长相思，下言久别离”“文彩双鸳鸯，裁为合欢被。着以长相思，缘以结不解”等等。而“上言长相思，下言久离别”则成为古曲《长相思》的定式。如目前最早的南朝梁张率的《长相思》，及至陈后主、陆琼、王瑳、萧淳、江总等人所作的《长相思》，均以“长相思，久离别”开篇，无一例外。因此乐天此阙，虽有古曲之风，然而当非南朝古曲。更有可能的是“暮雨潇潇曲”中有“暮雨潇潇郎不归”的句子，而白居易将其重新填入词中。

·《人间词话》之六十·

【稼轩《贺新郎》词："柳暗凌波路。送春归、猛风暴雨，一番新绿。"又《定风波》词："从此酒酣明月夜，耳热。""绿""热"二字皆作上、去用，与韩玉《贺新郎·咏水仙》以"玉""曲"叶"注""女"，《卜算子》以"夜""谢"叶"节""月"，已开北曲四声通押之祖。】

宋代压仄声韵的词，同韵部的上声韵和去声韵可以通押，而入声一般不与上、去两声韵通押。但是在与南宋同时代的金代开始流行的北曲中，平、上、去三声都是可以通押的，再加上归入了平、上、去三声中的入声，这就是所谓的四声通押。我们今天的普通话正是由当时的北方方言发展而来的，因此也没有入声。

南宋理宗淳佑十二年(1252 年)刘渊曾根据当时的读音，编写刊行过新的《礼部韵略》，共 107 韵。同时代的还有金代王文郁的《新刊韵略》(1227 年)和张天锡的《草书韵会》(1229 年)，都分 106 韵。因为《礼部韵略》是在平水刻的，所以当时的韵书称为平水韵，一般认为是 106 韵。"平水韵"是当时作诗填词的一个指导。元代周德清在《中原音韵》中把“平水韵”的106韵合并为19个韵部，作为北曲押韵的指导。老王这里所说的情形，正是由“平水韵”向“中原音韵”的一种过渡情形。

贺新郎　　辛弃疾

柳暗凌波路。送春归、猛风暴雨，一番新绿。千里潇湘葡萄涨，人解扁舟欲去。又樯燕、留人相语。艇子飞来生尘步，唾花寒、唱我新番句。波似箭，催鸣橹。

黄陵祠下山无数。听湘娥、泠泠曲罢，为谁情苦？行到东吴春已暮，正江阔、潮平稳渡。望金雀、觚棱翔舞。前度刘郎今重到，问玄都、千树花存否？愁为倩，么弦诉。

定风波　　辛弃疾

金印累累佩陆离，河梁更赋断肠诗。莫拥旌旗真个去。何处？玉堂元自要论思。

且约风流三学士，同醉。春风看试几枪旗。从此酒酣明月夜，耳热。那边应是说侬时。

贺新郎·咏水仙　　韩玉

绰约人如玉。试新妆、娇黄半绿，汉宫匀注。倚傍小栏闲伫立，翠带风前似舞。记洛浦、当年俦侣。罗袜尘生香冉冉，料征鸿、微步凌波女。惊梦断，楚江曲。

春工若见应为主。忍教都、闲亭邃馆，冷风凄雨。待把此花都折取，和泪连香寄与。须信到、离情如许。烟水茫茫斜照里，是骚人、九辨招魂处。千古恨，与谁语？

卜算子　　韩玉

杨柳绿成荫，初过寒食节。门掩金铺独自眠，哪更逢寒夜。

强起立东风，惨惨梨花谢。何事王孙不早归？寂寞秋千月。

辛弃疾的《贺新郎》和《定风波》中，“绿”和“热”在中古音中应为入声，为了押韵的需要则读为上声或是去声。韩玉的《贺新郎·咏水仙》中，“玉”“曲”读入声，而与读去声的“注”、读上声的“女”押韵；《卜算子》中读去声的“夜”“谢”与读入声的“节”“月”押韵。这些都是上面所说的过渡情形。

·《人间词话》之六十一·

【稼轩中秋饮酒达旦,用《天问》体作《木兰花慢》以送月,曰:“可怜今夕月,向何处、去悠悠?是别有人间,那边才见,光景东头”,词人想象,直悟月轮绕地之理,与科学上密合,可谓神悟。(此词汲古阁刻《六十家词》失载。黄荛圃所藏元大德本亦阙,后属顾涧蘋就汲古阁抄本中补之,今归聊城杨氏海源阁,王半塘四印斋所刻者是也。但汲古阁抄本与刻本不符,殊不可解,或子晋于刻词后始得抄本耳。)】

科学家和诗人都对身处的世界有着强烈的好奇心和无穷的想象力,所不同的是科学家探求其缘由,而诗人则是感悟其神髓。

看看辛弃疾的《木兰花慢》。

木兰花慢　　辛弃疾

(中秋饮酒将旦,客谓前人诗词,有赋待月,无送月者。因用《天问》体赋)

可怜今夕月,向何处,去悠悠?是别有人间,那边才见,光影东头?是天外,空汗漫,但长风浩浩送中秋?飞镜无根谁系?姮娥不嫁谁留？

谓经海底问无由，恍惚使人愁。怕万里长鲸，纵横触破，玉殿琼楼。虾蟆故堪浴水，问云何、玉兔解沉浮？若道都齐无恙，云何渐渐如钩？

诗人序中已经说明，古来只有人待月而吟，无人作送月之赋，于是诗人意兴顿生，仿屈原《天问》之体作此词。

“可怜今夕月，向何处，去悠悠？”可怜，即可爱之意。月轮孤悬于天，每每西落，诗人不禁想她是去向何方了呢？“是别有人间，那边才见，光影东头？”这就是老王所言，月轮从这边西落，其实是从另一边的东方升起，天那边果然是别有人间。这即是所谓“神悟”。“是天外，空汗漫，但长风浩浩送中秋？”天外浩瀚，难道是浩浩长风吹动月轮？很神奇而浪漫的想象，虽然现在看起来很简单。“飞镜无根谁系？”月轮如明镜，空悬于天，是什么系住了她呢？（别回答是地心引力，除非你一定要做那个大煞风景的人，始终保留神秘感，是浪漫的准则之一）“姮娥不嫁谁留？”嫦娥在月宫一定感到孤寂无依，是谁又留住了她呢？仙子也有情感，说不定她已经化身下凡，此刻就在我们身边吧。找找看？应该很多人都找到了自己心目中的仙女了吧。

“谓经海底问无由，恍惚使人愁。”有人说月轮经海底而行，但这个说法的确让人疑惑。“怕万里长鲸，纵横触破，玉殿琼楼。”只怕海底的巨鲸，来回奔突，会把月宫的那美轮美奂的宫殿撞破了吧？“虾蟆故堪浴水，问云何、玉兔解沉浮？”玉蟾自然能在水里自由游弋，但可爱又可怜的小玉兔又怎么能潜水呢？“若道都齐无恙，云何渐渐如钩？”如果他们都安然无恙，那月亮怎么又慢慢地变成一轮弯钩呢？（其实小辛同学是在说，如果月亮只剩下以前的一半甚至更少，那些宫殿又到哪儿去了呢？）

看得出来，小辛同学真是非常有好奇心。童心未泯的他开始质疑老师所教给他的月亮，而寻求自己心目中真正的月亮。老王说得没错，小辛同学的确天资聪颖，领悟到了超越他那个时代的某些宇宙奥秘。也许我们应该感谢他，是他让我们在浓郁的古典雅致之词风中嗅到了一丝极为特殊的清新味道。

·《人间词话》之六十二·

【谭复堂《箧中词选》谓:"蒋鹿潭《水云楼词》与成容若、项莲生,二百年间,分鼎三足。"然《水云楼词》小令颇有境界,长调唯存气格。《忆云词》精实有馀,超逸不足,皆不足与容若比。然视皋文、止庵辈,则倜乎远矣。】

谭献(1832～1901),原名廷献,字仲修,号复堂。近代词人,学者。《清史稿》有传,编有清人词选集《箧中词》,有词集《复堂词》传世。

蒋春霖(1818～1868),字鹿潭,江苏江阴人。词风雅致凄婉,沉郁悲苦。有《水云楼词》。

项廷纪(1798～1835),原名继章,又名鸿祚,字莲生,浙江钱塘人。多以萧瑟衰残之境表其苦恨绵长之意,词集有《忆云词》。

皋文即张惠言,止庵即周济,分别在第四条和第十一条中有介绍。

先看看蒋、项二人词作。

谒金门　　蒋春霖

人未起，桐影暗移窗纸。隔夜酒香添睡美，鹊声春梦里。

妆罢小屏独倚，风定柳花到地。欲拾断红怜素指，卷帘呼燕子。

扬州慢　　蒋春霖

（癸丑十一月二十七日，贼趋京口，报官军收扬州。）

野幕巢乌，旗门噪鹊，谯楼吹断笳声。过沧桑一霎，又旧日芜城。怕双雁、归来恨晚，斜阳颓阁，不忍重登。但红桥风雨，梅花开落空营。

劫灰到处，便司空见惯都惊。问障扇遮尘，围棋赌墅，可奈苍生。月黑流萤何处，西风黯、鬼火星星。更伤心南望，隔江无数峰青。

陈延焯在《白雨斋词话》中说蒋春霖的《谒金门》“婉雅凄怨，寻味不尽”。《谒金门》词风秀雅，其境优美自然，其意深长流转，是老王所说“颇有境界”之所指。《扬州慢》一词是说1853年太平军北伐期间清军与太平军之间的战役。其词沉郁苍凉，深沉叹喟尽在其中。老王说“唯存气格”是说此词与纳兰词比较起来，格调有过之，而意蕴稍不及。后文可见分晓。

采桑子　　项廷纪

（吴子律索看近词，赋此答之）

霜红一树斜阳冷，堕叶惊蝉。衰草如烟。倦枕支秋梦不全。

浮名只为填词误，诗酒流连。花月因缘。写入乌丝尽可怜。

项廷纪在《忆云词（甲稿）序》说自己“生幼有愁癖，故其情艳而苦，其感於物也郁而深”，由此可以想见其词风。《采桑子》此词意境萧索，沉婉哀怜。老王说他“精实有馀，超逸不足”是指他过于沉浸在愁苦之中，情思郁结，意蕴不够流转悠长。

成容若即纳兰容若。纳兰词如词坛衰落之秋中的一抹新绿，给沉寂多年的词坛带来一丝生机和亮色。

沁园春　　纳兰性德

（丁巳重阳前三日，梦亡妇淡装素服，执手哽咽，语多不复能记。但临别有云："衔恨愿为天上月，年年犹得向郎圆。"妇素未工诗，不知何以得此也，觉后感赋）

瞬息浮生，薄命如斯，低徊怎忘。记绣榻闲时，并吹戏雨；雕阑曲处，同倚斜阳。梦好难留，诗残莫续，赢得更深哭一场。遗容在，只灵飙一转，未许端详。

重寻碧落茫茫。料短发、朝来定有霜。便人间天上，尘缘未断；春花秋叶，触绪还伤。欲结绸缪，翻惊摇落，减尽荀衣昨日香。真无奈，倩声声邻笛，谱出回肠。

金缕曲·赠梁汾　　纳兰性德

德也狂生耳。偶然间、淄尘京国，乌衣门第，有酒惟浇赵州土，谁会成生此意，不信道、遂成知己。青眼高歌俱未老，向尊前、拭尽英雄泪。君不见，月如水。

共君此夜须沉醉。且由他、娥眉谣诼，古今同忌。身世悠悠何足问，冷笑置之而已。寻思起、从头翻悔。一日心期千劫在，后身缘、恐结他生里，然诺重，君须记。

长相思　　纳兰性德

山一程，水一程，身向榆关那畔行，夜深千帐灯。

风一更，雪一更，聒碎乡心梦不成，故园无此声。

纳兰词胜在情意真挚，自然流露，仿佛如馨兰幽香，于无声处已动人，有南唐李后主遗风。其词境界仿佛随心而生，随意而走，清新流畅，跌宕起伏，浑若天成。这也正是宋后其他词家所不及的。观其三首词可知其文采情思。蒋项二人之词，均不若纳兰词那般清朗隽秀，是以老王有此一说。但于清一代，蒋项二人亦可谓佼佼者，张惠言和周济虽均有上佳之作，但张词内涵多失之空枵，周词意韵多失之枯涩，均难以与蒋项二人相匹敌。

·《人间词话》之六十三·

【昭明太子称陶渊明诗“跌宕昭彰，独超众类。抑扬爽朗，莫之与京。”王无功称薛收赋“韵趣高奇，词义晦远。嵯峨萧瑟，真不可言。”词中惜少此二种气象，前者惟东坡，后者惟白石略得一二耳。】

萧统（501～531），字德施。梁武帝萧衍长子。2岁即被立为太子，未即位而死，谥昭明，世称昭明太子。辑有《文选》30卷，对后世影响深远。

陶渊明（约365～427），一名潜，字元亮，号五柳先生，浔阳柴桑（今江西九江）人。谥靖节，世称靖节先生。东晋与南朝宋年间大诗人。陶渊明为人孤高耿直，淳厚洒脱。他崇尚自然，安贫乐道，开创了“田园诗”这种新的题材。其人格和诗歌对后世文人影响极深，后世大诗人李白、杜甫、白居易、苏轼、辛弃疾等无不对之推崇备至。

王绩（589～644），字无功，号东皋子，绛州龙门（今山西河津）人。初唐时期重要诗人。

薛收（约591～624），字伯褒，蒲州汾阴（今山西万荣）人。生父为隋代诗人薛道衡。初唐文人，颇受李世民赏识，但未等李世民即位就病逝，年仅三十三岁。

词之为体，不同于诗，更不同于赋，因此词在气象和风格上的不同，亦在情理之中，不可勉强。

老王的引用对描述陶渊明诗似有不妥。萧统《陶渊明集序》中的原文是："其文章不群，词采精拔，跌宕昭彰，独超众类，抑扬爽朗，莫之与京。"这是说陶渊明的文章用词精炼，气势不拘，文意显明。把这个形容他的诗，不甚妥当。文选中另外一句"论怀抱则旷而且真"，才于诗文皆宜。苏轼的评论"质而实绮，癯而实腴"应当是比较符合陶诗风格的。

陶渊明之诗率真质朴、平淡致远，而南朝人却认为过于古朴，不甚赏识，其实应当是"此中有真意，时人未识之"。陶诗的境界和气度对中国古代文人的影响是极其深远的，有着菊花与酒的隐居生活是他们最后的精神归宿。陶苏二人艺术风格的某些相似，不如说是人格上的某些相似。二人同是淡泊名利，追求恬淡静远的精神境界。不同的是，苏轼更主张积极入世，而陶渊明则对世间黑暗的一面坚决拒绝妥协。老王说苏轼词能达到陶渊明诗气象之一二，是"缺月挂疏桐，漏断人初静"的淡远，还是"归去，也无风雨也无情"的平和，抑或是"小舟从此逝，江海寄余生"的超逸呢？

至于"韵趣高奇，词义晦远。嵯峨萧瑟，真不可言"，这种境界其实白石词义不是完全如是。"韵趣高奇"之说，白石词格调高远，可当之；"词义晦远"，则于白石词不算特别贴切；"嵯峨萧瑟"，白石词多有萧索之境，勉强当之。不过词比赋显然更富于感情色彩，白石词虽不比薛收赋之庄重，但更多了一种婀娜之态。老王其实大可不必为词中少这两种气象而可惜，这是文学体裁的特点所决定的。把词写成如陶潜诗那样古拙，或者如薛收赋那样庄重，那样也就失去了词的真味，反而不好了。

·《人间词话》之六十四·

【词之雅郑，在神不在貌。永叔、少游虽作艳语，终有品格。方之美成，便有贵妇人与倡伎之别。】

雅郑，指典雅和淫佚。《诗经》中《郑风》《卫风》多涉及男女情事，历代说诗者将其视为“淫诗”，后以“郑卫之音”代指浮靡粗俗之作。

周邦彦的部分词显得轻佻，不够庄重。比如《风流子》：“问甚时说与，佳音密耗，寄将秦镜，偷换韩香？天便教人，霎时厮见何妨！”简直有些像元曲中“碧纱窗外静无人，跪在床前忙要亲”（关汉卿《仙吕·一半儿》）那种亲近狎昵的急切心情了。而欧阳修和秦观的情诗却是颇为端秀典雅，多于情思上作文章。因此老王有神貌与品格之说。

在思维传统保守的老王看来，这有些难以令人接受。但其实在现在看来，这些实在很平常。热恋中情侣之间亲昵的喃喃私语，别人听起来可能有些不自然，但他们自己却甘之如饴，认为这再正常不过了。雨果说："人生是花，爱情就是花中的蜜。"蜜也许有些腻人，但是对于喜欢花蜜的人来说，这又有何妨呢?

·《人间词话》之六十五·

【贺黄公裳《皱水轩词筌》云：“张玉田《乐府指迷》其调叶宫商、铺张藻绘抑亦可矣，至于风流蕴藉之事，真属茫茫。如啖宫厨饭者，不知牲牢之外别有甘鲜也。”此语解颐。】

贺裳的这个观点要支持一下。虽则张炎《词源》对后世影响甚巨，但应当看到，这一类禁锢词体的词评书也正是造成后代词人不敢发自由之声的原因之一。而贺裳说得也很有意思。他说张炎的《词源》(《乐府指迷》南宋沈义夫作，非张炎所作，老王当属误记)中，对于词的音律、修辞还过得去，然而对于词飘洒含蓄的意趣就显得甚为无知且无趣了。就好比吃惯了工作餐的人，不知道牛肉羊肉之外还有别的美味。的确如此，张炎所提倡的“清空”“骚雅”对后世影响极大，但不免将词从大道引入小路，导致宋后之词再也无前朝的大气象了。

·《人间词话》之六十六·

【周保绪济《词辨》云:“玉田,近人所最尊奉,才情诣力亦不后诸人,终觉积谷作米、把缆放船,无开阔手段。”又云:“叔夏所以不及前人处,只在字句上著功夫,不肯换意。”“近人喜学玉田,亦为修饰字句易,换意难。”】

“修饰字句易,换意难”诚为至理。

雕琢词句不难,而创造意境难。周济说张炎虽然才情诣力不比宋代诸名家差,但只愿意在字句上下功夫而不能创造新意境,因而词作意境狭小,不够开阔,“终觉积谷作米、把缆放船,无开阔手段。”后人喜学张炎,就是因为于字面下功夫容易,而于意境下功夫却甚难。正如前文所说,人都是有惰性的,喜易不喜难。词本不可学,其实是因为诗人的心境无从学起。正因为如此,前人诗词中的意境也是临摹不来的。只有从自己心底发出的声音,才会具有真正的动人之致。

·《人间词话》之六十七·

【词家时代之说，盛于国初。竹垞谓：词至北宋而大，至南宋而深。后此词人，群奉其说。然其中亦非无具眼者。周保绪曰："南宋下不犯北宋拙率之病，高不到北宋浑涵之诣。"又曰："北宋词多就景叙情，故珠圆玉润，四照玲珑。至稼轩、白石一变而为即事叙景，故深者反浅，曲者反直。"潘四农曰："词滥觞于唐，畅于五代，而意格之闳深曲挚，则莫盛于北宋。词之有北宋，犹诗之有盛唐。至南宋则稍衰矣。"刘融斋曰："北宋词用密亦疏、用隐亦亮、用沈亦快、用细亦阔、用精亦浑。南宋只是掉转过来。"可知此事自有公论。虽止庵词颇浅薄，潘刘尤甚。然其推尊北宋，则与明季云间诸公，同一卓识也。】

朱彝尊(1629～1709)，字锡鬯，号竹垞，晚号小长芦钓鱼师，又号金风亭长，浙江秀水(今浙江嘉兴市)人。清初著名经学家和文学家。

潘德舆(1785～1839)，字彦甫，号四农，清代文学家。

明季云间诸公，指明末"云间三子"陈子龙、李雯、宋徵舆。

北宋词注重境界和意蕴，南宋词注重技巧和章法。正是因为如此，才导致了以上的争辩。

南北宋词的差别，最重要的思想潮流变更，当在宋代理学于北宋始兴，而到南宋则成为统治思想。"存天理，去人欲"之说为禁锢人的真性情的根本。诚然，词之发展，一定会由朴直而转为工丽，技巧和章法都会有进步，但是过于注重技巧而失去内心渴求的真实，却实在是得不偿失。南宋以后，民智更加受到压抑，导致了诗类文体的衰落。元曲和明清小说都是有社会性的文体，具有批判精神，因而发出了远较前代耀眼的光芒。戏曲中的《西厢记》《窦娥冤》《牡丹亭》小说中的《水浒》《红楼梦》这些宋后最为杰出的文学作品，无一不闪耀着批判与反抗的精神光芒。这正是对于理学压抑人欲的反抗。而对于诗词而言，本身所具有的批判性就不及戏曲和小说，个人的情感抒发又失之阙如，其衰落也是难以避免的。

从另一个方面来说，元明清三代戏曲和小说的盛行，正是因为这些文体能够引起人们的广泛共鸣，唤起人们对现实的不满和心底对自由幸福的渴望。而当时的诗词，已经难以承载这样的要求了。抒发个人情感尚且受到压制，又何谈去引起人们心中的共鸣呢？对文学体裁而言，空有文采是远远不够的。只有在较为自由和崇尚个人精神境界的魏晋唐宋，诗词才真正盛极一时。南宋不仅仅是词由盛转衰的转折点，也是整个诗类文学由盛转衰的转折点。

老王说的的确有道理，但他并没有说出社会的深刻变化这一根本原因。南宋比之北宋差距也并非很大，朱彝尊所说，纯就词而言，北宋大而南宋深，还是比较公允的。但南宋由于思想上的压制，仍稍稍逊于北宋。至于宋后，从上面的分析我们已经可以看出来，这已经不是一两个天才可以改变的结果了。文学与社会关系，犹如船与水的关系，不同的船是适合不同的水体的。诗词在中国古典文学史上绽放的无比绚丽的奇葩，终于到了凋零的时候，纵为之叹惋，但这也是无可奈何之事。但诗词已经在中国人的精神上打下了极深的烙印，它是我们心灵深处永远的归依。“无可奈何花落去，似曾相识燕归来”，我们也正是怀着这种心情，去欣赏和品读那些美轮美奂又似曾相识的诗词，去缅怀和纪念那些逝去岁月里的伟大荣光。

·《人间词话》之六十八·

【唐五代北宋之词，可谓“生香真色”。若云间诸公，则彩花耳。湘真且然，况其次也者呼？】

所谓“生香真色”，是说词真情吐露，深切自然；“彩花”，则是谓词有形而无神，徒有其表失之内蕴，肤浅俗艳，宛如彩花。

云间诸公是指“云间三子”，陈子龙为其中之佼佼者。陈子龙甚有气节，为人可敬，但词作却未臻至妙。择其二首观之。

浣溪沙　陈子龙

百尺章台撩乱飞，重重帘幕开春晖。怜他飘泊奈他飞。

淡日滚残花影下，软风吹送玉楼西。天涯心事少人知！

这首词咏杨花。王士祯说此词“不著形相，咏物神境”，实在是有些以人观词，难称得当。咏物最佳者，如老王所言：“咏物之词，自以东坡《水龙吟·咏杨花》最工，邦卿《双双燕》次之。”苏轼《水龙吟》珠玉在前，此首形神皆逊之。下阙“淡日滚残花影下，软风吹送玉楼西。天涯心事少人知”尚算可人。但之前的转承铺叙呼应，功夫未做到十分，至最后的感情凭空而筑，无法落到实处。没有清晰的意绪，凸显语弱境薄，因此而导致感情抒发上肤浅薄弱而少深沉真挚之感。这正是老王之所以说是“彩花”的来由。“怜他飘泊奈他飞”此句显弱，比之东坡“梦随风万里，寻郎去处，又还被、莺呼起”，简直天上地下，不可同日而语。此词尚可，单独观之犹可品味，但与宋词名家两相比较，则高下立判。

山花子　陈子龙

杨柳凄迷晓雾中，杏花零落五更钟。寂寂景阳宫外月，照残红。

蝶化彩衣金缕尽，虫衔画粉玉楼空。惟有无情双燕子，舞东风。

陈廷焯在《白雨齐词话》中说此词“凄丽近南唐二主，词意亦哀以思矣”，这种看法似是而非。此词意蕴，有似堆砌而少流转，有二主词之貌而神采稍欠。比之“细雨梦回鸡塞远，小楼吹彻玉笙寒”之清愁婉转，“雕镂玉砌应犹在，只是朱颜改”之痛切深沉，此词弗如远甚。就似彩纸折花，色彩缤纷而徒有脂香，却少了那种真正沁人心脾让人回味的清香，此所以谓之“彩花”。

这两首词虽不是所谓“彩花”，但的确和宋词相去甚远。老王说人家词是“彩花”，刻薄了点，但也不算言之无据。宋后之人写词，大多遗神取貌，失之肤浅，能算得上“生香真色”的好词佳句实在少之又少。盛景不再，只让人徒呼奈何。

·《人间词话》之六十九·

【《衍波词》之佳者，颇似贺方回。虽不及容若，要在锡鬯、其年之上。】

老王这个观点值得推敲。

《衍波词》是清人王士祯的词集。王士祯论诗，以“神韵”为最高标准，要求笔调清幽淡远，含蓄深长。词则长于小令。《衍波词》中佳者，未必就好过朱彝尊和陈维崧，更不用说与贺铸、纳兰性德二人比肩了。试看王、朱、陈三人词作。

浣溪沙　　王士祯

北郭清溪一带流，红桥风物眼中秋。绿杨城郭是扬州。

西望雷塘何处是？香魂零落使人愁。淡烟芳草旧迷楼。

这首词清人唐祖命评价说："极哀艳之深情，穷倩盼之逸趣，其旖旎而秾丽者，则璟、煜、清照之遗也。"这话评得比较表面化，未免有些太客套了。此词乍看之下惊艳，其实细细品之就觉得其词尚可，但不算极佳。其"神韵"倒也有几分，比如"淡烟芳草旧迷楼"一句形神俱佳。可惜全篇而言给人以愁说愁之感，少了一种深沉的叹喟。"绿杨城郭是扬州"一句不甚好，与"北郭清溪"意境上似有重叠，而前面托举不足，使这句原本平淡的句意显得更加平淡，仿佛是想要含蓄而不得其味。"西望雷塘何处是？香魂零落使人愁"则让人很容易想起"日暮乡关何处是，烟波江上使人愁"的名句来，这里意境不及而又显得失之流俗。全词有含蓄之意，却稍少沉着之味，难比方回之词。

桂殿秋　　朱彝尊

思往事，渡江干，青蛾低映越山看。共眠一舸听秋雨，小簟轻衾各自寒。

这是朱彝尊最富盛名的一首词，况周颐的《蕙风词话》将其列为清初第一。朱彝尊与妻妹冯寿常相恋，曾做排律《风怀二百韵》记录他们的爱情。朱是当时名士，诗歌结集之时，人家劝他删此诗，免得影响声誉。他说："吾宁不食两庑豚，不删《风怀二百韵》。"即言宁可不享文庙祭品，也决不删此诗。所谓名节重于生死，位列孔庙之中，是多少文人毕生追求的梦想。朱彝尊能说出这番话，可见此情在他心中之重。他还以冯寿常的字"静志"作为自己书斋之名。他的词集《静志居琴趣》中，多数是以冯寿常为对象的情词。此词即来自于《静志居琴趣》。虽是小令，但却用意极深。

"思往事，渡江干，青蛾低映越山看。"伊人低眸似望水中山影，蛾眉映水亦如远山般恬淡。诗人心中万千往事此时不由得都浮上心头，一种痴迷之情，不舍之意，尽在"青蛾低映"之间。不直写蛾眉而写水中之影，暗喻伊人可望不可及，此情正如镜花水月，欲求而不得。"共眠一舸听秋雨，小簟轻衾各自寒"一句古今共赏。百年修得同船渡，而同眠却不共枕，渡得竟是这般苦涩。清秋寒意入骨，同在一舸之中，却只能共听风吹雨打之声，各自独卧不成眠。最爱之人宛在身边，又似远在天涯，对此能不黯然神伤？泰戈尔说："世界上最远的距离，不是天涯海角，而是我在你面前，你却不知道我爱你。"或许，最远的距离，是深慕的你就在我面前，却永不能拥你入怀。这首词虽然短小，却境界情致俱佳，深情婉结，甚是动人。

醉落魄·咏鹰 陈维崧

寒山几堵，风低削碎中原路。秋空一碧无今古。醉袒貂裘，略记寻呼处。

男儿身手和谁赌？老来猛气还轩举。人间多少闲狐兔。月黑沙黄，此际偏思汝。

这首词让人不由得想起苏轼的那句“老夫聊发少年狂”。词中豪爽之气，略似东坡，而刚健之语，更似稼轩。词中实为借鹰咏志，一种悲抑之声、勃发之情连贯而下，撼动人心。“堵”“削”“猛”，用字求新醒，似学辛词。这首词雄健挺峭，意境苍莽峻拔，但不似稼轩那样拿捏得当，稍稍显得有些过于凌厉。但总的看来，仍不失为佳作。

王士祯论诗词，的确比朱彝尊更得其理。老王对“神韵说”青目有加，对浙西派“清空醇雅”之说不尽以为然。这里面是否带有老王对他们的个人喜好因素，不得而知。我们当然不应以词派或词论来观词人之词。三人之中，朱彝尊当属最佳者。

·《人间词话》之七十·

【近人词如《复堂词》之深婉,《彊村词》之隐秀,皆在吾家半塘翁上。彊村学梦窗而情味较梦窗反胜。盖有临川、庐陵之高华,而济以白石之疏越者。学人之词,斯为极则。然古人自然神妙处,尚未梦见。】

《复堂词》是谭献的词集。《青门引》和《蝶恋花》(庭院深深人悄悄)是词集中比较能体现其风格的两首词作。

青门引　　谭献

人去阑干静,杨柳晓风初定。芳春此后莫重来,一分春少,减却一分病。

离亭薄酒终须醒,落日罗衣冷。绕楼几曲流水,不曾留得桃花影。

蝶恋花　谭献

庭院深深人悄悄，埋怨鹦哥，错报韦郎到。压鬓钗梁金凤小，低头只是闲烦恼。

花发江南年正少，红袖高楼，争抵还乡好？遮断行人西去道，轻躯愿化车前草。

《青门引》一词，看似平淡，却真挚婉转，句句有深意。“人去阑干静，杨柳晓风初定。”心情看似平和，其实却是风雨将至前的片刻宁静。“芳春此后莫重来，一分春少，减却一分病。”言芳春莫重来，犹言一来一伤心，不如不来。相见不如怀念。怀念或许悲楚，但是见后别离恰如春逝，只会更加勾起痛苦。此句之悲，戚戚于你我之心。“离亭薄酒终须醒，落日罗衣冷。”相思无解，纵使酒能醉人一时，醒后却是离亭落日，罗衣清寒，让人如何能承受这骤然间不期而至的伤痛？“绕楼几曲流水，不曾留得桃花影。”流水绕楼带春去，不见半点桃花影。“桃花”暗喻青春。年华逝去，人生又有几个春秋可以等待呢？相思之情娓娓道来，不着痕迹却将其中的愁苦深印在读者的心中。陈廷焯在《白雨斋词话》中评论此词“凄婉而深厚”，的确是深得其中味。

《蝶恋花》上阙清新流转。深院的悄然静寂之中，“埋怨鹦哥，错报韦郎到”，可见其盼望之切，“庭院深深”更透出女主人公的寂寞孤苦。“压鬓钗梁金凤小，低头只是闲烦恼。”相思如影随形，柔肠百萦之意，正承上句而来。“花发江南年正少，红袖高楼，争抵还乡好？”下阙情思变得深切。远方不归的游子流连于红楼翠坊，但这又怎能比得上家乡的温情？“遮断行人西去道，轻躯愿化车前草。”轻言细语间有一份让人动容的坚贞和执著。这句使人不由得想起“山无陵，江水为竭，冬雷震震夏雨雪，天地合，乃敢与君绝”的古老誓言。情浓若此，即使柔弱如青草，其中所蕴涵的深情婉致亦是动人之极。

老王所言“深婉”，犹言词风深切婉转，《复堂词》的确类此。谭献论词，要求“上之言志永言，次之志洁行芳，而后洋洋乎会于风雅”。但其实如果像他所说的那样解读，寄托过深，反而失去了应有的韵致。

《疆村词》是朱孝臧的词集。朱孝臧（1857～1931），一名祖谋，字古微，号疆村，浙江归安（今浙江湖州）人。清末著名词人。

浣溪沙(二首)　　朱孝臧

独鸟冲波去意闲，瑰霞如赭水如笺。为谁无尽写江天。

并舫风弦弹月上，当窗山髻挽云还。独经行处未荒寒。

阻风滋味暂时生，翠阜红厓夹岸迎，水窗官烛泪纵横。

禅悦新耽如有会，酒悲突起总无名。长川孤月向谁明？

赵万里《丙寅日记》中有记录王国维对朱孝臧词的评论：“余最赏其《浣溪沙》‘独鸟冲波去意闲’二阕，笔力峭拔，非他词可能过之。”由此可见他对朱词的喜爱和推重。

朱孝臧学梦窗词，可是写起来和梦窗词风格却不甚一致。老王说“盖有临川、庐陵之高华，而济以白石之疏越者”，说他有似王安石和欧阳修的高格华采，又兼有姜夔的疏朗清越。词中佳处类似“瑰霞如赭水如笺”“为谁无尽写江天”“长川孤月向谁明”等句，情融于胜景之间，读来的确类此。这两首词用“隐秀”还不全以概括其风格。其言含蓄，但却不是隽秀，而是有一种清朗之态。老王说他“学人之词，斯为极则”，这个说法难以苟同。很难说这就是学诗的至高境界。前面早已说过，诗是学不来的。而朱孝臧和梦窗、永叔、白石词风格不尽相同，正是因为他自有言语情愫，这才是他词中最可宝贵之处。

老王说二人词作胜于王鹏运，王之词第七十二条就会说到，到时自见分晓。“然古人自然神妙处，尚未梦见。”纵清一代，所谓“古人神妙处”者，即便求之于清词中最佳的纳兰词，亦属难寻，又何况其余呢？清词胜于明词甚多，但毕竟时过境迁，宋时气象已经难再重现了。

·《人间词话》之七十一·

【宋直方《蝶恋花》:“新样罗衣浑弃却,犹寻春日旧衫著。”谭复堂《蝶恋花》:“连理枝头侬与汝,千花百草从渠许。”可谓寄兴深微。】

宋徵舆(1618～1667),字直方,一字辕文,松江华亭(今上海松江)人。明末与陈子龙、李雯等倡几社,以古学相砥砺,世称“云间三子”。有《林屋诗草》。

蝶恋花　　宋徵舆

宝枕轻风秋梦薄,红敛双蛾,颠倒垂金雀。新样罗衣浑弃却,犹寻旧日春衫著。

偏是断肠花不落,人苦伤心,镜里颜非昨。曾误当初青女约,至今霜夜思量著。

蝶恋花　　谭献

帐里迷离香似雾，不烬炉灰，酒醒闻馀语。连理枝头侬与汝，千花百草从渠许。

莲子青青心独苦，一唱将离，日日风兼雨。豆蔻香残杨柳暮，当时人面无寻处。

为何说两词“寄兴深微”，观其遭际即可知一二。宋徵舆历经明清两代。虽于顺治四年中进士，入仕于清廷，但在思想感情上依然倾向于明朝。“新样罗衣浑弃却，犹寻春日旧衫著。”新衣不着而去找旧时衣物，寓意很深。词的末尾“至今霜夜思量著”也是抒发对故国的怀念之情。虽仕于清，但仍“至今思量”，思量什么？应该不难体会得到。他不能明言他的感情倾向，只好寄托于词中，抒其国恨。

谭献身处清末，正是清政权风雨飘摇之时。他写词本来就强调“寄托”，因此自家词作别有深意也不奇怪。“连理枝头侬与汝，千花百草从渠许”正是一种不离不弃的态度。下阕中更有“日日风兼雨”“杨柳暮”等词句，即便风雨不休，也不会轻易离去。

身处末世的老王，对此应是心有戚戚，故而才拈出此两句作此感言吧。

·《人间词话》之七十二·

【《半塘定稿》中和冯正中《鹊踏枝》十阕，乃《鹜翁词》之最精者。“望远愁多休纵目”等阕，郁伊惝恍，令人不能为怀。《定稿》只存六阕，殊为未允也。】

《半塘定稿·鹜翁词》中《鹊踏枝》存六阙，删去了第三、第六、第七和第九等四阙。老王特别提到的“望远愁多休纵目”是其中第七阙。

鹊踏枝　　王鹏运

（冯正中《鹊踏枝》十四阙，郁伊惝恍，义兼比兴，蒙耆诵焉。春日端居，依次属和。就均成词，无关寄托，而章句尤为凌杂。忆云生云：“不为无益之事，何以遣有涯之生？”三复前言，我怀如揭矣。时光绪丙申三月二十八日。录十。）

其七

望远愁多休纵目，步绕珍丛，看笋将成竹。晓露暗垂珠簏簌，芳林一带如新浴。

檐外春山森碧玉，梦里骖鸾，记过清湘曲。自定新弦移雁足，弦声未抵归心促。

鹊踏枝　　冯延巳

芳草满园花满目，帘外微微，细雨笼庭竹。杨柳千条珠簏簌，碧池波绉鸳鸯浴。

窈窕人家颜似玉，弦管泠泠，齐奏云和曲。公子欢筵犹未足，斜阳不用相催促。

老王眼光不差，王鹏运的这首《鹊踏枝》虽然是和词，但却有不让原作之势。“望远愁多休纵目，步绕珍丛，看笋将成竹。”望远踌躇，不忍纵目，却绕花丛，看笋成竹。句中愁绪暗藏，其一凝眸望远，为怀乡之愁；其二特地观笋，春笋生机盎然，暗隐悲己岁月蹉跎之愁。“晓露暗垂珠簏簌，芳林一带如新浴。”晨露暗垂，芳林新绿如洗。此句清景历历，境界浑成。意承上句而来，将愁绪拓开。晓露暗垂珠簏簌，似暗自垂泪，愁意渐深。“檐外春山森碧玉，梦里骖鸾，记过清湘曲。”春山伤心碧色，却让人想起梦中飞驾越过湘水。骖鸾，仙人驾驭鸾鸟云游。王鹏运家乡桂林在漓江之畔，湘江与漓江以灵渠相连，过湘水意在返家乡。只记得梦中翻山越水返乡，犹言现实中多险阻，虚幻之景更让人痛感无奈。“自定新弦移雁足，弦声未抵归心促。”末句终于点明愁绪来由，归心直似弦声急，更与“望远”之愁对应。词毕曲终，那种惆怅之情犹在人心中铮铮作响。

这首词中的怅惘抑郁之意，不让冯词原作，难怪老王引其序中原形容冯词的“郁伊惝恍”四字来形容其词。其蕴意绵密却不生涩，境界清新而不虚浮，确为佳作。朱孝臧曾为《定稿》题词：“香一瓣，常为半塘翁。得象每兼花外永，起孱差较茗柯雄，岭表此宗风。”为之折服。第七十条中老王说谭朱二人词要胜于王鹏运，其实三人词作即便可分伯仲，但亦是相差不远。

·《人间词话》之七十三·

【固哉，皋文之为词也！飞卿《菩萨蛮》、永叔《蝶恋花》、子瞻《卜算子》，皆兴到之作，有何命意？皆被皋文深文罗织。阮亭《花草蒙拾》谓：“坡公命宫磨蝎，生前为王珪、舒亶辈所苦，身后又硬受此差排。”由今观之，受差排者，独一坡公已耶？】

张惠言曲解三词，老王在这里批评他了。

菩萨蛮　　温庭筠

小山重叠金明灭，鬓云欲度香腮雪。懒起画蛾眉，弄妆梳洗迟。

照花前后镜，花面交相映。新贴绣罗襦，双双金鹧鸪。

对于这首温庭筠的名作，张惠言的《词选》是这么说的：“此感士不遇也，篇法仿佛《长门赋》，而用节节逆叙。此章从梦晓后领起‘懒起’二字，含后文情事，‘照花’四句，《离骚》‘初服’之意。”

温大才子号称“花间鼻祖”，被张惠言这么一解，成了“以花间词写怀才不遇”的鼻祖了。屈原以美人香草作比喻自然不假，但又不是只要写到这些就是以忠贞君子自喻。像惠言同学这样解的话，诗中全都是密密麻麻的经文典籍，哪里还有什么美女佳人、玉树香草呢？如此这般大家都不用写诗词了，把经文抄上去就好。把好好的一个千娇百媚的美女，硬生生变成了一个诵经的老先生，以此观词，哪里还有什么趣味？前面说张炎的《词源》好像是吃惯了工作餐，对慧言同学而言别说工作餐了，他大概都吃成压缩饼干了。这样解，解的累，看的更累。

蝶恋花　　欧阳修

庭院深深深几许？杨柳堆烟，帘幕无重数。玉勒雕鞍游冶处，楼高不见章台路。

雨横风狂三月暮，门掩黄昏，无计留春住。泪眼问花花不语，乱红飞过秋千去。

张惠言这样评价《蝶恋花》：“‘庭院深深’，闺中既已邃远也。‘楼高不见’，哲王又不寤也。‘章台游冶’，小人之径。‘风横雨狂’，政令暴急也。‘乱红飞去’，斥逐者非一人而已，殆为韩、范作呼？”

这首词前面第三十三条已经提过。张惠言对“乱红飞去”的解释尤其有意思。范仲淹的庆历新政失败，韩琦和范仲淹二人同遭迁谪。所以张惠言说这就是为此所写，“乱红”指遭贬的不止一人。这样解读，让人忍俊不禁。贺铸怀才不遇，那么“一川烟草，满城风絮，梅子黄时雨”依这样来读，烟草飞絮梅子雨，数以千万计，莫非这是说当时全天下人都怀才不遇吗？也难怪老王说他迂腐，实在是迂得有些可爱了。这首词现代词学家唐圭璋先生有考证为冯延巳所作，如果张先生当年得知，估计又得费心劳力重新“解读”了。

卜算子　　苏轼

（黄州定慧院寓所作）

缺月挂疏桐，漏断人初静。谁见幽人独往来？缥缈孤鸿影。

惊起却回头，有恨无人省。拣尽寒枝不肯栖，寂寞沙洲冷。

张惠言《词选》中评论道："此东坡在黄州作。鮦阳居士云(《唐宋诸贤绝妙好词选》卷二)：缺月，刺明微也。漏断，暗时也。幽人，不得志也。独往来，无助也。惊鸿，贤人不安也。回头，爱君不忘也。无人省，君不察也。拣尽寒枝不肯栖，不偷安于高位也。寂寞沙洲冷，非所安也。此词与《考槃》诗极相似。"

《考槃》是指《诗经·卫风》中的一篇，描写的是独居生活，被认为可能是隐逸诗之宗。《考槃》有乐在其中的感受，苏轼此词中的幽冷之意，其实与《考槃》不尽相同。苏轼这首词的确是在黄州所作，但也只是表达一种幽居之情，硬要扯上所谓"刺明微""不得志""贤人不安""爱君不忘"，实在是无由之说，生生曲解了一首好词。

阮亭即王士祯，他在《花草蒙拾》中说："坡公命宫磨蝎，湖州诗案，生前为王珪、舒亶辈所苦，身后又硬受此差排。"命宫磨蝎，意即命运多舛。苏轼在《东坡志林》中说："退之诗云：'我生之辰，月宿直斗。'乃知退之磨蝎为身宫，而仆乃以磨蝎为命，平生多得谤誉，殆是同病也。""生前为王珪、舒亶辈所苦"说的是北宋著名的"湖州诗案"，苏轼反对王安石变法，诗歌中有揭露新法流弊，御史李定、舒亶、何正臣等断章取义，弹劾苏轼。苏轼遂因诗文诽谤新政的罪名被贬黄州。苏轼在湖州任上被捕，故称"湖州诗案"，又称"乌台诗案"。王士祯说得没错，苏轼一代天才，生前命途坎坷，身后作品还遭人穿凿附会，实在是有些过分了。张惠言精通经学，但是这样曲解人家，难怪要被老王批评。

·《人间词话》之七十四·

【周介存谓:“梅溪词中,喜用‘偷’字,足以定其品格。”刘融斋谓:“周旨荡而史意贪。”此二语令人解颐。】

周济说:“梅溪词中,喜用‘偷’字,足以定其品格。”史达祖词中用“偷”字之句的确甚多,比如“做冷欺花,将烟困柳,千里偷催春暮”“巧沁兰心,偷黏草甲,东风欲障新暖”“应念偷翦酴醾,柔条暗萦系”“芳意欺月矜春,浑欲便偷许”“轻衫未揽,犹将泪点偷藏”“向黄昏、竹外寒深,醉里为谁偷倚”“更暗尘、偷锁鸾影,心事屡羞团扇”“阑干斜照未满,杏墙应望断,春翠偷聚”等,不胜枚举。

“偷”字有时候确实能体现少女的娇羞,但用得太多太滥,则让词意不够挺拔,宛如藤枝匍匐于地。这是史达祖部分词中的缺点。是否能就此定其品格,难说。但周济这样说的确让人觉得有那么点道理,也很有意思。

刘熙载说:“周旨荡而史意贪。”周邦彦词“艳语”颇多,比如上文所提到的《风流子》:“问甚时说与,佳音密耗,寄将秦镜,偷换韩香?天便教人,霎时厮见何妨!”再如《少年游》:“低声问,向谁行宿?城上已三更,马滑霜浓,不如休去,直是少人行。”狎昵之极,难怪人家用“荡”来形容。而史达祖之词过于追求词的妍丽多姿,缺乏意境和气格。“梅溪甚有心思,而用笔多涉尖巧,非大方家数”。“贪”字是说他过于雕琢,追逐语丽形美而缺乏词的格调和韵致。

纵观二人之词,还是很容易体会到这两句话中的含义的。老王说这两句话让人会心而笑,那确实。

·《人间词话》之七十五·

【贺黄公谓:“姜论史词,不称其‘软语商量’,而称其‘柳昏花暝’,固知不免项羽学兵法之恨。”然“柳昏花暝”自是欧秦辈吐属,后句为胜。吾从白石,不能附和黄公矣。】

史达祖的这首《双双燕·咏燕》是他最负盛名的一首词,亦是历来为人所赏的咏物名作。让我们来看看他的“软语商量”和“柳昏花暝”吧。

双双燕·咏燕　　史达祖

过春社了,度帘幕中间,去年尘冷。差池欲住,试入旧巢相并。还相雕梁藻井,又软语商量不定。飘然快拂花梢,翠尾分开红影。

芳径,芹泥雨润。爱贴地争飞,竞夸轻俊。红楼归晚,看足柳昏花暝。应自栖香正稳,便忘了、天涯芳信。愁损翠黛双蛾,日日画栏独凭。

对于咏物词，古时有说词中不能出现物的名称。比如说咏燕词句中不能出“燕”字，咏草词句中则不能出现“草”字。第五十四条三首咏春草的词（冯延巳《南乡子》不算以草为主题），明显可以看出来可能出现“草”的地方都被其他字很巧妙地代替了。这首词也是一样，无一燕字，但句句都让人感受到燕子的轻盈姿态。

“过春社了，度帘幕中间，去年尘冷。”春社在春分前后。春社已过，正是春暖花开之时。燕子归来，飞入旧家帘幕，去年巢臼仍在，只是尘土覆盖，显得冷清。“差池欲住，试入旧巢相并。还相雕梁藻井，又软语商量不定。”小燕子犹豫不决，毕竟旧巢难舍，探试而入。然而还似不放心，审视着这似曾相识的雕梁画栋，又互相呢喃低语，好似商量未定。“软语商量不定”，形容燕语呢喃，神妙之笔。双燕好似一对充满柔情蜜意的小情侣，慢语轻声，亲昵商量，读来清新可爱，极富生活情趣。“差池”出自《诗经·邶风·燕燕》：“燕燕于飞，差池其羽。”意为燕羽在飞翔时参差不齐。“飘然快拂花梢，翠尾分开红影。”燕子终于决定留下来，它们轻快地从花丛拂过，剪尾分开，隐现花的红影。

“芳径，芹泥雨润。”芹泥，燕子筑巢之材，杜甫《徐步》诗中有“芹泥随燕嘴”之句。一路芳华，雨润湿芹泥，正好用来筑巢。“爱贴地争飞，竞夸轻俊。”燕子竞相追逐，贴地而飞，轻盈剪影映于无边春色中。春光无限好，又有佳侣相伴，难怪小小燕子有如此明媚的心情。燕子在雨前通常贴地而飞，观察细致入微，描写深得其妙。“红楼归晚，看足柳昏花暝。”犹写燕子乐不思归，直到柳色花影隐入暮色之中，才依依不舍地离去。“柳昏花暝”四字写尽春暮景致，语意清朗淡远。“应自栖香正稳，便忘了、天涯芳信。”此句出人意表，言燕子双宿双栖，生活甜美，却忘记了捎带回来天涯游子的信笺。飞燕寄书，典自南朝梁代江淹《杂体诗·拟李都尉从军》中的句子：“而我在万里，结发不相见。袖中有短书，愿寄双飞燕。”“愁损翠黛双蛾，日日画栏独凭。”此句让人恍然，原来上面所有的景象，都是闺中人眼中所见。燕双飞，春正好，可怜偌大个春景之中剩得自己愁损娇容，每日独自凭栏，任双眸贮泪。回看首句“去年尘冷”，才知道主人公感触原来在此。燕子尚知旧巢温暖，心上人又为什么迟迟不归来？只有一颗善感的伤情之心，才会体会到燕子“差池欲住”“试入旧巢”“相雕梁藻井”这样的心情细微变化，才会深切地感受到“软语商量”“飘然快拂”“贴地争飞”“看足柳昏花暝”“栖香正稳”其中那种情人

1911年辛亥革命后，王国维携全家随罗振玉东渡日本，侨居四年余。在罗振玉的帮助下，有机会静下心来做学问。由于专力于研究新发现的史料，从古器物到古代书册、服装、建筑，所涉甚广，著述甚丰。此外，在戏曲研究方面亦有重大的突破，所著《宋元戏曲考》，被誉之为“戏曲史研究上一部带有总结性的巨著”。这一时期，他的生活安定，学术上也更有成就，他自述此间“生活最为简单，而学问则变化滋甚。成书之多，为一生冠。”

之间特有的亲昵与甜蜜、轻快与温馨。末两句落笔在意料之外，却又在情理之中。全词线索悄然铺陈，只最后恍然而现，既遥相呼应，又收得干净利落。不仅让人有花明柳暗之感，而更将全词境界推至深远处。余韵袅袅，深得其妙。

贺铸说："姜夔论史达祖此词，不赞誉'软语商量'，而赞誉'柳昏花暝'，就像项羽学兵法而不能体会到其中奥妙一样。""软语商量"把燕子娇巧可爱的形象写得相当出彩，而"柳昏花暝"则有北宋词悠长深远的境界。双方各有所赏。对于提倡境界且甚喜北宋词的老王来说，喜欢这一句当不意外。但是"软语商量"托出燕语神韵，而"柳昏花暝"则无关宏旨，公平地说，不可因喜好而废言，此词中"软语商量"当是至妙之笔。

·《人间词话》之七十六·

【咏物之词，自以东坡《水龙吟·咏杨花》最工，邦卿《双双燕》次之。白石《暗香》《疏影》，格调虽高，然无一语道著，视古人“江边一树垂垂发”“竹外一枝斜更好”“疏影横斜水清浅”等句何如耶？】

“无一语道著”是说白石词没有写出梅花的神韵。第二十七条已经解析过苏轼的《水龙吟·咏杨花》，上一条也看过了史达祖的《双双燕》，下面来看看姜夔的《暗香》《疏影》是否如老王所言吧。

暗香　　姜夔

（辛亥之冬，予载雪诣石湖。止既月，授简索句，且征新声，作此两曲。石湖把玩不已，使工伎肄习之，音节谐婉，乃名之曰：暗香、疏影）

旧时月色，算几番照我，梅边吹笛。唤起玉人，不管清寒与攀摘。何逊而今渐老，都忘却、春风词笔。但怪得、竹外疏花，香冷入瑶席。

江国，正寂寂，叹寄与路遥，夜雪初积。翠尊易泣，红萼无言耿相忆。长记曾携手处，千树压、西湖寒碧。又片片、吹尽也，几时见得。

姜夔甚爱梅花，其词幽冷而有余香，不知是否因此而来。他自度“暗香”“疏影”两调，调名取自于林逋《山园小梅》中的名句：“疏影横斜水清浅，暗香浮动月黄昏。”

“旧时月色，算几番照我，梅边吹笛。”词以一种迷离怅惘之境开篇，定下了全篇的基调。如水的月光之下，诗人又想起以前数次对梅吹笛的过往。往事似真似幻，笛声若有若无，一切都在眼前的月色中变得惝恍迷离。一种怅惘的心情，在月下浮现，亦随那笛声远逝。其实月光依旧，只是心情已非。几番，犹言次数多，对梅花的喜爱溢于言表。“唤起玉人，不管清寒与攀摘。”“玉人”即是梅花。李清照的咏梅词《渔家傲》中有“玉人浴出新妆洗”的名句，此处借用。笛声幽咽，唤起梅花，不畏攀摘迎寒怒放。此句以“玉人”作喻，化典于无形，意境上佳又极为自然；对梅吹笛，只为唤起玉人，意承上句，词意流畅而毫无突兀之感；拟人的手法让梅花的娇颜与傲骨毕现，而且更写出了诗人对梅花的一种爱护怜惜的深情。白石用语，一叠数叹；细细咀嚼，余香弥久。“何逊而今渐老，都忘却、春风词笔。”何逊是南朝梁诗人，也酷爱梅花，曾有《扬州法曹梅花盛开》之诗，这里是诗人自指。诗人回到现实之中，年华逝去人渐老，忘却了当年赏梅怜香的意兴和才华。“而今渐老”暗应“旧时”。“但怪得、竹外疏花，香冷入瑶席。”花香清幽，在不经意间传来，原来前面种种怅惘愁绪，都是由此而起。起篇不说来由，而将人带入记忆深处，此处方解缘由，上阙看似不着边际的思绪宛如繁花数枝于此处轻轻一束，因而成为一体。词意起伏错落而丝毫不乱，结构佳妙，深可回味。

“江国，正寂寂，叹寄与路遥，夜雪初积。”上片末句诗人的思绪从回忆中回到席间，拓开下片之景。夜雪茫茫，诗人独对寂静江天，只能轻叹路远难寄一枝梅。“寄梅”典自陆凯的诗句“折梅逢驿使，寄与陇头人。江南无所有，聊赠一枝梅。”“翠尊易泣，红萼无言耿相忆。”新酿的酒面会浮起微绿的细细酒渣，因又称“绿蚁”。翠尊易泣，言酒满易溢。绿樽如泣，红萼无言，对此不由得思绪万千。“长记曾携手处，千树压、西湖寒碧。”前面的种种铺陈叙述，仿佛是一座极美的屏风，只是隐约可见诗人心中伊人的身姿。终于，那位隐于屏风后的佳人在梅香中翩然而至。上片的“玉人”到此处也才让人知晓亦是伏笔。西子湖畔，携手同行，梅花千树，恍若仙境。这是词中唯一欣然安宁之境，虽在深寒冷碧之中，但此时自有春情暖意，湖中寒碧又如何能压得住？“压”字蕴意可玩味。“又片片、吹尽也，几时见得。”可惜良辰美景，终是随风而去。朵朵香销，片片玉殒，梅花落尽之时，只剩下诗人独行在人生的悲冬。回想上片，“旧时月色”已成追忆，或许此时我们方明白“几番梅边吹笛”的深意。在“几时见得”这样看似随口道出的句子中，饱含了诗人内心的挣扎和痛苦。风过云清，一切的一切都如梅花落去，当年西子湖畔的那位佳人，似一缕梅香，深藏在诗人渐渐老去的心中，那才是他在苦寒人生中永远的慰藉。

疏影　　姜夔

苔枝缀玉，有翠禽小小，枝上同宿。客里相逢，篱角黄昏，无言自倚修竹。昭君不惯胡沙远，但暗忆、江南江北。想佩环、月夜归来，化作此花幽独。

犹记深宫旧事，那人正睡里，飞近蛾绿。莫似春风，不管盈盈，早与安排金屋。还教一片随波去，又却怨、玉龙哀曲。等恁时、重觅幽香，已入小窗横幅。

《疏影》一词，有点像姜夔的另外一首名作《齐天乐·蟋蟀》。诗人情思似梅香半缕，飘于历史的罅隙之间，探寻着冷峻的表面下掩藏的凄美和幽怨。

“苔枝缀玉，有翠禽小小，枝上同宿。”苔枝，苔梅，极名贵的梅花品种，范成大《梅谱》中有详细记述。苔枝缀玉，梅花如白玉镶嵌，绿鸟双双宿于枝头。“客里相逢，篱角黄昏，无言自倚修竹。”杜甫《佳人》诗云：“天寒翠袖薄，日暮倚修竹。”诗人与梅花在客乡不期而遇。那一枝寒梅在黄昏中，默默与青竹相伴，好似佳人独处，不胜幽怨。“昭君不惯胡沙远，但暗忆、江南江北。”诗人不禁神游万里，想起隐没于浩浩黄沙中那个忧伤的倩影。昭君出塞，想她在那漠北苦寒之地必定会经常回忆起家乡的青山绿水吧？“想佩环、月夜归来，化作此花幽独。”杜甫《咏怀古迹（五首之三）》中曾经咏叹昭君：“画图省识春风面，环佩空归月下魂。”那月下归来的芳魂，是否就化成了眼前这一枝黄昏倚竹的清幽梅花呢？意境之美，想象之奇，让人赞叹，这其中更是蕴涵了作者无限的怜惜和感喟。

“犹记深宫旧事,那人正睡里,飞近蛾绿。”《太平御览·时序部》引《杂五行书》中记载南朝宋武帝寿阳公主“日卧于含章殿檐下,梅花落公主额上,成五出花,拂之不去”。昭君深宫无人识,此乃“旧事”;而又以“深宫”引出寿阳公主之事,两尽其妙。梅花落眉间,人花两相若,用典巧妙,不直言其美却让人心向往之。“莫似春风,不管盈盈,早与安排金屋。”汉武帝刘彻小时候为胶东王时曾说:“若得阿娇作妇,当作金屋贮之也。”莫似春风,似在规劝,凸现爱惜之情。“还教一片随波去,又却怨、玉龙哀曲。”东汉马融《长笛赋》:“龙鸣水中不见已,截竹吹之声相似。”玉龙则指笛声。哀曲指古曲《梅花落》,正合花落之哀怨。梅花落去随流水,剩得清韵在心头。古曲中悠长的曲调,似一声随风逝去而欲留无方的叹息。“等恁时、重觅幽香,已入小窗横幅。”待重觅幽香之时,却见梅枝清影印上小窗。无限惆怅之意蕴涵其中。此句既呼应本词中首句“苔枝”,又与《暗香》首句中月下之梅暗合,两首词曲致连环,白石心思缜密,才情高绝,如此佳构让人赞赏不已。

“江边一树垂垂发”引自杜甫的《和裴迪登蜀州东亭送客逢早梅相忆见寄》,最后两句“江边一树垂垂发,朝夕催人自白头”言诗人岁暮之悲。垂发随风,似催人老,让人不胜唏嘘。“竹外一枝斜更好”引自苏轼的《和秦太虚梅花》,最后两句为“江头千树春欲暗,竹外一枝斜更好”,言春暮时节一枝独秀,意谓虽愁苦无尽但人间总有可眷恋与追求的希翼,豁达情怀让人感佩。林逋的“疏影横斜水清浅,暗香浮动月黄昏”自是千古咏梅第一名句,隐约间仿佛望见了那美极无双的梅花仙子。这三句自然真切,景致生动,诚为妙笔。但是姜夔二词中老王所谓“无一语道着”并不算得如何确切。其实二词中句句均可见梅香花影,幽柔婉静,我见犹怜。白石惜其香,爱其影,一片深情却暗隐于典故华章之中,老王当是不爱其隐晦之语才发此言吧。

·《人间词话》之七十七·

【白石写景之作，如“二十四桥仍在，波心荡、冷月无声”“数峰清苦，商略黄昏雨”“高树晚蝉，说西风消息”，虽格调高绝，然如雾里看花，终隔一层。梅溪、梦窗诸家写景之病，皆在一“隔”字。北宋风流，过江遂绝，抑真有风会存乎其间耶。】

“雾里看花”之语，最早见于唐代杜甫《小寒食舟中作》：“春水船如天上坐，老年花似雾中看。”但这个词成为习语流传应当是拜老王所赐，由此也可见《人间词话》巨大的文化魅力。

“二十四桥仍在，波心荡、冷月无声”引自姜夔的名作《扬州慢》。

扬州慢　　姜夔

（淳熙丙申至日，余过维扬。夜雪初霁，荠麦弥望。入其城则四顾萧条，寒水自碧，暮色渐起，戍角悲吟。予怀怆然，感慨今昔，因自度此曲。千岩老人以为有《黍离》之悲也。）

淮左名都，竹西佳处，解鞍少驻初程。过春风十里，尽荠麦青青。自胡马窥江去后，废池乔木，犹厌言兵。渐黄昏、清角吹寒，都在空城。

杜郎俊赏，算而今、重到须惊。纵豆蔻词工，青楼梦好，难赋深情。二十四桥仍在，波心荡，冷月无声。念桥边红药，年年知为谁生？

此句其实语言通俗易懂，并不晦涩，但为什么说是“雾里看花”之句呢？看完全词可以知晓，此句蕴意不完全在于景致之中，而是与杜牧诗句之典息息相关。不隔者，望之即明；隔者，思之方见。这就是老王作此评价的原因。其实此句深情婉转，如水摇月影；典雅风致，又似风过古桥。老王这么说，虽有他的道理，但这一句化用无痕，妙语天成，让人称绝。仅以“隔”字一语蔽之，未免有些唐突了。

“数峰清苦，商略黄昏雨”和“高树晚蝉，说西风消息”分别引自《点绛唇》和《惜红衣》。

点绛唇　　姜夔

（丁未冬过吴松作）

燕雁无心，太湖西畔随云去。数峰清苦，商略黄昏雨。

第四桥边，拟共天随往。今何许？凭栏怀古，残柳参差舞。

惜红衣　　姜夔

簟枕清凉，琴书换日，睡余无力。细洒冰泉，并刀破甘碧。墙头唤酒，谁问讯城南诗客。岑寂。高柳晚蝉，说西风消息。

虹梁水陌，鱼浪吹香，红衣半狼藉。维舟试望，故国眇天北。不共美人游历。问甚时何赋，三十六陂秋色？

这两句都用了拟人的手法。“数峰清苦，商略黄昏雨”，湖畔数峰孤清落寞，云遮雾罩之中似乎在商量酝酿一场黄昏雨。清寂之中，隐含人去山空而风雨欲来的悲情。以山情写人情，出人意表而又得之寰中。“高柳晚蝉，说西风消息”则谓晚蝉鸣于高柳，似言隐约传于西风中的消息。沉寂之中，蝉鸣数声，其实非言消息，而言诗人心中不尽心事。此句手法得当，应是令词增色而非相反。

所谓“隔”之句，亦有不少佳作，只是老王不愿拨开云雾去探究罢了。其实不用过于在意他人言语，用自己的心去品味，自可知其中深味。

·《人间词话》之七十八·

【问“隔”与“不隔”之别，曰：渊明之诗不隔，韦、柳则稍隔矣。东坡之诗不隔，山谷则稍隔矣。“池塘生春草”“空梁落燕泥”等二句，妙处唯在不隔，词亦如是。即以一人一词论，如欧阳公《少年游》咏春草上半阕云：“阑干十二独凭春，晴碧远连云。二月三月，千里万里，行色苦愁人。”语语都在目前，便是不隔。至云：“谢家池上，江淹浦畔”则隔矣。白石《翠楼吟》：“此地。宜有词仙，拥素云黄鹤，与君游戏。玉梯凝望久，叹芳草、萋萋千里。”便是不隔。至“酒祓清愁，花消英气”则隔矣。然南宋词虽不隔处，比之前人，自有浅深厚薄之别。】

“不隔”之句，如青莲随风，摇曳生姿，自然清新，容易让人心生好感；而“隔”之句，则如雕琢玉器，如非极精巧极工致则不能为人所赏，假若技艺不精，或是有逞才炫技之嫌就很容易让人心生厌恶。

“池塘生春草”“空梁落燕泥”两句写得很质朴，却极富生机，仿佛不经意之间望见，却让人真切地感受到生命的活力与美好。这样的诗句，似乎已经不是诗人的吟诵，而是这个世界在我们心底的轻言细语。

欧阳修的《少年游》我们在第五十四条中已经提过。“阑干十二独凭春，晴碧远连云。二月三月，千里万里，行色苦愁人。”晴朗自然，正是“语语都在目前”，寓意于无形之间，高妙之笔，是为“不隔”；“谢家池上，江淹浦畔”则用谢灵运《登池上楼》和江淹《别赋》典故，需要思索方明白其意，是为“隔”。

姜夔的《翠楼吟》词云：“月冷龙沙，尘清虎落，今年汉酺初赐。新翻胡部曲，听毡幕元戎歌吹。层楼高峙。看栏曲萦红，檐牙飞翠。人姝丽，粉香吹下，夜寒风细。此地。宜有词仙，拥素云黄鹤，与君游戏。玉梯凝望久，叹芳草、萋萋千里。天涯情味，仗酒祓清愁，花销英气。西山外，晚来还卷、一帘秋霁。”老王所说是下片头三句“此地。宜有词仙，拥素云黄鹤，与君游戏。玉梯凝望久，叹芳草、萋萋千里。”“素云黄鹤与君游戏”妙语似顺手拈来，随口而出，有如苏东坡中秋词之神妙；而“芳草萋萋千里”则景致清朗邈远，似举目可见。此为不隔。“酒祓清愁，花消英气”之句，花酒消愁夺志事为何？岁月流转，往事如烟，此须细细思量方可知晓。这即为“隔”之语。

“不隔”之诗妙在明白自然，倘若欲写清新明朗之语而反露了刻意雕琢之痕，则成败笔。而对于“隔”之诗句，其实也未可强求。诗人们自觉不自觉地在诗句中加入典籍，既是使诗句更富有文采的一种举动，也是文化发展和沉淀到一定程度的必然结果。“隔”与“不隔”各有妙笔，只是个人风格不同而已。

“然南宋词虽不隔处，比之前人，自有浅深厚薄之别。”词技巧性的提升，更重要的是词人审美观念上的普遍变化，致使南宋词中质朴自然的语句少之又少。比如上面提到的姜夔之词，虽言不隔，但不隔处毕竟不似苏子“明月如霜，好风如水，清景无限”这样的句子那般自然晓畅了。这即是老王所言的“浅深厚薄之别”。但其实这些无需太过挂怀，终究还是不可因人言而影响自己的喜好和偏向。每个人都有自己的解读和理解方式，自己喜欢才最重要。

·《人间词话》之七十九·

【少游词境最为凄婉。至“可堪孤馆闭春寒，杜鹃声里斜阳暮。”则变而凄厉矣。东坡赏其后二语，犹为皮相。】

前面文曾提到《踏莎行》，但未作深究。苏轼激赏这首词的末两句，曾自题于扇，并云：“少游已矣，虽万人何赎！”让我们再来看看此词，看看老王和苏轼二人所赏之句为何殊异。

踏莎行　　秦观

雾失楼台，月迷津渡。桃源望断无寻处。可堪孤馆闭春寒，杜鹃声里斜阳暮。

驿寄梅花，鱼传尺素。砌成此恨无重数。郴江幸自绕郴山，为谁流下潇湘去？

秦观写此词之时，正被贬谪郴州，词中感触真切，婉语动人，遂成名篇。

“雾失楼台，月迷津渡。”浓雾弥漫，月色迷离，楼台津渡似有还无，顿生无处归去的感叹。由此引出下句“桃源望断无寻处”，诗人想逃离这个纷杂的世界，寻求世外桃源，但是却迷雾重重，无路可寻。“望断”意犹如晏同叔之“独上高楼，望断天涯路”，有一种执著之态，而更比晏殊之句增添一种寻之无望的凄楚。这正是欲归无路心情压抑苦闷的贬谪之叹。“可堪孤馆闭春寒，杜鹃声里斜阳暮。”桃源既不可求，则只能独守孤馆。春寒料峭，孤馆深闭，杜鹃声声，斜阳已暮。上半句颜色冷清，颇有寒意，可称凄婉。而下半句中，杜鹃向有“声声泣血”之谓，兼之欲落的残阳直如血色一般，句中尽染饱含浓烈情绪的色彩氛围，遂如老王所言成“凄厉”之景。此景情何以堪？“可堪”之言，有若心怀无处可诉的苦楚，只能独自承受这生命中难言之痛，读来尤为伤神。

“驿寄梅花，鱼传尺素。”“驿寄梅花”用南朝陆凯诗中之典。陆凯从江南寄赠梅花一枝给好友范晔，并附诗一首：“折梅逢驿使，寄与陇头人。江南无所有，聊赠一枝梅。”这就是“寄梅”的由来。“鱼传尺素”典出汉乐府《饮马长城窟行》：“客从远方来，遗我双鲤鱼。呼儿烹鲤鱼，中有尺素书。”此言友人寄信安慰排解。上阕末句“可堪”正有独自难以承受这苦闷抑郁之意，而下阕起笔即写友人来信慰藉，犹言情不可堪而至友人信中寻求安慰和支撑，意蕴暗中相连。“砌成此恨无重数。”本似已稍稍舒缓的情绪却蓦然变得更加深刻。友人的慰藉未能平复谪客之悲，反而更加勾起他独自处于远谪之地的愁思恨意。尺素如砖石般垒起，暗示贬谪时间之长。“无重数”其一写恨有多重，混杂着沦落流离、理想受挫、好友远隔等的忧愤苦闷，其二亦写其恨无穷无尽，似永无尽头。此句语带双关，“砌”字用得形象生动，写尺素堆叠，更写无形之恨似层层垒起，压抑愤懑之情溢于字间。“郴江幸自绕郴山，为谁流下潇湘去？”此句为全词高潮。郴江本是绕郴山而流，但却是为谁向湘水流去？此问看似无理，实则有若问苍天而苍天不语，其中包含了一种孤苦绝望的情绪。对命运的悲愤诘问，其声也哀，其情可悯。此问天地之间无人能回答，正是悲愤莫名，无可排解。其恨意如郴水流去，悠悠不尽。

苏轼赞赏末句“郴江幸自绕郴山，为谁流下潇湘去？”，究其原因有二。其一出于其性格。苏轼生性豁达大度，是大智慧之人，不喜爱凄厉之景应属情理之中。其二则是出于一种深厚的师徒情谊。心爱弟子所发的悲苦反诘之句，让人动容，尤引其怜惜之意，也无怪乎他发出“少游已矣，虽万人何赎”之叹了。老王性格孤傲，喜爱极致之景。因而他喜欢“可堪孤馆闭春寒，杜鹃声里斜阳暮”中的孤独凄厉之境，当不意外。事实上这两句难说有高下之分。两句一境界凄冷孤寂，一寓意悲愤深沉。品读起来好似一道南粤名菜，一道苏杭佳制，各有各的滋味，各有各的好处，说哪个更好就看个人喜好了。

·《人间词话》之八十·

【严沧浪《诗话》曰:“盛唐诸公,惟在兴趣。羚羊挂角,无迹可求。故其妙处,透彻玲珑,不可凑拍。如空中之音、相中之色、水中之月、镜中之象,言有尽而意无穷。”余谓:北宋以前之词,亦复如是。然沧浪所谓兴趣,阮亭所谓神韵,犹不过道其面目,不若鄙人拈出“境界”二字,为探其本也。】

老王这本《人间词话》可以说甚有古风。古时大部分诗论都是如老王这样的札记一类,包括诗人轶事、诗坛杂闻、典故出处、字句考证等内容,缤纷零碎,不成系统。而严羽的《沧浪诗话》则非常有系统性,分为《诗辨》《诗体》《诗法》《诗评》和《考证》五门,对诗的历史沿革、风格分类、写作方法和技巧、写作目的、表现形式等作了很系统的阐述。这篇诗论对后世影响很大,明代前后七子诗论、清代“神韵”和“性灵”两说都可说是由此而来。

《沧浪诗话》中重要的两个观点是“诗有别趣,非关理也”和“言有尽而意无穷”。严羽反对黄庭坚的“以理为主”“词意高深要从学问中来”的创作理论,以“兴趣”作为创作之本,以“言有尽而意无穷”作为创作的最高标准。

“禅道惟在妙悟，诗道亦在妙悟”。以禅语解诗，即是本条中所言“羚羊挂角，无迹可求。故其妙处，透彻玲珑，不可凑拍。如空中之音、相中之色、水中之月、镜中之象，言有尽而意无穷”。

老王说北宋及以前之词，“亦复如是”。但南宋词和清词中未必就没有此类，只不过不如北宋那样气象万千罢了。“兴趣”“神韵”都过于虚渺，难以具体叙说描绘，这也是老王说“境界”二字能“探其本”的原因。

·《人间词话》之八十一·

【"生年不满百,常怀千岁忧。昼短苦夜长,何不秉烛游?""服食求神仙,多为药所误。不如饮美酒,被服纨与素。"写情如此,方为不隔。"采菊东篱下,悠然见南山。山气日夕佳,飞鸟相与还。""天似穹庐,笼盖四野。天苍苍,野茫茫,风吹草低见牛羊。"写景如此,方为不隔。】

"生年不满百,常怀千岁忧。昼短苦夜长,何不秉烛游?""服食求神仙,多为药所误。不如饮美酒,被服纨与素。"都出自《古诗十九首》。

古诗十九首·第十五

生年不满百,常怀千岁忧。昼短苦夜长,何不秉烛游?为乐当及时,何能待来兹?

愚者爱惜费,但为后世嗤。仙人王子乔,难可与等期。

古诗十九首·第十三

驱车上东门,遥望郭北墓。白杨何萧萧,松柏夹广路。下有陈死人,杳杳即长暮。

潜寐黄泉下,千载永不寤。浩浩阴阳移,年命如朝露。人生忽如寄,寿无金石固。

万岁更相送,圣贤莫能度。服食求神仙,多为药所误。不如饮美酒,被服纨与素。

这两首诗不事雕饰,朴拙真挚。用最简单的语言抒发最直接的盼望和企求,却往往最能打动人心。自由、快乐而真诚的生活,这个几千年来人们心底最质朴的愿望从来都没有改变过,直到今天它依然能引起我们灵魂深处的共鸣。

“采菊东篱下,悠然见南山。山气日夕佳,飞鸟相与还。”这两句出自陶渊明的《饮酒·二十首其五》,第三十三条中已经提到过。清新悠远的景致如在眼前,更在每一个尘世中心灵倦怠的人心中。

“敕勒川,阴山下。天似穹庐,笼盖四野。天苍苍,野茫茫,风吹草低见牛羊。”斛律金这首《敕勒歌》,豪爽粗犷,苍浑雄壮,就如同原野上古老的岩画,笔调简朴苍劲,寥寥数笔却能给人带来心灵的震撼。

老王不太喜欢拐弯抹角,但是这个世界本来就是如此多彩,不能永远只用一种眼光看待。自然清秀是美,典雅端庄也是美,只要不失于呆板流俗,都自有韵致在其中。“隔”与“不隔”实际上还是风格的问题,而不是有高下之分。

老王对“不隔”之句如此推崇,那他为什么又会不喜欢写景清新如画、写情真挚动人的李清照呢?这也许是个难解的谜了。

·《人间词话》之八十二·

【“池塘春草谢家春，万古千秋五字新。传语闭门陈正字，可怜无补费精神。”此遗山《论诗绝句》也。梦窗、玉田辈当不乐闻此语。】

元好问(1190～1257)，字裕之，号遗山，太原秀荣(今山西祈州)人。祖先出自北魏鲜卑拓跋氏。金代杰出诗人和文学家。

陈师道(1053～1102)，字履常，一字无己，号后山居士，彭城(今江苏徐州)人。官至秘书省正字，亦称陈正字。其诗简洁质朴，感情真挚，但题材较窄，有时过于追求朴拙而少韵味。

元好问的《论诗绝句》一共有三十首，此条所引的是其中第二十九首。天才如元好问者，自然不喜欢陈师道这样闭门觅句的苦吟诗人。显然老王和元好问一样，也对他不甚感冒。

陈师道自幼家境贫寒，性格直拗。王安石变法之时，他不满新政而不试科举。后苏轼举荐他为州学教授，自此他视苏轼为恩师，曾不顾朝廷禁令私自为出守杭州的苏轼送行。他为官清廉刚直，因不肯穿妻子从品行不端的亲戚处借来的棉衣，冻病而死。

说陈师道闭门为诗，宋时诗文中皆有记载。黄庭坚即有诗云："闭门觅句陈无己，对客挥毫秦少游。正字不知温饱未？西风吹泪古滕州。"其实这首诗是关心陈师道，语句中并无贬低之意，但后来"闭门造诗"却成了贬语。另有宋末马端临《文献通考》中记载："世言陈无已每登临得诗，即急归，卧一榻，以被蒙首，谓之'吟榻'。家人知之，即猫犬皆去，婴儿稚子，亦皆抱持寄邻家。"这段记载很有意思。其实陈师道写诗如此，也是他自己的方式，说他"可怜无补费精神"实无必要。他没有经天纬地之大才，但却有孜孜以求的精神。在中国古代诗史上，他也许是唯一一个不以才华动人的诗人，其苦心孤诣、执著坚忍的精神为他赢得了声誉。后世江西派受他影响颇大。择其诗一首《登快哉亭》："城与清江曲，泉流乱石间。夕阳初隐地，暮霭已依山。度鸟欲何向，奔云亦自闲。登临兴不尽，稚子故须还。"读者心中自有评判。

老王此条讽刺吴文英和张炎写词像陈师道那样闭门造句，因而题材狭窄、境界不高。这个未免有些刻薄了。吴文英不愧为大家，其词自是可观，第十二条中我们已经看过了他的《踏莎行》。而张炎也并非那么不济，后文有对其词的分析。二人之才还是应当获得认可的。

·《人间词话》之八十三·

【白仁甫《秋夜梧桐雨》剧，奇思壮采，为元曲冠冕。然其词干枯质实，但有稼轩之貌而神理索然。曲家不能为词，犹词家不能为诗，读永叔、少游词可知。】

前面第四十八条中我们已经看到了白朴的《唐明皇秋夜梧桐雨》中的一节，此剧的确如老王所言，奇思巧构，文采斐然。

此剧之文采，可引几段为证。如第二折《中吕·粉蝶儿》："天淡云闲，列长空数行征雁。御园中夏景初残：柳添黄，荷减翠，秋莲脱瓣。坐近幽兰，喷清香玉簪花绽。"再如第四折《三煞》："润蒙蒙杨柳雨，凄凄院宇侵帘幕。细丝丝梅子雨，装点江干满楼阁。杏花雨红湿阑干，梨花雨玉容寂寞。荷花雨翠盖翩翩，豆花雨绿叶潇条。都不似你惊魂破梦，助恨添愁，彻夜连宵。莫不是水仙弄娇，蘸杨柳洒风飘？"以上足可见其才。

白朴的词集《天籁集》，择其两首观之。

满江红·题吕仙祠飞吟亭壁，用冯经历韵　　白朴

云外孤亭，空怅望、烟霞仙客。还试问、飞吟诗句，为谁留别。三入岳阳人不识，浮生扰扰苍蝇血。道老精、知向树阴中，曾来歇。

松樑在，虬枝结。皮溜雨，根盘月。恨还丹不到，后来豪杰。尘世千年翻甲子，秋空一剑横霜雪。待他时、携酒赤城游，相逢说。

此词过于质朴厚拙，失之神采，不算甚好。这是老王所说"有稼轩之貌而神理索然"的典型了。再来看看他的七夕词《摸鱼子·七夕》。

摸鱼子·七夕　　白朴

问双星、有情几许，消磨不尽今古。年年此夕风流会，香暖月窗云户。听笑语，知几处、彩楼瓜果祈牛女？蛛丝暗度，似抛掷金梭，萦回锦字，织就旧时句。

愁云暮，漠漠苍烟挂树。人间心更谁诉？擘钗发细蓬山远，一样绛河银浦。乌鹊渡，离别苦，啼妆洒尽新秋雨。云屏且住，算犹胜嫦娥，仓皇奔月，只有去时路。

比之秦观《鹊桥仙·七夕》之文采神韵，相差甚远，而二人之才并没有词中表现差距这么大。看看所引述白朴的杂剧，再看看他的《天净沙·秋》："孤村落日残霞，轻烟老树寒鸦，一点飞鸿影下。青山绿水，白草红叶黄花。"其中文采与词简直有天差地别。或许是因为宋词至当时大多被奉为经典，词体可能会显得比较正式，写起来不似曲那么活泼通融肆意挥洒，因而显得古板而失去韵味。元代词曲俱佳者近于无，可能真如老王所言"曲家不能为词"吧。

老王说："词家不能为诗。"其实欧阳修也有好诗，像《戏答元珍》："春风疑不到天涯，二月山城未见花。残雪压枝犹有橘，冻雷惊笋欲抽芽。夜闻归雁生乡思，病入新年感物华。曾是洛阳花下客，野芳虽晚不须嗟。"秦观之诗亦有佳句，比如"有情芍药含春泪，无力蔷薇卧晓枝""林梢一抹青如画，应是淮流转处山"等，但是无论是数量还是质量，两人之词显然更胜一筹。

"词家未能为诗"这话也许有道理，但未免过于绝对。宋代诗词俱佳者，

也有东坡、易安、放翁等人，“水光潋滟晴方好，山色空蒙雨亦奇”“生当做人杰，死亦为鬼雄”“伤心桥下春波绿，曾是惊鸿照影来”均为极动人之句，不亚于其词。文学随时代变迁而变迁，词兴诗衰，故而宋代才俊，于诗着力少，于词着力多，才子文人大多以词闻名，而非以诗闻名。唐代好诗层出不穷，对当时诗人的创作也是一个极大的鞭策。而诗至宋，已不像唐代那样大兴于世，好诗恒少，故而诗人下笔亦无所比照和激励，自然佳作就不能如唐代那般泉涌而出了。

·《人间词话》之八十四·

【朱子《清邃阁论诗》谓:“古人有句,今人诗更无句,只是一直说将去。这般一日作百首也得。”余谓北宋之词有句,南宋以后便无句,如玉田、草窗之词,所谓“一日作百首也得”者也。】

朱熹(1130～1200),字元晦,号晦庵,别号紫阳,徽州婺源(今江西婺源)人。南宋著名理学家、文献学家。宋代理学于他发扬光大,逐渐成为后世朝代的统治思想。

朱熹在《清邃阁论诗》中说古人诗有句,而今人诗无句,这是批判当时诗坛的不良习气。而老王说北宋词有句,至南宋后之词无句,这话有点失之偏颇,后文第九十八条还会讲到。而张炎、周密之词真的如写流水账一般“一日作百首也得”吗?诚然未必。或许草窗、玉田不若东坡、稼轩、淮海、永叔等大家,但平心而论,他们的词远没有不堪到读不下去的地步,其中亦甚有可观之处。试看两人词作,可知一二。

先看看张炎的《解连环·孤雁》。

解连环·孤雁　　张炎

楚江空晚，怅离群万里，怳然惊散。自顾影欲下寒塘，正沙净草枯，水平天远。写不成书，只寄得、相思一点。料因循误了，残毡拥雪，故人心眼。

谁怜旅愁荏苒？谩长门夜悄，锦筝弹怨。想伴侣犹宿芦花，也曾念春前，去程应转。暮雨相呼，怕蓦地、玉关重见。未羞他、双燕归来，画帘半卷。

"楚江空晚，怅离群万里，怳然惊散。"楚乃古时伤心之地，屈子投江，湘妃泣竹，望之而起悲情；而楚地有回雁峰，雁往此南飞，暗合题目。此为用"楚"字之意。江天空阔，暮色渐起之时，恍然间想起惊散离群，怅叹万里遥遥，孤羽难飞。首句写愁之起。"自顾影欲下寒塘，正沙净草枯，水平天远。"孤雁望寒潭而顾影自怜，周遭却是枯草净沙，水连天远。天地之大，恍若只剩我独飞。孤影徘徊，寒草萧瑟，悲戚散播于水天之间，却无人识得。"写不成书，只寄得、相思一点。"大雁向来被视为传书使者。孤雁单飞，因此说"只寄得、相思一点"。多少叹喟，尽在其中。张炎为南宋遗民，相思为何，不言而喻。"料因循误了，残毡拥雪，故人心眼。"此处更进一步说明其相思之意。"残毡拥雪，故人心眼"用汉时苏武和雪吃毡，不愿投降匈奴之典。此句犹言孤雁误了传书，然而书不传，向往故国之情仍在。一种坚贞之意，伴和着雁的哀声和孤影，在天地间回旋。

"谁怜旅愁荏苒？"光阴渐长，羁旅之愁亦随光阴变得悠长。"谩长门夜悄，锦筝弹怨。"陈皇后被汉武帝幽禁在长门宫，此处用其典。长门深夜悄无人，锦筝轻抚知怨谁？长夜漫漫，孤寂独处，哀怨无极。用长门旧事渲染孤雁之愁。"想伴侣犹宿芦花，也曾念春前，去程应转。"伴侣似乎仍在，一起双宿芦花。怀念往昔种种，却见今日形只影单，怎能不感慨万千。"暮雨相呼，怕蓦地、玉关重见。"暮雨相呼，犹言风雨与共，不离不弃。玉门重见出自于一种对未来的幻想，表面上言孤雁，其实别有深意。南宋遗民有很多坚持气节，不肯屈服投降，被俘北去。虽难有相见之日，但万一重逢，悲愤抑郁之情，必是心中戚戚，难于尽言。"未羞他、双燕归来，画帘半卷。"张炎自己在《词源》中说:“末句最当留意,有有馀不尽之意始佳。”这里正是如此。画帘上燕子恋旧栈,孤雁虽苦却不同流合污,望之自当不羞,而那些奴颜婢膝、投靠敌酋者,又当作何想呢?

全词紧扣孤雁,上阙以雁形描孤苦,从空间上言悲愁之广邈;下阙以雁声传哀怨,从时间上言苦恨之绵长。其悲愁之意若山间幽泉流转不息,几经回环、升华、绵延,在读者的心中久久挥之不去。诗人坚贞不屈的信念,让人感叹。张炎晚年极为潦倒,却矢志不渝,不忘旧朝。诚然其词或不若北宋名家,其词论亦颇多商榷之处,但对其佳处还是未可轻言“一日作百首也得”的。

再看看周密的《高阳台·送陈君衡被召》

高阳台·送陈君衡被召　　周密

照野旌旗,朝天车马,平沙万里天低。宝带金章,尊前茸帽风欹。秦关汴水经行地,想登临、都付新诗。纵英游,叠鼓清笳,骏马名姬。

酒酣应对燕山雪,正冰河月冻,晓陇云飞。投老残年,江南谁念方回?东风渐绿西湖柳,雁已还、人未南归。最关情,折尽梅花,难寄相思。

诗人的好友陈允平应元朝征召,北往至元大都为官。这首词是送别之作。

首句“照野旌旗,朝天车马,平沙万里天低”,起语颇有气势。唐孟浩然有“野旷天低树”之句。此时野树已换作旌旗百面,猎猎飘扬,车马辚辚,在天旷云低中朝北而去。“宝带金章,尊前茸帽风欹。”宝带是丝织的印绶;金章即官印。极言其意得志满之态。“秦关汴水经行地,想登临、都付新诗。”此句想象陈允平远去北地,秦关汴水,登高临望,胸中豪情想必都赋于新诗了。江山依旧,故国已非,周密隐居不仕,好友却北去仕于新朝。一个“新”字夹杂着作者元兴宋亡之际的颇多感慨。这句虽则宏壮,但不难看出作者的复杂心情。“纵英游,叠鼓清笳,骏马名姬。”这句依然是“想”之内容。纵情欢游之间,青骢美媛,清音佳韵,想来必是意气风发吧。

“酒酣应对燕山雪,正冰河月冻,晓陇云飞。”过片蓦的一转,欢游酒酣间却眼见雪封燕山,冰锁江河,云飞月冷。上阙的宏壮转为萧索。“投老残年,江南谁念方回?”黄庭坚《寄方回》诗云:“道江南肠断句,世间惟有贺方回。”欢饮酒酣之时,是否还会想起江南旧友呢?这两句似有“此间正乐,仍否思蜀”之问。“东风渐绿西湖柳,雁已还、人未南归。”春去春又来,西湖柳新绿,雁还人未归。虽言人未归,实则说人心未归。诗人不仅寄托恐故人忘记自己之情,更暗示一种对好友忘却故国、心不思归的不解和不满。“最关情,折尽梅花,难寄相思。”折梅相赠,相思难寄。看似是因为路远难寄,其实是因为二人之心相隔遥远。“最关情”三字,表达了诗人最在意之处。伤心、失望、不满、责怪,兼而有之。

全词上下阙情思流转,深意蕴含。意境或壮阔,或萧索,轻轻转换,挥洒自如。不仅道出了送别故人的难舍之意,更是委婉地说出了自己对他的复杂情感。

这两首词,寄亡国之恨于雅韵清音,其中亦有佳处,未可轻下断言。用所谓“一日作百首”来评价,殊未公允。

·《人间词话》之八十五·

【朱子谓:“梅圣俞诗,不是平淡,而是枯槁。”余谓草窗、玉田之词亦然。】

梅尧臣开宋一代诗风,他写诗提倡摒弃浮华,注重实质,以平淡之语写平凡之事。他的叙事诗秉承《诗经》中的讽喻之风,比如《陶者》:“陶尽门前土,屋上无片瓦。十指不沾泥,鳞鳞居大厦。”而他在诗的意境上,提倡“平淡”之境,要求写景形象而有言外之意。比如《鲁山山行》中“人家在何许,云外一声鸡”、《东溪》中“野凫眠岸有闲意,老树着花无丑枝”等,即所谓“状难写之景如在目前,含不尽之意见于言外”。但由于过分追求“平淡”,诗歌显得过于平实而缺乏诗意。其叙事诗尚质朴可观,抒情诗也有部分佳作,但多数诗作显得太过于注重实质而无表现力,把诗写得如同议事的古文一般淡而无味。这就好比一个人有筋骨而无皮肉,正是朱熹所谓的“枯槁”之貌。但梅氏诗词亦有佳语，诗如上所列，词亦有被老王誉为“能写春草之魂”的《苏幕遮》。梅尧臣诗与词风格殊异，而词作颇见功力。想来词之风格，蕴情于景，意蕴横生，就是想要写得古朴也不甚容易吧。

其实从上一条可以看出来，周密、张炎二人才情尚可，所写之词并不全然像老王说的那么“枯槁”。这话说得太绝对了。

·《人间词话》之八十六·

【“自怜诗酒瘦，难应接许多春色。”“能几番游？看花又是明年。”此等语亦算警句耶？乃值如许费力。】

“自怜诗酒瘦，难应接许多春色”引自史达祖《喜迁莺》，词云：“月波疑滴，望玉壶天近。了无尘隔。翠眼圈花，冰丝织练，黄道宝光相直。自怜诗酒瘦，难应接、许多春色。最无赖，是随春趁烛，曾伴狂客。踪迹。谩记忆。老了杜郎，忍听东风笛。柳院灯疏。梅厅雪在，谁与细倾春碧。旧情拘未定，犹自学、当年游历。怕万一，误玉人、夜寒帘隙。”

这句所失在于强行拼凑，致使诗意生硬滞涩。看看东坡之“春色三分，一分尘土，两分流水”、少游之“春路雨添花，花动一山春色”、易安之“小院闲窗春色深，重帘未卷影沉沉”，读来自然流畅。可知大家为词，不轻易落笔，故而下笔方始意蕴流动，不失生涩。

"能几番游？看花又是明年"引自张炎《高阳台·西湖春感》，词云："接叶巢莺，平波卷絮，断桥斜日归船。能几番游？看花又是明年。东风且伴蔷薇住，到蔷薇、春已堪怜。更凄然，万绿西泠，一抹荒烟。当年燕子知何处？但苔深韦曲，草暗斜川。见说新愁，如今也到鸥边。无心再续笙歌梦，掩重门、浅醉闲眠。莫开帘，怕见飞花，怕听啼鹃。"

这句所失在于言辞陈旧，落于俗套。"明年看花"之语，欧阳修能写"今年花胜去年红，可惜明年花更好，知与谁同？"新颖别致，不拘一格。警句在前，如不能青出于蓝，别出新意，写之只显才力之拙，还不如不用。正像前文第六十六条引周济之言"叔夏所以不及前人处，只在字句上著功夫，不肯换意"那样，张炎于意境上的确是少了一些创造性。

·《人间词话》之八十七·

【文山词风骨甚高，亦有境界。远在圣与、叔夏、公谨诸公之上。亦如明初诚意伯词，非季迪、孟载诸人所敢望也。】

文天祥（1236～1282），字宋瑞，又字履善，号文山，吉水（今江西吉安）人。官至宰相，封信国公。元兵南侵时他在家乡组织义军勤王，后被俘，不屈而死。文天祥之词，字字泣血，声声悲歌，那种有心报国无力回天的壮烈情怀，至今读来仍让人心感戚戚。

念奴娇·驿中言别友人　　文天祥

水天空阔，恨东风、不借世间英物。蜀鸟吴花残照里，忍见荒城颓壁。铜雀春情，金人秋泪，此恨凭谁雪！堂堂剑气，斗牛空认奇杰。

那信江海余生，南行万里，属扁舟齐发。正为鸥盟留醉眼，细看涛生云灭。睨柱吞嬴，回旗走懿，千古冲冠发。伴人无寐，秦淮应是孤月。

这首词是文天祥与友人邓剡被俘后，路过金陵驿站与邓剡分别时所作。“水天空阔，恨东风、不借世间英雄。”天阔水远，此时江山让人感慨万千。三国赤壁之战中东风助孙刘联军火烧曹营，唐杜牧就有“东风不与周郎便，铜雀春深锁二乔”的诗句。这个典故在上阙中出现多次。诗人一腔悲愤郁郁在怀，故土沦陷，却恨东风未能相助南宋将士。“蜀鸟吴花残照里，忍见荒城颓壁。”蜀鸟吴花，一是承上句“东风”，说赤壁之战蜀吴旧事，如今徒剩花鸟；二则蜀鸟指杜鹃，传说为蜀帝杜宇化成，啼声凄厉，吴花指金陵之花。余晖中的断壁残垣，碎花依稀，杜鹃声切，真有触目惊心之感。“铜雀春情，金人秋泪，此恨凭谁雪！”铜雀春情，再用杜牧诗句之典，指宋室嫔妃被俘北去。金人秋泪，李贺《金铜仙人辞汉歌序》中云：“魏明帝青龙元年八月，诏宫官牵车西取汉孝武捧露盘仙人，欲立置前殿，宫官既折盘，仙人临载，乃潸然泪下。”此处用其典故，指南宋宫中宝物被元兵劫掠一空。国破之恨，谁复能雪？“堂堂剑气，斗牛空认奇杰。”宝剑认英雄，剑气直冲斗牛，而自己却辜负宝剑此意。仿佛数声长叹，无穷痛惋几多深恨尽在其中。

“那信江海余生，南行万里，属扁舟齐发。”“那信”二字一转，由上阙的壮烈胸怀转入下阙的悠长喟叹。想不到投海未死，却一起乘舟齐发，南行万里。“正为鸥盟留醉眼，细看涛生云灭。”涛起云落，诗人一颗拳拳之心永为齐心报国的同志所留。“睨柱吞嬴，回旗走懿，千古冲冠发。”睨柱吞嬴、千古冲冠发，《史记·廉颇蔺相如列传》载蔺相如“倚柱，怒发上冲冠”“持其璧睨柱”，此指面对虎狼之敌时的无畏气魄；回旗走懿，诸葛亮遗计惊退司马懿，此指时局不利之时的智慧谋略。此句既写出对敌人的愤怒藐视，又写出费心劳力报效国家的忠义情怀。“伴人无寐，秦淮应是孤月。”此时别去，伴我无眠的，应当是秦淮间那一轮皎皎孤月吧。诗人心思落定，他深知此后的孤独和痛苦。诗人的忠烈当宛如明月，永悬于天地之间。文天祥被俘三年，宁死不屈，最终就义于大都，而他写词相别勉励的张剡，却最终弃他而降元。或许这就是历史对“孤月”的诠释吧。清冷的月华之下，英雄之心永远不死。

这首词悲愤激越，格高千古，境界高远悠长，感情炽热深沉，读来让人心潮澎湃，难以平复。老王说王沂孙、张炎、周密均不如文天祥，的确在境界上文天祥独有高格，非三人可比。宋末词人中，文天祥与蒋捷当属其中最佳者，文天祥以气骨胜，蒋捷以才情胜。

明代三位词人的比较，诚意伯即刘基，季迪是高启，孟载是指杨基。刘基（1311～1375），字伯温，处州青田（今浙江青田）人。明代开国功臣，封诚意伯。有《诚意伯刘文成公集》。高启（1336～1374），字季迪，号槎轩，又号清丘子，长州人（今江苏苏州）人。词集有《扣舷集》。杨基（1326～1378），字孟载，号眉庵，祖籍为蜀嘉州（今四川乐山），生于吴中。著有《眉庵集》。

眼儿媚·秋思　　刘基

萋萋芳草小楼西，云压雁声低。两行疏柳，一丝残照，万点鸦栖。

春山碧树秋重绿，人在武陵溪。无情明月，有情归梦，同到幽闺。

行香子·芙蓉　　高启

如此红妆，不见春光。向菊前，莲后才芳。雁来时节，寒沁罗裳。正一番风，一番雨，一番霜。

兰舟不采，寂寞横塘。强相依，暮柳成行。湘江路远，吴苑池荒。恨月濛濛，人杳杳，水茫茫。

菩萨蛮　　杨基

水晶帘外娟娟月，梨花枝上层层雪。花月两模糊，隔窗看欲无。

月华今夜黑，全见梨花白。花也笑姮娥，让他春色多。

其实这三人均以诗名，词作都不如诗。三人词尚有宋末遗风，但亦未及宋末词作水平。三人差别其实也在伯仲之间。明词多清丽却缺少气度，有婉约之形而少婉约之神，意境显得单薄，词风轻浮而少有新意。

·《人间词话》之八十八·

【和凝《长命女》词:“天欲晓。宫漏穿花声缭绕,窗里星光少。冷霞寒侵帐额,残月光沈树杪。梦断锦闱空悄悄。强起愁眉小。”此词前半,不减夏英公《喜迁莺》也。此词见《乐府雅词》,《历代诗余》选之。】

和凝(898~955),字成绩,郓州须昌(今山东东平)人。和凝先后仕于后梁、后唐、后晋、后汉、后周五代。擅长短歌曲子,其作流传一时,被称为“曲子相公”。

夏竦的《喜迁莺》在前面第三条提过,因其奇思妙语得以流传,但要说大气象、真情致,却实在失之阙如。和凝的这首《长命女》愁肠百结,悱恻动人,其幽怨更甚于杜牧“天阶夜色凉如水,坐看牵牛织女星”之句。

老王说词的上半阙不减《喜迁莺》,但其实此词上阙与“水殿按凉州”不尽相同。“水殿按凉州”妙语天成,意境极佳,但终究为应景之作,无真情实意,亦少恢宏大气。“天欲晓。宫漏穿花声缭绕,窗里星光少。”此句写得极为幽清，以情境胜。拂晓之时，宫漏声穿花而来，在静谧的晨光中缭绕不绝。抬头望去，窗外晨星寥落，清冷异常。漫漫长夜即将过去，而比夜更长的幽怨却如同这个清冷的早晨一般深深地印在了宫女们的心底。此境中包含着落寞孤寂的思绪，如那宫漏声袅袅不绝。

“宫漏穿花声缭绕，窗里星光少”胜在情景交融，“水殿按凉州”胜在巧思妙语。但其实两首词读起来，一幽怨清冷，一绮丽迷蒙，感受是大不相同的。老王这样类比，似乎有所不当。而总的来看，“宫漏穿花声缭绕，窗里星光少”景致无语而胜于千言，是要更好一些。

·《人间词话》之八十九·

【宋《李希声诗话》曰:“唐人作诗正以风调高古为主,虽意远语疏皆为佳作。后人有切近的当、气格凡下者,终使人可憎。”余谓北宋词亦不妨疏远。若梅溪以降,正所谓“切近的当、气格凡下”者也。】

所谓“切近的当、气格凡下”,是指过于追求其景物逼真肖似,语言过实,从而使意境浅薄,气质和格调不高。这类似于两位眉目清秀的佳人,其一眼波流转,巧笑嫣然;其二神态僵硬,双目无神。“切近的当、气格凡下”正似后者,而二者高下不言自明。

老王说史达祖之后的词,对于外物描述的自然真切可谓“切近的当”,然而却是缺乏真情感、真理想,所以流于平庸,致使“气格凡下”。这里依然体现了老王对于“真”的推崇。他在《宋元戏曲考》中说元曲作者“以意兴之所至为之,以自娱娱人,关目之拙劣所不问也,思想之卑陋所不讳也,人物之矛盾所不顾也,彼但摹写其胸中之感想与时代之情状,而真挚之理与秀杰之气,时流露于其间”。即便是关目拙劣，思想卑陋，人物矛盾，却依然因为“胸中之感想与时代之情状，而真挚之理与秀杰之气”而成为价值极高的艺术品。

“真”乃《人间词话》中所推崇的第一要素。正如真正的钢琴大师是用心表达，而不是用手炫技那样，词也应该发乎心声，技巧实为其次。本末倒置的结果就是词在文学大潮中渐渐沉寂沦落，再也不像前代词那样具有惊心动魄的力量。

·《人间词话》之九十·

【毛西河《词语》谓：赵德麟令畤作《商调鼓子词》谱西厢传奇，为杂剧之祖。然《乐府雅词》卷首所载秦少游、晁补之、郑彦能（名仅）《调笑转踏》，首有致语，末有放队，每调之前有口号诗，甚似曲本体例。无名氏《九张机》亦然。至董颖《道宫薄媚》大曲咏西子事，凡十只曲，皆平仄通押，则竟是套曲。此可与《弦索西厢》同为曲家之荜路。曾氏置诸《雅词》卷首，所以别之于词也。颖字仲达，绍兴初人，从汪彦章、徐师川游，彦章为作《字说》。见《书录解题》。（此条原稿删去）】

达尔文的进化论认为，生物的进化是缓慢持续的。物种的进化都有其中间环节，而不会一个物种发生突变而猛然产生成一个新的物种。文学体裁的发展也是这样。古代的文学体裁都是经历了漫长的演化才变得成熟乃至盛行。词萌芽于南北朝，发展于唐五代，大兴于宋；曲萌芽于北宋之初，历宋金发展，大兴于元。老王这里所说，正是由词转曲的过渡情形。

赵令畤的《商调鼓子词》即《元微之崔莺莺商调蝶恋花鼓子词》，共十二首，叙事与抒情相结合，散语、韵文相间其中，是由鼓子词向宋金诸宫调转化的过渡形式。老王认为不光是此作为杂剧之祖，同时代或是稍晚也有很多开创性的作品。

转踏以郑仅的《调笑转踏》为例。

调笑转踏　　郑仅

良辰易失，信四者之难并。佳客相逢，实一时之盛会。用陈妙曲，上助清欢。女伴相将，调笑入队。

秦楼有女字罗敷，二十未满十五余。金镮约腕携笼去，攀枝折叶城南隅。使君春思如飞絮，五马徘徊芳草路。东风吹鬓不可亲，日晚蚕饥欲归去。

归去，携笼女，南陌春愁三月暮。使君春思如飞絮，五马徘徊频驻。蚕饥日晚空留顾，笑指秦楼归去。

石城女子名莫愁，家住石城西渡头。拾翠每寻芳草路，采莲时过绿蘋洲。五陵豪客青楼上，醉倒金壶待清唱。风高江阔白浪飞，急催艇子操双桨。

双桨，小舟荡，唤取莫愁迎叠浪。五陵豪客青楼上，不道风高江广。千金难买倾城样，那听绕梁清唱。

……（省略部分都是一诗一词相间，除去上面两曲咏罗敷及莫愁之外，还有十曲咏卓文君等事，文繁不录）

放队

新词宛转递相传，振袖倾鬟风露前，月落乌啼云雨散，游人陌上拾花钿。

这首《调笑转踏》中，首段“良辰易失，信四者之难并……调笑入队”即为致语。第一调咏罗敷：“归去，携笼女，南陌春愁三月暮。使君春思如飞絮，五马徘徊频驻。蚕饥日晚空留顾，笑指秦楼归去”，此调之前的“秦楼有女字罗敷”之七言诗为口号诗。末尾“新词宛转递相传”四句为放队。这已经初具曲本雏形。

无名氏的《九张机》见于和董颖《道宫薄媚》同见于《乐府雅词》，《九张机》见于《转踏》类，《道宫薄媚》见于《大曲》类。《道宫薄媚》咏西施之事，共十曲，平仄通押，基本上可以算是套曲。《道宫薄媚》与金代董解元的《弦索西厢》一起，都可以看作是元曲曲调的创始之作。

·《人间词话》之九十一·

【宋人遇令节、朝贺、宴会、落成等事，有“致语”一种。宋子京、欧阳永叔、苏子瞻、陈后山、文宋瑞集中皆有之。《啸余谱》列之于词曲之间。其式：先“教坊致语”（四六文），次“口号”（诗），次“勾合曲”（四六文），次“勾小儿队”（四六文），次“队名”（诗二句），次“问小儿”、“小儿致语”，次“勾杂剧”（皆四六文），次“放队”（或诗或四文六）。若有女弟子队，则勾女弟子队如前。其所歌之词曲与所演之剧，则自伶人定之。少游、补之之《调笑》乃并为之作词。元人杂剧乃以曲代之，曲中楔子、科白、上下场诗，犹是致语、口号、勾队、放队之遗也。此程明善《啸余谱》所以列致语于词曲之间者也。】

宋人遇到节庆宴会时会作致语。致语是重复唱同一曲子，比如欧阳修《采桑子》，共十一首，赵令畤《商调·蝶恋花》，共十首。这些都是歌而不舞，如果歌舞相间则称为“转踏”。上一条中已经提到了转踏的体式。老王指出元曲中楔子、科白、上下场诗，就是由转踏中致语、口号、勾队、放队而来。不同的是宋人转踏中用的是词，而元曲中用的是曲。比如上一条中郑仅的《调笑转踏》和元曲《唐明皇秋夜梧桐雨》，可相比对。

唐明皇秋夜梧桐雨（节录）　　白朴

楔子

（冲末扮张守珪引卒子上，诗云）坐拥貔貅镇朔方，每临塞下受降王。太平时世辕门静，自把雕弓数雁行。

……(科白文长略去)

〔仙吕·端正好〕则为你不曾建甚奇功，便教你做元辅，满朝中都指斥銮舆。眼见的平章政事难停住，寡人待定夺些别官禄。

〔幺篇〕且着你做节度渔阳去，破强寇永镇幽都。休得待国家危急才防护；常先事设权谋，收猛将保皇图。分铁券，赐丹书，怎肯便辜负了你这功劳簿。

大致上我们可以看出其中的因由和发展。正是如此，程明善在《啸余谱》中将致语放在词与曲之间。

这两条概括来说，《调笑转踏》《商调鼓子词》等形式开元曲之体；而类似于《道宫薄媚》和《弦索西厢》等则开元曲之调。这些变更的始末，老王在《宋元戏曲考》中有非常详细的论述。

·《人间词话》之九十二·

【自竹垞痛贬《草堂诗馀》而推《绝妙好词》，后人群附和之。不知《草堂》虽有亵诨之作，然佳词恒得十之六七。《绝妙好词》则除张、范、辛、刘诸家外，十之八九皆极无聊赖之词。甚矣，人之贵耳贱目也。】

《草堂诗馀》，南宋何士信编，收录词作以宋词为主，兼收一小部分唐五代词。《四库提要》中指出：“王楙《野客丛书》作于庆元间，已引《草堂诗馀》张仲宗《满江红》词证蝶粉蜂黄之语”。据此，此书成书当早于南宋庆元年间（1195～1200）。

《绝妙好词》，南宋周密编选，选录南宋初期张孝祥至仇远共计 132 家 385 首词。

朱彝尊是清初词坛浙西派领袖。浙西派崇尚姜夔、张炎，标榜醇雅、清空，以婉约为正宗，由此可见其追求。朱彝尊说：“自《花庵》《草堂》增入闺情、闺思、四时景等题，深为可憎。”看得出来，浙西派的追求与宋代“雅词”有一定的渊源，过于清雅而失之真味，是词之大病。《绝妙好词》偏重于格律形式，所以只录清丽婉约、优美精巧的词作，很多词片面追求音律章法，而情致意蕴则难言佳妙。这正是老王所指“极无聊赖之词”。

《草堂诗馀》在明代盛行一时，诸多才子文士如杨慎、李攀龙等都纷纷为其评注、作序、题跋，蔚为大观。这是明人注重词的抒情性的结果。应当说，这个倾向并无错误，而朱彝尊所处年代，朝廷畏民如虎，禁锢压迫之烈，史无先例。文人自然不得发其心声。浙西派之所以认为词“宜用于宴嬉逸乐，以歌咏太平”，与当时的风气有极大的关联。“清风不识字，何故乱翻书”尚不可写，更何况乱人心性的风月情事呢？《草堂》所录，即便有部分诨俗之作，但毕竟发乎内心，情韵较佳。这也是“佳词恒得十之六七”之所指。

《草堂诗馀》和《绝妙好词》选词的标准，前者以意蕴情致为主，后者以格调体法为宗，老王作此评论当属意料之中。所谓“贵耳贱目”者，只因当时风气压抑而少自由，长久以往，遂成流习，难以改变了。

·《人间词话》之九十三·

【明顾梧芳刻《尊前集》二卷,自为之引。并云:明嘉禾顾梧芳编次。毛子晋刻《词苑英华》疑为梧芳所辑。朱竹垞跋称:吴下得吴宽手钞本,取顾本勘之,靡有不同,因定为宋初人编辑。《提要》两存其说。按《古今词话》云:"赵崇祚《花间集》载温飞卿《菩萨蛮》甚多,合之吕鹏《尊前集》不下二十阕。"今考顾刻所载飞卿《菩萨蛮》五首,除"咏泪"一首外,皆《花间》所有,知顾刻虽非自编,亦非复吕鹏所编之旧矣。《提要》又云:"张炎《乐府指迷》虽云唐人有《尊前》《花间集》,然《乐府指迷》真出张炎与否,盖未可定。陈直斋《书录解题》'歌词类'以《花间集》为首,注曰:此近世倚声填词之祖,而无《尊前集》之名。不应张炎见之而陈振孙不见。"然《书录解题》"阳春录"条下引高邮崔公度语曰:"《尊前》《花间》往往谬其姓氏。"公度元佑间人,《宋史》有传。北宋固有,则此书不过直斋未见耳。

又案:黄升《花庵词选》李白《清平乐》下注云:"翰林应制"。又云:"案:唐吕鹏《遏云集》载应制词四首,以后二首无清逸气韵,疑非太白所作"云云。今《尊前集》所载太白《清平乐》有五首,岂《尊前集》一名《遏云集》,而四首五首之不同,乃花庵所见之本略异欤?又,欧阳炯《花间集序》谓:"明皇朝有李太白应制《清平乐》四首。"则唐末时只有四首,岂末一首为梧芳所羼人,非吕鹏之旧欤?(此条原已删去。)】

《尊前集》是唐五代词选本,选录从唐明皇到徐昌图等39家词261首。宋后鲜见流传,到明代方有顾梧芳刻本,其序中说:"联其所制,为上下二卷,名曰《尊前集》,梓传同好。"此段话让一些人误解该书为顾梧芳袭用旧名而重新选订编纂的词集。

毛晋刻《词苑英华》中就怀疑《尊前集》为顾梧芳所编,朱彝尊则说他在吴下得到明代吴宽的手抄本,与顾梧芳刻本比较完全相同,因此定为宋初人编辑。《四库提要》中对此不置可否,两种说法都记录下来。

老王对此作了考证。他首先指出宋代杨湜的《古今词话》中就有记载说:"赵崇祚《花间集》载温飞卿《菩萨蛮》甚多,合之吕鹏《尊前集》不下二十阕。”，这显示《尊前集》宋代就有。其次，《四库提要》中对自己存有两种说法的理由是，陈直斋的《书录解题》中“歌词类”以《花间集》为首，而没有《尊前集》之名。但老王指出《书录解题》“阳春录”条下有引高邮崔公度的话：“《尊前》《花间》往往谬其姓氏”。崔公度是北宋人，他当时都看到过《尊前集》，则证明了此书北宋就有了，只是陈直斋没有看到罢了。

另外老王说，黄升《花庵词选》李白《清平乐》下面注：“翰林应制”。又说：“唐吕鹏《遏云集》载应制词四首”等。因为同为吕鹏所编，所以老王怀疑《尊前集》就是《遏云集》，而《尊前集》多出来的一首李白的词，老王揣测是顾梧芳自己加进去的。

·《人间词话》之九十四·

【《提要》载:“《古今词话》六卷,国朝沈雄纂。雄字偶僧,吴江人。是编所述上起于唐,下迄康熙中年。”然维见明嘉靖前白口本《笺注草堂诗馀》林外《洞仙歌》下引《古今词话》云:“此词乃近时林外题于吴江垂虹亭。”(明刻《类编草堂诗余》亦同)案:升庵《词品》云:“林外字岂尘,有《洞仙歌》书于垂虹亭畔。作道装,不告姓名,饮醉而去。人疑为吕洞宾。传入宫中。孝宗笑曰:‘“云崖洞天无锁”,“锁”与“老”叶韵,则“锁”与音“扫”,乃闽音也’。侦问之,果闽人林外也。”(《齐东野语》所载亦略同。)则《古今词话》宋时固有此书。岂雄窃此书而复益以近代事欤?又,《季沧苇书目》载《古今词话》十卷,而沈雄所纂只六卷,益证其非一书矣。】

《洞仙歌》是南宋林外的词。全词如下:“飞梁压水,虹影澄清晓。橘里渔村半烟草。今来古往,物是人非,天地里,唯有江山不老。雨巾风帽。四海谁知我。一剑横空几番过。按玉龙、嘶未断,月冷波寒,归去也、林屋洞天无锁。认云屏烟障是吾庐,任满地苍苔,年年不扫。”

《四库提要》说《古今词话》六卷是清代沈雄所编纂。收词上起于唐,下至康熙中年。老王举出明嘉靖之前版本的《笺注草堂诗馀》中,林外《洞仙歌》条目下面就有引述《古今词话》说:“此词乃近时林外题于吴江垂虹亭。”而后老王又引用明代杨慎《词品》中言林外作此词于南宋宋孝宗之时。既然《笺注草堂诗余》说《洞仙歌》是林外“近时所题”,也就是说《古今词话》宋代就已经成书。清代藏书家季振宜所编《季沧苇书目》中,《古今词话》有十卷,而沈雄版《古今词话》只有六卷。因此老王怀疑大概是沈雄窃取宋版《古今词话》内容而又增加近代词作所成。

此条和上一条充分显示了老王博闻强识,明察秋毫。论证起来理由充分,让人信服,果真是大学问家本色。

·《人间词话》之九十五·

【陆放翁跋《花间集》谓:“唐季五代,诗愈卑,而倚声者辄简古可爱。能此不能彼,未可以推理也。”《提要》驳之,谓:“犹能举七十斤者,举百斤则蹶,举五十斤则运掉自如。”其言甚辨。然谓词格必卑于诗,余未敢信。善乎陈卧子之言曰:“宋人不知诗而强作诗,故终宋之世无诗。然其欢愉愁怨之致,动于中而不能抑者,类发于诗余,故其所造独工。”唐季五代之词独胜,亦由此也。】

《四库》中的观点有失偏颇。词格不卑于诗,而写词的才力也未见得低于诗。按照《四库》的说法,唐之后所兴文体每代愈卑,难道说文人是一代不如一代,中华民族智商都集体退化了?事实上,人的才智并不会比古人差,词、戏曲和古典小说中都有伟大的作品。历代各种文体的流行和兴盛,就如对人才的推动和过滤。唐代诗兴,故写诗者众,擅写诗者也容易脱颖而出,宋代的情形也如是。诗与词两种体裁在古典文学史上有着同等的地位。它们表达方式和格律上的差异,导致了对诗人才能要求上的差异。国画中工于人物者,未必工于山水,这样来形容写诗和写词的差别,或更妥当。陆游说唐末五代时诗体地位下降,这应当是有道理的。但“能此不能彼”并非是文体尊卑之别所致，而是技巧和要求不同所致。

陈子龙说："宋人不知诗而强作诗，故终宋之世无诗。"并非宋人不知诗，而是宋人不爱诗。一种文体失去了生长所需的土壤，自然就不会有多么茁壮。他接下来的话"然其欢愉愁怨之致，动于中而不能抑者，类发于诗余，故其所造独工"则有一定的道理。抒发情感是人类的天性，既然诗体不兴，词就取而代之成为主要的抒情达意的诗歌体裁。老王说，唐末五代之词独胜也是这个原因。唐末五代时诗与词正处于此消彼长之际，文人雅士们更多地选择词作为抒发情感的文体，水涨船高，词的水平就自然上升到新的台阶了。

·《人间词话》之九十六·

【“君王枉把平陈业，换得雷塘数亩田。”政治家之言也。“长陵亦是闲丘陇，异日谁知与仲多？”诗人之言也。政治家之眼，域于一人一事。诗人之眼，则通古今而观之。词人观物，须用诗人之眼，不可用政治家之眼。故感事、怀古等作，当与寿词同为词家所禁也。】

“君王枉把平陈业，换得雷塘数亩田”是唐代罗隐《炀帝陵》中的句子，诗云：“入郭登桥出登船，红楼日日柳年年。君王枉把平陈业，换得雷塘数亩田。”雷塘是隋炀帝所葬之处。这首诗慨叹隋朝兴亡，一统天下的伟业却只换来区区数亩地的孤陵，历史的沧桑变化让人感慨万千。

“长陵亦是闲丘陇，异日谁知与仲多？”引自《仲山·高祖兄仲山隐居之所》，为唐朝唐彦谦所作。全诗如下：“千载遗踪寄薜萝，沛中乡里汉山河。长陵亦是闲丘陇，异日谁知与仲多？”长陵是汉高祖刘邦的陵墓。史载刘邦少年浪荡，每被家父指责，要他向稳守家业的二哥学习。刘邦夺取天下之后，就问父亲：“今某之业所就孰与仲多（现在我和二哥谁的家业多呢）？”千载之后，沧海桑田，纵使当年手握天下，到头来亦不过徒剩丘陇而已。所谓家业，都已烟消云散。

老王说罗隐诗为政治家之言，唐彦谦诗为诗人之言。但两者给人的感受其实是差不多的，只不过后者有典故有文采而已。如老王所言，则明代唐寅的“不见武林豪杰墓，无花无酒锄作田”更具诗人相，连沧桑变化都可以写得如此浪漫不羁。

其实思古之幽情，写入词中也无妨。历史像自然中的山川一样给人以诗的美感。沧桑变化，风云纵横，给人的感受是很特殊的。而人在历史大潮中的悲欢离合和那种面对历史大潮的抗争与无奈也是极为动人的。苏东坡《水调歌头·赤壁怀古》千古绝唱，那种惊涛般的历史所独有的苍凉浑厚、大气磅礴的感受，正是其他词所没有的。所以说感事怀古入词亦无不可。而只有诗人敏感的笔触写来，才能真正让历史愈显其沉厚大气，同时也会让其中的人更有人性的光辉，就像《长恨歌》和《圆圆曲》，历史也因此才在苍冷无情中有了它温婉动人的一面。

·《人间词话》之九十七·

【宋人小说,多不足信。如《雪舟脞语》谓:台州知府唐仲友眷官妓严蕊奴。朱晦庵系治之。及晦庵移去,提刑岳霖行部至台,蕊乞自便。岳问曰:去将安归?蕊赋《卜算子》词云:"住也如何住"云云。案此词系仲友戚高宣教作,使蕊歌以侑觞者,见朱子"纠唐仲友奏牍"。则《齐东野语》所纪朱唐公案,恐亦未可信也。】

朱子被目为"圣人",是以此事老王尽信朱熹所言。虽然证据的确算是充分,但毕竟一家之言,很难说这就是完全事实。

《雪舟脞语》中记载:朱熹为浙东提举,与台州知府唐仲友不睦,以致相互弹劾申辩。宋孝宗问宰执二人曲直,回答说:"不过是秀才之间争闲气罢了。"唐仲友与官妓严蕊相好,朱熹把严蕊逮捕治罪。后来朱熹调往别处,提刑岳霖到台州巡查,严蕊乞求平反。岳霖问她归去哪里,她作了一首《卜算子》回答,词的末尾说"去也终须去,住也如何住。若得山花插满头,莫问奴归处。"岳霖于是笑着将她释放。

严蕊的《卜算子》录在下面。

卜算子　　严蕊

不是爱风尘，似被前身误。花开花落自有时，总是东宫主。

去也终须去，住也如何住。若得山花插满头，莫问奴归处。

对于唐朱之争，周密《齐东野语》则说：“朱晦庵按唐仲友事，或云吕伯恭尝与仲友同书会，有隙，朱主吕、故抑唐。”还有种说法就是“恃才轻晦庵”的唐仲友与陈亮不和，仲友嘲笑陈亮学问粗疏，加以唐、陈二人争夺艳妓，情场败北的陈亮遂向朱熹进谗言，朱熹据之而六劾唐仲友。

朱熹连上六疏弹劾唐仲友，其中第三、第四状论及唐仲友与严蕊风化之罪。第四状中说：“至五月十六日筵会，仲友亲戚高宣教撰曲一首，名《卜算子》，后一段云：‘去又如何去，住又如何住。若得山花插满头，休问奴归处。’”（《朱子大全》卷十九《按唐仲友第四状》）如果当时朱熹上奏的奏牍的确如此书写，那么此词就非严蕊所原作，因为此时严蕊尚未入狱，不会有后来的岳霖释放她时作此词一说，朱熹也不可能得知她尚未吟诵的词作。

但就此确认这首词乃高宣教所作，也不尽然。朱熹治严蕊之罪，为了政治上的斗争欺负毫无权势的小女子，其实不甚得人心。《二刻拍案惊奇》中也有关于此段的故事，对严蕊甚是同情。这足以代表广大人民群众的意见。总的来说，这里面受苦的只有严蕊，唐仲友因为有大臣保举而逍遥无事。虽说朱熹也许是为了一方百姓安康而弹劾唐仲友，但逮捕严蕊下狱总不免显得有些小气。严蕊尚有另外两首词作，与《卜算子》风格文才相若，后人编纂《朱子大全》时为朱熹遮掩也说不定，虽然这种可能性不算大。而即便这首《卜算子》下阙是高宣教所作，但与严蕊之词也有字面上的差别，或许后来严蕊在岳霖提讯时自己补足上阙也未可知。

此公案难有结果，但严蕊值得同情是确认无疑的。才貌双全的她出身卑微，又无端卷入政治上的斗争，只能让人寄予无限的同情。严蕊另外的两首词，一并录在下面。

如梦令　　严蕊

道是梨花不是，道是杏花不是。白白与红红，别是东风情味。曾记，曾记，人在武陵微醉。

鹊桥仙　　严蕊

碧梧初坠，桂香才吐，池上水花初谢。穿针人在合欢楼，正月露玉盘高泻。

蛛忙鹊懒，耕慵织倦，空做古今佳话。人间刚到隔年期，怕天上方才隔夜。

·《人间词话》之九十八·

【唐五代之词,有句而无篇。南宋名家之词,有篇而无句。有篇有句,唯李后主降宋后之作,及永叔、子瞻、少游、美成、稼轩数人而已。】

有篇,即是通篇结构完整、转承自然、意境浑融之作;有句,即是有警句佳语,或有点睛妙笔之作。

唐五代词,有篇之作不在少数;南宋之词,其佳句亦是纷呈。试看前面第五条所提到的中主词《摊破浣溪沙》,珠圆玉润,回环有声,岂是无篇?再观之李白和冯延巳之作,浑然一体,意境深远,当属有句有篇。

而南宋词无句之说也失之偏颇。稼轩名句甚多,其他词家亦不遑多让。易安之“梧桐更兼细雨,到黄昏、点点滴滴”、竹山之“流光容易把人抛,红了樱桃,绿了芭蕉”“悲欢离合总无情,一任阶前滴雨到天明”、白石之“数峰清苦,商略黄昏雨”“二十四桥仍在,波心荡,冷月无声”、梦窗之“听风听雨过清明，愁草瘗花铭”“隔江人在雨声中，晚风菰叶生愁怨”等，都是不可多得的佳句。

老王提到的众名家的确是词坛翘楚，但其他不少名家的作品亦有品格有文采有根基，不可因时代或是因人而读词，而应当因词而读词。

·《人间词话》之九十九·

【唐五代北宋之词家，倡优也。南宋后之词家，俗子也。二者其失相等。但词人之词，宁失之倡优，而不失之俗子。以俗子之可厌，较倡优为甚故也。】

倡优之为歌为戏，只求动人；而俗子所为之事，无一不抱有功利之心而显虚伪之态，或逞才炫耀、或附庸风雅、或故作高深，不一而足。显然倡优面目可亲，而俗子面目可憎。词人之词，动人者为最佳，虚情者为最下，这就是“宁失之倡优，而不失之俗子”的含义。

俗子可厌，远较倡优为甚。这话有道理。但老王说“二者其失相等”则未必。唐五代北宋之词被老王认为是“其失也淫”，但其实唐五代北宋之词最动人处在于其真情流淌，放纵不羁，这是因为理学未兴，顾忌较少的缘故。而到了南宋，理学成风，词风大多显得拘谨约束，但承北宋遗风，犹有大方之态。而宋之后明清两朝桎梏更甚，词坛万马齐喑，早已尽失两宋气象。传统词学所谓的“淫词”，其实闪耀着一种自由表达渴求的人性光彩，其情也真，其意也切，应当说这才是词坛的最高峰。而宋以后，词陷入追求表面化的体格气韵的俗套，失去了表达的诉求，词遂入万劫不复的深渊，再也无法重现两宋的鼎盛。宋后之词有类俗子，所失极多，这是对的。而对唐五代北宋的词人与词来说，所谓倡优之喻“淫词”之谓本不算恰当，其情亦真切，其境亦优美，又何失之有呢？

·《人间词话》之一百·

【读东坡、稼轩词，须观其雅量高致，有伯夷、柳下惠之风。白石虽似蝉脱尘埃，然如韦、柳之视陶公，非徒有上下床之别。】

老王这样对比，似不妥当。

陶渊明之诗，质朴自然，纯乎天籁，好似一幅写意国画，画的是什么并不重要，重要的画中的真意。韦应物、孟浩然诗风承此而来，但二人并无陶渊明那种“旷而真”的胸怀，比之陶诗，其诗作多了几分写实和入世的色彩。韦应物的“空山松子落，幽人应未眠”和孟浩然的“荷风送香气，竹露滴清响”比之陶诗“采菊东篱下，悠然见南山”，其别显见。因此老王说他们论“雅量高致”，比之陶渊明差别甚远。

韦、柳诗风与陶渊明相近，但姜夔和苏轼、辛弃疾词风迥异，如此相比不甚公平。苏辛词作气势雄浑，通透爽落；姜词则雅致清冷，蕴涵深意。不能用一家审美观点之差异而轻言其高下。老王不甚喜爱“隔”之词，但美感是作品带给人的，而不是评论带给人的。白石词自有妙处，不可因言而废读。

·《人间词话》之一百零一·

【东坡、稼轩，词中之狂。白石，词中之狷也。梦窗、玉田、西麓、草窗之词，则乡愿而已。】

《论语·子路》中说：“不得中行而与之，必也狂狷乎？狂者进取，狷者有所不为也。”狂者奔放，狷者拘谨，这就是狂与狷的最大区别。《论语·阳货》中孔子说：“乡愿，德之贼也。”乡愿指貌似忠厚老实，实际上没有一点道德准则，趋炎附势、与恶俗同流合污的人。

东坡、稼轩为“词中之狂”，这点应无异议。东坡词风潇洒，想象瑰奇；稼轩词壮阔雄浑，境界奇伟。两人之词，雄壮处如大江奔流，恬静处如月色清幽，开阔处如天高云远，沉婉处如柳静风清，宇宙之大，蝼蚁之微，无所不能及。此谓之为“词中之狂”。

白石词清雅悲咽，在感情的抒发上不如苏辛二人奔放自如，宛如碧树在彼岸，隔江而望之，自有一种在迷离幽深中不为人知的沉静与孤独。这种在表达上的差异，更加显现出一种愁苦难抑的悲愤，正是白石词悲意含而不发，却深致动人的风格。有所不为者，此之谓也。

老王说梦窗、玉田、西麓、草窗四人是乡愿，这个说法不是很妥帖。诚然这四人或不及苏、辛、姜三人，但也不至于被指斥为“乡愿”的地步。

吴文英自不必言，他不承袭前人写法，另辟蹊径，带给了我们独一无二的艺术感受。这种大胆的创举和推陈出新的精神值得褒扬。不理会他人如何评论，走自己的路，这其实也是另外一种意义上的“狂”。张炎、陈允平和周密词作也非如此不堪，老王这种说法，稍稍有些过了。

·《人间词话》之一百零二·

【《蝶恋花》（独倚危楼）一阕，见《六一词》，亦见《乐章集》。余谓：屯田轻薄子，只能道“奶奶兰心蕙性”耳。“衣带渐宽终不悔，为伊消得人憔悴”，此等非欧公不能道也。】

世间伪君子远较真性情之人为多，因为伪君子过得适意，性情之人往往过于坚持而过得艰难。老王不虚伪，只是有些迂执，但他远没有看清至情至性的柳永。

宋代张舜民《画墁录》曾载：柳三变既以词忤仁庙，吏部不放改官。三变不能堪，诣政府。晏公曰：“贤俊作曲子么？”三变曰：“只如相公亦作曲子。”公曰：“殊虽作曲子，不曾道‘彩线慵拈伴伊坐’。”柳遂退。仁庙就是宋仁宗，而忤怒仁宗的就是那句“忍把浮名，换了浅斟低唱”。晏公是大词人晏殊。

想者卿离去之时，虽然心中黯然，但必定是决绝而去。即便心中愁苦悲抑，但他终究是看透了所谓礼教的虚假面目，不复抱有希望。柳永面对整个上流阶层的轻视敌意，毕生未妥协认错。要想一时不认错简单，但那种甘愿浪迹天涯一生贫苦也不愿意低头的精神，千年之后，仍让人心感钦服。士大夫们生活闲适，作词自然风雅高尚。他们看不惯柳永这样直白露骨无所顾忌的词，认为作词须有雅致。他们也看不惯他把歌伎舞女们当做词中主角，他们想当然地认为只有淑装仕女才能配得上写入词作之中。在他们眼里，歌伎舞女们只是卑微的野花杂草，上不得台面。柳永同情她们，尊重她们，生命的欢歌与悲吟，都在他的词中一一显现。“奶奶兰心蕙性”又如何？“彩线慵拈伴伊坐”又如何？生命是卑微的，但亦是伟大的，柳永应该深深知道其中的含义。也正是有这样的深情凝聚，才能真正唱得出“衣带渐宽终不悔，为伊消得人憔悴”这等极致的思念与哀愁。

有才如此，有情若是，千年以来独有一个柳永。老王此言，以士大夫之目轻视鄙薄柳永，过矣。

·《人间词话》之一百零三·

【读《会真记》者，恶张生之薄悻而恕其奸非，读《水浒传》者，恕宋江之横暴而责其深险。此人人之所同也。故艳词可作，唯万不可作儇薄语。龚定庵诗云：“偶赋凌云偶倦飞，偶然闲慕遂初衣。偶逢锦瑟佳人问，便说寻春为汝归。”其人之凉薄无行，跃然纸墨间。余辈读耆卿、伯可词，亦有此感。视永叔、希文小词何如耶？】

《会真记》又名《莺莺传》，是唐代元稹所写的传奇。最初名《传奇》，后宋时《太平广记》中收录时改为《莺莺传》，因为文中有赋《会真诗》之事，民间又称之为《会真记》。《莺莺传》的主要内容是写张生遇到崔莺莺，得丫环红娘之助，两人幽会。后来张生去长安应试不中，却抛弃崔莺莺。《莺莺传》中崔莺莺勇于寻求爱情，而张生却始乱终弃，文章末尾还为其薄幸之行开脱，显其虚伪。但人们同情崔莺莺之余，最痛恨的是张生的负心，而他的虚伪却远在其次。《莺莺传》所写是个悲剧，民间对其结局多有不满，取材于此的两部戏剧，金代董解元的《西厢记诸宫调》和元代王实甫的《西厢记》，都改成了二人最后完婚的结局。

《水浒传》中的宋江是一个有点类似于刘备的人物，自己没太多本事，但依靠心机手段和一副貌似忠良之相取得成功。但刘备远没有宋江那样被人们指责，其原因也就在于宋江的阴鸷不仅仅害了自己，更害了梁山上众多豪爽义气的好汉。正如人们对崔莺莺寄予更多同情而怨恨张生一样，众多可亲可爱的好汉们的屈死让人更痛恨宋江。相对其阴险，横暴已不足成责问之由。

老王举例，正在于说明凡人或事必有其缺陷，人们通常会因为其难以接受的缺点而产生厌恶和痛恨，但其次要的缺点则一般不会引起人们的指责。也就是说，对于“艳词”，人们会恕其冶艳而恶其轻薄。所以说“艳词”虽则不符所谓体统，但依然可以写；然而其中若有轻薄之语就让人难以接受了。

龚自珍的这首诗是他的《己亥杂诗》中的一首。龚自珍（1792～1841），字尔玉，又字璱人；更名易简，字伯定；又更名巩祚，号定盦，又号羽琌山民。清代思想家、文学家，浙江仁和（今浙江杭州）人。“偶逢锦瑟佳人问，便说寻春为汝归。”这两句所言或许是少年轻薄之举，但不能一叶障目，不见泰山。龚自珍诗文辛辣锐利，瑰丽奇伟，其中不少作品针砭时弊，探究当时社会出路，思想是相当深刻的。但他为人亦狂放叛逆，恃才傲物，因此一些诗词有轻狂之语也不足为奇。龚自珍的诗风以轻薄定性不甚妥当，应更似于“少年哀乐过于人，歌泣无端字字真”（《己亥杂诗》）。看看“落红不是无情物，化作春泥更护花”“我劝天公重抖擞，不拘一格降人才”等诗句，又何有凉薄之态呢？

老王对于词人，是有其立场的。他极端厌恶轻薄之言，对柳永的偏见和对周邦彦的微词即是出于此。欧阳修和范仲淹人品无可指摘，其词中自是有深沉喟叹。但把“耆卿、伯可词”并列，实不可取。伯可是南宋词人康与之，伯可是他的字。康与之依附秦桧，其词亦多粉饰太平之作，读之故有凉薄之感。柳永一生深恨权贵的虚伪，同情人民劳苦，其词真情历历，与康与之自是大不相同。

1923年春，王国维到北京充任末代皇帝溥仪的南书房行走。次年冬，冯玉祥“逼宫”，王国维结束了“南书房行走”的工作，由胡适、顾颉刚等人推荐，在清华大学国学研究院任教。王国维以其精深的学识、笃实的学风、科学的治学方法和朴素的生活态度，培养和造就了一批文学、历史学、考古学方面的专家学者，同时他自身的学术也更加精进，对古代历史和地理等研究做出重大贡献，获得海内外学人广泛的推崇和尊敬。

·《人间词话》之一百零四·

【词人之忠实,不独对人事宜然。即对一草一木,亦须有忠实之意,否则所谓游词也。】

词人观物,当细致入微。草木摇落聆其悲声,花叶飘零见其哀意。万物在诗人的心中都有其对应的位置。诗人眼中的世界,仿佛就是灵魂的一面镜子。心在呼吸,花草亦在呼吸;心在游走,风云亦在游走。忠于这世界的一草一木,从根本上说也就是忠于心中真实的自我。吟风诵月之词,如果失去了内心的忠实而故作高雅、惺惺作态,草木成为附于其上的装饰品而失去了情感的实质,徒现浮华浅薄,让人生厌。这就是无忠实之义词将成为游词的缘由。

·《人间词话》之一百零五·

【温飞卿之词,句秀也;韦端己之词,骨秀也;李重光之词,神秀也。】

温词秾丽,美态在貌;韦词秀雅,美态在气;李词真挚,美态在神。

“生于安乐而死于忧患”本意并非说人生际遇,但用来形容李煜的一生却很恰当。李煜(937～978),字重光,初名从嘉,自号钟隐、莲峰居士,徐州人。南唐中主李璟第六子。宋建隆二年(961年)六月李璟去世,李煜嗣位于金陵,在位十五年,史称南唐后主。李煜性格软弱,迫于当时形势,对宋称臣纳贡,苟且求安,在佛学中寻求安慰。宋开宝八年(975年),宋军长驱直入,围攻金陵,李煜被迫出降,随即被解送到汴京,封违命侯,两年后去世。据传他是因宋太宗赵光义忌恨他《虞美人》中的一句“故国不堪回首月明中”而用牵机药将他毒死的。

如果要用艺术形式来比喻温、韦、李三人风格，温词好比摄影，韦词好比绘画，李词好比电影。温庭筠写词，描摹极为细腻，但多为静态，他似乎专注于那一瞬间的美感。此最似摄影，意延于静态之外。以描写细腻、刻画入微而言，几乎无人能出其右。韦庄之词，则带有印象色彩，有风情有韵致，好似二八佳人，巧笑倩兮。绘画写人写景，亦类于此。李词之美，流转深长，如同灵魂的写照，是一种立体而有变化和深度的魅力，正如同电影。

菩萨蛮　　温庭筠

水精帘里玻璃枕，暖香惹梦鸳鸯锦。江上柳如烟，雁飞残月天。

藕丝秋色浅，人胜参差剪。双鬓隔香红，玉钗头上风。

“水精帘”“玻璃枕”均是晶莹冰冷，而“暖香”“鸳鸯锦”则给人温馨暖意，二者对照构建出一个落差鲜明的图画。用周边之物的描写和对比体现女主人公的仪态，在温词中是很常见的。“水精帘里玻璃枕”似言一种冰清玉洁之态，而“暖香惹梦鸳鸯锦”则暗中烘托其心中渴求。“惹梦”好似由外而内引发，但实则是她内心的思慕。温词用字极为缜细，由此可见一斑。“江上柳如烟，雁飞残月天”跳转带出凄迷清寂之境。此句有人解为这是上句中“惹梦”之梦境，但温词本多此类跳转之语，此句应属其眼前之景而非梦中所见。这也是温词中少见的清丽悠远之景。柳与雁多用来寄托相思。雁飞江天，正有一种寂寞相思在烟柳残月间依依徘徊。

“藕丝秋色浅，人胜参差剪。”藕丝和秋色分别是绣衣的材质和颜色。人胜，正月初七为人日，此时闺中女子将五彩的材料剪裁成各式花样，做成彩幡，用簪插在头上，比较谁的更美更胜一筹，称之为“幡胜”。身上罗衣藕丝轻薄，颜色淡雅；头上人胜奇巧多姿，缤纷绚丽。这又是一处比对之语，其用意在言女主人公的清雅秀丽之余显现其内心的起伏。这个和下一句联系起来看更加明显。“双鬓隔香红，玉钗头上风。”此句或解为人在行走之中，但此解不甚妥。应是微风拂过，取“人欲静而风不止”之意，以外表的静仪凸现内心的波澜。用玉钗簪于头上的不正是轻盈的幡胜么？幡胜的摇曳正显示出她难以平复的心境。双鬓戴花，清香妍红，伊人婉静如菊；而玉钗簪于头上的一枝彩幡，却随风轻摆。寂寞无言间，却是相思满溢。

温庭筠之词可谓字斟句酌，语意极美，摹人托意，已近极致。其中意蕴暗藏，容易引发联想，也难怪后人许以诸多不恰的寄托。温词之美不全在句，但其句之隽秀或掩藏其意之深美，而且句与句中关联难解，读之似少意蕴之流转。故此，老王才有“句秀”之言吧。

菩萨蛮　　韦庄

人人尽说江南好，游人只合江南老。春水碧于天，画船听雨眠。

垆边人似月，皓腕凝霜雪。未老莫还乡，还乡须断肠。

“人人尽说江南好，游人只合江南老。”都说江南好，游子当在此终老。人人尽说，实际上是他人尽说而我自不言。江南美如天堂，但给词人的感受却是五味杂陈。那种滋味，也只有词人心中自知。“春水碧于天，画船听雨眠。”春到江南，景致如画。碧波荡漾处，画船听雨时，此景是何等地悠闲适意。“垆边人似月，皓腕凝霜雪。”由景及人，清景之中更增亮色。酒垆卖酒处，美人如月，皓腕凝霜。《史记·司马相如列传》中云：“买酒舍乃令文君当炉。”不难想见那是怎样的风情万种。这两句说明“尽说江南好”的缘由，良辰美景，佳人如玉，夫复何求？然而这些并非词人想要的真正答案。“未老莫还乡，还乡须断肠。”“未老莫还乡”，人未老时，犹可浪迹天涯，好似一种安慰自己的旷达；但接下来一句“还乡须断肠”，江南如此悠闲美好，家乡却正遭兵燹，此时还乡，叫人如何不伤心欲绝？回望首句“游人只合江南老”，其中深意，更是不言而明。陈延焯在《白雨斋词话》中说：“韦端己之词，似直而纡，似达而郁，最为词中胜境。”这首词正是如此。未老莫还乡，看似旷达，实则抑郁，是“似达而郁”。读到末句，才蓦然惊觉原来江南只是寄所，言胜景佳人，却是为衬托不能返乡之苦，此即“似直而迂”。韦庄是长安人，他深为痛恨晚唐的黄巢起义，正是因为战乱才被迫离乡背井，流落异乡。

这首小词，清丽流转，一种浓浓的乡愁弥于江南秀色之间，让人感触颇深。秀美的景致当中，更有深愁凝结，此为词中之气骨。韦词正是美在那一份流动的气韵和清愁。此谓之“骨秀”。

乌夜啼　　李煜

无言独上西楼，月如钩。寂寞梧桐深院，锁清秋。

剪不断，理还乱，是离愁。别是一番滋味，在心头。

“无言独上西楼，月如钩。”独上西楼，新月如钩，忧伤正缓缓袭来。上得西楼，是望故国么？独自莫凭栏，徒留满心伤。明知如此，对故国的眷恋和不舍还是让词人登楼遥望。然而登楼却见得一轮新月孤悬夜空，好似自己孑然一身，对此词人又该作何想呢？故土在这清冷月下，又是否还安好？万般苦楚在心间，此恨无人可解，只有自己心知。短短九个字，沉婉凄楚，真可谓越是平淡越动人。“寂寞梧桐深院，锁清秋。”不见故国，只见楼前深院之中，梧桐寂寂，秋意徘徊。寂寞是指梧桐，还是指词人自己呢？“锁”与“寂寞”相对应，托出词人孤寂清苦的心境。词人心中哀愁，早已与这清秋院落融为一体。“剪不断，理还乱，是离愁。”离愁深沉纷扰，欲断还相连，欲理无头绪，正如乱麻在胸中。“别是一番滋味，在心头。”末句直描心中感受，不借比喻，不事雕琢。这种感受不落于我们的眼前耳边，却似阶前雨落，点点滴滴，直敲在我们的心头。此愁在心间萦绕徘徊，正合篇首“无言”之态，却是于无声处最动人。

这首小词不以风月摹愁，而直写心中所感，愁绪低回不散。其中深味非目见耳闻，而是径落在人的心间，让人读后仿佛感同身受，尤为悱恻动人。李煜的一生，悲喜之间，起落极大。从前的珠锁银屏，花烟柳幕，都只化成梦魂归处。他无法排解这无边的哀愁，只能在词中寻找片刻的安宁和平静。李煜之词，宛如灵魂的独白，其中字字血，声声泪，直若将自己一颗赤子之心剖开。悲剧是永远没有答案的。很多时候一个人并没有做错什么，他或许不理解这一切的遭遇，但世界不会停下来聆听他的哀怨悲愁，它只是一如既往地默默向前。那个凄风苦雨中的孤单背影，已经渐渐远去了，但他孤独的灵魂，却在千百年流传不息的诗篇中涅磐永生。

·《人间词话》之一百零六·

【词至李后主而眼界始大，感慨遂深，遂变伶工之词而为士大夫之词。周介存置诸温韦之下，可为颠倒黑白矣。“自是人生长恨水长东”“流水落花春去也，天上人间”，《金荃》《浣花》，能有此气象耶？】

人生在世，失落和痛苦永远比快乐长久，快乐总是那一刹那间的芳华灿烂，失落苦楚却总是如影随形，让人不能摆脱。记忆的伤痕宛在，而谁又能视而不见呢？读后主词，仿佛正有愁思如海，让人无处可逃之感。

乌夜啼　　李煜

林花谢了春红，太匆匆，无奈朝来寒雨晚来风。

胭脂泪，留人醉，几时重？自是人生长恨水长东！

浪淘沙　　李煜

帘外雨潺潺，春意阑珊。罗衾不耐五更寒。梦里不知身是客，一晌贪欢。

独自莫凭栏，无限江山，别时容易见时难。流水落花春去也，天上人间。

《乌夜啼》中末句“自是人生长恨水长东”，前面积攒的深愁苦恨，似霎时喷涌而出，让人心魂为之震颤；而“流水落花春去也，天上人间”一句，生命中的痛苦无奈，恰似芳华逐流水，绵延不休，好似风中叹息，永存于每一颗感悟的心中。清人周济评后主词说：“毛嫱、西施，天下美妇人也，严妆佳，淡装亦佳。粗服乱头不掩国色。飞卿，严妆也；端已，淡妆也；后主则粗服乱头矣。”其实这句话也并非将后主词置之于温韦二人之下，而是将二人词与后主词并列。周济的意思是说三人同为美人，只是温词似严妆，韦词似淡妆，而后主似粗服。真如周济所言，三人词比之为美人，则温词端美，胜在容颜；韦词清秀，胜在气质；李词深挚，胜在性格。三人中后主词当独胜。

杰出的诗人，从诗句中可以观望其才华；伟大的诗人，从诗句中却可以窥见其灵魂。屈子如是，太白如是，少陵如是，后主亦如是。词本是“诗歌”，从李煜开始逐渐从注重“歌”的外表转而注重“诗”的本真，从娱人变为抒己。北宋煊赫词运，正是自后主而始。

·《人间词话》之一百零七·

【词人者，不失其赤子之心者也。故生于深宫之中，长于妇人之手，是后主为人君所短处，亦即为词人所长处。故后主之词，天真之词也。他人之词，人工之词也。（末两句“故后主之词……人工之词也”原稿删去）】

东坡词豁达圆融，正是阅尽沧桑的从容淡定；后主词悲苦清愁，好似不谙世事的低回哀叹。稼轩处二者之间而偏于苏，易安处二者之间而偏于李。

后主身遭大难，却茫然懵懂不知如何面对。其词中话语真切诚挚，有如孩童清澈的眼神，读之不由得怜其哀苦。其心中所感，笔下所言，真情历历，不加掩饰。正是因为他“生于深宫之中，长于妇人之手”，才保有其诗人的至真至纯。当命运大潮如排山倒海般涌来时，那种凄楚沉痛又彷徨无助的感受，才被他写得如此深刻。命运如刀，刀尖上似乎还滴着血。李煜仿佛望见了悲剧中的自己，满怀悲戚，却飘零无依，身不由己。

后主词如天然美玉，其色深厚莹润，可谓词坛至宝。李煜少有治国之才，他的词却为他赢得了极高的声誉。清代王鹏运说他是“词中之帝”，不为过誉。

·《人间词话》之一百零八·

【客观之诗人，不可不多阅世。阅世愈深，则材料愈丰富，愈变化，《水浒传》《红楼梦》之作者是也。主观之诗人，不必多阅世。阅世愈浅，则性情愈真，李后主是也。】

所谓客观之诗人，因有一颗理性的心，故而能下笔将叙事安排得当，将世界冷静地呈现在读者面前。他们的心灵境界好似佳酿，愈经岁月愈加沉香漫溢。而感性之诗人，因有一颗感性的心，故而下笔能捕捉到这世界最细微的感悟，抒发心灵深处最真挚的情感。他们的心灵境界恰如宝石，越是纯净越发光彩照人。这正是老王所说多阅世与少阅世之别。李后主词仿佛穷尽其生命写就，历尽沧桑而始终保有执著和真纯，才让他的诗篇有了如此动人的力量。

·《人间词话》之一百零九·

【尼采谓："一切文学，余爱以血书者。"后主之词，真所谓以血书者也。宋道君皇帝《燕山亭》词亦略似之。然道君不过自道生世之戚，后主则俨有释迦、基督担荷人类罪恶之意，其大小固不同矣。】

燕山亭·北行见杏花　　赵佶

裁翦冰绡，轻叠数重，淡著胭脂匀注。新样靓妆，艳溢香融，羞杀蕊珠宫女。易得凋零，更多少无情风雨。愁苦。问院落凄凉，几番春暮。

凭寄离恨重重，这双燕，何曾会人言语。天遥地远，万水千山，知他故宫何处？怎不思量，除梦里有时曾去。无据。和梦也、新来不做。

道君皇帝即宋徽宗赵佶。赵佶(1082~1135),在位25年,在位期间贪腐横行。金兵南下攻宋,赵佶内禅,将皇位传给太子赵桓(即宋钦宗),他自己被尊为教主道君皇帝。靖康二年(1127年),金兵攻入汴京,北宋灭亡,徽、钦二帝被俘北去,史称“靖康之变”。这首词即是作于北行途中。

“裁翦冰绡,轻叠数重,淡著胭脂匀注。”杏花如巧手裁减的绡绸,晕染着胭脂,叠起一层层浓淡相间的轻云。“新样靓妆,艳溢香融,羞杀蕊珠宫女。”初开的杏花,妆扮出别致惊艳的容颜,清香过处,貌美的蕊珠宫女都自觉羞惭。赵佶本擅长花鸟,起首两句也好似作工笔花鸟,细致描摹,层叠渲染,把杏花新开的娇美之态摹得栩栩如生。“易得凋零,更多少无情风雨。”杏花娇妍,正楚楚可怜。词人不禁想到未来风雨频仍,催花易落。“愁苦。问院落凄凉,几番春暮。”如此美景,却要被雨打风吹去,怎不令人悲愁苦恨骤然间浮上心头。到时花落满径,满目凋零,又能经得几度春暮?此句其实暗隐山河破碎,故园全非之意。此时一去,更不知何日重回,菁菁故园中又是几番风雨?

“凭寄离恨重重,这双燕,何曾会人言语。”承上伤惜之情,道出离恨。只可惜此恨无穷,却无人知晓。双燕或可传书,但它们几时会得书中言语?“天遥地远,万水千山,知他故宫何处?”故宫已渐行渐远,终已不在望。天地邈远,那梦魂萦绕牵挂之处此时又在何方?此句写来,好似一步一回头之态,让人心中恻然。“怎不思量,除梦里有时曾去。”故园怎教人不思念?但如今,只剩得梦中能回。“无据。和梦也、新来不做。”梦终究也无凭据,到如今,连梦中都已不再梦见。下阙中,从离愁到回望,再到梦中归去,最终到梦中都已遍寻不着,故国愈行愈远,而愁思则一层层一步步次第变得深重。一种哀苦无极之情,在哽咽中缓缓透出。

赵佶此词,亦属佳作。但正如老王所言,他“不过自道生世之戚”,虽则悱恻,其悲情也只是萦绕在心头。而李后主词,正像老王所言“俨有释迦、基督担荷人类罪恶之意”。后主词中脱离了单纯的身世之叹,其中仿佛包含了人类所共有的磨难和忧愁,宛如来自灵魂深处的呐喊,无边悲苦,荡人心魂。尼采说:“凡一切已经写下的,我只爱其人用血写下的书。用血写书;然后你将体会到,血就是精义。”徽宗词似和泪写成,而后主词却真似泣血而书,二者境界当有高下之分。

·《人间词话》之一百一十·

【楚辞之体，非屈子之所创也。《沧浪》《凤兮》之歌已与三百篇异，然至屈子而最工。五七律始于齐、梁而盛于唐。词源于唐而大成于北宋。故最工之文学，非徒善创，亦且善因。（此条原稿删去）】

屈原（约前340～约前277），名平，字原，又名正则，字灵均。战国时楚人。我国古代伟大的爱国诗人。他的《离骚》《九歌》《天问》《九章》等诗篇，瑰丽浪漫，想象雄奇，是在楚地民歌基础上发展而来的，被称为“楚辞”。“楚辞”与《诗经》是中国古典文学的两大源头。

老王在这里说，最为工巧成熟的文体，不仅仅是要善于创造，也要善于继承。

这里所说的《沧浪》是《孟子·离娄》中记录的一首诗歌：“沧浪之水清兮，可以濯我缨；沧浪之水浊兮，可以濯我足。”《凤兮》见于《论语·微子》：“凤兮！凤兮！何德之衰？往者不可谏，来者犹可追。已而！已而！今之从政者殆而。"《庄子·人间世》中亦有"凤兮"之诗，多为四言，近于《诗经》。老王在这里应当是指《论语》中的这一首。

"楚辞"又称"骚体"或是"屈赋"，由此可见与屈原的关系。不可否认，"楚辞"中有继承的成分，但应是结合当地民歌，以开创为主。屈原应当说开创与继承兼而有之。

五七律源于南朝齐、梁间，王绩的《野望》就是一个五言律诗的雏形，诗云："东皋薄暮望，徙倚欲何依。树树皆秋色，山山唯落晖。牧人驱犊返，猎马带禽归。相顾无相识，长歌怀采薇。"一首四联，中间两联对仗，一韵到底。到唐代，律诗成为最多诗人采用的题材之一，盛极一时。词自不必多言，源于唐而盛于宋。其后的曲子也是如此，源于宋而盛于元明。

老王此说，深得其理。类似于一项技术，有一个长期的发展过程，直到日臻成熟和完善。这其中经历了无数工匠的口耳相传，才能到最后发扬光大。开创和继承是文学不可或缺的两个方面。没有开创，文学就没有新鲜血液，变得死气沉沉；没有继承，文学将会失去底蕴，变得浮躁不安。对我们现在这个时代的文学来说，应该是开创和继承都有所欠缺吧。

·人间词话之一百一十一·

【“风雨如晦，鸡鸣不已”“山峻高以蔽日兮，下幽晦以多雨；霰雪纷其无垠兮，云霏霏而承宇”“树树皆秋色，山山唯落晖”“可堪孤馆闭春寒，杜鹃声里斜阳暮”气象皆相似。】

老王此说值得商榷，这四句气象不尽相同，两两分组或更恰当。而即便两两分组，其中的蕴意还是有很大不同的。

“风雨如晦，鸡鸣不已”引自《诗经·郑风·风雨》。

诗经·郑风·风雨

风雨凄凄，鸡鸣喈喈。既见君子，云胡不夷？
风雨潇潇，鸡鸣胶胶。既见君子，云胡不瘳？
风雨如晦，鸡鸣不已。既见君子，云胡不喜？

这是一首写妻子和丈夫久别重逢的诗。《毛诗序》中说“乱世则思君子不改其度焉”，实属附会。可亲可爱的广大劳动人民哪有那么多工夫去保持所谓的君子气节，砥砺向上呢？这样子来读这首质朴可亲的诗实在不太好。

“风雨如晦，鸡鸣不已”言风雨交加，天地晦暗，鸡惊鸣不止。但是此时“既见君子”，已经见到了最亲爱的人，哪里还会有什么不开心呢？这是以外景反衬内心喜悦。天地晦暗狂风暴雨又算什么，我心中自有如午后阳光一般的澄明与暖意；风雨声鸡鸣声大作又算什么，我心中自有一片安宁静谧的小小港湾。以寒冷、晦暗、嘈杂之境使暖意、明亮、安宁之意更加突出，此景中因此亦含有一种不可言说的喜悦。

“山峻高以蔽日兮，下幽晦以多雨；霰雪纷其无垠兮，云霏霏而承宇”引自屈原的《九章·涉江》。

九章·涉江（节录）

入溆浦余儃徊兮，迷不知吾所如。深林杳以冥冥兮，乃猿狖之所居。山峻高以蔽日兮，下幽晦以多雨；霰雪纷其无垠兮，云霏霏而承宇。哀吾生无乐兮，幽独处乎山中。吾不能变心而从俗兮，固将愁苦而终穷。

从这一段很明显可以看出“山峻高以蔽日兮，下幽晦以多雨；霰雪纷其无垠兮，云霏霏而承宇”所承载的感情。“迷”和“愁苦”“无乐”应该就是本段描述情感的关键词。山高耸蔽日，而诗人徘徊幽深晦暗、潮湿多雨的谷底；霰雪纷落，一望无垠，而乌云密布，接于天际。“蔽日”“承宇”是富有象征意义的场景。诗人向往光明和温暖，而此景中望不见光明，亦感受不到温暖，甚至连得到的希望都似乎很渺茫。诗人仰望而不见，求索而不得，正是一种孤苦悲愤、郁闷压抑而又带着些许迷惘的心境。

“树树皆秋色，山山唯落晖”引自王绩的《野望》。

野望　　王绩

东皋薄暮望，徙倚欲何依。树树皆秋色，山山唯落晖。
牧人驱犊返，猎马带禽归。相顾无相识，长歌怀采薇。

王绩此诗，主要是写一种闲适淡逸的心境。“树树皆秋色，山山唯落晖。”薄暮之时，山树一片秋色，在斜阳的余晖中越发萧索。随后的一句“牧人驱犊返，猎马带禽归”更是给这个秋天的傍晚增添了田园牧歌式的悠闲适意。其实在那斜阳带着温暖的光辉中，可以读出些许迷惘。不过整个意境宁静澹泊，疏朗悠远，还是以表现闲逸之情为主。

“可堪孤馆闭春寒，杜鹃声里斜阳暮”引自秦观的《踏莎行》。此句前文有详述，不再赘言。此句一种孤苦抑闷之意蕴涵其中，凄清动人。

“风雨如晦，鸡鸣不已”与“山峻高以蔽日兮，下幽晦以多雨；霰雪纷其无垠兮，云霏霏而承宇”应当是景相若而意不同，“树树皆秋色，山山唯落晖”与“可堪孤馆闭春寒，杜鹃声里斜阳暮”亦类于此。这样说也许更加合适一些。

·人间词话之一百一十二·

【《沧浪》《凤兮》二歌，已开楚辞体格。然楚词之最工者，推屈原、宋玉，而后此之王褒、刘向之词不与焉。五古之最工者，实推阮嗣宗、左太冲、郭景纯、陶渊明，而前此曹刘，后此陈子昂、李太白不与焉。词之最工者，实推后主、正中、永叔、少游、美成，而前此温、韦，后此姜、吴不与焉。】

老王此条意在说明，各类文体的巅峰不会出现在发展的初期或者是后期，而是出现在它发展最成熟和稳定的时期。这个观点看似有道理，但细究之，却难言放之天下而皆准。

《沧浪》诗云："沧浪之水清兮，可以濯我缨；沧浪之水浊兮，可以濯我足。"《凤兮》诗云："凤兮！凤兮！何德之衰？往者不可谏，来者犹可追。已而！已而！今之从政者殆而。"前文已经有提及。这两首诗在屈原之前。屈原之作当属楚辞中最佳，《离骚》《天问》《九章》等不仅想象瑰丽，文采斐然，而且对整个中国古代文学史都有极其巨大而深远的影响。宋玉《九辩》等作，虽然不及屈原，但工丽细腻，情与景自然融合，有人以"屈宋"并称。其后汉时王褒《九怀》、刘向《九叹》等均已不及屈宋之作。其实,比较公允地说,以两首小诗为证说开楚辞体格,难以足信,还是以屈原结合古诗和楚地歌谣创造更为恰当。楚辞唯一的高峰应当就出现在它始创未久之际。

五言古诗老王说以阮籍、左思、郭璞、陶渊明等的作品最佳,而在他们之前的曹植、刘桢和在他们之后的陈子昂、李白,都不如他们。这个说法未免有些牵强,有因结论而得出论据之嫌。

阮籍(210～263),字嗣宗,三国魏诗人、文学家,陈留尉氏(今河南)人。“竹林七贤”之一,诗作以《咏怀》八十二首最为著名。

咏怀(其一)　　阮籍

夜中不能寐,起坐弹鸣琴。薄帷鉴明月,清风吹我襟。

孤鸿号外野,翔鸟鸣北林。徘徊将何见,忧思独伤心。

左思(约250～305),字太冲,临淄(今山东淄博)人,西晋时著名诗人和文学家。文采出众,曾花十年时间作《三都赋》,文成后一时之间传抄者众,致使洛阳纸价高涨,此即“洛阳纸贵”之由。代表诗作有《咏史》诗八首。

咏史(其五)　　左思

皓天舒白日,灵景耀神州。列宅紫宫里,飞宇若云浮。峨峨高门内,蔼蔼皆王侯。

自非攀龙客,何为欻来游。被褐出阊阖,高步追许由。振衣千仞冈,濯足万里流。

郭璞(276年～324年),字景纯,河东闻喜县人(今山西闻喜),东晋著名诗人和学者,亦是道学术数大师。以《游仙诗》著称。

游仙诗(其一)　　郭璞

京华游侠窟,山林隐遁栖。朱门何足荣,未若托蓬莱。临源挹清波,陵冈掇丹荑。

灵谿可潜盘,安事登云梯?漆园有傲吏,莱氏有逸妻。进则保龙见,退为触藩羝。

高蹈风尘外，长揖谢齐夷。

陶渊明及其诗作前已有引述，不再重复。

曹植(192～232)，字子建，三国魏著名诗人和文学家。曾被迁封过多次，最后的封地在陈郡，卒谥思，故后人称之为“陈王”或“陈思王”。建安文学集大成者，对于后世的影响很大。

白马篇　　曹植

白马饰金羁，连翩西北驰。借问谁家子，幽并游侠儿。少小去乡邑，扬声沙漠垂。

宿昔秉良弓，楛矢何参差。控弦破左的，右发摧月支。仰手接飞猱，俯身散马蹄。

狡捷过猴猿，勇剽若豹螭。边城多警急，胡虏数迁移。羽檄从北来，厉马登高堤。

长驱蹈匈奴，左顾陵鲜卑。弃身锋刃端，性命安可怀。父母且不顾，何言子与妻。

名编壮士籍，不得中顾私。捐躯赴国难，视死忽如归。

野田黄雀行　　曹植

高树多悲风，海水扬其波。利剑不在掌，结友何须多。不见篱间雀，见鹞自投罗。

罗家得雀喜，少年见雀悲。拔剑捎罗网，黄雀得飞飞。飞飞摩苍天，来下谢少年。

刘桢(？～217)，字公干，东平(今山东东平)人。“建安七子”之一。其诗作磊落俊逸，与王粲合称“刘王”。

赠从弟(其二)　　刘桢

亭亭山上松，瑟瑟谷中风。风声一何盛，松枝一何劲。

冰霜正惨凄，终岁常端正。岂不罹凝寒，松柏有本性。

陈子昂(661～702),字伯玉,初唐著名诗人,梓州射洪(今四川)人。因曾任右拾遗,世称陈拾遗。其诗峥嵘苍远劲,有《陈伯玉集》传世。

感遇(其二)　　陈子昂

兰若生春夏,芊蔚何青青。幽独空林色,朱蕤冒紫茎。

迟迟白日晚,袅袅秋风生。岁华尽摇落,芳意竟何成。

李白录其一首《月下独酌》。

月下独酌　　李白

花间一壶酒,独酌无相亲。举杯邀明月,对影成三人。月既不解饮,影徒随我身。

暂伴月将影,行乐须及春。我歌月徘徊,我舞影零乱。醒时同交欢,醉后各分散。永结无情游,相期邈云汉。

上面这些诗作基本上都是老王所提到各家的五言古诗代表作。曹植诗作的文采情致,当胜于郭璞,亦不输与阮籍和左思。而李白《月下独酌》为五言中难得的佳作,如同在一片清云淡雾中独现绮丽的霞光,将他的五言排在郭、阮、左三人之后,并不公平。五言古诗的历代诗人中,曹植、陶渊明、李白三人当为其中翘楚,其才胜过余者甚多。这个与老王所言的规律并不一致。

关于词作,老王说最工者推李煜、冯延巳、欧阳修、秦观、周邦彦,但至少还应加上苏轼和辛弃疾。按照老王的意思,五代北宋为词作最高峰。晚唐温庭筠、韦庄不比以上诸家无可非议,而其后南宋姜夔、吴文英则未必如老王所言不及北宋名家。李煜、苏轼、柳永、辛弃疾四人当为词人最佳者,南宋只是稍稍逊于北宋,理应也和北宋一同成为词发展的巅峰时代。

·人间词话之一百一十三·

【读《花间》《尊前》集，令人回想徐陵《玉台新咏》。读《草堂诗馀》，令人回想韦縠《才调集》。读朱竹垞《词综》，张皋文、董子远《词选》（“子远”原稿误作“晋卿”），令人回想起沈德潜《三朝诗别裁集》。】

徐陵是南朝梁时诗人。徐陵（507～583），字孝穆，东海郯（今山东郯城）人，有《徐孝穆集》传世。《玉台新咏》是他编纂的一部诗歌总集，对作品的筛选以“选录艳歌”（见《玉台新咏序》）为宗旨。虽则其中亦有《陌上桑》、《孔雀东南飞》等反映现实的佳作，但大多数作品是艳情诗。《花间集》和《尊前集》都是供筵席弹唱的词集，词风藻丽，香软秾艳，正和《玉台新咏》风格相类。读《花间》《尊前》词集，如果要选出一本对应的诗集，自然而然就会联想到徐陵的《玉台新咏》。

《才调集》是五代后蜀人韦縠所编的诗歌总集。韦縠在自序中说明了入选的诗作要“韵高而桂魄争光，词丽而春色斗美”，就是要格调高绝而又言辞绮丽，此即书名“才调”二字的来由。《才调集》收录较广，选诗以闺情诗居多，但题材也不限于此，亦收录有宦游、边塞、咏史、怀古等题材的作品。《草堂诗馀》由南宋何士信编纂，选录词作以宋词为主，也有少量唐五代作品。作品中以周邦彦、柳永、苏轼、秦观四家最多。选本按内容分类，共分为春景、夏景、秋景、冬景、节序、天文、地理、人物、人事、饮馔四用、花禽等11类。

《才调集》和《草堂诗馀》都收录广泛，以名家作品为主，大部分作品格调和才情都属精品，可以说宽而不滥。这也就是老王将二者相提并论的原因。

朱彝尊编的《词综》选录唐、五代、宋、金、元诸家词，共收录词人650多家，词作2250多首。《词选》，张惠言编。张惠言(1761～1802)，字皋文，江苏武进(今常州市)人。官至翰林院编修。《词选》选录唐、五代、宋词共44家116首。后其外孙董毅(字子远)复编《续词选》续选52家，词122首。其实张惠言的《词选》与朱彝尊的《词综》遴选原则是有所不同的。《词综》以姜夔为词家止宗，“以醇雅为宗”，甚至未选苏轼和辛弃疾之作；《词选》则刚好反对朱彝尊为首的“浙西派”和他们的诗词主张，认为其主张“安蔽乖方，迷不知门户”，提倡词要有比兴寄托。而《续词选》增选姜夔和张炎词作，其原则比较接近于《词综》。老王这里应当是偏指董毅所编的《续词选》。

沈德潜《三朝诗别裁集》包括《唐诗别裁集》《明诗别裁集》《清诗别裁集》。沈德潜在《说诗晬语》曾说：“诗之为道，可以理性情，善伦物，感鬼神，设教邦国，应对诸侯，用如此其重也。”他提倡写诗要有益于统治秩序、要合于“温柔敦厚”的标准。其选诗也以此为标准。

《词综》和《续词选》都以南宋为宗，强调“醇雅”，认为词“宜用于宴嬉逸乐，以歌咏太平”，正与《三朝诗别裁集》中的诗要“温柔敦厚”、有利于统治的观念有近似之处。老王所言由此及彼，正由此来。

·人间词话之一百一十四·

【明季国初诸老之论词,大似袁简斋之论诗,其失也,纤小而轻薄。竹垞以降之论词者,大似沈归愚,其失也,枯槁而庸陋。】

袁枚论诗,最主要的主张就是“性灵”。袁枚(1716～1797年),清代诗人、诗论家。字子才,号简斋,浙江钱塘(今浙江杭州)人。袁枚说:“诗者,人之性情也,性情之外无诗。”此说正好与沈德潜主张“温柔敦厚”的诗教之说相反。袁枚认为性情为作诗第一要义,男女之情为真情之源。在当时礼教盛行天下的情况下,这无疑似平地起惊雷,振聋发聩。毫无疑问,他的主张有进步色彩。袁枚依此作诗,写出了很多清新飘逸之作,但往往发乎于心而似随口而出,缺乏酝酿和推敲,其中有感情多轻言而少积淀,因此失之浅薄浮华。而沈德潜则认为诗要“去淫滥而归于雅正”,主张诗歌要有“理趣”,要为“设教邦国”服务。这样的诗,虽则四平八稳,雅致端庄,却毫无神采,显得平庸陈腐。这是诗论的两个极端，虽然袁枚之说更具人性，但也不是完全可取。

词至明陷入低谷，即使明初明末词稍好，但还是远不足以与宋词相提并论，亦难掩一代词风之衰。其词论亦如其词风，有失之于轻浮之嫌。明末清初词论以云间派陈子龙等人的观点为主，陈子龙云：“凡其欢愉愁怨之致，动于中而不能抑者，类发于诗余。”他提倡意内言外，追求妍丽雅正，强调寄托，重视真情实感的抒发，对纠正当时浮靡词风有一定意义。但是一代流弊难以尽除，其词论还是彰显沉厚不足，亦有崇古过度之嫌，难自立成言。因谓之“纤小轻薄”。

朱彝尊为代表的浙西派崇尚姜夔、张炎，标榜醇雅、清空，以婉约为正宗，贬低豪放词派。他们的主张“宜用于宴嬉逸乐，以歌咏太平”和沈德潜的诗教之说很像。从上一条中朱彝尊的《词综》和沈德潜的《三朝诗别裁集》的编选原则和整体风格上也可以窥见一二。朱彝尊才情高许，所以他自己的词是不错，但其词论却有误人之嫌。词不能过于追求雅致清空而压抑性情之真，如果少有真情，则显得俗陋陈腐，失去了内在的神韵。这即是“枯槁庸陋”所指。

·人间词话之一百一十五·

【东坡之词旷，稼轩之词豪。无二人之胸襟而学其词，犹东施之效捧心也。】

东坡豁达洒脱，其词旷达飘逸，超凡脱俗，若有神仙之姿；稼轩磊落坦荡，其词雄奇壮阔，清健有力，深具英雄之态。

学人词者，学稼轩者众，学东坡者寡。

苏轼被人称为“坡仙”。其词风变幻多姿，却各具神妙。其清旷豁朗者如“明月如霜，好风如水，清景无限”“一点浩然气，千里快哉风”；卓然超逸者如“归去，也无风雨也无晴”“小舟从此逝，江海寄余生”；圆融通达者如“枝上柳棉吹又少，天涯何处无芳草”“障泥未解玉骢骄，我欲醉眠芳草”；清丽可人者如“水殿风来暗香满”“春庭月午，摇荡香醪光欲舞”；豪情壮采者如“老夫聊发少年狂，左牵黄，右擎苍”“大江东去，浪淘尽，千古风流人物”等，不一而足。此种才情，直如神龙出世，见首不见尾，难于揣测和捉摸，故学之者少之又少。

辛弃疾词豪健雄奇，风格比较统一，看上去不甚精工巧构，因此后人多有学之。堆砌典故者有之，粗豪叫嚣者有之，但都是遗神取貌，观之不觉豪气但见粗鄙，不觉沉郁但见枯滞。自古从未听闻临摹之作胜于原画者，即便笔画技法如出一辙，但其中神韵又如何能临摹得别无二致？稼轩胸中块垒，如江河倒泻，喷薄而出，声若雷霆万钧，势如龙腾九天，此等词作非有真性情、大气魄而不能写。如无此怀抱勉力学之，纵使有其形也只是画虎不成反类犬，虎啸成犬吠，让人贻笑大方了。学稼轩者，诚不如以己性情，发己心声，这样要来得自然真切得多。

·人间词话之一百一十六·

【东坡之旷在神，白石之旷在貌。白石如王衍口不言阿堵物，而暗中为营三窟之计，此其所以可鄙也。】

王衍口不言阿堵物，是《世说新语·规箴》中记载的一则故事。王衍生性清高，不喜欢他老婆的贪心，从来也不说“钱”字。他老婆想试探他，就趁他熟睡之际让婢女用铜钱绕床。王衍醒来不能下床，就大呼婢女拿开铜钱：“举却阿堵！”“阿堵”是六朝俗语，意思是这、这个，后来就用阿堵物作为钱的别称。

营三窟之计，是说齐国孟尝君的门客冯谖为其主人经营退路。冯谖为孟尝君去薛地收租，临行前问孟尝君，收完租要买什么回来？孟尝君就说看家里缺什么就买什么。冯谖到了薛地把收来的租金赏给当地百姓，又把债券全部烧掉。孟尝君很不高兴，冯谖于是对他说：您家中所缺只有仁义，现在我给您买来了。后孟尝君罢相归薛，薛地百姓夹道欢迎，孟尝君这才领悟冯谖之意。冯谖当时说：狡兔有三窟，这才是第一窟。后来冯谖游说梁惠王，梁惠王于是请孟尝君去梁国为相。齐王感到害怕，又重新任命孟尝君为宰相。最后冯谖劝孟尝君请求齐王在薛地建立了先王宗庙。宗庙落成之后，冯谖说："三窟已就，君高枕为乐矣。"

老王说姜夔表面清高，而实则俗不可耐。这话说得有些过了。

姜夔不愿为官，一生游荡无依，虽则清闲，但始终困顿潦倒，衣食仰仗于人，不比生活无忧的苏轼、晏殊等有气度和闲情。寄人篱下如白石者，胸怀自然不如苏轼那般坦荡，但也正因为如此，其悲苦也才更显得哽咽难言，别有深致。白石词中自有精彩，孤高自许也并非装模作样。但毕竟为生活所迫，言辞中有所规让，不能尽抒其怀，显其狂态，只能托情于幽微之语。这是老王深恶之处，但亦是白石无可奈何之处。其实每个人都有自己的性情和生活方式，不能用自己的观念去强加于别人。多了解一分，就多理解一分；多理解一分，就多欣赏一分。把思想禁锢在自己所设的囹圄之中，将失却这个世界上太多的美景。

·人间词话之一百一十七·

【永叔“人间自是有情痴,此恨不关风与月。”“直须看尽洛城花,始与东风容易别。”于豪放中有沉著之致,所以尤高。】

欧阳修词,仿若只将散着心香的花瓣,洒向渐已冰冷的逝去岁月,看似浑不经意,实则深郁沉重,读来让人感触尤深。

玉楼春　　欧阳修

尊前拟把归期说,欲语春容先惨咽。人间自是有情痴,此恨不关风与月。

离歌且莫翻新阕,一曲能教肠寸结。直须看尽洛阳花,始共春风容易别。

“尊前拟把归期说，欲语春容先惨咽。”欲说归期，举杯却是哽咽难言。种种往事，想必在此刻都一齐涌上心头，让人难承其中悲苦。泪未流，心已陨。“人间自是有情痴，此恨不关风与月。”春风秋月，最容易勾起人们心底久藏的情愫。但人世间自有情痴，非由风月而起。“自是”，犹言自然就有，乍看好似语气平淡说人生道理，然而一个“自”字不经意间透露了词人心声。此情固在心中，此恨非关风月，其中的沉痛只有自己知晓。此字在人心头，真有千钧之重。

“离歌且莫翻新阕，一曲能教肠寸结。”离愁本已重重，更哪堪骊歌清越？且莫，犹言心中哀痛不堪再听闻，更衬出后句“肠寸结”愁之深苦。“直须看尽洛阳花，始共春风容易别。”不如待到洛阳花开之时，春风日暖，应当是容易分别吧？其实大好春光中，即便满目繁花，又如何掩得住那心中感伤呢？此句仿佛欢声而别，想必却是泪盈双眼却强作笑颜吧。伤悲太沉太重，心几已承受不住，所以才出此言吧。欢颜之泪最是动人。此时离别之悲，已近难以自持。末句看似豪爽，其中韵致却是动人之极。

“豪放中有沈著之致”是欧词的风格。前面所引《浣溪沙》词中“白发戴花”正豪兴顿起，然而一句“人生何处似樽前”却陡然间变得沉郁，恍若手中这有无数欢乐的杯中之酒，突然间变得无比沉重，再也拿不起。王氏此言，可谓深得其中滋味。

·人间词话之一百一十八·

【诗人对于自然人生，须入乎其内，又须出乎其外。入乎其内，故能写之；出乎其外，故能观之；入乎其内，故有生气；出乎其外，故有高致。美成能入而不能出。白石以降，于此二事皆未梦见。】

美成写物细致入微，亦能得其神韵，譬如他的咏荷名句“水面清圆，一一风荷举”，如不能细致体察，用心体会，是不能写出来的。入乎其内，我与物当似融为一体，能探其欣悦，感其悲声，写出来才有生气有品格。此即为能入。而说美成未能出，则是指他写词未能有一种超越性的目光。世间万物对诗人而言，应是皆在我心之中，皆为我心所属。万物应感而生，亦随情而逝，驾驭之道，存乎一心。出乎物之外，才能把握住诗境中永恒而深邃之美。

能入能出者，如苏轼，有“萦损柔肠，困酣娇眼，欲开还闭”，亦有“料得年年肠断处，明月夜，短松冈”；如李清照，有“泪染轻匀，犹带彤霞晓露痕”，亦有“梧桐更兼细雨，到黄昏，点点滴滴”；如欧阳修，有“薄翅腻烟光”，亦有“撩乱春愁如柳絮，依依梦里无寻处”。诗人自由之心可探微寻幽，体物察情；亦能神游宇内，心骛八荒。

其实“能入”“能出”也与个人风格有关。美成词风工丽内敛，喜以物托思，因而多有“能入”之言；而如东坡、稼轩、耆卿则感情外放，喜以景抒情，因而多有“能出”之语。

宋之后的诸词家，唯有纳兰性德还算得“能出”，其余虽流派纷呈，学说各异，但入则未见物之神理，出则未有境之高远，词之衰亡于此可见。

学术不能使他得到解脱，而诗人般的灵魂终于使他对所生存的世界失去了信心。最终王国维在苦闷和忧愤中度过了自己悲剧性的一生。

五十之年，只欠一死，经此世变，义无再辱。我死后，当草草棺敛，即行槁葬于清华茔地，汝等不能南归，亦可暂于城内居住。汝兄亦不必奔丧，因道路不通，渠又不曾出门故也。书籍可托陈、吴二先生处理。家人自有人料理，必不至不能南归。我虽无财产分文遗汝等，然苟谨慎勤俭，亦必不至饿死也。

五月初二日

（1927年6月2日上午，王国维在颐和园投湖自尽，这是他死前一日所写的遗书）

· 人间词话之一百一十九 ·

【"我瞻四方,蹙蹙靡所骋。"诗人之忧生也。"昨夜西风凋碧树。独上高楼,望尽天涯路"似之。"终日驰车走,不见所问津。"诗人之忧世也。"百草千花寒食路,香车系在谁家树"似之。】

所谓"忧生",生有忧惧,故徜徉徘徊而不知所归;所谓"忧世",世多纷扰,故碌碌匆忙而无从停留。

生命是孤独的。《诗经·小雅·节南山》中写道:"我瞻四方,蹙蹙靡所骋。"蹙蹙,局促的样子。举目四望,苍茫中只觉得处处局促无可驰骋,不知该去向何方。"昨夜西风凋碧树。独上高楼,望尽天涯路。"远望是为了等待,抑或是逃避这无处不在让人心劳神悴的清寂呢?何处是归乡,何时又是归期?彷徨时的焦灼与苦闷仿佛是沉沉黑夜留给我们的永恒礼物。天地阔远,人渺小而孤独,生而如此,无可改变。上天赐予我们生命,同时也赐予了那一份与生俱来的孤独。我们是如此惧怕那种侵入骨髓的冷寂,所以总是期盼能回到那个温暖的去处，总是期盼能等到那个熟悉的身影。“蹙蹙靡所骋”和“望尽天涯路”，是我们心灵中永远的守望。

饮酒（其二十）　　陶渊明

羲农去我久，举世少复真。汲汲鲁中叟，弥缝使其淳。凤鸟虽不至，礼乐暂得新。

洙泗辍微响，漂流逮狂秦。诗书复何罪，一朝成灰尘。区区诸老翁，为事诚殷勤。

如何绝世下，六籍无一亲？终日驰车走，不见所问津？若复不快饮，恐负头上巾。

但恨多谬误，君当恕醉人。

鹊踏枝　　冯延巳

几日行云何处去？忘却归来，不道春江暮。百草千花寒食路，香车系在谁家树。

泪眼依楼频独语。双燕来时，陌上相逢否？缭乱春愁如柳絮，依依梦里无寻处。

夏日窗前一束阳光中纷纷扬扬的尘埃，或许是人们在这个世界中的一种写照。飞扬飘落，永无休止。终日奔走，所求为何？花蹊柳陌，又要流连到几时？这世间种种恼人之处，不知何时才能让人心中安宁。或许正因为如此，那些忧心的人才去美酒与花梦中去寻求安慰吧。但酒与梦终究会醒，我们依然还是会睁大了眼睛，望见茫茫人海中的种种悲欢离合。岁月流转，但永远也没有人能等到尘埃落定的那一天。世界就是如此，不管人们喜欢还是不喜欢，这就是它的真实面目。人们奔忙游走，终生不息，起起落落间延续着流光中轻轻的喟叹。

·《人间词话》之一百二十·

【“纷吾既有此内美兮，又重之以修能。”文学之事，于此二者不可缺一。然词乃抒情之作，故犹重内美。无内美但有修能，则白石耳。】

所谓“内美”，指内在的高尚品格；所谓修能，指用文学写作的才华。

老王极为重视“内美”。他在《文学小言》中曾说：“三代以下之诗人，无过于屈子、渊明、子美、子瞻者。此四子者若无文学之天才，其人格亦足千古。故无高尚伟大之人格，而有高尚伟大之文章者，殆未之有也。”又说：“天才者，……而又须济之以学问，助之以德性，始能产真正之大文学。”由此可见他对高尚人格的重视。

姜夔写词，纯以技巧论，在古今词人中数一数二，但在词史地位上却难及李煜、苏轼、辛弃疾等人。这与他的品性的确有莫大关联。读白石词，可感其美态和情感；读李煜、苏轼、辛弃疾之词，却让人深深体会到他们的人格魅力，因而其词才更具感染力。人性之美,是这世上的至美之一。技法上的影响力,仅限于词坛;而人格上的影响力,却深深地印刻在了民族精神之中。

其实柳永之词中所蕴涵的人性光辉,思想保守的老王并没有体会得到。他为当时最下层人们所作的血泪悲歌,包含着对自由和平等最初的朦胧渴求。那些地位卑下的歌姬舞女,那一个个残酷欺压下的痛苦灵魂,在他的诗句中焕发出超越时代的夺目光芒,如凤凰一般获得了永恒的涅磐。

· 人间词话之一百二十一 ·

【诗人必有轻视外物之意，故能以奴仆命风月。又必有重视外物之意，故能与花鸟同忧乐。】

本条和前面第一百一十八条“能入能出”意思近似。

“有轻视外物之意”即是能“出乎其外”，“有重视外物之意”即是能“入乎其内”。风月本无心，故可入我之境界；花鸟原有意，故可明彼之感悟。而其有心或是无意，全然存乎诗人一心。诗人感于万物，亦为万物所感。正是如此，才能“以奴仆命风月”“与花鸟同忧乐”，才能在他们的华美诗句中寻找到紫陌红尘中那缓缓而行的快慰与忧伤。

·人间词话之一百二十二·

【诗人视一切外物，皆游戏之材料也。然其游戏，则以热心为之。故诙谐与严重二性质，亦不可缺一也。】

万物皆可入诗，但不可随意入诗。老王想说的，应当就是这个意思。

诗人如果过于沉溺于想要表达的情感之中不能脱身观于身外万物，则景致印衬和烘托不够或者不当。这样写作将使诗意不够丰腴，失之于枯槁。诗人应该放眼看清世界，我心有万物，方有好诗句。此之所谓诗人不可缺少“诙谐”者。

诗人如果少了内心感情的喷发，使景物游离于情感之外，从而使景与情失去应有的内在关联。这样写将使诗意失去根基，失之于轻浮。诗人应当以情带景，情景相生，万物在我心，始有真意境。此之所谓不可缺少“严重”者。

以上说的是写诗的两个极端，也是很多人容易犯的毛病。其实无论怎么写，无真情，便无真诗。情绪的表达永远是诗歌的第一要素。老王这样说，正是要理顺景与情的关系，而这同样重要，不可偏废。

·人间词话之一百二十三·

【金朗甫作《词选后序》，分词为“淫词”“鄙词”“游词”三种。词之弊尽是矣。五代北宋之词，其失也淫。辛、刘之词，其失也鄙。姜、张之词，其失也游。（此条原稿删去）】

金应珪在《词选后序》中说：“近世为词，厥有三蔽：义非宋玉，而独赋蓬发。谏谢淳于，而唯陈履舄。揣摩床笫，污秽中冓，是谓淫词，其蔽一也。猛起奋末，分言析字。诙嘲则俳优之末流，叫啸则市侩之盛气。此犹巴人振喉以和阳春，黾蜮怒嗌以调疏越，是谓鄙词，其蔽二也。规模物类，依托歌舞。哀乐不衷其性，虑叹无与乎情。连章累篇，义不出乎花鸟。感物指事，理不外乎酬应。虽既雅而不艳，斯有句而无章，是谓游词，其蔽三也。”

其实金之所言，都是指清词而论，用此论来议五代宋之词，殊为不妥。且不论时代变化，纯以“淫词”来称五代宋之作，即是偏颇。五代宋词风方兴，正如《诗经》之《国风》，其情也真率，其境也悠长，难道也谓《国风》全失之

“淫”者乎？此说诚未恰当。而所谓“鄙词”称刘过部分词作尚勉强当之，称之辛词，则其豪情激荡之语、大气磅礴之态当不可以“鄙”形之。姜夔、张炎之词或许有雕琢之病，但白石词悲咽之声亦属动人，不可以“游词”一概而论。

大概老王也觉得此论有失偏颇，故而将它删去吧。

·人间词话之一百二十四·

【“昔为倡家女，今为荡子妇。荡子行不归，空床难独守。”“何不策高足，先据要路津。无为守穷贱，轗轲长苦辛。”可为淫鄙之尤。然无视为淫词、鄙词者，以其真也。五代北宋之大词人亦然。非无淫词，读之但觉其亲切动人。非无鄙词，但觉其精力弥满。可知淫词与鄙词之病，非淫与鄙之病，而游词之病也。“岂不尔思，室是远而。”而子曰：“未之思也，夫何远之有？”恶其游也。】

古诗十九首（之二）

青青河畔草，郁郁园中柳。盈盈楼上女，皎皎当窗牖。娥娥红粉妆，纤纤出素手。

昔为娼家女，今为荡子妇。荡子行不归，空床难独守。

古诗十九首（之四）

今日良宴会，欢乐难具陈。弹筝奋逸响，新声妙入神。令德唱高言，识曲听其真。

齐心同所愿，含意俱未伸。人生寄一世，奄忽若飙尘。何不策高足，先据要路津。

无为守穷贱，轗轲长苦辛。

引起共鸣是诗歌动人的要旨之一。“昔为倡家女，今为荡子妇。荡子行不归，空床难独守。”食色人之本性，那种寂寞难耐的感受人所共有。守候中有的不仅仅是寂寞，更有难言的酸楚。“何不策高足，先据要路津。无为守穷贱，轗轲长苦辛。”贫寒之中不离不弃，是一种美德，但谁又不希望摆脱这样的生活呢？贫贱夫妻万事哀，谁都渴求幸福，谁都不希望一辈子生活在望不到头的灰色之中。

有些愿望是极其朴素的。就好比水和空气，拥有的时候或许不在意它们，但一旦缺少了，才发觉那种渴求是如此地强烈。委婉的传达也好，直接的表示也好，无论如何都比作出一副假惺惺的样子要强上百倍。这两首诗真切而不事修饰，好似邻家女子在诉说心事，轻声细语间，让人深有所感。这是老王说这些句子“亲切动人”“精力弥满”的缘故。

孔子老先生说“岂不尔思，室是远而”太虚伪，前面第五十一条其实我们已经说过。伪君子比之真小人，更让人避之不及。老王对于“真”是极为看重的。柳永、秦观之词艳语颇多，辛弃疾之词貌似粗豪，但他们的词却有让人心折的美。之所以如此动人，就在于一个“真”字。

·《人间词话》之一百二十五·

【纳兰容若以自然之眼观物，以自然之笔写情。此由初入中原，未染汉人风气，故能真切如此。同时朱、陈、王、顾诸家，文胜则史之弊。】

正如老王所说，纳兰词胜在情真。

词之为体，自宋以降流派纷呈，然而皆学体格韵律章法气度，而少人能跳出这些条条框框写纯发乎心灵的诗歌。唯一例外的，就是纳兰性德。

梦江南　　纳兰性德

昏鸦尽，小立恨因谁？急雪乍翻香阁絮，轻风吹到胆瓶梅。心字已成灰。

“昏鸦尽，小立恨因谁？”尽，犹言陆续飞走，暗指数量多。群鸦忽而飞尽之时，词人却独自伫立，动与静，群与孤，对比鲜明。寒鸦飞尽，人立黄昏，此时好似世界抛离我远去，徒剩自己悄立在这无边悲苦之中，愤抑之情油然萌生。心中怨恨却是为谁？是这不解人意的群鸦？还是这个离我而去、无可留恋的世界？抑或是这让人悲愤欲狂的命运呢？“急雪乍翻春阁絮，轻风吹到胆瓶梅。”急雪如柳絮翻飞洒落香阁，晚风微微吹动胆瓶中的梅花花瓣。此句以眼前之景道出心中波澜。无限心事，欲言还休。“心字已成灰。”心型篆香已经燃尽成灰。此非言香尽，直言心死。恨无可恨之时，正是心如死灰。种种纷扰心事，寂寞深愁，但如今都尘埃落定。哀莫大于心死，命运如此，又为之奈何？

这首词，寒鸦之动，到人立之静，再到急雪风梅之动，最终一切归于寂然。动静之间，情绪亦随之层层推进，次第加深。短短二十七个字，把那一种愁思写得如此婉转凄恻，极是动人。读纳兰词，只感觉忧伤在不觉间如藤蔓般绕上心头，挥之不去。

老王说得不错，“真切”正是纳兰词的最动人之处。其实朱彝尊、陈维、王士祯、顾贞观等人之词也未必就是浮华，只是不能像纳兰性德真切如此罢了。

·《人间词话》之一百二十六·

【四言敝而有楚辞，楚辞敝而有五言，五言敝而有七言，古诗敝而有律绝，律绝敝而有词。盖文体通行既久，染指遂多，自成习套。豪杰之士，亦难于其中自出新意，故遁而作他体，以自解脱。一切文体所以始盛终衰者，皆由于此。故谓文学后不如前，余未敢信。但就一体论，则此说固无以易也。】

在这条里，老王说文体通行既久之后，创作多了，即会落入俗套，即便是豪杰之士也难再写出新意，所以才舍弃这种文体而选新体。老王认为这是文体盛衰的主因，因而就单一文体来说，今不如古。

这话依旧有失偏颇，把时代和文学割裂开来是不对的。这不是天才们的功劳，而是时代的功劳。所谓单一文体今如不古，的确如是。但原因并非如此。时代好比文学生长的土壤，一旦时代变迁，上一代的文学失去了赖以生存的养分，就会自然而然地产生转型变化。文学体裁的盛衰即由此而来。古代的文学体裁已经不适合在现今时代的土壤中生长，它自然不如以前的土壤生长得茁壮茂盛，这就是单一文体今不如古的真正原因。其实不只是文学，其他艺术形式也是如此。电影、绘画、音乐，可以对比一下它们随着时代变迁而产生的变化，其中道理是显而易见的。

·《人间词话》之一百二十七·

【"枯藤老树昏鸦，小桥流水平沙。古道西风瘦马。夕阳西下，断肠人在天涯。"此元人马东篱《天净沙》小令也。寥寥数语，深得唐人绝句妙境。有元一代词家，皆不能办此也。】

这首《天净沙·秋思》不事雕琢，浑然天成，实为千古绝唱。区区二十八字，写尽人间萧瑟。

"枯藤老树昏鸦，小桥流水平沙"，"平沙"多作"人家"，其意更佳。首句景致对比鲜明，"枯藤老树昏鸦"直写萧索衰败的秋景，而"小桥流水人家"则给人一种平和静谧的氛围。前半句萧瑟无比，后半句则生机盎然，一衰一荣，让人印象深刻。"古道西风瘦马"，前句悲情不显，此句一出，骤然之悲袭上心头。此句与首句相生相连，从萧瑟到安宁再到悲苦，情绪上一波三折，而更衬出对"小桥流水人家"之境的眷恋和深情。前两句意象交错，纷至沓来，而思绪则随境而走，无一字言悲而无一字不悲，写境之极致已不能过此。末句

“夕阳西下，断肠人在天涯”，人在天涯，乡关邈遥，何处是归途？夕阳下的悲凉之叹，在广阔无垠的天地之间凝聚萦回，久久不能散去。那一缕余晖，深深地印照在了每一个思乡游子的心头。

此曲不仅元一代无人能过之，明清诗作亦无以为比，其境界之妙，丝毫不减唐人风范，当真为不可多得的天籁之音。“深得唐人绝句妙境”之评，诚为中肯之言。

·《人间词话》遗珠·

《人间词话》中提及的词人自唐五代到清末，基本上囊括了自词诞生以来的重要词人及其作品。但有数位词坛大家及其作品未被提及，未免让人有遗珠之憾。

李清照（1084－1155），号易安居士，山东济南人。与济南历城人辛弃疾并称“济南二安”。其父李格非是北宋著名的学者和散文家。以词名，兼工诗文，并著有词论，在中国文学史上享有很高声誉。早年生活安定优裕，词作多写相思之情；金兵入侵后，遭遇国家巨变，词作多感慨身世飘零。其词作清新自然，优美晓畅。有《漱玉词》。

醉花阴　　李清照

薄雾浓云愁永昼，瑞脑消金兽。佳节又重阳，玉枕纱橱，半夜凉初透。

东篱把酒黄昏后，有暗香盈袖。莫道不销魂，帘卷西风，人比黄花瘦。

“薄雾浓云愁永昼，瑞脑消金兽。”清晨薄雾，向晚浓云，这尽日的阴霾好似笼在词人心中，一种郁郁难解的感触油然而生。白日苦长，寂寞谁能解？瑞脑消金兽，瑞脑是香料名，又叫龙脑香。金兽指铜制的兽形熏香炉。窗外望之已生愁怨，屋内香炉青烟缭绕，却似一缕情思，挥之不去。消，喻时间之长，瑞脑消于香炉，而这一番愁绪却是愈发浓厚。“佳节又重阳，玉枕纱橱，半夜凉初透。”每逢佳节倍思亲。重阳又至，人在何处？孤枕难眠，回忆去年种种甜蜜温馨，而今却天各一方，只剩得相思满地。玉枕纱橱，让人触景生情，更是柔肠寸断。夜凉如水，心中亦别是凄凉滋味。

“东篱把酒黄昏后，有暗香盈袖。”东篱，即在菊花旁，与“暗香”相对，取自陶渊明“采菊东篱下”和林逋“暗香浮动月黄昏”之句。东篱独酌，暗香盈怀。《古诗十九首》云：“馨香盈怀袖，路远莫致之。”这个寂寞的黄昏中，一缕菊香怕是越发勾起这让人无从回避的挂牵了吧？“莫道不销魂，帘卷西风，人比黄花瘦。”谁道相思不销魂？风起处，那帘后的身影，莫不是比羸弱的菊花更加憔悴么？人淡如菊，清影自怜。一个“瘦”字，直写出千般思绪万种苦楚。与“衣带渐宽终不悔”有异曲同工之处，而更有女子一种特有的盈盈可怜之态。

这首词可谓音、境、意三美具集，历来为人称许。元伊士珍《琅环记》有载：“易安以重阳《醉花阴》词函致赵明诚。明诚叹赏，自愧弗逮，务欲胜之。一切谢客，忌食忘寝者三日夜，得五十阕，杂易安作以示友人陆德夫。德夫玩之再三，曰：‘只三句绝佳。’明诚诘之。答曰：‘莫道不消魂，帘卷西风，人比黄花瘦。’正易安作也。”故事或许虚构，但此等佳句，再无第二人可以写得出来。昔人已远，唯有余香。

声声慢　　李清照

寻寻觅觅，冷冷清清，凄凄惨惨戚戚。乍暖还寒时节，最难将息。三杯两盏淡酒，怎敌他、晚来风急。雁过也，正伤心，却是旧时相识。

满地黄花堆积，憔悴损，如今有谁堪摘？守着窗儿，独自怎生得黑？梧桐更兼细雨，到黄昏、点点滴滴。者次第，怎一个愁字了得。

南歌子　　李清照

天上星河转，人间帘幕垂。凉生枕簟泪痕滋，起解罗衣，聊问夜何其？

翠贴莲蓬小，金销藕叶稀。旧时天气旧时衣，只有情怀，不似旧家时。

李清照后期词作，沉郁悲切，孤苦无依中却并非一意哀鸣，依然显现她特有的独立和坚韧。那个清秀的身影在花雨中隐去，一缕心香，千百年来却时时抚慰着每一个追索的心灵。

蒋捷（生卒年不详），字胜欲，号竹山，阳羡（今江苏宜兴）人，咸淳十年进士。宋亡后隐居不仕。他与周密、王沂孙、张炎并称“宋末四大家”。其词音律谐美，风格多样，或清奇俊秀、或寥落疏朗，多有巧思妙语，在南宋词坛独具一格。有《竹山词》。

一剪梅·舟过吴江　　蒋捷

一片春愁待酒浇，江上舟摇，楼上帘招。秋娘渡与泰娘桥，风又飘飘，雨又潇潇。

何日归家洗客袍？银字笙调，心字香烧。流光容易把人抛，红了樱桃，绿了芭蕉。

“一片春愁待酒浇，江上舟摇，楼上帘招。”小舟摇荡，酒旗飘飏，春愁浓浓淡淡在心间。此时有思乡之情，却无慰藉之酒。小舟载着淡淡的轻愁，缓缓前行。“秋娘渡与泰娘桥，风又飘飘，雨又潇潇。”秋娘渡、泰娘桥都是地名。眼前的景色好似那看不清道不明的一抹乡愁，在风雨中飘摇。雨中的小桥与渡口，词人仿佛望见了久违的故乡。“何日归家洗客袍？银字笙调，心字香烧。”客袍已旧，何日归家？想来家中有银笙心香，几多温馨和美，顿上心头。词人选取的都是轻柔的色调，好似闲庭信步，随口而出，景在有无之间，愁亦在有无之间。“流光容易把人抛，红了樱桃，绿了芭蕉。”直到望见了雨后红透的樱桃，盈绿的芭蕉，词人才想起流光易逝，岁月难追。词中前三句都是远景虚景，在缥缈恬淡的语句中摹出淡淡的愁绪。至末句点出色彩和质感，好似蓦然惊觉，给人深刻印象。时光的流逝在诗人笔下鲜活真切的呈现出来。樱桃红芭蕉绿，在光影的流转变幻中，恍若岁月的颜色。

全词的声韵极为和谐，轻柔悠扬，即便不思其意，读之亦让人心绪平和。刘熙载《艺概》卷四云："蒋竹山词未极流动自然，然洗炼缜密，语多创获。其志视梅溪较贞，其思视梦窗较清。刘文彦为五言长城，竹山其亦长短句之长城欤？""流动自然，洗炼缜密，语多创获"评价相当中肯。刘长卿长于五言，自许为"五言长城"；而"词中长城"之誉，称许蒋捷并不为过。

虞美人　蒋捷

少年听雨歌楼上，红烛昏罗帐。壮年听雨客舟中，江阔云低断雁叫西风。

而今听雨僧庐下，鬓已星星也。悲欢离合总无情，一任阶前点滴到天明。

女冠子·元夕　蒋捷

蕙花香也，雪晴池馆如画。春风飞到，宝钗楼上，一片笙箫，琉璃光射。而今灯漫挂，不是暗尘明月，那时元夜。况年来心懒意怯，羞与蛾儿争耍。

江城人悄初更打，问繁华谁解再向天公借？剔残红灺，但梦里隐隐钿车罗帕。吴笺银粉砑，待把旧家风景，写成闲话。笑绿鬟邻女，绮窗犹唱，夕阳西下。

这两首词沉郁悲切，读来别是一番滋味。《虞美人》一首犹得后人称许。岁月无情，雨声依旧，听雨的心情却是不同了。人生几多哀乐，点点滴滴，尽在心头。

李蒋二人词作都是清新晓畅，音律谐美，有很强的艺术感染力，但王老先生却视而不见。《人间词话》中只字未提李清照，莫非老王不识易安居士？以王老先生的学识，答案显然是否定的，直接的例证也很容易找到。《人间词话》第九十四条中曾引明代杨慎《词品》中的话："林外字岂尘，有《洞仙歌》书于垂虹亭畔……侦问之，果闽人林外也。”而杨慎恰恰是很推崇李清照的，他在《词品》中还说：“宋人中填词，易安亦称冠绝，使在衣冠，当于秦七、黄九争，不独争雄于闺阁也。”老王既然读过《词品》，不可能没看到这一段重要评语。他之所以不写李清照，应当是有他的原因的。

王国维最为推崇的哲学家当属叔本华，而叔本华则正是一个男权主义者，他甚至宣称：“女人本身是幼稚而不成熟的。”老王自小深受传统教育的熏陶，而叔本华的观点更是在潜移默化中强化了他的男女地位观念。王国维在《叔本华与尼采》中说：“天才与众人间、男子与女子间，皆有确然、不可逾之界限。”这很明显的反映了他的思想观念。叔本华说女人适合照料和教育儿童，这与传统观念中的“相夫教子”何其相似。思想保守如老王者，应该说在心中多多少少是不太愿意承认李清照的那些逾越了她“本分”的词作的。

老王对词人的偏好，还有一个比较明显的特征。如果词人的词论不是很合他的脾胃，老王对这样的词人一般是不太感冒的。当然这并非有意为之，而是个人喜好和直觉所致。这里面比较明显的是朱彝尊和王士祯。王士祯的“神韵”要比朱彝尊的“醇雅”要更对老王胃口。在《人间词话》第六十九条中老王就认为王士祯的词要好于朱彝尊。虽然说朱的词论颇多商榷之处，但公允的说，朱词还是好于王词。李清照的《词论》中对当时词人都有点评。比如说她主张“词别是一家”，说晏殊、欧阳修、苏轼的词只是“句读不葺之诗”，而秦观之词“专主情致，而少故实”，这与王氏词论中对这几人词作的评价和剖析颇有些不同。这或许也是王老先生对李清照潜意识中存有小小芥蒂的原因之一。

李清照南渡后的词作更胜于前，这和李后主被俘后词作的悲切有些类似，如同美玉历经沧桑而更显其光润。而她在南宋时期所写词作比在北宋时期的作品更有艺术成就，这刚好是王老先生所一直认为的北宋词胜于南宋词的一个反例。这或许也是老王有意无意的“忽视”易安词的原因。其实易安词的水准并不逊于北宋诸名家。蒋捷的情形也与此类似。老王在南宋词人中独推辛弃疾，而对姜夔、吴文英、张炎、周密等都或多或少有贬语，而词作甚有北宋风范而又独具个性的李清照和蒋捷也许就因此而难容于王氏的词说体系中了。

《人间词话》补遗之二

·王国维心目中的古今词人·

老王评词，眼界甚高，探究一下古今词人在他心目中的位置，也是一件很有意思的事情。但以老王的眼光，如果排个名，十大词人恐怕都有些凑不满。想承王老先生青眼，首先，词论最好能合他老人家胃口；其次，出身不能太差；再次，不能作太俗太没品位的词。

首先看看王老先生最为推崇的几位词人。

关于词人比评最重要的一段在《人间词话》第一百一十二条：“词之最工者，实推后主、正中、永叔、少游、美成，而前此温、韦，后此姜、吴，皆不与焉。”这里面只有五人：李煜、冯延巳、欧阳修、秦观和周邦彦。是不是觉得遗漏了几位词坛巨子呢？当然。里面漏掉了苏轼和辛弃疾。那是老王觉得苏辛之词不及以上几位么？当然不是。看看第九十八条："唐五代至此，有句而无篇。南宋名家之词，有篇而无句。有篇有句，唯李后主降宋后之作，及永叔、子瞻、少游、美成、稼轩数人而已。"这一段的评价，可以看出，苏辛二人在词的写作上还是受到了老王的推崇的，他们的地位和前面五位至少是相当的。

以上两段是老王在《人间词话》中对词人最重要的比评。基本上，老王最欣赏的词人都在其中了。

王老先生心目中占据比较重要位置的词人应当依次应为：冯延巳、李煜、苏轼、欧阳修、秦观、辛弃疾、周邦彦、晏殊、姜夔、纳兰性德。

老王最为心仪的词人首推冯延巳。在唐五代词中他独崇正中词，对其词极为厚爱。老王对词人评价很高的有冯苏辛李欧五人，几无贬语而且极为推崇。其中对李后主评价很高，说其词"神秀"，但其对冯词定性的一句话说："冯正中词虽不失五代风格而堂庑特大，开北宋一代风气。中、后二主皆未逮其精诣。"很明显，在老王心目中，无论历史之地位（开北宋一代风气），还是词作之精深优美（皆未逮其精诣），后主还是不如冯延巳的。老王说只有冯延巳足以当"深美闳约"四字，甚至为冯词没有入选《花间集》而愤愤不平，对冯词的偏爱可见一斑。书中其他地方写冯词的妙处也很多，比如说"高树鹊衔巢，斜月明寒草"胜于韦庄孟浩然名句，又写冯词中"细雨湿流光"五字是最早的写春草名句，"能写春草之魂也"，很有点专为冯词平反翻案的味道。这样写其他词人的名句的书中并不多见，李苏辛欧四人所引用的名句均不及这样品读。按照常理，中主与冯延巳同时代，词作也甚佳，老王却好像忽视了一样。老王真是不折不扣的"蜂蜜"（冯迷）。怎么说呢，老王是个主观的人，大家一定要记住这一点。

其次李煜。看看老王的评语："……后主则俨然有释迦、基督担荷人类罪恶之意，其（境界）大小故不同也"、"词至李后主而眼界始大，感慨遂深"、"李重光之词，神秀也"。老王最爱的是感情深挚、境界清朗、语言晓畅之作，李后主三项皆中，无怪乎评价如此之高了。

再者苏轼。老王说苏辛二人为词中之狂，又说长调柳苏辛三人最工，因此苏辛排名当在周邦彦之上。苏辛二人老王更偏向于苏轼。《人间词话》中有说："学幼安者率祖其粗犷、滑稽……"可见虽则老王甚为推荐辛词，亦对其稍显粗豪的词风还是心存小小的芥蒂。最难比较的是苏轼和欧阳修，老王对这两人评语都甚高,引用两人名句亦甚多,但考虑到文中点明东坡长调胜出,而其小令亦不输与欧词,苏轼排在第三应无疑义。

其四欧阳修。老王对欧词的喜爱在《人间词话》里也是很明显的,引用的不少而且还把柳永的词改成欧作。对于老王这样偏好明显的人,欧阳修排在第四应该是不会没什么大错的。

其五秦观。秦观之词意境极美,《人间词话》评"少游词最为凄婉"。看看《人间词话》里对于境界大小论的那一段:"境界有大小,然不以是而分高下。'细雨鱼儿出,微风燕子斜',何遽不若'落日照大旗,马鸣风萧萧'。'宝帘闲刮小银钩',何遽不若'雾失楼台,月迷津渡'也。"词中境界大小的例子不胜枚举,这里独独全部引用秦观的词。顺手拈来就是少游词,可见老王对他的偏爱。但是《词话》中亦说"此少游之'小楼连苑'、'秀毂雕鞍'所以为东坡所讥也。"小秦的词有时候稍显雕琢,白璧微瑕,是以排在苏欧之后。

其六辛弃疾。理由前面已经说了,老王在总体上还是非常推崇辛词的,对他和苏轼的人格尤为钦仰。是以列在第六。

其七周邦彦。看看老王对周邦彦定性的一段话:"美成词深远之致不及欧、秦,唯言情体物,穷极工巧,故不失为第一流之作者。但恨创调之才多,创意之才少耳。"这段话已经很明显了,周邦彦在老王心中或不如欧、秦,但仍然能占有一个比较重要的位置。值得注意的是老王后来看法似有所转变,在《清真先生遗事》中对周邦彦评论的语调已然有所不同了。

其八晏殊。词最工者七人已经座次排定,剩下晏殊和姜夔,很明显大晏词"南宋人不能道也",情感上老王肯定更偏向于北宋。晏殊胜于姜夔没什么悬念。晏殊在《人间词话》中露脸的机会不多。"昨夜西风凋碧树。独上高楼,望尽天涯路"在《人间词话》中引用过两次,但是这要作为老王推许大晏的理由,未免显得比较勉强。不过老王在《人间词话》中传达了一个重要的讯息,他说"此词(指老王朋友沈昕所作《蝶恋花》)当在大小晏之间,南宋人不能道也。"这意思就是说,小晏不如沈昕,沈昕不如大晏。当然,这个么,老王很有点过分,其实大可以把沈昕暂时忽略(悄悄说句,那首词实在不咋地),总不成老王还真把他当作十大词人吧。大小晏都是北宋名家,既然都胜于南宋,那就是要胜于吴文英和姜夔,晏殊是应当占有一席之地的。

其九姜夔。老王对于姜夔多有微词,但依然承认他是一代大家。《人间词话》中有定性:"东坡、稼轩,词中之狂;白石,词中之狷也。"《论语 子路》中说:“子曰:‘不得中行而与之,必也狂狷乎?狂者进取,狷者有所不为也。’”狷者虽不如狂者更奔放自如,但这里能举于苏辛之后,可见老王是承认姜夔在词坛的地位的。老王虽然说“白石写景之作,……虽格韵高绝,然如雾里看花,终隔一层”,又说“东坡之旷在神,白石之旷在貌”,但是通篇来看,老王虽然不太喜欢白石词,但是仍然把他列为重要的词作家。王老先生说:“北宋风流,过江遂绝”,姜夔是他除辛弃疾外唯一还算看得起的南宋词家,在他心目中应该是作为南宋名家入选。

第十名当是纳兰性德。其他词人老王能看得上的,应当还有李璟、晏几道、纳兰性德、文天祥四人。纳兰词独步三百余年,但老王对纳兰性德只有与清代词人的比较,没有与唐五代和宋代词人的直接比较,比较起来颇为不易。老王还是比较欣赏纳兰词的,说“纳兰容若以自然之眼观物,以自然之笔写情……故能真切如此。”但他也说过词今不如古远甚,北宋之后词人能入他老人家法眼的寥寥无几,更不用提宋以后词人。《人间词话》中有一段话应该有助于我们做出结论。这段话不是关于四人中任何一人的词,而是写王士祯的《衍波词》:“《衍波词》之佳者,颇似贺方回。虽不及容若,要在锡鬯、其年之上。”这样看起来,老王心目中贺铸不如纳兰性德。依照老王的结论,南宋除稼轩外,鲜有能于北宋名家抗衡者,文天祥在南宋尚不及辛、姜二人,首先就被比了下去。小晏之词略胜贺铸,“小山矜贵有余,但稍胜方回耳。”只是稍胜而已,况且老王还对他颇有一些小意见,而不像对李璟和纳兰性德那样无任何贬低。其实这老王对李璟和纳兰性德都算是比较喜爱,引用他们各自名句的次数也在伯仲之间。但是对于王老先生来说,应该会更倾向于“本朝”的纳兰性德。

可以看出,有几位词坛大家没有在上面两段中提到。唐和五代词人中比较重要的温韦亦不受老王待见(对温韦评价远低于李后主),对宋以后词人老王更说有“宋以后无词”之叹,由此可见他对五代和宋词的推崇。南宋周密、史达祖、张炎等人《人间词话》中贬语甚多,周密词论上不合,老王是对其词不甚喜,与之相类似的有朱彝尊。史达祖、张炎向来不受老王重视。看看老王对其他比较重要的词人的看法。

李清照:王国维不提李清照,是他未读过《漱玉词》?即使未看过《漱玉词》,词评词选看了几大筐的王老先生又怎么会没听说过“易安体”呢?上文已经说过此间缘由,老王或许就是这样的执拗。

吴文英:《笑傲江湖》里面任我行曾对一位无名小卒说:“你若想让我不佩服一下,回家再练三十年!”能让老王痛贬,也真得有点功夫才成。《人间词话》第十一条中说:“其实幼安词之佳者,……宁梦窗辈龌龊小生所可语耶?”吴文英向来争议极大,但是老王这样说人家,有点不公道。这不是说,简直都是骂人家了。王老先生为什么生这么大的气,前面相应的条目已经说过了。老王的爱憎实在是太过于分明了。可怜古往今来唯一的“朦胧派词人”就此被剔除在这份名单之外。不过这也反面说明,吴文英在古今词坛还是有些地位的。

柳永:柳永才倾一代,“凡有井水处,即能歌柳词”,可见那个年代的人们对他的词是多么推崇。老王把那句著名的第二境界:“衣带渐宽终不悔,为伊消得人憔悴”记到了欧阳修的名下。这句应该是柳永所作。虽然少数词选记为欧阳修所作,但是以老王的学识,他看到的词选中词作者记为柳永的应该远多于记为欧阳修的。《人间词话》第一百零二条说:“余谓:屯田轻薄子,只能道‘奶奶兰心蕙性’耳。‘衣带渐宽终不悔,为伊消得人憔悴’,此等语固非欧公不能道也。”这话说的,让人真没脾气。柳永才气纵横,比起欧阳修不在其下只在其上。老王不喜其人,连词的著作权都要给他剥夺了。其后第一百零三条又说:“(龚自珍)其人凉薄无行,跃然纸墨间。余辈读耆卿、伯可词,亦有此感。”耆卿就是柳永。老王对人的看法,那是相当的主观,被他定了死刑,那就别想上诉翻案了。但是毕竟柳永才气是不会那么容易被掩盖的。《人间词话》第五十六条说:“长调以柳、苏、辛为最工”,尤其指柳永的《八声甘州》和苏轼的《水调歌头》“格高千古,不可以常词论”。名家中周邦彦也以长调著称,这里老王很明确地说明了这三个人长调最佳,那就是柳永要胜于“开先声”的周邦彦了。胜于周邦彦是否意味着柳永可以入围呢?非也,老王是个很主观的人,爱憎极其分明。在老王眼里柳永就是凉薄无行的“轻薄子”,对他的词肯定是戴上了有色眼镜来看的。虽然《人间词话》中说漏了嘴让柳永与苏辛并称长调最佳,但是,只怕风流不羁的柳同学在老王心中还是逃不掉被涮下去的命运。

蒋捷:蒋捷之词在宋末独树一帜,或如“红了樱桃,绿了芭蕉”的清新晓畅,或如“一任阶前滴雨到天明”的沉郁悲凉,其文采情思让人赞叹不已。但王老先生似乎没有看过他的词一般,实在有些让人费解。唯一的解释或许也是因为蒋捷在南宋别成一家,难以符合老王词论吧。

晏几道:《人间词话》中说:“余谓此(指冯梦龙提到的‘淡语皆有味,浅语皆有致’)惟淮海足以当之。小山矜贵有余,但稍胜方回耳。古人以秦七、黄九或小晏、秦郎并称,不图老子与韩非同传。”老王认为黄庭坚和晏几道均不如秦观,但是小晏的词要比贺铸好。

李璟:老王对南塘中后主颇为喜爱,尤其是后主,评价极高。但《人间词话》中也说:“冯正中词虽不失五代风格而堂庑特大,开北宋一代风气。中、后二主皆未逮其精诣。”恐怕很多人都不能同意后主不如冯延巳吧。三人中,老王很抱歉的让李璟叨陪末座了。

陆游:“白石有格而无情,剑南有其而乏韵。”这就是老王对于陆游的词唯一的评语。老王既未引用陆游词,也很少提及其词的风格。他对陆游词作,感觉上当属不咸不淡。

文天祥:“文文山词,风骨甚高,亦有境界,远在圣与、叔夏、公谨诸公之上。”请注意老王的用词,“亦有境界”。一个“亦”字,说出了文天祥之词虽有境界,却不如苏辛那样的大家。对文天祥评价还是比较高的,这也许也老王对同为“故国已亡”的文天祥有强烈的认同感吧。

《人间词话》补遗之三

·王国维其余词论·

王国维的词论以《人间词话》集其大成，但其见解亦散见于其他文稿中。特录于下，以便读者斟酌考量，全面了解其词学思想。

一、《清真先生遗事》（节录）

1. 清真似少陵

先生于诗文无所不工，然尚未尽脱古人蹊径。平生著述，自以乐府为第一。词人甲乙，宋人早有定论。惟张叔夏病其意趣不高远。然北宋人如欧、苏、秦、黄，高则高矣，至精工博大，殊不殆先生。故以宋词比唐诗，则东坡似太白，欧、秦似摩诘，耆卿似乐天，方回、叔原则大历十才子之流。南宋惟一稼轩可比昌黎。而词中老杜，则非先生不可。昔人以耆卿比少陵，犹为未当也。

2. 清真词曲尽其妙

先生之词，陈直斋谓其多用唐人诗句隐括入律，浑然天成。张玉田谓其善于融化诗句，然此不过一端。不如强焕云："模写物态，曲尽其妙"为知言也。

3. 清真多写常人之境界

山谷云："天下清景，不择贤愚而与之，然吾特疑端为我辈设。"诚哉是言！抑岂独清景而已，一切境界，无不为诗人设。世无诗人，即无此种境界。夫境界之呈于吾心而见于外物者，皆须臾之物。惟诗人能以此须臾之物，镌诸不朽之文字，使读者自得之。遂觉诗人之言，字字为我心中所欲言，而又非我之所能自言，此大诗人之秘妙也。境界有二：有诗人之境界，有常人之境界。诗人之境界，惟诗人能感之而能写之，故读其诗者，亦高举远慕，有遗世之意，而亦有得有不得，且得之者亦各有深浅焉。若夫悲欢离合、羁旅行役之感，常人皆能感之，而惟诗人能写之。故其入于人者至深，而行于世也尤广。先生之词，属于第二种为多。故宋时别本之多，他无与匹。又，和者三家，注者二家。（强焕本亦有注，见毛跋）自士大夫以至妇人女子，莫不知有清真，而种种无槽之言亦由此以起。然非入人之深，乌能如是耶？

4. 清真妙解音律

楼忠简谓先生妙解音律。惟王晦叔《碧鸡漫志》谓："江南某氏者，解音律，时时度曲。周美成与有瓜葛。每得一解，即为制词。故周集中多新声。"则集中新曲，非尽自度。然顾曲名堂，不能自已，固非不知音者。故先生之词，文字之外，须兼味其音律。惟词中所注宫调，不出教坊十八调之外，则其音非大晟乐府之新声，而为隋唐以来之燕乐，固可知也。今其声虽亡，读其词者，犹觉拗怒之中，自饶和婉。曼声促节，繁会相宣，清浊抑扬，辘轳交往。两宋之间，一人而已。

5. 清真词中伪词多

伪词最多。强焕本所增强半皆是。如《片玉词》上《青玉案》（良夜灯光簇如豆）一阕，乃改山谷《忆帝京》词为之者，决非先生作。

四、《唐五代二十一家词辑》(节录)

1.(皇甫松词)黄叔旸称其《摘得新》二首为有达观之见。余谓不若《忆江南》二阕,情味深长,在乐天、梦得上也。

2.端已词情深语秀,虽规模不及后主、正中,要在飞卿之上,观昔人颜、谢优劣论可知矣。

3.(毛文锡)词比牛、薛诸人,殊为不及。叶梦得谓:"文锡词以质直为情致,殊不知流于率露。诸人评庸陋词者,必曰:此仿毛文锡之《赞成功》而不及者。"其言是也。

4.(魏承班)词逊于薛昭蕴、牛峤而高于毛文锡,然皆不如王衍。五代词以帝王为最工,岂不以无意于求工欤?

5.(顾)敻词在牛给事、毛司徒间。《浣溪沙》(春色迷人)一阕,亦见《阳春录》。与《河传》、《诉衷情》数阕,当为敻最佳之作矣。

6.周密《齐东野语》称其词(按:指毛熙震词)"新警而不为儇薄。"余尤爱其《后庭花》,不独意胜,即以调论,亦有隽上清越之致,视文锡蔑如也。

7.(阎选)词唯《临江仙》第二首有轩翥之意,余尚未足与于作者也。

8.昔沈文悫深赏(张)泌"绿杨花扑一溪烟"为晚唐名句。然其词如"露浓香泛小庭花"较前语似更幽艳也。

9.(孙光宪词)昔黄玉林赏其"一庭花雨湿春愁"为古今佳句。余以为不若"片帆烟际闪孤光"尤有境界也。

五、《观唐集林·唐写本〈云遥集杂曲子〉跋》摘其句

1.(《云谣集杂曲子》)《天仙子》词,特深峭隐秀,堪与飞卿、端己抗行。

六、《六一集》眉批

1.欧公《蝶恋花》"面旋落花"云云,字字沈响,殊不可及。

七、《词辨》眉批

1.温飞卿《菩萨蛮》"雨后却斜阳,杏花零落香。"少游之"雨余芳草斜阳,杏花零落燕泥香"虽自此脱胎,而实有出蓝之妙。

2.白石尚有骨,玉田则一乞人耳。

3.美成词多作态,故不是大家气象。若同叔、永叔虽不作态,而"一笑百

媚生"矣。此天才与人力之别也。

4. 周介存谓："白石以诗法入词，门径浅狭，如孙过庭书，但便后人模仿。"予谓近人所以崇拜玉田，亦由于此。

5. 予于词，五代喜李后主、冯正中而不喜《花间》。宋喜同叔、永叔、子瞻、少游而不喜美成。南宋只爱嫁轩一人，而最恶梦窗、玉田。介存《词辨》所选词，颇多不当人意，而其论词则多独到之语。始知天下固有具眼人，非予一人之私见也。

八、《庚辛之间读书记·桂翁词》

有明一代，乐府道衰。《写情》《扣舷》，尚有宋元遗响。仁、宣以后，兹事几绝。独文愍以魁硕之才，起而振之。豪壮典丽，与于湖、剑南为近。

九、《丙寅日记》中赵万里记王国维论学语

1. 彊村词，余最赏其《浣溪沙》（独鸟冲波去意闲）二阕，笔力峭拔，非他词可能过之。

2. 蕙风听歌诸作，自以《满路花》为最佳。至《题香南雅集图》诸词，殊觉泛泛，无一言道著。

十、《蕙风琴趣》评语

1. 蕙风词小令似叔原，长调亦在清真、梅溪间，而沈痛过之。彊村虽富丽精工，犹逊其真挚也。天以百凶成就一词人，果何为哉！

2. 蕙风《洞仙歌》（秋日游某氏园）及《苏武慢》（寒夜闻角）二阕，境似清真，集中他作，不能过之。

·后　记·

第一次在网上写这篇文章的时候，并没有想过能成书出版，当时甚至没有想过能够完成。其中一个很重要的原因，是因为现在这个年代古诗文似乎正处于一种“古调虽自爱，今人多不弹”的状态。当时抱的是一种写到哪里算哪里，随便写写的态度，但是网友们对这篇小小的网文的关注和支持让我觉得非常的开心和欣喜。无论是不同的见解，还是热心的鼓励，抑或是指出书中的不足，我都非常的感激。古典诗词对于大众而言，就像是一件裹着太多包装的精美器物，现代人读起来或许有些隔阂，但褪去那些包装，千百年前那些遗失的美好依然能让我们震撼和沉醉。把书写得大众化、通俗化而又不失去原有的古典韵味也正是我所追求的目标。古典诗词所散发出来的那种独一无二的美感已经浸润了中国人的灵魂，希望我们在未来不会失去这种审美的情趣。不惜歌者苦，但伤知音惜，希望这本书也能给所有的读者带来一种轻松而愉悦的感触。感谢天涯上每一位认真读过小文的读者，特别是微雨暮色中、思量晋魏风骨、木道人老刀把子、baosword、黄裳、乱雨琴堂、beiwei90、小钗横戴、最佳进球，谢谢大家给我提出的建议和意见，以及杜若、孟庆德两位斑竹和薄荷酒窝，你们的支持和鼓励给了我莫大的力量。

图书在版编目(CIP)数据

人间词话典评/卫琪著. —西安:陕西师范大学出版社,2008. 4
ISBN 978-7-5613-4331-9

Ⅰ. 人…　Ⅱ. 卫…　Ⅲ. 文学—文学欣赏—中国　Ⅳ. I207. 23

中国版本图书馆 CIP 数据核字(2008)第 047587 号

图书代号: SK8N0278

上架建议: 畅销书　文学赏析

人间词话典评

著　　者: 卫　琪
特约编辑: 伍　志
责任编辑: 周　宏
封面设计: 姜利锐
版式设计: 姜利锐
插图设计: 许　宁
出版发行: 陕西师范大学出版社
(西安市陕西师大 120 信箱　邮编:710062)
印　　刷: 北京市京都六环印刷厂
开　　本: 787 × 1092　1/16
字　　数: 200 千字
印　　张: 20. 5
版　　次: 2008 年 5 月第 1 版
印　　次: 2011 年 1 月第 7 次印刷
ISBN 978-7-5613-4331-9
定　　价: 25. 80 元